Für die Praxis
Dr. Bal
Viel Spaß …!

Lügen aus Zuckerguss

von

Christa M. Böckmann

Christa Böckmann

Bibliografische Informationen der Deutschen Bibliothek
Die Deutsche Bibliothek verzeichnet diese Publikation in der Deutschen Nationalbibliografie;
detaillierte bibliografische Daten sind im Internet über http://dnb.ddb.de abrufbar.

1. Auflage 2018

Herstellung und Verlag:
BoD - Books on Demand, Norderstedt
Umschlagsgestaltung: BoD und Christa M. Böckmann

ISBN 978 3746 059693

„Und warum willst du nicht zu Anitas Feier?“, fragte mich Nils.

„Sie ist deine Freundin und nicht meine“, antwortete ich.

„Das ist ja wohl kein Argument! Anita ist großartig genug, um für uns beide eine Freundin zu sein!“

„Siehst du, genau das ist es! Ihre Großartigkeit! Ich würde sie eher als großkotzig bezeichnen. Sie ist arrogant und eingebildet. Ich mag sie nicht!“

„Also jetzt mach aber mal einen Punkt! Anita ist eine Traumfrau! Sie kann es sich leisten auch mal arrogant zu sein und ein ausgeprägtes Selbstwertgefühl zu haben! Dass du sie nicht magst, ist doch bloß Eifersucht! Außerdem beruht es auf Gegenseitigkeit, denn sie mag dich auch nicht! Und du kannst ihr einfach nicht das Wasser reichen.“, sagte Nils jetzt mit einiger Schärfe in der Stimme.

„Ach? Und ich bin wohl keine Traumfrau?“

„An Anita kommst du jedenfalls nicht ran. Das ist eine Tatsache!“

„Du bist ja gerade unglaublich charmant!“, sagte ich ironisch.

„Ich bin nur ehrlich!“

„Wenn Anita so eine Traumfrau ist, warum bist du dann mit mir und nicht mit ihr zusammen?“, fragte ich.

Dabei wusste ich, dass sie ihn schon mehrmals abgewiesen hatte, als Nils noch nicht mit mir zusammen war. Damit traf ich dann wohl Nils wunden Punkt. Er antwortete sichtlich gereizt:

„Carolin, was soll das jetzt? Kannst du nicht endlich Ruhe geben und einfach froh sein, dass ich dann dich genommen habe!“

Ich sah Nils intensiv an und suchte nach einem Lächeln oder Grinsen in seinem Gesicht, um zu wissen, dass das nur ein Spaß aber keinesfalls ernst gemeint war. Sein Gesicht zeigte leider nicht mal die Spur eines Lächelns. Mein Magen zog sich zusammen. Ich war also nur die zweite Wahl. Manchmal stellt sich ja heraus, dass die zweite Wahl die Bessere ist. Aber dazu kommen wir später. Damals konnte ich mich jedenfalls nicht damit abfinden, nur der „Trostpreis“ zu sein.

Am Ende der Diskussion war auch meine Beziehung mit Nils beendet. Aber schon vier Monate später, war der schlimmste Katzenjammer überwunden. Das Leben ging weiter. Und wie! Denn Nils war nur eine unwichtige kleine Episode meines Lebens. Nur ein kleiner Fehler. Leider sollten dem noch weitere folgen, die mich dann in eine üble Geschichte verstrickten und mein geordnetes Leben in ein einziges Chaos verwandelten.

Es fing alles an einem warmen, sonnigen Samstag ganz harmlos an. Ich wollte nur noch raus aus der Wohnung und mit einer Freundin etwas unternehmen. Als erstes versuchte ich meine alte Freundin Sybille zu erreichen. Aber leider meldete sich nur der Anrufbeantworter. Da ich auch sonst niemanden erreichte, blieb nur noch Martha. Die würde bestimmt zu Hause sein.

Martha ist korpulent und hat einen Damenbart. Aber man kann mit ihr Pferde stehlen, obwohl sie auch etwas anstrengend sein kann. Denn sie hat eine lebhafte Phantasie und schwärmt von „Morton Harket“, dem Sänger der norwegischen Pop-Gruppe „Aha“. Neulich erzählte sie, er hätte ihre Fanpost sofort beantwortet und wollte sie nun unbedingt persönlich kennen lernen, da sie die Frau seiner Träume wäre. Seitdem folgten immer wieder neue erfundene und unglaubwürdige Liebesgeschichten von Martha.

Ich beschloss daher allein das Straßenfest am Straßburger Platz zu besuchen und machte mich auf den Weg. Auf dem Straßburger Platz drehten sich ein paar Kinderkarussells und an den Bierständen und Würstchenbuden drängelten sich die Leute. Auf dem Flohmarkt war nicht mehr viel los. Die Verkäufer waren schon wieder am Einpacken. Ich graste die letzten Flohmarktstände ab, fand aber nichts, das mir gefiel und ging zu einer Würstchenbude, da ich Hunger hatte. Und dann sah ich diesen großen, sympathischen, überdurchschnittlich gutaussehenden blonden Mann. Ich war tief beeindruckt von seiner Erscheinung.

Er bemerkte mich gar nicht. Ich dachte noch, dass der bestimmt verheiratet sei und sah mich um, ob da nicht irgendwo Frau und Kind zu ihm gehörten. Er schien tatsächlich ganz alleine da zu sein. Ich warf einen langen schmachtenden Blick in seine Richtung. Hatte ich mich getäuscht, oder hatte er mich angelächelt? Mein Magen gab ein lautes, knurrendes Geräusch von sich. Ach ja, ich wollte mir doch etwas zu essen holen. Neben dem gutaussehenden Mann war circa ein viertel Meter Theke frei. Ich quetschte mich in die Lücke und bestellte eine Currywurst. Um zu bezahlen öffnete ich mein Portmonee. Leider hielt ich es verkehrt herum, und das ganze Kleingeld fiel heraus und kullerte auf dem Boden herum.

„Oh, nein!“, entfuhr es mir laut, und ich bückte mich, um es wieder auf zu heben.

„Halb so wild. Das kann schon mal passieren.“, sagte der Blonde und half mir, das Geld wieder ein zu sammeln.

„Ja, aber so etwas passiert immer nur mir!“, sagte ich.

„Also mir ist das auch schon passiert. Sogar schon öfter. So, hier ist noch ein Glückspfennig und dann haben wir es.“, sagte er lächelnd.

„Oh, vielen Dank. Das ist wirklich nett!“

„Kein Problem! Ich freue mich immer, wenn ich helfen kann!“

Der sah nicht nur gut aus, der war auch noch nett und hilfsbereit! Ich bezahlte und nahm meine Wurst entgegen. Zum Dank schenkte ich dem Blonden noch ein Hundert-Watt-Lächeln und bemerkte nicht, dass ich die Pappe mit meiner Wurst so schief hielt, dass sie einfach herunterrutschen musste. Sie landete auf meiner weißen Bluse, hinterließ dort einen großen roten Fleck und plumpste zu Boden. Entsetzt von meiner Ungeschicklichkeit, dem roten Placken auf meiner Bluse und besonders über diese Blamage, wäre ich am liebsten im Erdboden versunken.

Irgendjemand kicherte hinten in der Ecke, und ich bekam mit, wie jemand was von blond und blöd sagte. Mein Gesicht färbte sich in den gleichen Rotton, wie der Fleck auf meiner Bluse.

Während ich meine bekleckerte Bluse mit Servietten säuberte, bestellte der nette Mann mir eine neue Currywurst. Der musste mich für eine Vollidiotin halten!

„Das scheint ja heute nicht gerade dein Glückstag zu sein. Komm setz dich hier herüber und iss endlich was“, sagte er und bugsierte mich zu den Biergarten-Garnituren, die um die Würstchenbude herumstanden. Ich setzte mich, und er stellte eine neue Currywurst vor mir auf dem Tisch ab.

„Da... Danke“, stammelte ich.

Appetit hatte ich allerdings keinen mehr. Ich war gerade fertig mit meiner Currywurst und wollte aufstehen, da stand er plötzlich wieder vor mir. Er stellte mir ein Bier auf den Tisch und setzte sich mit einem zweiten auf die Bank gegenüber. Dann grinste er mich an und sagte:

„Ich dachte, das könntest du heute gebrauchen! Ich bin übrigens Marcus.“

„Ich bin Carolin. Vielen Dank auch! Das gibt wenigsten keine Ketschupflecken!“, antwortete ich.

Kaum hatte ich diese Worte ausgesprochen, da kam Wind auf und wehte den Pappteller mit dem Ketschup gegen meine Bluse. Wir sahen uns an und lachten beide laut los.

„So, jetzt ist der Ketschup wenigstens gleichmäßig verteilt!“, sagte ich.

Es wurde dann richtig lustig. Wir unterhielten uns und lachten viel und tranken Bier. Und dann noch eins und noch eins...

Am nächsten Morgen erwachte ich in meinem Bett. Mein Kopf dröhnte, als hätte ich einen Presslufthammer samt Baustelle darin. Meine Augenlieder waren schwer wie Blei, und ich bekam sie kaum auf. Das war auch besser so, denn kaum hatte ich sie auf sparschlitzbreite geöffnet, drehte sich das ganze Zimmer um mich herum und mir war schlecht, mir war so schlecht. Ich rannte ins Bad und schaffte es gerade noch mich über die Kloschüssel zu hängen, um mir dann Essen und Trinken des Vorabends noch mal durch den Kopf gehen zu lassen. Ich spülte meinen Mund aus und schleppte mich zurück ins Bett. Und dann dämmerte es mir wieder: Der blonde Mann. Mir wurde mit einem Mal ganz warm ums Herz. Er hatte so schöne blaue Augen. Und es war so nett, dass er mir Currywurst und so viele Biere (Igitt, und ich musste noch mal ins Bad) ausgegeben hat. Ja, aber was war dann? Ich konnte mich kaum noch daran erinnern, wie ich nach Hause gekommen bin. Hatte ich ihm meine Telefonnummer gegeben oder meine Adresse? Wahrscheinlich nicht.

Und was soll er jetzt nur von mir denken?!

Erst benehme ich mich wie eine tollpatschige Kuh und dann betrinke ich mich noch in aller Öffentlichkeit! Und dann? Was war dann?

Mir dämmerte es. Nach dem dritten Bier fing ich an zu kichern, wie eine Irre, und nach dem Vierten zu heulen, wie ein Schlosshund, weil ich meine Bluse bekleckert hatte.

Den siehst du nie wieder, sagte ich zu mir selbst.

Mein Magen drehte sich erneut um. Ist auch alles egal, solange die Übelkeit vergeht und das Dröhnen in meinem Kopf aufhört.

Glücklicherweise dämmerte ich wieder in den Schlaf. Ich träumte irgendein wirres Zeug, und als ich Stunden später wieder erwachte, ging es mir erheblich besser. Jedenfalls körperlich.

Leider hatte ich immer noch dieses beklemmende Gefühl, mich ganz schrecklich blamiert zu haben. Irgendwie hoffte ich immer noch, dass Marcus, ich erinnere mich, so hieß er, sich melden würde. Aber wahrscheinlich hatte er nicht mal meine Telefonnummer.

Ich brauchte ganz dringend Trost. Also rief ich meine beste Freundin Sybille an. Sie war eine hervorragende Trösterin. Sie konnte geduldig zuhören, schaffte es immer wieder, die Dinge in ein besseres Licht zu rücken und hatte für jedes Problem eine Lösung. Sie war leider nicht zu Hause.

Ich musste aber mit jemandem reden!

Nach etlichen Versuchen bei den nächst besten Freundinnen gab ich es fast auf. Aber da fiel mir Martha ein. Sie ist nun nicht unbedingt für ihr Feingefühl bekannt, aber besser mit ihr zu reden als gar nicht. Nachdem ich ihr die Story erzählt hatte, kam prompt ihr Kommentar, und sie sagte irgendetwas von:

„Wie kann man sich nur so unmöglich benehmen! Den siehst du nie wieder! Tja, meine Liebe, da hast du wohl geloost! Selber Schuld kann ich da nur sagen! Weißt du eigentlich das Morten Harket mich angerufen hat?“

Daraufhin brach ich das Gespräch ab, mit der Ausrede, ganz dringend auf die Toilette zu müssen. Denn jetzt noch ihre erfundene „Popstar Lovestory“ anhören zu müssen, hätte meine Nerven arg überstrapaziert. Und das, nachdem sie mich nun mit Genuss niedergemacht hatte.

Etwa fünf Minuten später klingelte tatsächlich das Telefon. Ein Hoffnungsschimmer machte sich in mir breit: Ob er es vielleicht ist? Es wäre ja möglich, dass ich ihm doch meine Telefonnummer gegeben habe.

Ich hauchte ein erotisches „Hallohh“ in den Hörer. Mein Herz schlug mir bis zum Hals.

„Ja, also Morton von *A-ha* ...“, fuhr Martha unerschütterlich fort.

Diesmal rief ich: „Hilfe, mein Wasser kocht über. Ich muss unbedingt Schluss machen. Tschüs!“ In der Hoffnung, sie nun endgültig abgewimmelt zu haben.

Da klingelte wieder das Telefon! Jetzt war ich mit meiner Geduld am Ende! Ich riss den Hörer von der Gabel und brüllte:

„Mich interessieren deine blöden erfundenen Lügengeschichten nicht, Martha!"

Eine zurückhaltende Männerstimme sagte: „Oh, Entschuldigung, aber ich habe doch gar nicht gelogen. Und Martha heiße ich auch nicht, sondern Marcus. Tut mir leid, wenn ich störe.“

„Oh, äh, ich meinte …, Entschuldigung. Tut mir leid. Ich dachte nicht, dass du anrufst. Also, das freut mich natürlich. Aber damit hatte ich jetzt nicht gerechnet. Ich dachte, es wäre eine etwas schwierige Freundin von mir.“

„Also ich wollte wirklich nicht stören, wenn du gerade ein Problem mit deiner Freundin hast. Dann rufe ich später noch mal an.“

„Du störst überhaupt nicht. Ganz im Gegenteil. Ich begrüße es, wenn meine Leitung jetzt blockiert ist. Dann kann Martha wenigstens nicht mehr anrufen.“

„Gut, dass ich dir wenigstens als Mittel zum Zweck dienen kann!“

„Also nein, Marcus! So, war das überhaupt nicht gemeint. Und was die gute Martha anbelangt, die ist im Grunde nicht verkehrt. Nur manchmal merkt sie einfach nicht, wenn es genug ist. Und das nervt dann. Diesen Punkt hatte sie eben bei mir erreicht. Ich dachte, ich hätte vergessen dir meine Telefonnummer zu geben. Da bin ich aber froh, dass ich es doch getan habe. Es ist mir so peinlich, dass ich einen im Kahn hatte. Das tut mir wirklich leid. Sonst betrinke ich mich nicht einfach so“, versuchte ich mich in ein besseres Licht zu stellen.

„Ich fand dich zu niedlich mit deinem Schwips. Eigentlich wollte ich wissen, wie es dir jetzt geht?“

„Oh, danke gut. Das heißt, heute Morgen war es allerdings nicht so doll. Und dir?“, fragte ich zurück.

„Ja, mir geht es immer gut. Besonders jetzt, wo ich deine süße Stimme vernommen habe. Ich fand es sehr amüsant mit dir. Du scheinst ja wirklich einen kleinen Filmriss zu haben.“

„Das ist mir alles so peinlich!“

„Ach was, jetzt bleib mal locker. Entspann dich mal.“

„Also ehrlich gesagt, weiß ich nicht mal, wie ich nach Hause gekommen bin. So was passiert mir normalerweise nicht!“

„Ich habe dich natürlich nach Hause gebracht. Bis vor die Haustür. Dein Schluckauf, der übrigens sehr niedlich war, störte dann allerdings doch etwas. Ich konnte dir durch das ständige Gehickse keinen vernünftigen Abschiedskuss geben. Aber kein Problem, das holen wir nach. Ich wollte dich nämlich zum Essen einladen. Hättest du Lust dazu?“

Ich versuchte meine Freude ein wenig zu verbergen. „Aber ja, gerne. Nur bitte nicht heute. Mein Magen muss sich erst wieder beruhigt haben.“

„Ist es dir recht, wenn ich dich am Mittwoch um 20 Uhr abhole?“

„Perfecto! Sehr recht!“, sagte ich.

„Na dann, bis Mittwoch. Ich freu mich schon!“

Und ich erst, dachte ich.

Ich freute mich wirklich wie ein Schneekönig. Am liebsten hätte ich Martha noch mal angerufen. Ich war wirklich nahe dran. Aber das ließ ich dann doch lieber. Stattdessen schwebte ich auf Wolken zurück in mein Bett.

Am nächsten Morgen schrillte der Wecker und riss mich aus süßen Träumen. Egal wie viel oder wenig ich schlafe, ich bin morgens immer müde und wie gerädert. Frühstücken liegt nicht drin, wenn ich ins Büro muss. Ich stehe fast immer viel zu spät auf und habe dann die Wahl zwischen Frühstück und Dusche. In der Regel entscheide ich mich für die Dusche. Während ich mich schminke, schütte ich einen Becher heißen Kaffee in mich hinein. Mein linker Arm steckt dann schon in der Jacke, während ich rechts die Bürste halte und versuche, mir noch die Haare zu kämmen. Dann sprinte ich mit Riesenschritten Richtung Bushaltestelle. Wenn ich Glück habe erwische ich noch meinen Bus, der mich zu U- und S-Bahn bringt, so dass ich in die Innenstadt fahren kann.

Im Büro angekommen sinke ich dann erschöpft auf meinen Drehstuhl. Meine Kolleginnen sind wirklich lieb, muss ich sagen. Ich bin heilfroh, dass bei uns so ein gutes Betriebsklima herrscht. Der einzige Wermutstropfen ist Frau Stöhr, unsere Vorgesetzte.

Denise, meine Kollegin, brachte mir eben einen Kaffee und fragte: „Na, Caro, wo hast du denn am Wochenende dein Unwesen getrieben?“

Ich grinste geheimnisvoll und sagte: „Ich war am Samstag bei uns auf dem Stadtteilfest am Straßburger Platz. Und stell dir vor, da habe ich dann ...“

Weiter kam ich leider nicht, da das Telefon klingelte und eine nörgelnde Kundin mich davon abhielt, die Geschichte meiner Eroberung zum Besten zu geben. Aber danach bekam ich doch noch die Gelegenheit dazu. Ich war mitten im Erzählen, da flog die Tür auf, und Frau Stöhr, unsere Vorgesetzte, stürmte das Büro. Sofort verstummte ich wieder und wühlte stattdessen schwer beschäftigt in meinem Ordner.

Und schon legte Frau Stöhr los. Unsere allmorgendliche Standpauke blieb auch heute nicht aus. Sie wetterte etwas von wegen Arbeitsmoral und mehr Einsatz, bla bla bla. Wir hörten nicht mal mehr hin, weil wir uns im Laufe der Zeit daran gewöhnt hatten.

Wir waren auch nicht die einzigen, die das über sich ergehen lassen mussten. Das war in jeder Abteilung so. Frau Stöhr war überall bekannt für ihre morgendliche Standpauke. Ob sie glaubte, dass wir dadurch besser und schneller arbeiten würden? Oder ob sie nur so für sich selber meckerte, um sich morgens zu erleichtern, von dem Frust, den ihre trüben und langweiligen Alt-Jungfern-Tage mit sich brachten? Das wird´s wohl sein. Frau Stöhr würde am liebsten auch am Wochenende arbeiten und auf Urlaub verzichten.

So trübe, wie ihr Leben, sah sie auch aus. Ganz die graue Maus, bis auf den roten Lippenstift, der ihre schmalen Lippen als Strich betonte. Weiße Bluse, grauer knielanger Faltenrock und Birkenstock Gesundheitsschuhe.

„Ist sie nicht sexy?!“, sagte ich, nachdem sie unser Büro verlassen hatte. Denise kicherte.

Nach Feierabend fuhr ich noch zu Sybille, denn ich musste ihr unbedingt noch von Marcus erzählen. Leider reagierte sie ganz anders, als ich erwartet hatte. Begeisterung und Glückwünsche blieben gänzlich aus. Stattdessen warnte sie mich.

„Carolin, sei vorsichtig. Du kennst ihn erst ein paar Stunden, und du warst noch nicht mal nüchtern.“

„Anfangs schon!“, sagte ich ziemlich beleidigt. Was sollte das? Sie sollte sich gefälligst mit mir freuen. Gönnte sie mir mein Glück etwa nicht?

„Ich meine es nur gut mit dir. Jetzt guck nicht so beleidigt. Du bist doch schon so oft reingefallen. Behalte einen klaren Kopf und sei etwas vorsichtiger. Dann ist die Enttäuschung nicht so groß hinterher.“

Was sollte das denn?! Jetzt hatte ich schon keine Lust mehr, mich mit Sybille zu unterhalten. Von wegen verständnisvoll und alles ins rechte Licht rücken! Sie nahm mir meine ganze Freude.

Ich wurde sauer: „Was denn, von wegen Enttäuschung?! Erzähl du mir noch mal was von positivem Denken und so. Du sagst doch immer, ich sei so negativ. Und wenn ich das Schlechte immer erwarten würde, würde ich es auch bekommen. Deine Worte! Wer ist denn jetzt negativ, häh? Jetzt ärgere ich mich richtig, dass ich hergekommen bin. Ich dachte, du freust dich mit mir, stattdessen machst du mir jetzt alles madig. Also ich geh jetzt! Mach es gut! Tschüs!"

Sybille schüttelte den Kopf und sagte: „Caro, jetzt sei doch vernünftig! Du benimmst dich ja wie ein verliebter Teenager. Ich mache mir doch nur Sorgen. Vielleicht täusche ich mich ja auch. Vielleicht hast du ja wirklich deinen Traumprinzen gefunden. Ich wünsche es dir von Herzen. Ich meine doch nur, dass du realistisch bleiben solltest. Du sagst doch selber immer, dass es keine Traumprinzen gibt."

„Das ist etwas ganz anderes, wenn ich es sage. Außerdem bestätigen Ausnahmen die Regel", sagte ich.

Trotzdem hatte ich jetzt genug und wollte gehen. Sybille nahm mich versöhnlich in den Arm und sagte: „Ich wünsche dir Glück. Und halt mich auf dem Laufenden. Und sei mir vor allem nicht mehr böse."

Ich drückte sie auch und sagte: „Du bist schlimmer als meine Mutter."

Jetzt war ich aber wieder ausgesöhnt. Denn irgendwie hatte sie ja Recht. Wenn ich nur geahnt hätte, wie Recht sie hatte!

Als ich gerade das Treppenhaus betrat, hörte ich schon von unten mein Telefon klingeln. In Riesensätzen hechtete ich die vier Treppen in den zweiten Stock hoch. Mein Telefon klingelte immer noch, als ich oben ankam.

In meiner geräumigen Tasche suchte ich nach dem Haustürschlüssel. Dann schloss ich auf. Noch immer klingelte es. Ich stürmte zum Telefon, riss den Hörer von der Gabel und meldete mich völlig außer Atem. Knacks. Genau in dem Moment wurde aufgelegt!

Einen Anrufbeantworter lehne ich ab, weil ich es hasse, selbst darauf zu sprechen. Das liegt an meiner Stimme. Ich kann meine eigene Stimme einfach nicht ertragen.

Das Unangenehme an verpassten Anrufen ist, dass ich dann die ganze Zeit darüber nachgrübele, wer da wohl angerufen hat. Es macht mich dermaßen verrückt, dass ich dann alle möglichen Leute anrufe und nachfrage, ob sie mich vielleicht gerade angerufen haben.

Das nervt nicht nur mich!

Diesmal grübelte ich darüber nach, ob es vielleicht Marcus war. Anrufen und fragen konnte ich ja nicht, da ich immer noch nicht seine Telefonnummer hatte. Ich nahm mir fest vor, ihn das nächste Mal danach zu fragen.

Nach dieser Hetzjagd ging ich duschen. Ich war gerade von Kopf bis Fuß eingeschäumt, als das Telefon wieder klingelte. Diesmal kriege ich dich, sagte ich zu mir selbst. Huschte triefend nass und voller Schaum aus der Dusche heraus und wollte gerade losrennen. Mit dem Seifenschaum an den Füßen war es so glitschig, dass ich ausrutschte und hinfiel. Ein heftiger Schmerz durchzuckte mich. Ich musste erst mal liegen bleiben und die Zähne zusammenbeißen. Bis ich mich dann endlich hochgerappelt hatte, war das Telefon verstummt. Also ging ich wieder zurück unter die Dusche. Statt mit Bodylotion balsamierte ich mich mit Schmerzsalbe ein. Danach legte ich mich ins Bett.

Er hat nicht angerufen, dachte ich. Aber vielleicht waren die verpassten Anrufe doch von ihm. Egal, übermorgen werde ich ihn ja sehen. Dann werde ich mich aufstylen und toll anziehen und ...

Oh Gott, was sollte ich anziehen?

Ich schoss aus dem Bett hoch und ging an den Kleiderschrank. Zwei Stunden später hatte ich viel erreicht. Zwar wusste ich immer noch nicht, was ich anziehen sollte, aber dafür war mein Kleiderschrank jetzt nahezu leer und mein Zimmer sah aus, als ob eine Bombe eingeschlagen hätte.

Mittlerweile war es ziemlich spät geworden. Am nächsten Morgen musste ich wieder früh raus. Also watete ich durch die auf dem Boden verteilten Kleiderhaufen zurück in mein Bett.

Der nächste Arbeitstag verlief normal. Bis auf Frau Stöhr, die einen leichten Anfall bekam, weil ich etwas früher Feierabend machte. Das war aber wichtig für mich, da ich unbedingt noch in die Stadt wollte, um mir etwas Schönes zum Anziehen zu kaufen.

Also ging ich zu H&M und kaufte eine enge schwarze Jeans. Dazu fand ich eine toll geschnittene rosa Bluse mit Strass-Applikationen. Das Ganze konnte ich noch mit einer abgefahrenen Jacke in Schlangenleder-Optik abrunden. Danach war ich pleite. Ich konnte nur hoffen, dass Marcus mich einladen würde.

Zuhause drehte ich mich begeistert vor dem Spiegel und bewunderte mein neues Outfit, als das Telefon klingelte. Mit klopfendem Herzen nahm ich den Hörer ab und hauchte: „Hallohh. Hier ist Carolin."

„Hier ist Martha! Ich dachte, ich tröste dich mal in deinem Kummer. Wo du nun traurig und alleine zu Hause sitzt. Nachdem du dir ja, durch deine eigene Dummheit, die Chance auf eine Liebe kaputt gemacht und den Traumprinzen vergrault hast. Wirklich sehr schade!", schwafelte sie völlig übertrieben.

Ich bemerkte echte Schadenfreude in ihrer Stimme. Dabei waren wir doch Freundinnen. Zugegeben, nicht die allerbesten, aber trotzdem.

„Da muss ich dich leider enttäuschen!", sagte ich überlegen. „Von Kummer und Gram keine Spur. Und so dumm war ich dann wohl doch nicht, da ich ihn keineswegs vergrault habe, meine liebe Martha. Ich bin nämlich morgen mit ihm verabredet. Aber ich weiß es durchaus zu schätzen, dass du so besorgt um mich bist!"

Das saß. Ich spürte förmlich, wie ihr der Mund offenstand.

Nachdem sie sich wieder gefasst hatte, sagte sie: „Och, na ja, auch ein blindes Huhn findet mal ein Korn."

Als sie dann wieder mit *A-ha* angefangen hatte, versuchte ich das Gespräch möglichst schnell zu beenden.

Um sechs Uhr morgens, suchte mich dann wie immer das Morgengrauen heim. Mir graute es ja jeden Morgen davor aufzustehen, selbst wenn ein schöner Tag bevorstand. Nach einem langen und nervigen Arbeitstag war es dann endlich soweit. Nicht das Date, sondern der Moment vor dem Spiegel. Kein Kaffeefleck auf der neuen Bluse. Kein dicker Pickel verunzierte meine Nase. Meine Haare fielen in weichen, blonden Wellen über meine Schultern, während meine Augen strahlten, dank Kajal und Wimperntusche. Mein Mund war zum Kussmund geschminkt. Das war ein ganz seltener Moment in meinem Leben. Ausnahmsweise war ich einmal mit meinem Spiegelbild zufrieden.

Er konnte kommen. Ich war vorbereitet.

Es ist doch erstaunlich, wie weit gutes Aussehen das Selbstbewusstsein steigert. Leider klappt das nicht immer so, denn eigentlich war es bisher so, dass ich bei wichtigen Ereignissen von Pickeln, Gerstenkörnern oder Lippenbläschen verunstaltet wurde. Meistens im Zusammenhang mit störrischen vom Kopf abstehenden Haaren. Aber heute gab es wirklich nicht das Geringste an mir auszusetzen.

Ich setzte mich auf die Couch und rauchte eine Zigarette, um mich mit Vorfreude auf den bevorstehenden Abend einzustimmen. Es klingelte.

Ich schoss von der Couch hoch. Mein Herz schlug mir plötzlich bis zum Hals, und meine Knie wurden in dem Moment weich als ich die Tür öffnete.

Marcus beugte sich zu mir herunter und gab mir einen laut schmatzenden Kuss, genau auf den Mund. Danach sagte er erst: „Hallo, schön dich zu sehen!"

Ich sagte: „High, möchtest du was trinken?"

„Ja, aber erst später. Das Taxi wartet."

Ich griff schnell nach Jacke und Handtasche. Dann rannten wir die Treppen herunter. Also ehrlich, ich bin noch nie in meinem Leben mit einem Taxi abgeholt worden.

Wir fuhren zu einem noblen Restaurant in Harvestehude und setzten uns an einen Tisch, der in einer gemütlichen Ecke stand. Das Restaurant war nur schwach beleuchtet, und überall auf den Tischen brannten Kerzen. Im Hintergrund spielte schöne Musik. Die Atmosphäre war romantisch. Einfach unbeschreiblich!

Der Kellner kam, brachte die Speisekarten und fragte, ob wir schon ein Getränk gewählt hätten.

„Du trinkst doch auch Sekt, oder ist dir etwas anderes lieber?", fragte Marcus mit einem tiefen Blick in meine Augen.

„Ja, Sekt wäre schön.", sagte ich daraufhin mit einem verträumten Lächeln.

Marcus bestellte eine ganze Flasche Sekt, die wenig später in einem Eiskübel vor uns auf dem Tisch stand. Das Essen war eigentlich Nebensache. Jedenfalls für mich, denn ich genoss Marcus' Gesellschaft und die gegenseitigen tiefen Blicke.

Wir stießen mit den Sektgläsern an, dass sie klirrten. Der Sekt schmeckte köstlich und perlte auf der Zunge und etwas später im ganzen Körper. Wir unterhielten uns während des Essens über Gott und die Welt. Der Sekt begann zu wirken, und wir flirteten immer intensiver. Vom Sekt berauscht und von der Musik beschwingt, fühlte ich mich schon wie im siebten Himmel.

Marcus nahm meine Hand an seine Lippen und schmeichelte: „Oh Carolin, du siehst so hübsch aus. Und deine Augen, die sind so faszinierend. Deine ganze Ausstrahlung ist einfach umwerfend. Du bist heute noch viel schöner als am Samstag. Dabei habe ich geglaubt, das könnte man nicht mehr steigern. Wie machst du das nur?"

Kunststück, dachte ich, heute hatte ich ja auch Zeit, Mühe und Geld in mein Aussehen investiert. Und das nicht zu knapp. Mir wird jetzt noch ganz schlecht, wenn ich daran denke, was meine neuen Klamotten gekostet haben. Es hat sich aber anscheinend gelohnt. Das konnte ich natürlich nicht sagen. Also antwortete ich mit unschuldigem Augenaufschlag: „Findest du? Ich bin noch genauso wie am Sonnabend. Allerdings um ein paar Tage älter. Und wenn du mich heute hübscher findest, liegt das bestimmt an dieser Beleuchtung. Ist ja auch ziemlich dunkel hier. Trotzdem danke! Und du bist übrigens auch nicht von schlechten Eltern."

„Also mal ganz ehrlich, ich habe mir auch richtige Mühe gegeben", sagte er. Siehst du das nicht? Nagelneue Jeans und ein neues Shirt. Außerdem war ich beim Friseur. Ich hatte die Hoffnung, der könnte meine dünnen

Federn in Haare verwandeln. Das ist ihm leider nicht gelungen, wie du siehst.“

Ich musste wieder lachen. Und dann gestand ich ihm, dass ich mir auch neue Kleidung gekauft hatte und dass ich nun pleite sei.

Er sagte: „Egal! Ich lade dich sowieso ein.“

Das war mir nun peinlich. Hoffentlich dachte er nicht, dass ich darauf spekuliert hatte.

„Deswegen habe ich das nicht gesagt. Ich wollte nur sagen, dass ich mir auch neue Kleidung gekauft habe, da ich nichts Passendes anzuziehen hatte. Und ehrlich gesagt, war ich auch etwas darauf aus, gut auszusehen.“

„Du kannst gar nicht anders als gut aussehen!“, schmeichelte er wieder.

„Hast du eine Ahnung! Kann ich wohl. Du hast mich noch nicht gesehen, wenn ich morgens aus dem Bett komme. Da bin ich unübertrefflich hässlich. Da ist selbst Quasimodo schöner. Aber trotzdem danke.“

„Also, das glaube ich dir erst, wenn ich es selbst gesehen habe. Da solltest du mich möglichst bald von überzeugen. Heute wäre eine gute Gelegenheit.“

„Ich habe nicht vor, dich jetzt schon in die Flucht zu schlagen. Warten wir lieber noch ein bisschen.“

"Deine neuen Sachen stehen dir übrigens sehr gut. Aber dass du auch beim Friseur warst, hast du noch nicht zugegeben. Da wirst du wohl auch ordentlich investiert haben, für diese kleinen Kringellöckchen.“

„Nein, das sind echte Naturhaare. Ich meine Naturkrause. Dafür brauche ich kein Geld aus zu geben.“

„Also ich habe es für eine Perücke gehalten!“

Mir blieb der Mund offenstehen, so verdattert war ich.

„Ehrlich? Ich dachte immer, man würde das sehen, dass es echte Haare sind.“

Marcus lachte schallend los und sagte: „Das war ein Witz. Ich wollte dich bloß ein bisschen aufziehen. Du hast so was Naives und

Unschuldiges an dir. Das ist richtig süß. Wahrscheinlich lügst du auch nicht, oder vielleicht doch, wenn es sein muss?"

Ich sagte: „Du bist ja wirklich witzig. Ein richtiger Witzbold! Zum Glück habe ich Humor. Du hast recht, ich lüge nie!“

„Wirklich nie?“ fragte er. „Nicht mal eine kleine Notlüge? Na komm schon, gebe es zu. Jeder Mensch gebraucht hin und wieder eine kleine Notlüge. Ist doch auch nichts Schlimmes.“

„Nein, ich lüge nicht. Ich bin absolut ehrlich und habe nichts zu verbergen“, war meine Antwort. „Ich brauche keine Lügen. Und du? Was ist mit dir, lügst du öfter mal?“

Er ging nicht darauf ein, sondern fragte: „Und es gibt wirklich keine Situation, in der du lügen würdest? Also, ich glaube, gerade jetzt lügst du.“

„Nein, ich lüge wirklich nicht! Wenn es gar nicht anders geht, wenn ich die Wahl habe, zwischen Lüge oder jemanden zu verletzen, würde ich versuchen, nicht darauf einzugehen. Wenn dieser jemand aber auf eine Antwort besteht, würde ich lügen, um ihn nicht zu verletzen. Als Beispiel: Jemand fragt mich, findest du das ich hässlich bin? Und derjenige ist wirklich hässlich, würde ich *nein* sagen. In dem Fall wäre es eine Schonungslüge“, sagte ich. „Würde ich die Wahrheit sagen, von wegen hässlich und so, wäre es doch für diese Person so niederschmetternd, dass ich es einfach nicht fertig bringen würde.“

„Schonungslüge! Ich halte es nicht aus! Was du dir für Worte ausdenkst. Diese Vokabel gibt es überhaupt nicht“, sagte er lachend.

„In meinem Wortschatz schon. Ansonsten gilt: Wer einmal lügt, dem glaubt man nimmermehr! Und wie ist das bei dir?“

„Also, also, bei mir ...“ stotterte er. „Ja, also, ich sehe das nicht ganz so eng. Ich bin schließlich kein Moralapostel.“

„Das heißt im Klartext, du lügst öfter mal? Oder wie meinst du das?“

„So würde ich das nun nicht ausdrücken. Eine kleine Notlüge hier und da, wenn es wirklich nicht anders geht. Aber im Grunde genommen bin ich ein ehrlicher Mensch. Das weißt du doch!“, sagte er mit einem tiefen

Blick in meine Augen.

Und ich dachte, das sind wirklich ehrliche Augen. Mit so schönen blauen Augen kann man einfach niemanden anlügen. Dann lächelte er mich einvernehmend an und sagte: „Wenden wir uns einem erfreulicheren Thema zu. Du bist ja wirklich sehr ehrlich!"

„Meine gute Erziehung. Worüber möchtest du denn reden?"

„Erst mal darüber, dass du den guten Sekt schal werden lässt", sagte er und goss mir nach. „Es gibt schließlich etwas zu feiern!"

„Wieso? Hast du etwa Geburtstag, und ich weiß nichts davon?"

„Nein, ich habe nicht Geburtstag. Ich wollte feiern, dass ich die süßeste und wundervollste Frau meines Lebens kennen gelernt habe. Ich kann es einfach nicht fassen, dass es so etwas Wunderbares wie dich gibt!", schmeichelte er mir.

Ich zerfloss wie Butter in der Sonne. Das war aber mal etwas ganz anderes, als was Niels mir damals erzählte. Im Grunde hatte er ja das Gleiche gesagt, wie Marcus, nur nicht über mich, sondern über Anita. Jetzt war ich wirklich überzeugt, dass ich mit Marcus den einen Glücksgriff gemacht hatte. Ich nahm einen großen Schluck Sekt. Alles was ich dann herausbrachte, war ein lang gezogenes „Ooh".

Als sich endlich die Röte aus meinem Gesicht verzogen hatte, sagte ich: „Dankeschön! Dass ist sehr lieb von dir, so etwas zu sagen. Aber du kennst mich doch kaum."

„Dafür habe ich einen Blick, die entsprechende Menschenkenntnis und den richtigen Instinkt. Ich täusche mich nur selten", sagte er.

Leider bin ich für Schmeicheleien und Komplimente äußerst empfänglich. Und an besagter Menschenkenntnis mangelte es auch mir nicht.

Dachte ich!

Diese schönen Worte und die ganze romantische Atmosphäre des Restaurants hatten mich so eingelullt, und ich war vor Verliebtheit so erfüllt, dass ich einfach alles glaubte, was er mir sagte. Noch ein intensiver Blick in seine Augen, und ich war absolut überzeugt, dass er alles so meinte, wie er es sagte.

Als ich am nächsten Morgen erwachte, fühlte ich mich wie im siebten Himmel. Ich döste noch glücklich vor mich hin und erinnerte mich, wie Marcus mich nach Hause gebracht hatte. Vor meiner Haustür hatte er mich ganz fest umarmt und auf die Stirn geküsst. Als er mich losließ, sagte ich: „Also, tschüss dann, und danke für ..."

Weiter kam ich nicht, denn dann zog er mich noch einmal an sich und küsste mich so, dass mir die Luft wegblieb. Dann blieb mir allerdings noch einmal die Luft weg, als mir jemand die Türklinke der Haustür in den Rücken rammte. Es war Frau Krotzmann von oben.

„Unverschämtheit!", schnauzte sie mich an. „Hier mitten in der Nacht die Haustüre zu blockieren!"

„Guten Abend, Frau Kotzmann", sagte ich. „So spät noch unterwegs? Oder konnten sie vor lauter Neugierde wieder kein Auge zu tun?"

Sie lief puterrot an, während sie irgendetwas von nächtlicher Ruhestörung, Respektlosigkeit und Nachspiel keifte.

Marcus grinste und sagte: „Nette Nachbarn hast du! So was braucht kein Mensch! Aber dir fehlt eben ein Mann, der dich in solchen Fällen unterstützt. Dann würde diese Gewitterhexe sich nichts mehr trauen. Jede Wette!"

Daraufhin blödelte ich mit übertriebenen Augenaufschlag: „Ach, willst du mein edler Ritter in schimmernder Wehr sein?"

Markus lachte und tat so als würde er ein Schwert schwingen. „Oh, du Liebste mein. Ich werde jetzt mit dir diese Festung erklimmen und an deinem Bette wachen!"

„Nein, auf keinen Fall! Du kommst nicht mit rauf!"

„Schade, aber einen Versuch war es doch wert, und ein tapferer Ritter gibt nicht so schnell auf. Also, Angebetete!", dröhnte er mit tiefer Stimme. „So erhöre mich doch!"

Über uns riss Frau Krotzmann ihr Fenster auf und kreischte: „Ruhe da unten! Oder ich hole die Polizei!"

Ich sagte darauf hin zu Marcus: „Mein armer Ritter, gegen diesen

Drachen hast du keine Chance. Du kannst aber beruhigt nach Hause gehen, denn in meiner Burg bin ich sicher. Außerdem bleibe ich heute keusch."

Er zog ein mauliges Gesicht, küsste mich noch einmal zum Abschied und ging. In dieser Nacht träumte ich, dass ich ein Burgfräulein wäre und Marcus in Gestalt eines Ritters mit Rüstung um meine Hand anhält. Genau in dem Moment, als er meine Hand galant an seine Lippen zieht, entreiße ich sie ihm und renne mit aufgebauschtem Kleid von ihm weg und herüber zum Feuer speienden Drachen. Dann schwinge ich mich auf dessen Rücken und fliege mit ihm davon.

Als ich am nächsten Morgen erwachte, war es bereits Viertel nach sieben. Mein Dienst im Büro beginnt um acht Uhr. Da ich keinen fliegenden Drachen, sondern nur Bus und Bahn zur Verfügung hatte, war höchste Eile angesagt.

Mit wehenden Fahnen rannte ich die Treppen herunter und prallte mit Frau Krotzmann zusammen, die gerade ihren Müll herausbringen wollte. Der Mülleimer flog ihr aus der Hand, und der Müll verteilte sich im gesamten Hausflur.

„Oh, Entschuldigung und guten Morgen!", sagte ich und lief weiter, während sie mich wütend beschimpfte und mich aufforderte sofort das Treppenhaus zu putzen.

„Keine Zeit!", rief ich und rannte weiter bis zur Bushaltestelle.

Natürlich verpasste ich den Bus. Als ich um acht Uhr zwanzig ins Büro hechtete, stand Frau Stöhr bereits vor meinem Schreibtisch, die Hände in die Hüften gestemmt und mit einem Gesicht, als nahe der Weltuntergang.

Ich wollte ihr den Wind aus den Segeln nehmen und sagte ganz besonders freundlich: „Guten Morgen, Frau Stöhr! Tut mir wirklich leid, dass ich mich ein wenig verspätet habe. Aber ich bin leider aufgehalten worden, weil ...".

Sie bellte sofort los: „Ein wenig?! Ein wenig?! Zuviel Frau Bäcker, zu viel! Das geht entschieden zu weit! Ihr Mangel an Disziplin ist in meiner Firma nicht vertretbar! Das war das letzte Mal, das sage ich Ihnen.

Ansonsten werde ich mich an die Betriebsleitung wenden, und was das bedeutet, werden auch Sie verstehen!“

„Entschuldigung!“, murmelte ich kleinlaut, dachte aber, sie hat *meine Firma* gesagt. Dabei ist sie als Vorgesetzte genauso angestellt, wie wir anderen auch.

„Und das während der Terminarbeiten! Unverschämtheit!“, zischte sie noch und rauschte aus dem Büro.

Denise, Suzie und Nadja, die bis eben noch sehr beschäftigt und konzentriert aussahen, sahen jetzt auf und kicherten.

„Na, bist du jetzt wach?“ witzelte Nadja.

„Ich kann dir sagen, mir dröhnen immer noch die Ohren. Ist Kaffee fertig?“

„Bedien‘ dich“ sagte Denise. „Tu aber möglichst beschäftigt nebenbei, falls die Stöhr noch mal hereinkommt. Die ist heute mal wieder besonders gereizt!“

Suzie fragte: „Heute? Ich kenne sie nur so.“

Ich musste lachen, obwohl mir doch etwas flau im Magen war. Das war etwas viel Stress am frühen Morgen und auf nüchternem Magen.

„Und?“, fragte Denise.

„Was und?“, tat ich unschuldig.

„Nun erzähl doch mal. Wie war dein Date?“

„Ach, mein Date. Ja, das war gut“, sagte ich, während die Erinnerung daran mein Gesicht zum Strahlen brachte.

„Du grinst ja wie ein Honigkuchenpferd!“, sagte Suzie.

„Na, das muss ja ein ganz toller Hecht sein“, lästerte Nadja. „Wie sieht er denn aus?“

„Gut“, sagte ich, „sogar sehr gut.“

„Also jetzt kann ich mir etwas darunter vorstellen!“, sagte Denise ironisch. „Jetzt möchte ich aber klare Fakten hören! Haarfarbe, Augenfarbe, Körpergröße? Und die Frage aller Fragen: was ist er von Beruf?“

„Äh, ich, äh ... also, ich weiß es nicht so genau“, stammelte ich. „Ich glaube er fährt so durch die Gegend.“

„Das glaube ich einfach nicht!“, sagte Denise, „Das war dein zweites Date und du weißt nicht mal, was er beruflich macht?“

„Das sagte ich doch schon, er ist viel unterwegs, fährt viel herum.“

„Mit was fährt er herum? Vielleicht im Peterwagen? Ist er vielleicht Polizist? Oder mit dem Krankenwagen als Notarzt? Er könnte auch Kapitän, Schaffner oder Müllmann sein“, zählte Nadja auf.

„Ja, oder er liefert Pizza aus“, warf Suzie ein.

„In einem Taxi nach Paris ...“, sang Denise plötzlich. „Ist er vielleicht Taxifahrer? Hier ist das heitere Berufe raten. Meine Damen und Herren, wer hat die Lösung? Wer errät den Beruf des Herrn Marcus? Wie heißt er eigentlich weiter?“

„Ach, lasst mich doch alle in Ruhe! Ich weiß es eben nicht“, sagte ich, und mir wurde bewusst, dass ich wirklich nicht allzu viel von ihm wusste. Dann wendete ich mich wieder meiner Statistik zu: 575; 86; 228; 72 ...

„Wie alt ist er denn?“ fragte Suzie.

Ganz mit der Statistik beschäftigt antwortete ich: „68.“

„Was, so alt?! Carolin, weißt du eigentlich, was du da tust?“

Ich sah von meiner Statistik hoch und fragte: “Wie meinst du das? Von wegen was ich da tue?“

„Dich mit einem 68jährigen Tattergreis einzulassen. Hast du plötzlich einen Vaterkomplex oder was?“, fragte Suzie.

Verwundert fragte ich: „Wie kommst du denn da drauf?“

„Du hast es doch eben selbst gesagt, als Suzie dich gefragt hat.“

„Was hab‘ ich selbst gesagt?“

„Naja, dass er 68 ist.“

„So ein Quatsch! Das habe ich nie gesagt!“

„Oh, mein Gott!“, stöhnte Denise, während alle anderen die Augen verdrehten. „Du bist total durch den Wind. Suzie hat gefragt wie alt er ist.“

„Wer?“

„Der Mann, mit dem du dich gestern getroffen hast“, sagte Denise.

Ich zuckte mit den Schultern. „Weiß nicht genau. Also schätzungsweise Anfang 30 würde ich sagen. Plus minus zwei, drei Jahre.“

Denise schüttelte den Kopf: „Du weißt nicht einmal wie alt er ist? Weißt du denn überhaupt irgendetwas?“

„Nein, weiß ich nicht!“, sagte ich trotzig. „Was spielt das denn überhaupt für eine Rolle? Ich liebe ihn und er liebt mich. Und das ist alles was zählt!“

In dem Moment wurde das Gespräch unterbrochen, da Frau Stöhr unser Büro betrat und nach der Statistik verlangte. Die war leider noch nicht fertig und Frau Stöhr einem Anfall nahe. Der Rest des Tages verlief dann ohne weitere Zwischenfälle.

Ich erwischte nach Feierabend meine U-Bahn und fand sogar einen Sitzplatz. Jetzt nur entspannen, dachte ich und sich nur noch guten Gedanken hingeben. Aber meine Kolleginnen hatten Recht, ich wusste wirklich nicht viel von Marcus. Ich wusste ja noch nicht mal wann wir uns wiedersehen und ob wir uns überhaupt wiedersehen würden.

Ob er wohl anruft heute Abend? Wenn nicht, dann rufe ich ihn eben an. Da machten sich auch schon wieder diese unangenehmen Gedanken breit. Seine Telefonnummer hatte er mir ja noch gar nicht gegeben. Was wäre, wenn er nicht mehr anrufen würde? Wenn er nun nie wieder anruft?

Ein Hoffnungsschimmer kam, ich könnte im Telefonbuch nachsehen und ihn ausfindig machen, beruhigte ich mich. Kein Problem also. Dann fiel mir plötzlich ein, dass ich ja noch nicht einmal seinen Nachnamen wusste. Ein schrecklicher Gedanke jetzt ganz und gar von seinen Launen abhängig zu sein. Falls er nun keine Lust mehr hatte, sich bei mir zu melden, könnte ich gar nichts unternehmen und nur hoffen.

Sind wir jetzt eigentlich ein Paar oder noch nicht? Vielleicht wollte er nur ein kleines Abenteuer und meldet sich nie wieder? Ach, Quatsch! Für ein Abenteuer ist bisher viel zu wenig passiert. Er ruft bestimmt wieder an, sicherlich noch heute Abend. Und ich werde dann zu Hause und bereit sein.

Ich gelangte in meine Wohnung, ohne der ollen Krotzmann über den Weg zu laufen. Dann holte ich mir ein Feierabend-Entspannungsbier aus dem Kühlschrank und machte mir ein paar Häppchen dazu. Danach überlegte ich ganz entspannt, wie ich mir die Zeit bis zu seinem Anruf vertreiben könnte. Ich könnte bis dahin ein bisschen herumtelefonieren.

Ach nein, keine so gute Idee. Dann würde ich ja nur meine Leitung blockieren, und der arme Marcus würde sich die Finger wund wählen und nicht durchkommen. Also nahm ich mir ein Buch und stellte das Telefon neben mich.

Ich hatte es mir auf meiner Couch so richtig gemütlich gemacht. Trotzdem konnte ich mich nicht sonderlich gut auf das Buch, das sicher sehr interessant war, konzentrieren. Als ich auf Seite vier war, klingelte endlich das Telefon. Mein Herz begann wie wild zu hämmern. Ich räusperte mich gründlich, um mich dann mit zuckersüßer Stimme zu melden.

„Halloho. Jaha“, hauchte ich in den Hörer.

„Hallo, hier ist Sybille. Ich wollte mal hören wie es dir so geht.“

„Oh, hallo Billie! Also mir geht es gut. Und dir?“

Sybille lachte: „Mir geht es doch immer gut. So wie den meisten rationalen und Vernunft gesteuerten Menschen. Darum mache ich mir ja auch immer Sorgen um dich. Du bist eben weniger rational, und dafür umso mehr emotional.“

Jetzt wurde ich schon wieder leicht säuerlich. „Willst du damit sagen, dass ich eine dumme und gefühlsduselige Gans bin?!“

„Das hast du gesagt, nicht ich. Ich habe nur emotional gesagt. Was ja nun nicht unbedingt negativ ist. In den richtigen Dosen und in Verbindung mit etwas Verstand ist es etwas sehr Schönes. Leider gibt es zu viele emotionale Krüppel auf der Welt. Aber das kann man von dir nun bestimmt nicht sagen. Als deine beste Freundin habe ich wohl das Recht, mich dazu zu äußern. Oder?“

„So! Und woher willst du überhaupt wissen, dass du meine beste Freundin bist? Wo du doch so ein Vernunftmensch bist und scheinbar die Intelligenz mit Löffeln gefressen hast?!“

„Das, meine liebe beste Freundin, sagt mir eben meine hohe Intelligenz und mein messerscharfer Verstand“, sagte sie lachend.

Jetzt musste ich auch lachen. Wenn jemand mich zum Lachen bringt, kann ich einfach nicht mehr länger böse sein.

„Was macht deine Eroberung?“, fragte sie.

„Ach Billie, wir waren wieder zusammen aus, und es war einfach traumhaft. Das muss ich dir unbedingt erzählen. Aber nicht jetzt, denn ich warte gerade auf seinen Anruf. Sei nicht böse.“

„Ach, das tut mir aber leid, dass ich es nur war, die angerufen hat. Du hast bestimmt gedacht, er wäre es? So eine Enttäuschung!“

„Ja, allerdings war das eine schwere Enttäuschung, du olle Miesmacherin. Aber ich vergebe dir. Allerdings nur, wenn wir dieses Telefonat ein andermal fortsetzen können. Und stell dir vor, ich habe mich trotzdem gefreut. Obwohl es nur du warst. Danke für deinen Anruf. Ich rufe bald zurück. Mach es gut. Bis dann. Tschüss!“

„Oki doki! Dann pass‘ auf dich auf. Und bis bald. Tschau!“

An diesem Abend klingelte das Telefon noch zwei weitere Male. Jedes Mal hatte ich Herzklopfen. Und jedes Mal war ich enttäuscht. Marcus hatte nicht angerufen. Mit ungutem Gefühl legte ich mich in mein Bett, um dann schlecht und unruhig zu schlafen.

Um 7 Uhr 45 erwachte ich und fühlte mich wie gerädert. Trotz der sofort einsetzenden Panik, weil ich schon wieder verschlafen hatte, bekam ich meine Augen kaum auf. Egal, zum Schminken hatte ich ohnehin keine Zeit mehr. Kämmen brachte rein gar nichts, da meine Haare wie Stahlwolle in alle Richtungen vom Kopf abstanden. Ich sah einfach horrormäßig aus.

Vielleicht sollte ich mich krankmelden? Und dann den ganzen Tag darüber nachdenken, warum Marcus sich nicht gemeldet hat? Lieber nicht! Ich hatte, wenn ich ehrlich bin, etwas Angst vor Frau Stöhr. Zwar war ich ihre morgendlichen Meckertiraden gewohnt, trotzdem ist es etwas anderes, wenn die ganze Abteilung zur Schnecke gemacht wird als wenn man ganz alleine dran glauben muss.

Ich war bereits eine ganze Stunde zu spät. Eine originelle und glaubwürdige Ausrede fiel mir auch nicht ein. Ich hoffte, nur nicht in Tränen aus zu brechen, da ich durch Marcus schon ziemlich angeschlagen war.

Als ich dann endlich an meinen Arbeitsplatz ankam, erwartete Frau Stöhr mich nicht am Schreibtisch, wie ich erleichtert feststellte. Allerdings guckten meine Kolleginnen ziemlich bedrückt drein. Bevor wir dazu kamen, uns auszutauschen klingelte mein Telefon. Frau Stöhr! Sie kommandierte mich zu sich in`s Büro. Nachdem ich eingetreten war, schloss sie Fenster und Türen. Das Donnerwetter, das dann folgte, war so gewaltig, dass ich mit aller Macht gegen meine Tränen ankämpfen musste.

Wie hatte sie mich genannt? Dreist, dümmlich, unfähig? Ich weiß es nicht mehr genau. Die Situation war so Stress geladen, dass ich die einzelnen Worte gar nicht mehr erfassen konnte. Dann schossen mir sintflutartig die Tränen in die Augen, und ich heulte los, wie ein Schlosshund. Und genau da geschah das Wunder! Frau Stöhr hielt mitten im Satz inne und guckte völlig erstaunt, fast so als hätte sie Mitgefühl. Sie kam auf mich zu, tätschelte unbeholfen meine bebende Schulter und sagte: „Kindchen, ist ja gut. Nun nehmen Sie sich das doch nicht so zu Herzen. Ich meine es ja gar nicht so. Mein Temperament ist wohl etwas mit mir durchgegangen. Natürlich muss ich darauf achten, dass nicht jeder kommt und geht, wie er lustig ist. Kommen Sie, und setzen Sie sich erst einmal hin. Ich hole Ihnen eben ein Taschentuch und einen Kaffee. Ich konnte doch nicht wissen, dass Sie so zart besaitet sind.“

Jetzt war ich so fertig, dass mir der letzte Schluchzer im Hals stecken blieb. Ich konnte es nicht fassen. Was war denn mit der Stöhr los? Diese Frau hatte ja menschliche Züge!

Es stellte sich während unseres weiteren Gespräches heraus, dass sie sogar richtig nett war. Ob sie schon immer so war und wir es nur nicht gemerkt hatten?

Als sie mit Taschentüchern und Kaffee zurückkam, redeten wir noch eine ganze Weile miteinander. Erst über die Arbeit und dass sie, abgesehen von meinen Verspätungen, meine Arbeit wirklich schätzen würde. Dann sagte sie, dass Arbeit ja etwas sehr Wichtiges sein würde aber schließlich nicht alles im Leben. Und sie wäre ja auch einmal jung gewesen und hätte früher das Leben genossen. Bis zu dem tragischen Unfall ihrer Mutter.

Frau Stöhr war gerade mal fünfundzwanzig Jahre alt gewesen und hatte einen netten Verlobten. Sie wollten bald heiraten. Damals war ihr die Arbeit auch noch nicht so wichtig. Aber mit dem Unfall änderte sich schlagartig alles. Ihre Mutter wurde zum Pflegefall und war nun ständig auf ihre Hilfe angewiesen. Frau Stöhr hatte noch eine Schwester, die aber mit ihrem Mann in Amerika lebte. Der Vater war damals nicht aus dem Krieg heimgekehrt. So musste sie die Last allein tragen. Tagsüber kam zwar eine Krankenschwester, die sich um die Mutter kümmerte, damit Frau Stöhr weiter ihrer Arbeit nachgehen konnte. Aber in ihrer Freizeit musste sie sich nun ständig um ihre Mutter kümmern.

Eigentlich war es ihr Wunsch zu heiraten und eine Familie zu gründen. Sie hatte sich immer Kinder gewünscht. Leider ging dieser Wunsch nicht in Erfüllung. Der Traum platzte. Mit ihrer Freiheit war es vorbei. Dem Verlobten wurde es bald zu viel, immer mit ihr und ihrer kranken Mutter in dem nach Desinfektionsmitteln riechenden Haus zu sitzen. Er wollte ausgehen, reisen und was vom Leben haben.

Es kam wie es kommen musste. Er wendete sich bald einer anderen zu. Das war vor fünfundzwanzig Jahren. Und alles, was Frau Stöhr geblieben war, war ihre Arbeit hier und die aufopfernde Pflege ihrer Mutter.

Ich saß schweigend da, denn ich fühlte mich sehr betroffen. Jetzt wurden meine Augen schon wieder feucht, und ich wusste nicht, was ich sagen sollte.

Nach einer Weile sagte ich dann, dass es mir wirklich sehr leidtäte, ich aber Hochachtung davor habe, wie sie ihr eigenes Leben zurückgestellt hat, um für ihre Mutter da zu sein. Die meisten Menschen sind viel zu egoistisch, ein derartiges Opfer zu bringen. Dazu gehört schon echte Größe. Aber so etwas nennt man Nächstenliebe, und ich bin sicher, dass sie irgendwann dafür belohnt werden würde.

Sie lächelte mir dankbar zu, meinte dann aber, dass es jetzt Zeit wäre, wieder an die Arbeit zu gehen.

Als ich wieder in unser Büro zurückkam, sagte Suzie: „Du warst aber lange bei dem alten Drachen. Ein Wunder, dass sie dich nicht gefressen hat!"

„Sie ist gar kein alter Drachen!", sagte ich. „Eigentlich ist sie sogar richtig nett!"

Denise, Nadja und Suzie starrten mich an als ob ich nicht alle beisammen hätte.

„Sie hat es nicht leicht und ein ziemlich freudloses Leben, das sie sich nicht ausgesucht hat. Wir sollten wirklich etwas nachsichtiger mit ihr sein und auch etwas netter."

„Hat sie dir eine Gehirnwäsche verpasst oder was? Tickst du noch richtig?", fragte mich Nadja.

Daraufhin erzählte ich ihnen alles was ich jetzt von Frau Stöhr wusste.

Denise sagte: „Du hast recht. Das ist kein leichtes Schicksal. Wer weiß, wie wir wären, wenn wir so eine Last am Hals hätten."

„Ich glaube, sie sieht es gar nicht so als eine Last an. Sie hält es einfach für ihre Pflicht. Nur dass es eben auf Kosten ihrer eigenen Wünsche geht. Auf jeden Fall sollten wir in Zukunft etwas netter zu ihr sein und uns nicht über sie lustig machen. Das hat sie wirklich nicht verdient."

An diesem Tag geschah im Büro noch ein zweites kleines Wunder: Marcus rief mich an. Dummerweise war ich noch so durcheinander als ich den Hörer abnahm.

„Bu Bu Buchhaltung. Bä Bä Bäcker“, meldete ich mich.

„Hallo. Hier ist Marcus!“

Ich wusste nicht, ob ich wegen meines Gestotters vor Scham in den Erdboden versinken sollte oder ob ich vor Freude Luftsprünge machen müsste.

„Da da das ist ja ein Ding“, stotterte ich weiter.

„Störe ich dich gerade? Du scheinst etwas durcheinander zu sein.“

Plötzlich war es mucksmäuschenstill um mich herum. Die Mädchen lauschten angespannt, was ich sagte bzw. stotterte.

„Nein, Markus, überhaupt nicht. Ich wundere mich nur, dass du meine Büronummer hast. Aber ich freu‘ mich natürlich über deinen Anruf“, sagte ich mit zuckersüßer Stimme.

Er antwortete: „Aber du hast sie mir doch selber gegeben, an unserem ersten Abend. Fforschichtshalba damiddu swei Nummern haschd, falschtumich nich erreischt“, machte er mein alkoholisiertes Gelalle nach.

„Ach Marcus, mach dich bitte nicht noch darüber lustig. Es war mir sowieso schon peinlich.“

„Aber ich fand es trotzdem niedlich. Das habe ich dir ja schon gesagt. Ich musste dich im Büro anrufen, weil ich leider ein kleines Problem habe. Also, ich habe morgen, ausgerechnet am Samstag, keine Zeit für dich. Meine Schwester zieht um, und ich bin da voll eingespannt. Das wird bis spät in die Nacht dauern, mindestens.“

Mein Herz rutschte mir bereits in die Hose. Keine tolle Aussicht, das Wochenende ohne ihn zu verbringen.

„Deswegen wollte ich mal fragen, ob du vielleicht heute Nachmittag frei nehmen könntest, damit wir uns wenigstens heute noch sehen können. Wir könnten uns dann gleich in der Stadt treffen.“

Das ist zu schön um wahr zu sein, dachte ich und sagte: „Ausgerechnet heute! Ich bin heute schon in Ungnade gefallen, weil ich viel zu spät gekommen bin, da kann ich sicher nicht einfach früher gehen. Außerdem haben wir gerade Terminarbeiten. Wenn ich jetzt sage, dass ich früher gehen möchte, flippt meine Vorgesetzte aus."

Darauf sagte er ziemlich lässig: „Na ja, macht doch nichts, wenn du heute keine Zeit hast. Dann eben ein anderes Mal."

„Halt Stopp!", sagte ich, da ich Angst hatte, dass er gleich auflegen würde.

„Stopp! Ich meine, fragen kann ich ja trotzdem mal. Gib mir doch bitte mal deine Telefonnummer, damit ich zurückrufen kann, ja?"

„Also nein. Das geht jetzt gerade nicht. Ich bin unterwegs. Aber frage doch mal eben. Ich bleibe solange dran. Lass uns doch einfach blaumachen. Es ist so ein schöner Tag."

Ich legte den Hörer beiseite, atmete einmal tief durch und klopfte mit bangem Herzen an die Tür von Frau Stöhr. Ich hoffte, dass meine Frage nicht gleich wieder unser neues gutes Verhältnis kaputt machen würde. Ich räusperte mich kräftig und sagte ihr dann, dass es sehr wichtig für mich wäre, heute Nachmittag frei zu bekommen und dass ich noch Überstunden hätte, die ich nehmen könnte.

Sie sagte, dass unsere Terminarbeiten am Montagmorgen fertig vorliegen müssten und dass das äußerste Priorität hätte. Wenn das klappen würde, könnte ich gehen. Indem ich einen albernen Knicks machte, sagte ich: „Dankeschön, Frau Stöhr. Vielen Dank. Die Arbeiten werden Montag fertig sein. Sie können sich auf mich verlassen. Ein schönes Wochenende wünsche ich Ihnen!"

Erleichtert kehrte ich an das Telefon zurück und verabredete mich mit Marcus. Wir wollten uns in einer halben Stunde am Alsteranleger treffen. Ich war ganz aus dem Häuschen vor Freude. Allerdings wurde diese noch durch ein gewaltiges Problem getrübt: Es war unmöglich meine Arbeiten in einer halben Stunde fertig zu kriegen. Und ehrlich gesagt, hatte ich mich für diesen Freitag bereits auf Überstunden eingestellt. Und jetzt nahm ich mir den ganzen Nachmittag frei. Die Arbeiten mussten natürlich fertig werden, das war klar. Aber Markus musste ich unbedingt treffen. Das war noch viel klarer. Also tat ich, was strengstens verboten war: Ich ließ den gesamten Rechnungsordner und die dazugehörigen Stempel in meiner Tasche verschwinden. Aus unserer Firma dürfen keine Unterlagen außer Haus mitgenommen werden, das ist, wie gesagt, strengstens verboten, aufgrund von Datenschutz und befürchteten Manipulationen. Aber für mich war es die einzige Möglichkeit, frei zu bekommen. Und so könnte ich meine Arbeit in aller Ruhe am Wochenende zu Hause erledigen. Da Marcus da ja sowieso keine Zeit hatte, hatte ich wenigstens Beschäftigung.

Denise hatte gesehen, dass ich den Ordner eingesteckt hatte. „Caro bist du wahnsinnig! Du kommst in Teufels Küche, wenn das rauskommt."

„Jetzt spinnt sie völlig!", sagte Nadja Kopf schüttelnd.

Und Suzie sagte verwundert: „Was ist bloß in dich gefahren? Du tust doch sonst nie etwas Verbotenes!"

Ich sagte: „Jetzt habt euch doch nicht so! Es kommt nicht raus! Ich bearbeite am Wochenende meine Rechnungen, und am Montag steht der Ordner wieder im Regal. Das merkt kein Mensch!"

„Das ist ein Kündigungsgrund", gab Denise zu bedenken. „Ist dir das überhaupt klar?!"

„Mein Gott, es wird schon nichts passieren! Ich habe jetzt ganz andere Sorgen. In 25 Minuten habe ich ein Date und sehe aus wie Hulle. Ich habe doch heute Morgen verschlafen und hatte keine Zeit, mich zurecht zu machen und was Schönes anzuziehen. Meine Schminksachen habe ich zu Hause vergessen, meine Haare stehen in alle Richtungen ab, und meine Kleidung sieht aus, wie aus der Altkleider-Sammlung."

„Nee, die haben da bessere Sachen", sagte Nadja.

Meine Kolleginnen waren aber wirklich spitze. Von Suzie bekam ich die Schminksachen, von Nadja das Haargel. Mit Denise, die eine hübsche Bluse und einen schwarzen Minirock trug und so ziemlich die gleiche Größe hatte wie ich, habe ich kurzerhand in der Toilette die Klamotten getauscht.

Fünfzehn Minuten später sah ich ganz gut aus. Nur meine eigenen Schuhe musste ich anbehalten, da die von Denise zwei Nummern kleiner waren als meine Eigenen. Das passte nicht so ganz zum neuen Outfit. Denise war nicht gerade begeistert, den Rest des Tages in meinen alten aus gelabberten Klamotten verbringen zu müssen, die ich morgens in aller Eile aus meinen Kleiderschrank gezerrt hatte. Nadja und Suzie kicherten, während ich versuchte Denise weiszumachen, dass ihr meine Sachen ausgezeichnet stünden. Nadja rundete meinen neuen Look noch ab, indem sie mir ihre coole Designer-Sonnenbrille auf die Nase schob.

„Aber verliere sie nicht", sagte sie noch, als ich schon am Gehen war. Sie wünschten mir noch viel Glück und viel Spaß, und weg war ich.

Ich lief zum Alsteranleger und hielt nach Marcus Ausschau. Da ich ihn nirgends entdecken konnte, setzte ich mich auf eine Bank und beobachtete die Fontäne in der Mitte der Alster, die durch die Sonnenstrahlen in Regenbogenfarben schillerte.

Marcus kam eine halbe Stunde zu spät. „Hallo Prinzessin!", rief er charmant. Er kam näher und küsste mich. „Du siehst einfach zum Anbeißen aus. Ich hoffe du wartest noch nicht lange?"

„Ich warte seit einer halben Stunde. Da hätte ich eigentlich noch arbeiten können. Das müsste ich eigentlich sowieso. Macht aber nichts."

Er lachte schallend: „Genau, Arbeit macht auch nicht glücklich. Aber sag´, wie machst du das nur? Arbeitest, kommst pünktlich zu unserer Verabredung und siehst so atemberaubend aus! Wahrscheinlich bist du eine Hexe und zauberst dir alles zurecht!"

„Also, wenn das so wäre, hätte ich meine Arbeit bereits fertig gezaubert und meine eigenen Sachen an. Außerdem hätte ich dich mindestens eine halbe Stunde eher hergezaubert."

„Was meinst du, mit deinen eigenen Sachen?", fragte er verblüfft.

„Ach, egal", sagte ich.

„Na, jedenfalls bist du meine kleine süße Superhexe. Du hast mich ja schon völlig verzaubert. Und ich hoffe, dass du jetzt keine Schwierigkeiten auf der Arbeit kriegst. Ich würde mir sonst ewig Vorwürfe machen."

„Ach was. Kein Problem", sagte ich. „Weißt du, ein bisschen musste ich schon zaubern, um das mit meiner Arbeit geregelt zu kriegen."

„Ich wusste es doch! Du bist eine so tolle Frau. Das kann einfach nicht mit rechten Dingen zu gehen. Tut mir leid, dass ich zu spät bin. Und leider habe ich ja auch nicht allzu viel Zeit für dich. Du weißt schon, meine Schwester. Ich muss ihr heute Abend noch ein bisschen zur Hand gehen. Morgen geht es dann richtig los mit dem Umzug. Wie gesagt, bis spät in die Nacht. Ich halte es kaum aus, dich nicht zu sehen. Und den Rest machen wir am Sonntag noch. Da habe ich dann auch keine Zeit. Alles nur wegen meiner Schwester! Wieso muss sie ausgerechnet jetzt umziehen!"

„Es ist aber sehr nett von dir, dass du ihr hilfst. Finde ich echt in Ordnung, ehrlich gesagt", erwiderte ich cool und versuchte mir nicht anmerken zu lassen, dass sich mein Magen zusammengekrampft hatte als er sagte, nur wenig Zeit zu haben.

„Familienverpflichtung", sagte er. „Ausgerechnet jetzt! Aber da du so eine süße Zuckerhexe bist, werde ich dich dafür auf das Feinste verwöhnen. Sage mir deine Wünsche, und ich werde sie dir erfüllen!", tönte er.

„Alle?"

„Alle, die in meiner Macht stehen."

„Ich glaube nicht, dass du die Zeit hast, mir alle meine Wünsche für heute zu erfüllen. Also erstens habe ich noch nichts gegessen und möchte daher irgendwo eine Kleinigkeit essen. Zweitens möchte ich Alsterdampfer fahren. Drittens möchte ich über den Dom bummeln. Danach würde ich am liebsten noch irgendwo einkehren und ein Bier trinken."

Er grinste: „Ist doch nichts Ausgefallenes. Sehr gutes Programm finde ich. Ich schlage vor, wir gehen rüber zu den Alsterarkaden und essen erst mal was. Danach sehen wir, wie weit wir mit unserem Programm kommen."

„Superb“, sagte ich, während Marcus meine Hand nahm und mich über die Straße zog.

An den Alsterarkaden direkt am Kanal fanden wir einen freien Tisch. Die Kellnerin, bildhübsch übrigens, mit langen rotblonden Haaren bis zum Hintern und langen schlanken Beinen, verzog ihren Kussmund zu einem gigantischen Lächeln und fragte Marcus mit unglaublichem Augenaufschlag, was wir trinken möchten. Es war ein wichtiger alles entscheidender Moment für mich. Ich beobachtete Marcus ganz genau. Aber seine Augen traten nicht aus den Höhlen hervor, und ihren Augenaufschlag schien er nicht einmal zu bemerken. Anstatt wie jeder normale Hetero-Mann mit ihr zu flirten, bestellte er einfach zwei Pils und sagte, dass wir noch nicht gewählt haben.

Und während ich Markus so ansah, hatte ich das Gefühl, einen goldenen Heiligenschein über seinen Kopf zu sehen. Ich ahnte nicht einmal, dass mich wohl nur die Sonne geblendet hatte. Jetzt war ich ganz sicher, dass er keiner von diesen selbstverliebten Supermachos ist, die sich für unwiderstehlich halten und meinen, sie seien die nicht prominente Antwort auf Arnold Schwarzenegger.

Da ich von jeher sehr eifersüchtig war, hätte es mir gründlich die Stimmung verdorben, hätte er sich zu einem kleinen Flirt mit dieser aufreizenden Kellnerin hinreißen lassen.

Aber jetzt genoss ich es, im warmen, goldenen Sonnenschein mit ihm an einem Tisch zu sitzen. Meine Stimmung hob sich noch mehr, als Marcus mich ganz selbstvergessen anlächelte und dabei das Essen vergaß. Das Essen, geräucherte Forelle, war überaus lecker. Und da Fisch ja bekanntlich schwimmen muss, tranken wir noch zwei weitere Biere.

Als Marcus mich an der Hand zum Alsteranleger zog, war ich bereits leicht beschwipst. Am Anleger wartete schon ein Schiff. Als wir einsteigen wollten, kam ich kurz ins Wanken, und mir entfuhr ein „Hicks“.

„Habe ich dir schon gesagt, dass ich eigentlich nicht sehr viel vertrage?“, fragte ich Marcus.

„Das ist ehrlich gesagt auch nicht zu übersehen“, sagte er. Und bevor es mir wieder peinlich werden konnte fügte er hinzu: „Ich halte dich nicht für eine Alkoholikerin, denn die vertragen in der Regel ordentlich was. Außerdem ist es doch völlig in Ordnung am Wochenende oder zu einem besonderen Anlass mal etwas zu trinken. Es ist Wochenende, und ist unser Treffen etwa kein besonderer Anlass? Und wer etwas von Seefahrt versteht weiß, dass man niemals ohne Bier intus zu haben, an Bord gehen sollte. Ist zwar nicht physikalisch belegt, aber es ist doch ganz klar, dass man die innere Flüssigkeit zum Ausgleich für das Gleichgewicht auf dem Wasser braucht.“

Ich lachte los und sagte: „Also das ist das Süßeste und Witzigste, was mir je jemand vorgesponnen hat. Fällt wohl unter das Fach Seemannsgarn, jedenfalls das mit dem Gleichgewicht“, sagte ich immer noch lachend.

Wir gingen durch das ganze Schiff und setzten uns draußen auf eine Bank. Marcus legte seinen Arm um mich und lächelte mich an. Ich gab ihm ein kleines Küsschen auf die Wange. Es war herrlich. Um uns herum glitzerte das Wasser in der Abendsonne.

Die Maschinen wurden angelassen, das Schiff legte ab, und wir schaukelten sanft auf die Alster hinaus. Obwohl es nur eine Fahrt auf einem ganz gewöhnlichen Alsterdampfer war, war es wunderschön.

Wir redeten über unser leckeres Essen von eben, über die großen Villen an der Alster, wo nur die wohnen, die es sich leisten können. Animiert vom „Atlantik“ und von den „Vier Jahreszeiten“ unterhielten wir uns dann über Nobelhotels. Als wir unter der Lombardsbrücke auf die Außenalster hinausglitten, bewunderten wir die vielen weißen Segelschiffe, die elegant auf dem Wasser kreuzten.

„Wusstest du, dass Hamburg mehr Brücken als Venedig, Amsterdam und London zusammen hat?“, fragte ich Marcus.

„Nein, wusste ich nicht. Aber ich werde auf jeden Fall nachzählen, ob es wirklich so viele sind“, sagte er lachend.

„Gute Idee“, sagte ich. „Denn ich weiß nicht mehr genau, wie viele es wirklich sind. Ich weiß auch nicht, ob nur die richtigen Steinbrücken oder ob jeder kleine Holzsteg mitgezählt worden ist. Aber Hamburg ist die Brücken reichste Stadt Europas."

Er sagte: „Das nächste Mal machen wir eine längere Fahrt, und dann zählen wir sie. Wollen wir in Winterhude wieder an Land gehen. Ist das Ok?"

„Ach schon? Na ja, du hast ja leider keine Zeit mehr. Du musst ja noch zu deiner Schwester", sagte ich ziemlich betrübt. „Nein, wir haben keine Zeit mehr, auf dem Wasser herum zu schippern, wegen deines Programms. Ich dachte, wir fahren ab Winterhude mit der U-Bahn weiter bis zur Feldstraße und gehen auf den Dom."

Ich strahlte ihn vor Freude an und versuchte den gleichen hinreißenden Augenaufschlag wie die hübsche Kellnerin.

„Hast du was im Auge?", fragte Marcus. „Nein, nein, alles in Ordnung. Dann auf zum Dom!"

Der Hamburger Dom ist keine Kirche, sondern ein riesiger Rummelplatz mit vielen Buden und Karussells. Ich war heilfroh, dass dieser schöne Tag noch nicht zu Ende war, sondern nur unsere romantische Schifffahrt.

Als das Schiff anlegte, half Marcus mir galant beim Aussteigen. Nachdem wir in die U-Bahn gestiegen waren, fragte ich ihn: „Hast du eigentlich einen Führerschein?"

„Selbstverständlich. Damit verdiene ich doch meine Brötchen. Und du?"

„Ja, ich auch. Nur das Auto fehlt mir. Kleinere Strecken fahre ich mit dem Rad, größere mit Bus oder Bahn. Hast du denn ein Auto? Und wieso verdienst du damit deine Brötchen?"

Er sagte: „Ich brauche gar kein Auto. Richtig fahren kann man zur Hauptverkehrszeit so wieso nicht, weil es sich staut. Und parken kann man auch nirgends, wenn man nicht den Nerv hat, stundenlang um den Block zu fahren und einen Parkplatz zu suchen. Und wenn ich sowieso schon den ganzen Tag mit dem LKW herumgefahren bin, habe ich abends keine Lust mehr. Außerdem trinke ich ganz gerne mal ein Bier. Was soll es? Die U-Bahn fährt alle fünf Minuten. Trotzdem bedauere ich es natürlich zutiefst, meine Teuerste, dass ich Ihnen keinen Rolls Royce mit Chauffeur zur Verfügung stellen kann."

Ich sagte gekünstelt: „Selbstverständlich verfüge ich selbst über Rolls Royce und Chauffeur. Aber der Chauffeur ist krank, und ich empfinde es unter meiner Würde, selbst zu fahren!"

Marcus lachte und küsste mich. „Mit dir macht sogar das U-Bahn fahren Spaß. Auf dem Dom darfst du dann auch mal Feuerwehrauto fahren!"

„Ganz tolle Idee. Wirklich sehr großzügig. Aber nur wenn du mitfährst", sagte ich ironisch.

Mittlerweile hatten wir die Feldstraße erreicht. Auf dem Heiligengeistfeld drängelten sich die Menschen. Überall zuckten und blitzten die Lichter der Karussells, und an jedem Karussell spielte andere Musik. Die Wagen der Achterbahn donnerten in einer scharfen Kurve steil herunter, während die Insassen kreischten und die Schaulustigen die rasante Fahrt mit offenen Mündern beobachteten.

„Jedes Los ein Gewinn!", dröhnte es von der Losbude neben an. So unterschiedlich wie die Musik waren auch die leckeren Gerüche. Der Duft von gebrannten Mandeln, Zuckerwatte und Bratwürsten stieg mir in die Nase. Während wir über den Dom schlenderten, hielt Marcus mich die ganze Zeit im Arm. Ab und zu blieben wir vor den einzelnen Karussells stehen und sahen zu.

„Wie wäre es mit einer kleinen Stärkung? Hast du Appetit auf Bratwürstchen und Bier?", fragte Markus.

„Aber wir haben doch erst was gegessen. Na ja, ist schon ein bisschen her. Und es duftet so gut, da muss man einfach Hunger kriegen. Außerdem geht man ja nicht wegen der Karussells zum Dom, sondern um sich von Stand zu Stand durchzufressen", sagte ich, während Marcus lachend den Kopf schüttelte.

„Du bist schon eine Marke", sagte er.

Also gingen wir an die nächste Bude, aßen Würstchen und tranken Bier dazu.

„Wenn du genug gestärkt bist, meine Süße, möchte ich mit dir in die Geisterbahn."

„Hätte ich mir doch denken können, dass ein Haken an den Würstchen ist. Normalerweise machen sie nur dick. Aber Geisterbahn ist ja noch schlimmer. Ich kriege da wirklich Angst und erschrecke mich immer fürchterlich. Wirklich!“

„Das ist nicht dein Ernst oder? Du wirst doch nicht vor ein bisschen Pappmaché und Plastik Angst haben?!“

Ich errötete etwas, da es mir wirklich peinlich war und sagte dann: „Natürlich weiß ich, dass es keine echten Geister sind. Ich weiß auch, dass es albern ist. Aber trotzdem grusele ich mich auch vor Plastik-Skeletten und so. Dann bekomme ich Albträume, weil ich diese Bilder einfach nicht wieder loswerde.“

Marcus lachte wieder, küsste mich kurz auf den Mund und sagte: „Ich bin doch bei dir und werde dich beschützen. Du kannst dir ja noch etwas Mut antrinken.“

Er bestellte zwei weitere Biere. Nachdem wir diese auch noch getrunken hatten, war ich tatsächlich etwas mutiger. Ich wartete vor der Geisterbahn, während Marcus die Tickets besorgte. Als ich angewidert die äußere Kulisse der Geisterbahn betrachtete, klopfte mir jemand von hinten auf die Schulter. Ich drehte mich um und schrie laut auf vor Schreck. Vor mir stand King Kong! Der Mann in dem Affenkostüm hielt sich den Bauch vor Lachen und freute sich enorm über seinen gelungenen Scherz.

Er sagte: „So ein leichtes Opfer wie dich findet man selten. Du willst doch wohl nicht ernsthaft da reingehen? Das überlebst du nicht, du Angsthäschen!“

Auch Marcus hatte das beobachtet und kam mit breitem Grinsen auf uns zu. Er sagte: „So, nun zeig dem Affen, dass du eine Frau ohne Furcht und Tadel bist!“

Er nahm mich an die Hand und zog mich zu den kleinen Wagen. Ich muss sagen, ich hatte schon vorher genug. Wir setzten uns in einen der Wagen, und ich kuschelte mich eng an Marcus. Wir ratterten los. Die Metalltür zur Geisterhöhle ging scheppernd auf und meine Augen fest zu. Marcus presste seinen Mund auf meinen, und ich brauchte die Augen gar nicht wieder aufzumachen. Während er mich innig und leidenschaftlich küsste, wanderte seine Hand über meinen Körper. Völlig außer Atem registrierten wir das Ende dieser Fahrt. Als sich die Metalltür mit dem gleichen Scheppern wieder öffnete, öffnete ich auch wieder meine Augen. Soviel war sicher: Nach dieser Geisterbahnfahrt würde ich keine Albträume kriegen.

Wir stiegen aus und gingen eng umschlungen Richtung Riesenrad. Plötzlich tauchte aus der Menschenmenge ein schwarzhaariges Mädchen auf, stürzte sich auf Marcus und schrie:

„Du elender treuloser Mistkerl! Du verlogener Drecksack! Ich hasse Dich! Warum tust du mir das an, du Arschloch?! Hast schon wieder eine Andere!“, während sie mit ihren kleinen Fäusten auf seinen Brustkorb trommelte.

Marcus packte sie an ihren Handgelenken und hielt sie fest. Dann sagte er: „Madita, beruhige dich doch. Es ist nicht immer so, wie es aussieht. Komm beruhige dich. Wir gehen was trinken und reden erst mal.“

Ich stand fassungslos daneben und konnte nicht glauben, was ich sah und hörte.

„Carolin, bitte warte hier auf mich, ja?! Versprich mir, dass du wartest. Ich muss hier eben etwas klären. In zehn Minuten bin ich zurück!“

Völlig erschlagen sagte ich: „Ok, ich warte da drüben in der Würstchenbude. Zehn Minuten!“

Das Mädchen hing jetzt laut schluchzend und heulend an seiner Brust. Mein Kopf rauschte, und ich konnte keinen klaren Gedanken fassen.

„Carolin, ich weiß, dass du das verstehst. Ich bin kein verantwortungsloser Schuft und muss mich kurz mit Madi aussprechen. Ok? Bitte warte eben. Bestelle dir zu essen und zu trinken, so viel du willst. Ich bezahle nachher alles.“

Marcus legte seinen Arm tröstend um das Mädchen und verschwand mit ihr in der Menge.

Ich dachte, ich bin im falschen Film. Nach der heißen Geisterbahnfahrt so eine kalte Dusche. Trotzdem hoffte ich, nach zehn Minuten meinen schönen Abend mit Marcus fortsetzen zu können. Ich setzte mich an einen der Holztische, die mit rot-weiß-karierten Plastiktischdecken bedeckt waren. Es duftete nach Bratwürsten. Ich bestellte ein Bier und versuchte mit zitternden Fingern eine Zigarette anzuzünden. Die brauchte ich jetzt zur Beruhigung.

Wer war das Mädchen? Was wollte sie von Marcus? Vielleicht war sie nur eine hysterische eifersüchtige Ex-Freundin von ihm? Aber was meinte Marcus mit: „Es ist nicht immer so, wie es aussieht?"

Meine Gedanken rasten verwirrt kreuz und quer durch meinen Kopf, während ich kräftig an meiner Zigarette zog. Er kommt gleich zurück und wird es mir sicher gleich erklären können, versuchte ich mich selbst zu trösten. Und dann machen wir da weiter, wo wir aufgehört haben. Nur eine kleine unbedeutende Unterbrechung, sagte ich mir.

„Bestell dir was du willst. Ich bezahle nachher alles", hörte ich noch die Stimme von Markus in meinem Kopf nachtönen. Verlockender Gedanke. Leider war mir Dank Madi der Appetit restlos vergangen.

Ich bestellte mir also noch ein Bier und steckte mir eine weitere Zigarette an. Trank, rauchte, trank, rauchte und sah mich ein wenig um. Am Nachbartisch saßen zwei junge Männer die unverhohlen zur mir herüber glotzten. Einer dunkelhaarig mit langen Koteletten und Schnauzer, vom Typ heißblütiger Südländer. Der Andere hatte einen rothaarigen Bürstenschnitt, Sommersprossen und ein dümmliches Grinsen. So wie es aussah, hatten mich alle beide als ihren nächsten Aufriss im Visier.

Oh Gott, dachte ich nur und sah schnell zu einem anderen Tisch. Dort saß eine nette deutsche Familie. Er mit dicken Schmierbauch und fortgeschrittener Glatze, von der ihm der Schweiß lief, während er eine fettige Schweinshaxe schmatzend in sich hineinstopfte. Seine magere Frau versuchte währenddessen die beiden dicklichen Sprösslinge, die sich lautstark um die Pommes stritten, zur Räson zu bringen. Einer der Bälger griff sich eine Handvoll Pommes und wollte sie seinem Bruder ins Gesicht werfen. Dieser wich geschickt aus, und einige der Pommes landeten in meinem Blusenausschnitt. Die Mutter der beiden entschuldigte sich bei mir. Ich versuchte nun möglichst unauffällig mir die Pommes aus dem Ausschnitt zu holen. Was unmöglich war, da einer der Pommes ziemlich tief gerutscht war. Zwangsläufig öffnete ich einen weiteren Knopf der Bluse und griff mit einer Hand hinein, bis ich den Pommes mit zwei Fingern wieder herausfischen konnte.

Der Einzige, der nichts davon mitbekam, war der dicke Mann, der immer noch genüsslich an seiner Haxe mampfte. Die beiden Jungs grölten, und ihre Mutter hielt sich verschämt die Hand vor den Mund.

Mit bösem Gesicht schloss ich meinen Blusenknopf wieder. Für die beiden jungen Proleten vom Nachbartisch war das ein gefundenes Fressen. Ich schnappte Worte wie „geil“ und dicke „Titten“ und andere Obszönitäten auf.

Als ich nach meinen Zigaretten griff, stieß ich mit der Hand gegen mein Bierglas. Es kippte um, und der gesamte Inhalt ergoss sich über meine Bluse, die dadurch so durchsichtig wurde, dass ich genauso gut nackt dagesessen haben könnte.

Der Rothaarige sprang auf, griff einige Papierservietten und drückte sie mir gegen die Brust. Ich haute ihm die Servietten aus der Hand und sagte: „Nimm gefälligst deine Pfoten weg!“

Er antwortete mit beleidigtem Gesicht: „Ich wollte doch nur helfen, Süße.“

Zu seinem Kumpel gewandt sagte er dann: „Auch noch undankbar, die Tussi.“

„Der muss ganz anders geholfen werden“, antwortete der Dunkelhaarige anzüglich und bestellte Bier und Korn für mich.

Ich nahm es an. Jetzt war sowieso schon alles egal. Die Peinlichkeit hatte ihren Höhepunkt erreicht! Ach Marcus, warum tust du mir das an? Ich prostete mit dem Schnaps den beiden Proleten zu und kippte ihn in einem Zug herunter. Das sahen die beiden als Einladung an meinen Tisch an. Sie setzten sich also zu mir und bestellten noch mehr Schnäpse.

Das Gute war, dass ich ihnen nach dem dritten Schnaps klarmachen konnte, dass ich normalerweise keinen Schnaps trinke. Aber leider bin ich nach dem Vierten bereits unzurechnungsfähig.

Oh Marcus, bitte komm doch, und rette mich, dachte ich. Er war bereits seit fünfundvierzig Minuten weg. Der Schnaps wirkte. Na und? Was soll's! Ich hatte ja tolle neue Freunde gefunden.

Mit steigender Promille wurden sie mir immer sympathischer. Mittlerweile war Marcus seit über einer Stunde weg. Es störte mich kaum noch. Ich hatte ja jetzt Harald und Walter und viel zu viel Promille.

„Iss swade auf mein Sfreund. Iss nis gekomm. Ssade“, lallte ich.

„So ein Looser“, sagte der rothaarige Walter.

Harald legte tröstend seinen tätowierten Arm um mich und sagte: „Keine Sorge, meine Süße. Du bist jetzt meine Torte! Der gute Harald kümmert sich jetzt um dich. Das wird eine heiße Nacht! Marcus ist ein Looser, so eine süße Braut sitzen zu lassen! Wer zu spät kommt, den bestraft das Leben.“

Walter rülpste laut und maulte: „Und ich geh mal wieder leer aus!“

„Wo ich meinen Hammer habe, bleibt nichts für andere“, protzte Harald.

„Du hassn Hamma? Bissu Handwerka oda wassis?“, fragte ich.

„Nee, ich arbeite hier auf dem Dom am Karussell. Ich kontrolliere die Tickets und fahre auch mal `ne Runde mit.“

Na, da hatte ich mir ja ganz tolle Typen aufgehalst. Das war mir trotz der Promille klar.

„Iss ja cool“, sagte ich.

Mittlerweile waren außer meinen Lichtern auch die Lichter der Karussells ausgegangen. Es waren kaum noch Leute da. Auch die letzten Nachzügler machten sich auf den Heimweg.

Meine neuen Freunde meinten, dass der „Schuppen“ jetzt dichtmachen würde und wir gehen müssten.

„Wassn, jests sschon?“, lallte ich, dann heulte ich los: „Sund macus issn nich gekomm und wo sollishch hin?“

„Alles klar, Baby, du kommst mit auf meine Bude. Ist nur ein paar Schritte von hier. Die nächste Bahn fährt erst morgen früh. Und allein kann man dich jetzt sowieso nicht lassen. Nachher kommst du unter die Räder oder wirst von zwielichtigen Typen aufgelesen. Bei mir bist du sicher."

„Was heißt hier deine Bude?! Das ist immer noch unsere Bude! Denk bloß nicht, ich schlafe draußen, nur weil du `ne neue Tussi hast", meldete sich jetzt Walter zu Wort.

Harald zahlte die Zeche, ganz Kavalier, nahm mich in den Arm, und wir torkelten los. Es waren wirklich nur ein paar Schritte bis zu dem schäbigen alten Wohnwagen, der wohl die „Bude" der beiden darstellen sollte.

„Hier, Schneewittchen, ist dein Schloss!", sagte Harald voller Besitzerstolz.

„Uff!" Mehr brachte ich nicht heraus, angesichts dieses verrotteten Wohnwagens.

„Auf`m Eigenheim fahren doch alle Bräute ab", meinte Walter.

Harald drängte mich gegen den Wohnwagen, steckte mir seine Zunge in den Hals und begrapschte mich. Dann schleppten die zwei mich gemeinsam die drei Stufen hoch und verfrachteten mich auf eine schäbige, aber saubere Schlafcouch.

„Ich zieh mich mal zurück", sagte Walter.

Er ging in das andere Ende des Wagens und trennte seinen Teil mit einem Vorhang ab. Dann schaltete er den Fernseher ein und sah sich offenbar einen Sexfilm an.

Währenddessen hatte Harald wohl die Hoffnung, das Gleiche, was Walter im Fernsehen sah, mit mir zu praktizieren. Davon bekam ich allerdings nichts mehr mit, denn ich schlief auf der Stelle ein. Was für ein Jammer musste das für Harald gewesen sein.

Am nächsten Morgen erwachte ich in Haralds Armen. Als ich meine geröteten Augen aufschlug, drehte sich alles um mich herum. Da hatte ich meine Karussellfahrt gratis. Mein Schädel dröhnte, und meine Zunge war dick und pelzig. Und mir war wieder mal schlecht. So langsam kam die Erinnerung zurück, und mir wurde noch schlechter.

Marcus ist mit einer anderen abgehauen und hat mich sitzen lassen. Mich, die nette und verständnisvollste Frau der Welt! Und ich habe mich von zwei oberpeinlichen Typen vom Dom abschleppen lassen. Walter schnarchte drüben vor dem Fernseher, Harald direkt neben mir. Wie konnte ich mich nur mit diesem Zigeunerabklatsch einlassen?! Zu Intimitäten war es Gott sei Dank, weil ich so schnell einschlief, nicht gekommen. Meine Unterwäsche und ein T-Shirt, das wohl Harald gehörte, hatte ich noch an.

Nix wie weg hier, dachte ich.

Ich zog das T-Shirt aus und meine eigenen Sachen in Windeseile an. Ich schnappte mir meine Tasche und suchte das Weite. In der U-Bahn atmete ich erst mal auf. Diesen beiden Primitivlingen war ich zum Glück entkommen.

Trotzdem hatte ich keinen Grund zur Freude, denn alle meine Hoffnungen in Bezug auf Marcus waren wie eine Seifenblase zerplatzt. Zuhause angekommen, legte ich mich sofort ins Bett und schlief auf der Stelle ein. Ich träumte von schäbigen Wohnwagen und Zigeunern, mit denen ich um das Feuer tanzte, während Harald Gitarre spielte.

„Zigeunerjunge, Zigeunerjunge, wo bist du, wo sind eure Wagen ...", hörte ich den Song von Alexandra im Schlaf.

Nachdem ich einige Stunden geschlafen hatte, wurde ich durch das Klingeln an meiner Haustür geweckt. Noch ganz benommen taumelte ich aus dem Bett und stellte fest, dass es mir wieder besserging.

Ding Dong, Ding Dong!

Da wurde jemand ungeduldig. Natürlich Marcus. Das konnte nur Marcus mit einer Erklärung und einer Entschuldigung sein. Wahrscheinlich wollte er seinen Fehler wiedergutmachen. Mein Herz machte einen Luftsprung, und ich sprang zur Haustür und rief „Moment!"

Dann legte ich einen Hochgeschwindigkeitssprint Richtung Bad hin, versuchte meine Haare etwas zu ordnen und sprintete wieder zur Haustür zurück. Mit einem Ruck riss ich sie auf. Mein Herz plumpste wie ein Stein zu Boden, mein 100-Watt-Lächeln erstarb. Vor mir stand Harald!

„Hallöchen Schneewittchen, hast wohl nicht mit mir gerechnet, was? Es war ein böses Erwachen für mich heute Morgen, ganz allein in meiner Koje. Was ist? Lässt du mich jetzt rein, oder soll ich hier Wurzeln schlagen?“

Verdattert sagte ich: „Ich äh, bin gar nicht angezogen.“

Harald lachte lautstark los und sagte noch lauter: „Ich hab‘ dich schon splitternackt gesehen. Heute Nacht, in meinem Bett!“

Während seine Worte durchs Treppenhaus hallten, kam gerade Frau Krotzmann die Treppe herauf. Mit hochrotem Kopf schrie sie mich an: „Du verdorbenes Flittchen. Niemand duldet hier eine Hure im Haus! Das ist ein anständiges Haus!“

„Jetzt nicht mehr. Jetzt wohne ich ja hier“, antwortete ich frech.

„Nicht mehr lange! Das sage ich Ihnen. Dafür werde ich sorgen!“

„Oma, jetzt krieg dich mal wieder ein! Und beleidige mein Mädchen nicht“, mischte sich jetzt Harald ein. „Nur weil dich alte Wachtel keiner mehr flachlegt, lass doch wenigstens uns unseren Spaß.“

Frau Krotzmann bekam kaum noch Luft, als sie hysterisch schrie: „Das hat Folgen! Ich verklage sie wegen Prostitution und Zuhälterei!“

„Schnauze, Oma!“, sagte Harald. Und zu mir gewandt: „Komm Schätzchen, lass uns reingehen. Siehst ja heiß aus, in deinem Hemdchen. So richtig zum vernaschen.“

Er drängte mich in die Wohnung und knallte der Krotzmann die Tür vor der Nase zu.

„Na, der hast du es ja gegeben“, sagte ich. „Aber kein Wunder, dass die so aufgebracht ist, sie hat mich erst vor ein paar Tagen mit Marcus knutschen sehen.“

Harald guckte jetzt zwar etwas verdattert, sagte aber trotzdem: „Das geht die doch einen feuchten Kehricht an. Aber mich geht das was an. Wer ist Marcus?“

„Na, mein Freund", fing ich an und sagte dann ganz schnell, nachdem ich Haralds bösen Gesichtsausdruck sah: „Also mein Ex-Freund, weißt du. Der der mich gestern Abend sitzen gelassen hat."

„Dieses Arschloch! Dem haue ich in die Schnauze. Der soll dich gefälligst in Ruhe lassen. Sonst passiert was, kapiert?! Und ich teile dich nicht. Mit niemandem. Du bist jetzt meine Braut. Halte dich daran!! Sonst garantiere ich für nichts mehr."

Oh weia, da hatte ich mir ja was eingebrockt. Wie sollte ich den wieder loswerden? Was werden jetzt die Leute von mir denken. Den könnte man tatsächlich für einen Zuhälter halten. Und Frau Krotzmann wird jeden davon überzeugen, dass er einer ist und ich eine Prostituierte bin. Aber mein wirkliches Problem war Harald mit seiner Gossensprache. Wenn der nun ausrastet und mir die Wohnung zerlegt. Bestimmt war er schon vorbestraft. Auf meine Menschenkenntnis kann ich mich verlassen. Ich dachte, es wäre wohl besser, ihn nicht zu reizen und das Spielchen noch etwas mitzuspielen.

„Warum bist du gekommen, und woher hast du meine Adresse?", fragte ich ihn.

„Ich glaube, das sagte ich bereits. Aber für dich wiederhole ich es gerne noch mal. Weil du mein Mädchen bist. Meine Tussi oder Torte, claro?! Das ist jedenfalls der Hauptgrund."

„Ach, gibt es auch noch einen anderen Grund? Und du hast noch nicht verraten, woher du weißt, wo ich wohne."

„Joa, es gibt noch einen anderen Grund. Ich bin nämlich ein netter und hilfsbereiter Mensch unter meiner rauen Schale."

Das ich nicht lache, dachte ich nur.

„Du hast das hier gestern bei mir vergessen", sagte er und gab mir meinen Rechnungsordner.

„Ich dachte, könnte vielleicht wichtig sein. Und dabei bin ich auch auf deine Adresse gestoßen. Es fiel nämlich eine kleine Gehaltsabrechnung raus. Ich schwöre, ich habe sie nicht gelesen. Nur deine Adresse. Die interessiert mich nämlich mehr als dein Gehalt."

Jetzt war ich wirklich platt! Ich hatte noch gar nicht bemerkt, dass ich den Ordner nicht mehr hatte. Das wäre ja eine Katastrophe gewesen. Jetzt staunte ich wirklich. Eigentlich hätte ich Harald eher so eingeschätzt, dass er mein Portmonee klauen würde. Nicht aber so, dass er mir noch meine vergessenen Sachen nachtragen würde.

Jetzt war ich ihm aber wirklich dankbar. „Oh, tausendfachen Dank! Der ist allerdings super wichtig. Hätte ich den verloren, hätte ich auch meinen Job verloren. Das ist wirklich nett von dir. Vor allem, dass du ihn sofort gebracht hast. Wäre ich Montag ohne Ordner zur Arbeit gegangen, wäre es das gewesen. Ich habe ihn sozusagen ohne Erlaubnis entwendet."

„Keine Ursache, habe ich gern getan. Vor allem aber, weil ich dich sehen wollte. Wittere ich da etwa eine kleine kriminelle Ader?", fragte er.

„Nein, natürlich nicht. Ich habe ihn nur mitgenommen, weil ich früher gehen wollte und meine unfertige Arbeit zu Hause erledigen wollte."

„Das könntest du morgen machen. Da habe ich leider keine Zeit für Dich. Sonntage eignen sich prima zum malochen. Aber erst das Vergnügen. Ich habe auch was zum Futtern und was zum Gurgeln mitgebracht. Frische Schmalzkuchen vom Dom."

Jetzt war ich begeistert. „Oh, super lecker. Die esse ich wahnsinnig gern. Die haben bestimmt tausende von Kalorien. Ich finde, es gibt nichts, was so gut wie Kalorien schmeckt. Ich koche uns schnell einen Kaffee dazu."

„Nix da, Kleine. Du setzt dich hin und ich mach den Kaffee, ok? Du musst mir nur kurz sagen, wo alles steht. Ich meine natürlich in der Küche", sagte er schon wieder ziemlich anzüglich und lachte dabei lautstark.

Trotzdem kam ich aus dem Staunen gar nicht mehr raus. Dieses leicht Ordinäre gehörte wohl einfach zu ihm. Aber dass er freiwillig Kaffee kochen wollte, konnte ich kaum glauben. Ich hätte eher mit so was wie „Tussis gehören hinter den Herd" oder etwas Ähnlichem gerechnet.

„Da ist die Küche. Die Kaffeemaschine siehst du schon. Kaffee und Filtertüten sind obendrüber. Fühle dich wie ...", fast hätte ich wie zuhause gesagt, „... der Küchenchef", sagte ich dann schnell.

Seit Nils hatte ich mir geschworen, nie wieder jemandem zu sagen, er solle sich bei mir wie zuhause fühlen.

„Klaro, ich bin immer Cheffe!“

Was wollte dieser Typ bloß von mir? Wie sollte ich ihm nur klarmachen, dass er deutlich unter meinem Niveau lag? Tja, wenn Marcus aufgetaucht wäre und mich vor der Krotzmann verteidigt hätte, und wenn der mir meinen Ordner und Kuchen gebracht hätte.

Marcus wäre mein Held gewesen. Ach Marcus!

Aber dieser unmögliche Karussellbremser. Allein sein Aussehen, mal ganz abgesehen von seinem Benehmen und seiner Macho durchtränkten Gossensprache. Groß und dünn, strähnige, dunkle, halblange Haare mit Koteletten. Seine Augen waren eigentlich ganz schön, sie hatten so einen warmen braunen Ton. Aber dieser abartige Riesenschnauzer! Und diese Klamotten konnte man kaum Kleidung nennen. Heute trug er ein zerknittertes rotweiß kariertes Hemd und eine fadenscheinige Jeans, die viel zu eng im Schritt war.

Während ich noch überlegte, wie ich ihn wieder loswerden konnte, stellte er Kaffee und Kuchen vor mich hin, drückte mir einen Kuss auf den Mund und lächelte mich strahlend an, sodass sich die Enden seines Schnauzers auf lächerliche Weise nach oben bogen. Dann klingelte es an der Haustür.

„Wer ist denn das? Hoffentlich nicht dein Arschfreund. Der kriegt was auf die Schnauze. Ein Mädchen einfach allein auf dem Dom zurück zu lassen! Das gehört sich einfach nicht!“

Hatte ich richtig gehört? Das gehört sich einfach nicht? Und das aus Haralds Mund. Irgendwie erstaunte er mich immer wieder. Aber es war nicht mein „Arschfreund“, sondern nur Martha.

„Hallöchen, liebste Freundin“, flötete sie, während sie ihren Kopf neugierig zur Wohnzimmertür reckte. „Wie schön, du hast Besuch!“

Ich wollte gerade sagen, dass es gerade jetzt ein wenig ungünstig wäre, aber da hatte sie mich bereits mit ihrem Bauch zurückgedrängt und war schon mit Riesenschritten im Wohnzimmer.

„Hallo Marcus“, hauchte sie, während sie den erschreckten Harald an ihren gewaltigen Busen drückte. „Wie schön, dass wir uns endlich kennenlernen. Ich habe ja schon so viel von dir gehört.“

„Mensch du, lass mich los“, sagte Harald barsch und schob sie weg. „Ich heiße Harald! Hast du es geschnallt? Harald ist mein Name!“

Irgendwie hatte diese Szene eine gewisse Komik. Ich versuchte nicht zu sehr zu grinsen und bot Martha Kaffee und Kuchen an. Was sie mit Freuden annahm. Dabei dachte ich mir, dass Harald bestimmt schneller verschwindet, wenn die traute Zweisamkeit gestört ist.

„Ja, Martha, das ist nicht Marcus, sondern Harald“, sagte ich.

„Du hast aber auch an jedem Finger zehn“, sagte Martha, während Harald sie mit bösen Augen ansah.

Martha lächelte und sagte dann spitz: „Hätte ich mir gleich denken können, dass er nicht Marcus ist. Denn Marcus soll ja sehr gut aussehen, nach deiner Beschreibung.“

Mir blieb fast der Kuchen im Hals stecken. Harald erhob sich aus dem Sessel und sah jetzt richtig böse aus. Ich überlegte krampfhaft, wie ich die Wogen glätten könnte, denn das war ja eine deutliche Beleidigung.

Aber da sagte Harald ganz ruhig: „Marcus, der Arsch, ist passee! Carolin ist jetzt mit mir zusammen, kapitto? Sie ist meine Braut!“

Martha guckte ziemlich verdutzt.

„Ja, genau“, sagte ich, um Harald zu beruhigen. „Harald und ich sind jetzt ein Paar!“

Harald grinste zufrieden. Ich hatte ja das gesagt, was er hören wollte. Martha sah mich an, als wenn ich den Verstand verloren hätte.

„Mädels, das ist ein Grund zum Feiern!“, sagte Harald, während er ein paar Flaschen Rotwein aus seinem Rucksack zauberte.

„Wie kommst du denn zu dem?“, fragte mich Martha mit offenem Mund.

Harald antwortete an meiner Stelle: „Sie hat Glück gehabt, würde ich sagen!“

„Ja, ich habe ein Riesenglück gehabt!“

Martha glotzte mich an. Spätestens jetzt war sie überzeugt, dass ich wirklich den Verstand verloren hatte. Ich atmete allerdings erleichtert auf, weil die Situation nun entschärft war und ich nicht mehr damit rechnen musste, dass meine Einrichtung zertrümmert werden würde.

Der Wein hatte es in sich. Harald gab ein paar obszöne Witze zum Besten. Martha und ich kicherten. Plötzlich wuchtete sich Martha aus dem Sessel.

„Willst du schon gehen?“, fragte ich sie.

Martha tat äußerst geheimnisvoll, klimperte mit den Wimpern und sagte: „Ich muss, ich muss gehen. Ich sage nur eines: A-ha!“

Hoffentlich fängt sie jetzt nicht mit ihrer Story an, dachte ich und sagte: „Ach, wie schade. Wo es gerade so gemütlich ist. Aber wenn jemand auf dich wartet, verstehe ich das natürlich.“

Sie drückte Harald nochmal an ihre Brust, und diesmal ließ er es über sich ergehen.

„Wir sehen uns“, flötete sie.

Dann drückte sie mich und schwebte, trotz ihrer 120 Kilo, leichtfüßig aus der Tür.

„Ein Glück, dass jemand auf sie wartet. Wer ist es denn? Ihre Kolleginnen von den Weight Watchers?“, fragte Harald laut lachend.

„Da irrst du dich aber gewaltig! Es ist der Sänger der Pop-Gruppe A-ha, Morton Harket."

„Du willst mich verarschen, was?“

„Nein, bei Leibe nicht. Ich sage nur das, was sie mir immer erzählt. Manchmal denke ich, sie glaubt es fast selber. Wahrscheinlich hat sie Komplexe wegen ihres Übergewichts, dass sie es damit irgendwie kompensieren will. Aber es nervt trotzdem, wenn sie anruft und immer dieselbe Geschichte erzählt.“

Harald sagte: „Die Arme, jetzt tut sie mir fast leid. Obwohl sie mich beleidigt hat. Aber da kannte sie mich eben noch nicht.“

Er holte kurz Atem. „Aber nun zu dir, mein süßes Häschen. Komm endlich mal her auf meinen Schoß. Ich bin ein richtiger Schmusetiger, das sage ich dir gleich."

Da der Wein schon gut seine Wirkung getan hatte, ging ich zu ihm rüber und setzte mich auf seinen Schoß. Komisch. In Verbindung mit Alkohol, einer Menge Alkohol, fand ich Harald richtig sympathisch. Ich trank noch ein Glas Wein. Harald füllte es sehr aufmerksam immer nach. Dann fand ich ihn richtig süß. Da er es sich ja anscheinend in den Kopf gesetzt hatte, mein Freund zu sein, bedeutete das für mich, Alkoholikerin werden. Das kam natürlich nicht in Frage. Also musste ich mir etwas einfallen lassen, um ihn wieder los zu werden. Aber noch nicht heute, da ich ihn heute wieder süß fand. Morgen, wenn ich wieder nüchtern bin, werde ich mir was überlegen. Das waren so meine Gedanken als Harald mich zärtlich umschlang und mein Gesicht mit vielen kleinen Küssen bedeckte.

„Du bist wirklich die Süßeste aller Zuckerpuppen, dich gebe ich nie wieder her!"

Ich schmolz dahin. Aber das hatte ich mir für heute Abend noch erlaubt. Ab Morgen würde ein anderer Wind wehen.

Ich kicherte und sagte: „Das kannst du doch nicht dem Rest der weiblichen Welt antun! Du, der Supermacho, der alle Frauen weichkocht. Dir kann doch keine widerstehen."

Das meinte ich natürlich nicht ernst.

„Ich weiß", sagte er seufzend. „Ich werde jetzt viele Herzen brechen müssen. Schade!"

Ich konnte mich kaum noch einkriegen vor Lachen. Irgendwie war er schon witzig. Wir tranken noch den Rest vom Wein aus. Ich verschluckte mich daran. Harald klopfte mir auf den Rücken bis der Hustenreiz nachließ. Daraufhin schüttelte uns ein derartiger Lachanfall, dass wir beide vom Sessel auf den Boden kugelten. Es artete in ein ziemliches Geküsse und Geknutsche aus.

Als wir völlig außer Atem eine Pause einlegten, meinte Harald: „Zeit fürs Bett!"

Er zog mich an den Händen vom Boden hoch, hielt mich an einer Hand fest und führte mich schnurstracks in die Abstellkammer. Dort angekommen guckte er so dämlich aus der Wäsche, dass ich laut lachen musste. Er stand immer noch völlig verdattert da und guckte wie ein Auto.

„Und ich dachte immer, ich hätte einen schlechten Orientierungssinn", sagte ich. „So groß ist meine Wohnung doch gar nicht. Na, komm schon. Das war wohl der Wein."

Harald fand mit meiner Hilfe den Ausgang aus der Abstellkammer und den Weg ins Schlafzimmer. Er sagte: „Das war nicht der Wein. Ich kann was vertragen."

„Ach ja, richtig. Du bist ja der tolle Hecht, den nichts umhaut", zog ich ihn auf.

„Hör endlich auf damit. Es war nicht der Wein! Du hast das mit mir gemacht. Du verwirrst mir die Sinne. Ich glaube, ich bin verliebt", sagte er plötzlich ganz ernst.

Solche Worte aus dem Munde des ordinären Möchtegern-Machos. Diesmal stand ich mit offenem Mund da. Aber nicht lange, dann witzelte ich: „Oh, wie romantisch. Wer ist denn die Glückliche?"

Er guckte mit einem Mal ziemlich ernst, küsste mich und sagte: „Wir sollten jetzt lieber schlafen."

Das taten wir dann auch. Wir kuschelten uns eng aneinander und schliefen Arm in Arm ein. Als ich am nächsten Morgen erwachte, lag ich allein im Bett. Die Kaffeemaschine gurgelte, und es roch nach frisch gekochtem Kaffee. Wenige Minuten später kam Harald, offensichtlich frisch geduscht und mit nassen Haaren, ins Schlafzimmer. Er balancierte ein Tablett auf den Händen.

„Guten Morgen, Prinzessin. Ich habe Frühstück gemacht."

Er stellte das Tablett ab und küsste mich. „Wie wäre es mit Frühstück im Bett?", fragte er mich.

„Aber nur wenn du nicht krümelst. Denn ich mag keine Krümel im Bett!"

„Ok, gebongt. Ich werde schon nicht krümeln und keinen Kaffee ins Bett schütten. Leider habe ich auch noch eine traurige Nachricht. Ich muss dich gleich nach dem Frühstück verlassen, du weißt ja, Maloche."

„Natürlich", sagte ich erleichtert, weil er von selber gehen wollte.

„Als Karussellbremser hat man bestimmt viel zu tun!"

„Warum sagst du das immer so abfällig? Schausteller ist ein ehrlicher Beruf. Aber ich habe auch noch andere Sachen zu tun", sagte er ziemlich beleidigt.

„Na klar doch. Du musst auch noch ein paar Bräute klarmachen. Das verstehe ich doch!"

Er verstand jetzt aber plötzlich gar keinen Spaß mehr.

„Du weißt doch genau, dass du meine Einzige bist. Und ehrlich gesagt, ist es wirklich nicht gerade so, dass ich mich vor Frauen nicht retten kann. Jetzt hör endlich auf mit dem Scheiß. Ich brauche keine anderen Bräute. Ich bin treu. Trotzdem habe ich noch berufliche Verpflichtungen."

Normalerweise bin ich ziemlich eifersüchtig. Aber natürlich nicht bei Harald. Wenn der mir von einer Anderen ausgespannt werden würde, wäre ich außerordentlich dankbar.

Dann sagte er versöhnlich: „Ich hoffe, du bist jetzt nicht sauer. Ich würde wirklich gerne für immer bei dir bleiben, aber ausgerechnet diese Woche habe ich unheimlich viel zu tun. Ich habe frühestens nächstes Wochenende wieder Zeit, aber dann auch nur kurz. Die nächsten Wochen wird es leider auch nicht besser. Sei nicht traurig, ich ruf dann mal an. Ich habe wirklich so beschissen viel zu tun!"

Wenn der wüsste, wie ich mich freute. Das Problem Harald würde sich also ganz von allein erledigen. Ganz ohne Krach und ohne peinliche Szenen.

„Das macht doch nichts. Ich muss doch auch arbeiten", sagte ich.

„Bist du denn überhaupt nicht traurig, wenn wir uns nicht sehen können?", fragte er ganz enttäuscht.

„Doch, natürlich“, log ich. Notlüge. „Aber ich habe doch auch Verständnis dafür.“

„Ich bin so ein Glückspilz, dass ich so eine Frau wie dich gefunden habe. Kein Stress, weil man arbeiten muss und mal keine Zeit hat. Keine Eifersuchtsszenen. Echt geil! Trotzdem wirst du mir fehlen. Ich weiß gar nicht, wie ich die Woche ohne dich überleben soll. Aber ich rufe jeden Tag an, versprochen.“

„Also mach dir bloß keinen Stress deswegen. Wenn du Zeit hast und ein Telefon greifbar ist, kannst du mal anrufen. Wenn du es nicht schaffst, ist es auch kein Drama“, sagte ich ganz cool.

Toll, wie cool man sein kann, wenn einem nichts an dem Menschen liegt. Und mein Problem, Harald elegant wieder los zu werden, hatte sich von ganz allein gelöst. Wenn er anruft gehe ich nicht dran. Könnte ja sein, dass ich gar nicht zu Hause bin. Nächstes Wochenende würde ich dann keine Zeit haben. Dann würde etwas dazwischenkommen, und danach würde ich krank sein. Und so würde die ganze Sache einfach einschlafen.

„Also, Tschüs, Schätzchen. Vergesse mich nicht, mein Häschen“, sagte er und drückte mich fest an sich.

„Ja, tschau, dann mach es mal gut!“

Ich brachte ihn zur Tür, als er es sich dann doch noch mal anders überlegte. „Stopp, nicht so schnell. Hab‘ doch was vergessen. Ich muss dir noch eine Telefon-Nummer geben, unter der du mich erreichen kannst. Für Notfälle sozusagen. Bei großer Sehnsucht zum Beispiel. Oder wenn du sonst was willst oder brauchst.“

„Nee, lass man. Du rufst mich doch sowieso an. Kannst du mir ja das nächste Mal geben.“

„Na ja, ich dachte nur ... Ok, das nächste Mal.“

Dann folgte noch ein langer Kuss, und er war weg. Jedenfalls fast. Während er die Treppen herunter stolperte, winkte er mir zu und warf Kusshändchen zu mir herauf. Dadurch muss er wohl eine Stufe übersehen haben und fiel laut polternd die Treppe herunter. Ich befürchtete schon, dass er sich verletzt hatte und nun bleiben müsste.

Aber als ich von oben heruntersah, rappelte er sich bereits wieder auf und rief: „Ist nichts passiert. Keine Sorge, Baby. Du fehlst mir jetzt schon. Bye!“

Jetzt konnte ich endlich aufatmen und mir einen schönen Tag machen. Was wegen der Enttäuschung mit Marcus dann praktisch unmöglich war. Oje, der Rechnungsordner! Den hatte ich ja ganz vergessen. Heute war schon Sonntag, und morgen musste alles fertig sein. Also war klar, wie ich den Rest des Wochenendes verbringen würde: natürlich arbeitend.

Missmutig machte ich mich daran. Leider kam ich gar nicht gut voran, da meine Gedanken immer wieder abschweiften. Immer wieder tippte ich falsche Zahlen in den Taschenrechner. Bei drei Mal Nachrechnen hatte ich dann drei verschiedene Ergebnisse und musste wieder von vorn anfangen.

Ich dachte an das Erlebte, an Harald, den ich ja nun nicht mehr sehen würde. Obwohl er eigentlich ganz nett war, hier bei mir. Egal, er passte auf den Jahrmarkt, aber nicht in meine Welt. Und natürlich dachte ich schmerzvoll an Marcus. Mir schossen die Tränen in die Augen. Vorhin war ich durch Harald noch abgelenkt, aber jetzt, in der Stille des Alleinseins, sah alles anders aus. Ich hatte meinen Traummann verloren. Der Mann, der zu mir passte, der einzig Richtige für mich! Was hatte er nur getan! Sollte er je wieder anrufen, was er natürlich nicht tun würde, dachte ich resigniert, würde ich ihn zum Teufel schicken. Eiskalt! Da war ich mir absolut sicher. Selbst die beste Ausrede würde mich nicht erweichen können. Sogar wenn er vor mir niederknien und mir die Füße küssen würde, ich würde mich nie wieder mit ihm abgeben. Nie wieder!

Schnief, schnief. Wahrscheinlich amüsierte er sich jetzt mit Madi. Der war meine Tränen gar nicht wert, die jetzt auf meine Rechnungen tropften und die Tinte verschmierten.

Das Ganze war am Freitag passiert. Heute war schon Sonntag, und er hatte noch nicht mal angerufen, um sich zu entschuldigen oder irgendeine Erklärung abzugeben. Nein, damit brauchte ich nicht mehr zu rechnen, er würde sich nicht mehr melden. Sonst hätte er es schon getan.

Jetzt war ich so verheult, dass ich erst mal ins Bad musste. Dort lagen die hübsche Bluse und der Minirock von Denise auf dem Boden. Ganz verknüllt und voller Flecken. Oje, Denise wird mich umbringen! Ich wusch mein verheultes Gesicht und danach Rock und Bluse von Denise.

So, Caro, jetzt reißt du dich zusammen, wenigstens solange, bis die Rechnungen fertig sind, sagte ich zu mir selbst.

Als ich am nächsten Morgen in den Spiegel sah, hatte ich zu meinen üblichen morgendlichen Knautschfalten auch noch eine dicke rote Nase und rot geschwollene Augen.

Wo war nur Nadjas teure Sonnenbrille?

Egal wo ich suchte, ich fand sie nicht. Das bedeutete, mich entstellt in die Öffentlichkeit zu begeben, zum einen und zum anderen, Riesenärger mit Nadja.

Oh weia! Ich dachte, dass es wohl das Beste wäre, mich krank zu melden. Aber da fiel mir der Rechnungsordner und die Stempel ein. Es half alles nichts, ich musste zur Arbeit. Tatsächlich schaffte ich es an diesem Morgen als erste im Büro zu sein.

Als Frau Stöhr kam, lobte sie sogar meinen Arbeitseifer. Manchmal geschehen eben Zeichen und Wunder. Zum Glück fiel ihr mein verheultes Gesicht nicht auf.

Dann kam Suzie ins Büro: „Oh Gott, Carolin, wie siehst du denn aus! Ist was passiert? Hängt es mit deinem Date zusammen?“

Ich schluckte und nickte und kämpfte gegen die aufsteigenden Tränen an.

Suzie reichte mir ein Tempo und fragte: „Möchtest du darüber reden?“

Bevor ich antworten konnte, polterten Denise und Nadja lachend ins Büro.

„Moin, Moin!“, riefen sie und ließen sich auf ihre Drehstühle fallen. Denise zog einen Spiegel aus ihrer Tasche:

„Igitt! So ein fetter Pickel mitten auf der Nase. Ausgerechnet heute! Wo ich doch mit meinem neuen Freund ins Kino wollte.“

„Ein guter Abdeckstift tut Wunder“, sagte Nadja. „Ist schon Kaffee fertig?“, fragte sie und schaute beim Umdrehen in meine Richtung.

„Carolin, du siehst ja ganz verheult aus! Was ist denn passiert? Warum trägst du meine Sonnenbrille nicht?“

„Es regnet“, krächzte ich nur.

Jetzt guckte auch Denise und sagte nur: „Ohjeh!“

Da war es mit meiner Selbstbeherrschung aus, und meine Tränenschleusen öffneten sich endgültig. Meine drei lieben Kolleginnen kümmerten sich rührend um mich. Sie versorgten mich mit ausreichend Taschentüchern, Kaffee und tröstenden Worten, während ich schluchzend und in Kurzfassung von meinem ereignisreichen Wochenende erzählte. Die Übernachtung im Wohnwagen ließ ich absichtlich aus.

„Ach, du Arme! Und du hattest dich doch so gefreut! Glaub mir, der ist es nicht wert! Einer der dich mutterseelenallein auf dem Rummel stehen lässt und mit einer anderen abzieht! Der ist keine einzige deiner Tränen wert!“, sagte Denise mit Nachdruck.

„Aber wenigstens hat sie einiges erlebt. Und es klingt nicht gerade langweilig“, sagte Suzie.

„Da hätte ich lieber Langeweile“, heulte ich.

Nadja schwieg betroffen. „Sag mal Caro, hast du die Rechnungen fertig und auch alle anderen Terminarbeiten erledigt?“, fragte Denise.

Ich fand es unmöglich von ihr, mich während meines Kummers mit so etwas banalem wie Arbeit zu belästigen. Sonst war gerade Denise so einfühlsam.

„Natürlich“, schniefte ich nur.

„Und ist der entführte Ordner wieder am Platz?“

Ich deutete mit dem Kopf Richtung Regal.

„Dann ist ja alles klar. Wartet mal einen Moment", sagte Denise und verließ das Büro.

Was soll denn klar sein? Gar nichts ist klar, dachte ich. Nach circa drei Minuten kehrte Denise zurück und fing an, meine Sachen ein zu packen.

„Was ist los?“, fragte Nadja.

„Ich denke, Caro sollte nach Hause fahren und sich ausheulen. Ich habe der Stöhr gesagt, dass sie sich nicht gut fühlt und zu Hause besser aufgehoben ist. Die Terminarbeiten sind fertig, es spricht also nichts dagegen. Sie wünscht dir gute Besserung, Caro. Den Rest schaffen wir drei auch ohne dich. Und in diesem Zustand zu arbeiten bringt nichts, außer vielleicht Fehler."

„Aber es geht schon. Ich will hierbleiben", heulte ich weiter. Ich wusste wirklich nicht, ob ich mich über den freien Tag freuen sollte oder nicht.

„Denise hat Recht", sagte Suzie.

Und Nadja fügte hinzu. „Find ich auch, Carolin. Lege dich ins Bett und versuch ein bisschen zu schlafen. Morgen sieht die Sache vielleicht schon etwas besser aus. Abstand hilft immer."

Dann steckte Denise eine riesige Vollmich-Nuss-Schokolade in meine Tasche und sagte: „Nervennahrung. Schokolade macht glücklich. Ist sogar wissenschaftlich bewiesen. Von Männern war ich schon so oft enttäuscht. Aber Schokolade hat mich noch nie enttäuscht. Die beste Wirkung erzielt man in Verbindung mit einem lustigen Videofilm und einem Schluck Wein."

Jetzt war ich richtig gerührt. Meine Kolleginnen waren so lieb zu mir, dass ich gar nicht von ihnen wegwollte. Andererseits war ich dankbar, weil ich mich zu Hause ja nicht mehr zusammenreißen musste. Das Weinen macht Kopfschmerzen und einen dumpfen Kopf, aber die ganze Zeit das Weinen zu unterdrücken ist fast noch schlimmer, weil man das Gefühl hat, der Kopf würde platzen! Jedenfalls ist das so anstrengend, dass man auch davon Kopfschmerzen bekommt. Darum sagte ich dann: „Danke, ihr Lieben. Dann bis Morgen."

„Und wenn du dich einsam fühlen solltest, ruf einfach an. Dann komme ich heute Abend vorbei. Ok?"

Das sagte Denise als ich bereits am Gehen war. Ich hatte richtig Glück mit meinen Kolleginnen. Denise war eine richtige Freundin. In den anderen Abteilungen war das Betriebsklima nicht so gut. Eigentlich fühlte ich mich auch richtig krank. Ich hatte rasende Kopfschmerzen und ein wenig übel war mir auch.

Zu Hause angekommen, legte ich mich erst mal ins Bett, weinte noch ein bisschen vor mich hin und schlief dann irgendwann ein. Es war richtig erholsam, mal einen Moment alles zu vergessen. Als ich einige Stunden später wieder erwachte, hatte ich allerdings immer noch Kopfschmerzen.

Ich nahm ein Aspirin, zog meinen Bademantel über und machte es mir vor dem Fernseher bequem. Nachdem ich mir eine Komödie mit Doris Day angesehen und die ganze Schokolade aufgegessen hatte, fühlte ich mich schon wieder etwas besser. Mein Optimismus war einfach nicht tot zu kriegen.

Als das Telefon klingelte, dachte ich sofort wieder, es könnte Marcus sein. Schnell griff ich nach dem Hörer.

„Hallo!“

„Hallo, meine kleine Prinzessin! Fehle ich dir?“, hörte ich Haralds Stimme.

„Oh, Hallo! Ich hatte gar nicht an dich gedacht. Äh, ich meine natürlich, ich hatte nicht gedacht, dass du jetzt anrufen würdest“, sagte ich.

„Ich habe doch gesagt, dass ich anrufen werde. Auf das was ich sage oder verspreche, kann man sich verlassen. Ich bin ja so froh deine Stimme zu hören. Aber irgendwie klingst du heute anders. Du sprichst etwas durch die Nase. Bist du krank?“

„Ja, ich bin wohl etwas erkältet“, log ich. Denn ich konnte ihm ja nicht erzählen, dass ich wegen Marcus am Weinen war.

„Eigentlich muss ich ja malochen, aber wenn du krank bist, komme sofort vorbei“, sagte er.

Das hatte mir gerade noch gefehlt! „Oh, nein, nein! Das ist wirklich nicht nötig. Ich bin eigentlich gar nicht krank. Meine Nase ist nur etwas verstopft. Sind bestimmt die Pollen dran schuld. So eine Art von Heuschnupfen wird es sein. Eigentlich wollte ich nur allein und ganz in Ruhe Fernsehen.“

„Also, falls es dir später schlechter gehen sollte oder du sonst irgendwie Hilfe brauchst, dann ruf mich unbedingt an. Ich lasse dann die Maloche sausen und komme sofort zu dir. Hast du was zum Schreiben?“

„Ja. Moment. Jetzt.“

„Also, die Nummer unter der du mich erreichst ist 2884357. Es meldet sich „Hannes“. Dann frag einfach nach mir. Alles klar?“

„Ja, aber das wird wirklich nicht nötig sein. Es geht mir gut.“

„Man kann nie wissen. Aber du kannst auch anrufen, wenn es dir gut geht. Vielleicht geht es dir dann sogar noch besser. Mir geht es auf jeden Fall noch besser, wenn du mich anrufst.“

„Mach dir keine Sorgen, wenn ich nicht anrufe. Ich warte einfach, bis du wieder anrufst. Und jetzt bin ich ziemlich müde und würde gerne schlafen gehen.“

„Das würde ich auch gerne mit dir. Ruf unbedingt an, wenn was ist. Du brauchst vor mir nicht die starke Frau zu spielen. So was beeindruckt mich überhaupt nicht.“

„Ich will dich auch gar nicht beeindrucken, sondern nur schlafen!“

Harald war verunsichert: „Ach so, ja natürlich. Dann schlaf gut, mein Liebes. Und träum schön von mir. Ich vermisse dich. Küsschen. Schmatz, schmatz.“

„Tschüs, und auch Küsschen.“

Gerade hatte ich aufgelegt und den Hörer noch in der Hand, da klingelte das Telefon wieder. Was will er denn nun noch, fragte ich mich und nahm wieder ab.

„Hallo!“

„Halloh, meine kleine Süße! Ich hoffe, ich darf das noch so sagen. Weißt du noch, wer ich bin?“

Mir stockte der Atem! Es war Marcus.

„Hallo Marcus“, sagte ich mit zuckersüßer Stimme. „Natürlich darfst du mich so nennen, und selbstverständlich weiß ich noch, wer du bist. Es ist ja auch erst drei Tage her.“

Na, dem hatte ich es aber gegeben! Dachte ich ironisch. Das war wieder mal typisch für mich. Ich wollte ihn doch zum Teufel jagen. Stattdessen klopfte mein Herz wie verrückt.

„Ich bin ja so froh, dass du gar nicht sauer auf mich bist. Ich hatte schon Angst, dass du den Hörer gleich wieder aufknallst, wenn du meine Stimme hörst. Aber es bestätigt sich eben immer wieder, dass du was ganz Besonderes bist. So lieb und so verständnisvoll. Eine ganz tolle Frau eben. So was wie dich findet man selten."

Mit diesen faden Worten hatte er sich dann wieder bei mir eingeschmeichelt. Der Wahrheit entsprechend müsste es eigentlich heißen: So etwas Blödes wie mich, findet man selten. Dann sagte ich: „Ja, ich war schon etwas enttäuscht, als du da in der Menge verschwunden und nicht wiedergekommen bist. Warum bist du nicht wiedergekommen?"

„Ja also, ich wollte ja. Aber ich konnte nicht. Es tut mir leid. Ich hoffe, du hast nicht allzu lange auf mich gewartet."

„Nein, nicht lange. Nur dreieinhalb Stunden! Warum konntest du nicht wie versprochen zurückkommen?" Jetzt wurde ich doch etwas sauer.

„Na ja, wegen Madi natürlich. Weißt du, sie ist so sensibel und so zart und zerbrechlich. Man kann sie einfach nicht allein lassen. Ich kann es nicht erklären."

Jetzt kam mir allmählich die Galle hoch!

„Ach, und ich bin wohl nicht so zart und sensibel. Mich kann man also ruhig allein lassen oder was?! Das musst du mir schon etwas genauer erklären. Wer ist sie überhaupt? Hast du was mit ihr?"

„Du machst es mir nicht gerade leicht. Es war schon schwer genug, überhaupt wieder anzurufen. Ich dachte, du bist so verständnisvoll. Also, ich hoffe jetzt mal auf dein Verständnis. Ja, wir waren mal zusammen. Aber das ist schon lange aus. Und sie hat doch so geweint. Ich hatte Angst, sie könnte sich was antun. Da habe ich ihr eben noch einen Teddy geschossen, um sie zu trösten. Und noch mit ihr geredet, um sie wieder etwas zu beruhigen. Das musst du doch verstehen."

„Also machst du dir noch was aus ihr?"

„Nein, natürlich nicht. Sie ist krankhaft eifersüchtig und geht mir auf die Nerven. Aber ich kann doch nicht riskieren, dass sie sich was antut. Ich habe doch Verantwortung!“

„Hat sie denn gesagt, dass sie sich was antun will?“

„Nicht so direkt. Aber sie hat es angedeutet.“

„Wie lange seid ihr denn schon auseinander?“

„Och, schon lange!“

„Wie lange?“, fragte ich unerbittlich.

„Ist das jetzt hier ein Verhör? Also, so habe ich mir das jetzt nicht vorgestellt.“

„Nein, das sind nur ein paar Fragen, die ich an dich habe. Nachdem du mich da sitzen lassen hast, darf ich doch wohl mal fragen oder?“

„Natürlich. Und ich versuche sie wahrheitsgemäß zu beantworten.“

„Also, wie lange?“

„So genau weiß ich das gar nicht mehr. Aber mindestens schon seit zwei Wochen.“

„Was, erst zwei Wochen? Aber wir sind doch schon seit drei Wochen zusammen. Also hast du mit mir was angefangen, obwohl du noch mit ihr zusammen warst?!“ Jetzt war ich richtig sauer.

„Also, jetzt bist du aber kleinlich“, maulte er. „Und ich habe nicht angerufen, um die ganze Zeit über Madi zu sprechen. Bitte! Was hast du denn noch die drei Stunden allein auf dem Dom gemacht?“

„Es waren dreieinhalb Stunden, und ich war nicht allein!“

Jetzt war er baff. „Wie? Du warst nicht allein?“

„Ich habe erst an der Bude auf dich gewartet, und als du nicht, wie versprochen, nach zehn Minuten zurückgekommen bist, bin ich hineingegangen und habe mich an einen Tisch gesetzt. Da habe ich dann zwei Typen kennengelernt. Der eine war sehr nett und hat dann die Zeche bezahlt, die du eigentlich bezahlen wolltest.“

„Also, Moment mal. Das wollen wir doch mal festhalten. Du beschwerst dich wegen Madi und reißt dann in meiner Abwesenheit zwei fremde Typen auf!“

„Ach, jetzt bin ich wohl auch noch schuld daran, dass du mich sitzen lassen hast!? Nicht ich habe sie aufgerissen, sondern sie mich! Was man ihnen nicht verdenken kann, da sie ja dachten, dass ich ohne Begleitung unterwegs wäre. Was ich dann ja auch war. Da du ja noch einen Kuschelteddy für deine Kuschel-Madi schießen musstest und mich dafür einfach sitzen lassen hast! Und von Rechts wegen hätte der Teddy mir zugestanden. Schließlich war es unser Date, das du so schrecklich zerstört hast, um mit einer anderen abzuziehen!!“

Jetzt heulte ich fast aus Wut.

„Aber meine Süße, Süße, mein Sahnetörtchen“, versuchte er sich wieder bei mir einzuschleimen. „Das hätte ich doch niemals getan, wenn es nicht um Leben und Tod gegangen wäre. Ich hätte den Abend doch auch viel lieber mit dir verbracht. Aber ich konnte doch nicht verantworten, dass Madi sich umbringt.“

Ich sagte nichts mehr, da ich alle Kraft brauchte, um meine Schluchzer zu unterdrücken.

„Was ist? Weinst du etwa? Das wollte ich doch nicht. Das tut mir alles so schrecklich leid. Ich war mit dieser Situation einfach überfordert. Ich verspreche dir, ich mache es wieder gut. Am Samstag gehen wir „a la Carte“ essen, und ich bringe dir auch einen Teddy mit. Einen viel größeren und schöneren. Du wirst schon sehen. Und die Nacht gehört dann nur uns beiden.“

„Ich will nicht essen gehen! Ich will noch mal auf den Dom. Um die schreckliche Erinnerung zu überdecken. Das letzte woran ich mich erinnern kann, ist eine heiße Geisterbahnfahrt und anschließender kalter Dusche!“

„Schon gut, schon gut! Nun beruhige dich doch. Dann gehen wir eben erst essen und anschließend noch mal auf den Dom. Ok?“

„Vergesse den Teddy nicht!“

Ich hatte das Gefühl, das Marcus jetzt die Augen verdrehte.

„Nein ich vergesse den Teddy nicht. Obwohl du den jetzt ja eigentlich gar nicht mehr brauchst, da ich ja dein Kuschelteddy bin. Also ich hole dich am Samstag so gegen acht Uhr ab. Bis dann Süße!“

„Ok! bis Samstag und Tschau!“

Oh, er hatte mich doch gern! Auf einmal ging es mir wieder richtig gut. Das heißt, wenn mein Gewissen nicht gewesen wäre. Was sollte ich bloß machen? Offiziell war ich ja nun eigentlich mit Harald zusammen. Wofür ich ja gar nichts konnte und was ich ja eigentlich auch gar nicht wollte. Da bin ich ja ziemlich unschuldig rein geschlittert. Aber andererseits habe ich das Spiel auch mitgespielt. Außerdem dachte ich ja, dass es mit Marcus endgültig aus wäre und ich ihn nie wiedersehen würde. Eigentlich hatte Marcus die älteren Rechte an mich, aber genau genommen hatte ich jetzt zwei Freunde gleichzeitig. Das ging auf keinen Fall. Ich musste dringend wieder Ordnung in mein Leben bringen.

Die „Qual der Wahl“ hatte ich zum Glück nicht. Ich wusste ja, was ich wollte. Mein Herz sprach eindeutig für Marcus. Aber wie sollte ich das Harald beibringen? Wenn seine Anrufe auch weiterhin immer kämen oder noch schlimmer, falls er urplötzlich wieder hier auftauchte? Dann klappt das mit dem Einschlafen lassen leider nicht. Und falls die beiden dann irgendwann einmal aufeinandertreffen würden, gar nicht auszudenken, was da alles passieren kann. Was mache ich bloß? Am besten ich rufe mal Sybille an. Oder nein, lieber doch nicht. Die bringt es glatt fertig, mir Marcus auszureden! Ich mag gar nicht daran denken, wie sie reagiert hatte, als ich ihr das erste Mal von Marcus erzählt habe.

Da ich dringend mit jemanden reden musste, rief ich Denise an. Sie war wohl gerade nicht zu Hause oder konnte nicht drangehen. Letztendlich rief ich Martha an. Feingefühl hin oder her! Bei ihr konnte ich mir sicher sein, dass sie zu Hause war. Abgesehen von ihrer „A-ha-Spinnerei“ ist sie kein schlechter Mensch. Vielleicht konnte sie das Ganze ein bisschen besser beurteilen, da sie immerhin Harald schon kennengelernt hatte. Ich musste wieder grinsen, bei den Gedanken an diese komisch delikate Szene.

„Hallo Martha! Ich bin es. Carolin. Ich brauche dringend deinen Rat. Ich bin da in eine etwas blöde Situation geraten."

Das hörte sie natürlich gern.

„Was kann ich denn für dich tun?", fragte sie neugierig.

„Also Martha, du bist wahrscheinlich die einzige Person, die das beurteilen kann, da du Harald ja nun kennengelernt hast. Ich habe ihm eigentlich nur zugestimmt, dass wir beide ein Paar sind, weil ich ihn nicht provozieren wollte. Wer weiß, wie er reagiert hätte. Und ich dachte ja auch, dass es mit Marcus aus wäre. Der hat sich aber jetzt doch wieder gemeldet. Kurzum, ich habe auf einmal zwei Freunde gleichzeitig."

„An jedem Finger zehn. Ich sage es ja immer wieder!"

„Ach Quatsch, Martha! Es sind nur zwei. Und mein eigentliches Problem ist ...", weiter kam ich nicht, da Martha mir ins Wort fiel:

„... mir auch völlig klar. Du weißt nicht, für wen du dich entscheiden sollst. Oder? Also den tollen Marcus habe ich noch nicht kennengelernt, da kann ich nicht allzu viel zu sagen. Außer vielleicht: *Es ist nicht alles Gold was glänzt.* Vielleicht hilft dir das weiter."

„Nein, Martha, das hilft mir überhaupt nicht weiter, wenn du mit abgedroschenen Sprüchen kommst. Und es ist kein Problem, mich zu entscheiden. Ich habe mich bereits entschieden. Und zwar für Marcus!"

„Ojeh, der arme Harald", entfuhr es Martha, scheinbar äußerst bedauernd. „Das ist doch so ein Lieber! Und er ist doch so verliebt in dich. Wie kannst du nur!"

Ich konnte einfach nicht glauben, was sie da gerade sagte.

„Also Martha, ich glaube, jetzt machst du mir was vor. Ich habe doch dein Gesicht gesehen, als Harald sagte, dass wir zusammen sind. Du hast doch gedacht, dass ich den Verstand verloren hätte. Du mochtest ihn überhaupt nicht. Du hast ihn sogar beleidigt!"

„Im ersten Moment schon. Da fand ich ihn unmöglich. Er macht vielleicht, oberflächlich betrachtet, einen etwas merkwürdigen Eindruck. Keinen unsympathischen. Nur etwas ungeschliffen vielleicht. Aber im Laufe des Nachmittags fand ich ihn zunehmend sympathischer. Sogar richtig nett. Also, ich mag ihn gern. Marcus kann ich nicht beurteilen. Aber ich finde, dass Harald gut zu dir passt. Sei jetzt einmal im Leben nicht dämlich!“

Die spinnt ja wohl völlig, dachte ich jetzt. Das war wirklich eine Schnapsidee sie anzurufen.

„Ja, Martha, du hast völlig recht, du kannst das nicht beurteilen! Dann mach es mal gut.“

„Halt mal die Pferde an! Tut mir leid, wenn ich dir nicht helfen konnte.

Ich habe nur meine Meinung gesagt. Außerdem wollte ich dir auch noch was erzählen.“

„Ein anderes Mal Martha. Ich habe jetzt keine Zeit mehr für A-ha. Tschüs.“

„Aber ich wollte doch gar nicht ...“, hörte ich noch, als ich bereits auflegte.

Danach rief ich noch einmal bei Denise an. Diesmal hatte ich Glück. Nachdem ich ihr von Marcus‘ Anruf, inklusive Entschuldigung und neuem Date, erzählt hatte, freute sie sich mit mir. Vor allem aber war sie froh darüber, dass es mir wieder besser ging. Denise ist ein durch und durch positiver Mensch. Sie kritisierte zwar das Verhalten von Marcus, meinte aber, dass es trotzdem gut wäre, dass er sich wieder gemeldet hatte. Eben weil es mir dadurch wieder wesentlich besser ging. Und zu meinem Problem jetzt zwei Freunde gleichzeitig zu haben, sagte sie nur:

„Da bist du ja zu beneiden. Habe kein schlechtes Gewissen deswegen, denn es ist nicht deine Schuld. Warte einfach ab. Manche Probleme lösen sich von ganz allein. Vielleicht meldet Harald sich plötzlich nicht mehr? Wer weiß, was morgen ist? Bleib einfach locker.“

Ich bedankte mich bei Denise. Sie hatte ja recht. Dann sagte ich ihr noch, dass ich mich richtig freuen würde, sie morgen wieder im Büro zu sehen. Denise schlug vor, dass wir vielleicht nach Büroschluss noch irgendwo was trinken gehen und ein bisschen ausführlicher reden könnten. Ich fand, dass das eine sehr gute Idee war.

Am nächsten Morgen, kaum dass ich im Büro angekommen war, fiel ich

Denise um den Hals und drückte sie.

„Danke Denise! Das war gestern ein echter Freundschaftsdienst von dir. Mir geht es wieder richtig gut.“

Das war ihr jetzt scheinbar etwas peinlich. Aber sie lächelte dann und sagte: „Das war doch gar nichts. Ich bin einfach froh, dass es dir wieder besser geht. Aber das ist wohl eher Marcus‘ Verdienst als meiner.“

„Wieso Marcus‘ Verdienst?“ wollte Suzie wissen.

„Habe ich hier irgendetwas verpasst?“, fragte jetzt Nadja.

„Na ja, also, Marcus hat mich gestern Abend noch angerufen und sich entschuldigt.“

„Das gibt es ja nicht! Nach drei oder vier Tagen! Der hat wirklich Nerven dieser Kerl. Du hast ihn ja wohl hoffentlich in Grund und Boden gestampft“, sagte sie.

„Och, äh, wisst ihr, ich habe ihm natürlich die Meinung gesagt.“

„Das will ich hoffen“, sagte Suzie. „Dann ist diese Sache wohl offiziell beendet, und dieser Scheißkerl lässt dich in Zukunft in Ruhe.“

„Also Scheißkerl finde ich jetzt doch ein bisschen zu hart“, sagte ich.

„Jetzt nehme ihn nicht auch noch in Schutz! Das ist ja wohl nicht zu fassen! Nach allem was er dir angetan hat, hoffe ich doch, dass endgültig Schluss ist“, sagte Nadja.

„Also ehrlich gesagt, nicht so ganz. Er hat sich immerhin entschuldigt, und um es wieder gut zu machen, gehen wir Samstag essen und ...“

Weiter kam ich nicht, da jetzt Suzie ihre Predigt wieder aufgenommen hatte. „Wie bitte? Bist du überhaupt noch zu retten? Weißt du, wie du gestern ausgesehen hast? Das kannst du doch nicht schon alles vergessen haben! Willst du dir das noch mal antun? Das glaube ich einfach nicht. Wenn du jetzt keinen Schlussstrich ziehst, wird er das immer wieder mit dir machen!“

„Nein, ganz bestimmt nicht. Er ist kein verantwortungsloser Schuft. Er musste sich um seine hysterische Ex-Freundin kümmern, sonst hätte sie sich vielleicht wirklich umgebracht. Man kann ja nie wissen. Marcus war mit dieser Situation einfach überfordert“, sagte ich.

„Ach Gott ja, der Arme", sagte Nadja ironisch, um dann auf Denise los zu gehen: „Und du unterstützt das auch noch! Wie kannst du nur?"

„Bitte lasst mich aus dem Spiel! Ich wollte Caro doch nur helfen!", verteidigte sich Denise.

„Also meine Damen! Ich muss doch wohl um Ruhe bitten!", donnerte plötzlich die Stimme von Frau Stöhr dazwischen.

Unsere Unterhaltung war so laut geworden, dass wir gar nicht bemerkt hatten, wie sie in unser Büro gekommen ist.

„Konzentrieren Sie sich gefälligst auf ihre Arbeit! Ihre Privatgespräche können sie nach Feierabend fortsetzen."

Das war dann auch schon alles. Sie drehte sich um und verließ das Büro genauso schnell, wie sie es betreten hatte.

Denise flüsterte mir zu: „Carolin, ich wollte dir wirklich nur helfen."

„Weiß ich doch", sagte ich.

„Und vielleicht, wenn es dir nichts ausmacht", setzte sie ziemlich nervös hinzu, „könnten wir ein anderes Mal nach Feierabend was trinken gehen? Mein neuer Nachbar hat mich für heute Abend zum Wein eingeladen. Aber wenn du willst, sage ich ihm ab."

„Kein Problem! Gehen wir ein anderes Mal. Mir ist heute sowieso nicht danach. Du hast noch gar nicht erzählt, dass die Wohnung über deiner wieder vermietet worden ist."

„Ich habe es ja selbst erst gestern erfahren als ich den Müll herunterbringen wollte und Joseph mir im Treppenhaus begegnet ist."

„Ist das dein neuer Nachbar, Joseph?" fragte ich.

„Ja, das ist er", sagte Denise mit verklärtem Gesichtsausdruck. „Es war ja so romantisch als ich ihn gestern kennengelernt habe. Stellt euch vor, er hat mir den Mülleimerdeckel aufgehalten!"

„Ja wirklich, unheimlich romantisch! Den Mülleimerdeckel auf gehalten ...", kicherte Suzie. „Das musst du uns aber wirklich alles morgen erzählen."

„Ja, das werde ich. Ich bin schon total aufgeregt. Er ist wirklich süß."

Über diese Neuigkeit hatten meine Kolleginnen meine Geschichte mit Marcus vergessen.

Nach Feierabend bummelte ich dann noch mit Suzie und Nadja durch die Stadt. Nadja kaufte eine Hose, Suzie zwei T-Shirts und ich ein niedliches Nachthemdchen, das ich mir eigentlich nicht mehr leisten durfte. Es war aber sehr günstig, und da ich in Zukunft meine Nächte nicht mehr allein, sondern mit Marcus verbringen würde, war das eine gute Investition. Ich bin etwas genierlich und zeige mich ungern nackt. Da ist so ein Hemdchen doch immer sehr hilfreich.

Normalerweise habe ich es immer mit Handtaschen. Bei Handtaschen kann ich nicht widerstehen. Zum Glück habe ich keine gesehen, weil Nadja und Suzie noch was trinken gehen wollten, so dass wir gar nicht bei den Taschen vorbeikamen. Sie wollten wohl noch mal mit mir über Marcus reden und mich warnen. Glücklicherweise wurde das Thema aber nur kurz angesprochen, und so wurde es noch ein lustiger Abend.

Diesen Abend kam ich also etwas später als normalerweise nach Hause. Im Briefkasten befand sich eine Rechnung und ein Schreiben von der Hausverwaltung. Das bedeutete nichts Gutes. Also beschloss ich für heute Abend beide Briefe zu ignorieren. Ich wollte mir den Abend nicht verderben lassen.

Als ich die Treppe heraufkam, sah ich einen total süßen Teddybären vor meiner Haustür sitzen. Er hatte weiches flauschiges Fell und niedliche Knopfaugen. In seinen Pfoten hielt er ein Herz auf dem „Ich liebe Dich“ stand. Sofort hob ich ihn auf und drückte ihn an mich. Der Teddy gab einen brummenden Ton von sich.

Ach Marcus, wie süß von dir. Das ist ja eine eindeutige Botschaft! Ich habe es mit Teddybären. Es muss so eine Art Kindheits-Trauma sein. Als ganz kleines Mädchen (als großes allerdings auch) hatte ich immer meinen Teddy bei mir im Bett. Ich hielt ihn immer fest im Arm. Ohne ihn konnte ich nicht einschlafen. Diesen Teddy habe ich über alles geliebt. Im Laufe der Zeit wurde er etwas unansehnlich. Ihm ging an verschiedenen Stellen das Fell aus, und er war ziemlich schmutzig und nicht waschbar. Meine Eltern haben immer wieder versucht, mir meinen

Teddy auszureden oder durch etwas Anderes zu ersetzen. Ich habe ihn nicht hergegeben. Ich liebte diesen Teddy. Eines Nachts, als ich schon fest schlief, haben sie ihn mir weggenommen und weggeworfen. Als ich am nächsten Morgen meinen Teddy nicht fand, habe ich das ganze Haus zusammen gebrüllt. Ehrlich gesagt, diese Erinnerung tut mir heute noch weh. Das muss ein schweres Kindheitstrauma ausgelöst haben. Ich finde es geradezu grausam von meinen Eltern. Ich habe wirklich lange unter diesem Verlust gelitten. Für Kinder kann ein Stofftier so wichtig wie ein guter Freund sein. Solange ich meinen Teddy hatte, fühlte ich mich wohl und geborgen. Danach war alles nur noch kalt und leer. Kein Wunder, dass ich dadurch Schaden erlitten habe.

Obwohl ich jetzt lange erwachsen bin, denke ich immer noch daran. Nicht verwunderlich, dass ich von diesem süßen neuen Teddy so angetan war. Besonders da er von Marcus war und so brummen konnte, wie mein Kindheits-Teddy. Am liebsten hätte ich Marcus sofort angerufen. Aber das ging ja leider nicht, da ich immer noch keine Telefonnummer von ihm hatte. Das musste sich dringend ändern! Den süßen Teddy setzte ich auf mein Bett. Danach legte ich mich selbst hinein. Ich dachte, wenn ich schnell einschlafe, vergeht die Zeit bis Samstag schneller. Leider klappte das mit dem Einschlafen nicht so recht. Ich dachte noch lange nach.

Schade, dass ich Marcus verpasst hatte. Er hätte ja auch noch mal anrufen können, nachdem er schon da war. Aber er hatte ja sofort den Teddy gebracht. Auf Marcus war eben Verlass. Der arme Marcus hatte sich gestern am Telefon so richtig fertig angehört. Schuld an allem war nur diese blöde Madi! Soviel war klar.

Der nächste Arbeitstag verlief ziemlich ereignislos, das heißt, mit einer Ausnahme: Denise strahlte durch alle Poren. So glücklich habe ich sie noch nie gesehen.

„Sag mal, Denise, wer hat denn diesen Plutonium-Effekt bei dir ausgelöst? Du strahlst ja wie Tschernobyl nach dem Super-Gau!“

„Bei Denise ist der Frühling ins Herz gezogen“, lästerte Nadja.

„Also war es wohl ganz nett bei deinem neuen Nachbarn? Hast du

Dummheiten gemacht?“, fragte ich.

„Na klar doch! Ganz so wie ihr es von mir erwartet.“

„Jetzt erzähl doch mal. Lass dir doch nicht alles aus der Nase ziehen! Wie sieht er aus?“

„Er sieht ganz süß aus. Ein bisschen wie ein großer Junge. Mit Stupsnase und Sommersprossen. So ähnlich wie Brad Pitt.“

„Oho, Brad Pitt!“ meinte Suzie. „Also da wäre ich auch nicht abgeneigt.“

„Du hast einen Freund! Also sei ruhig, und lass Denise erzählen.“

Denise Erzählung kam so allmählich in Gang. Sie erzählte, wie sie zu ihm raufgegangen ist, wie er ihr die Tür öffnete und sie ihren Augen nicht traute. Seine gesamte Mansardenwohnung war mit annährend hundert kleinen Teelichtern in ein märchenhaftes flackerndes Licht getaucht. Außerdem hatte er hier und da mit Blumen dekoriert.

„Der ist eindeutig schwul“, sagte ich. „Es gibt keinen Hetero-Mann der so etwas macht.“

Jetzt meldete sich Denise erneut zu Wort: „Er ist eindeutig nicht schwul. Das kann ich mit Bestimmtheit sagen. Lasst mich weitererzählen. Joseph hatte ein kleines Abendbrot für uns zubereitet. Dann haben wir mit einer Menge Sekt immer wieder auf gute Nachbarschaft angestoßen. Ach, es war himmlisch. Einfach unvorstellbar diese Atmosphäre, überall die flackernden Teelichter und die Blumen. Im Hintergrund spielte eine Kuschelrock-CD. Er war so was von süß. Jetzt sind wir weit mehr als Nachbarn.“

Kein Wunder, bei dem ganzen Aufwand, den er betrieben hatte, da musste es ja funken.

„Dann hast du ihm also schon mit dem Mülleimer so gut gefallen, sonst hätte er sich bestimmt nicht so ins Zeug gelegt. Und das dann so schnell alles klar ist. Ihr seid jetzt also richtig zusammen?“, fragte ich. „Also ich weiß am Anfang nie, ob ich jetzt richtig mit jemanden zusammen bin oder nicht. Ich bin immer froh, wenn sich das endlich geklärt hat und ich endlich weiß, dass ich einen neuen festen Freund habe.“

„Ja, wir sind richtig zusammen, und ich hoffe auch noch sehr lange. Aber das wird sich zeigen."

Denise erzählte weiter, dass Joseph Vermessungs-Ingenieur ist und außerdem in einer unbekannten Rockband E-Gitarre spielt. „Ich verrate euch was", sagte Denise noch, „Er küsst einfach phantastisch!"

Ich wünschte mir nur, dass es bei mir auch einmal so klar und so einfach und ohne Zweifel wäre. Trotzdem freute ich mich sehr für Denise. Sie hatte dieses Glück wirklich verdient. Ich wünschte ihr, dass es möglichst lange andauern würde. Oder gibt es vielleicht ein Glück für immer? Ein schöner Gedanke. Aber ich glaube, dass ist nicht realistisch, denn Glück, das ewig lange dauert, wird irgendwann als selbstverständlich angesehen. So ist die menschliche Natur. Meistens weiß man erst etwas zu schätzen, wenn man es nicht mehr hat. Erst als kranker Mensch, weiß man seine Gesundheit zu schätzen. Erst als Rollstuhlfahrer wird einem bewusst, wie toll es ist, mit den eigenen Beinen laufen und tanzen zu können.

Genug philosophiert! Ich hatte jedenfalls bisher immer nur kurze glückliche Momente in meinem Leben. Aber egal, denn jetzt ging es darum, dieses Leben erstmal wieder in Ordnung zu bringen. Immer wieder habe ich in psychologischen Ratgebern gelesen, dass einer räumlichen Ordnung die seelische Ordnung folgen würde. Also zeichnet sich ein inneres Chaos durch die Unordnung in der eigenen Wohnung aus.

Ich nahm mir fest vor sofort nach Feierabend nach Hause zu fahren und meine Wohnung auf Vordermann zu bringen, um dann auch meine psychische Ordnung wieder zu finden. Aber so einfach ist das leider nicht. Nach den Ratgebern sollte man systematisch vorgehen und erst einen Raum fertigmachen, bevor man zum nächsten übergeht. Mit welchem Raum fängt man am besten an? Vielleicht alphabetisch, Bad, Flur, Küche, Schlafzimmer, Wohnzimmer? Ich habe im Schlafzimmer angefangen. Vielleicht war das schon der erste Fehler. Im Schlafzimmer habe ich das Bett gemacht und die schmutzige Wäsche aufgesammelt, um sie ins Bad zu bringen. Dort legte ich sie auf die Waschmaschine um sie später zu waschen.

Dabei fiel mir das schmutzige Waschbecken auf. Während ich das Waschbecken putzte, sah ich plötzlich die Gläser die ich zum Zähneputzen benutzt hatte. Also brachte ich die Gläser in die Küche, um sie zu spülen. Zum Spülen kam ich dann aber nicht, weil mir der schmutzige Herd auffiel, den ich unbedingt putzen musste. Da die Scheuermilch aber im Bad steht, ging ich ins Bad zurück, um sie zu holen. Die Gelegenheit nutzte ich dann gleich zu natürlichen Zwecken. Dabei sah ich, dass das Toilettenpapier ausgegangen war. Also ging ich in die Abstellkammer um Neues zu holen. Zurück im Bad fing ich an, den Spiegel zu putzen, bis mir einfiel, dass ich nur die Scheuermilch holen wollte, um den Herd zu reinigen. Also greife ich mir die Scheuermilch, um in die Küche zurück zu gehen. Dabei komme ich am Wohnzimmer vorbei und kann nicht übersehen, dass meine armen Pflanzen schon die Blätter hängen lassen. Also gehe ich in die Küche zurück, wo noch die Gläser zum Spülen stehen und der Herd immer noch nicht sauber ist. Trotzdem hole ich die Gießkanne, um im Wohnzimmer meine Pflanzen zu gießen. Dort muss dann der Teppich gesaugt und unbedingt Staub gewischt werden. Also gehe ich zurück zur Abstellkammer, um Staubtuch und Staubsauger zu holen.

Irgendwann bin ich vom Herumrennen fix und fertig. Und alles was ich geschafft habe ist, die Unordnung zu verlagern.

Ich glaube, ich habe ein ernsthaftes psychologisches Problem! Völlig erledigt und frustriert ließ ich mich auf mein Bett fallen. Laut meines psychologischen Ratgebers sind Entspannungsübungen unerlässlich.

Ich schloss die Augen und atmete tief ein und aus und ein und aus. Plötzlich klingelte das Telefon. Marcus, dachte ich. Und richtig, diesmal war er es.

„Halloho Marcus“, hauchte ich in den Hörer. „Vielen, vielen Dank für den süßen Teddy. Schade, dass ich dich verpasst habe. Aber der Teddy ist wirklich süß. Ich habe mich so gefreut. Es ist so lieb von dir, dass du ihn so schnell gebracht hast.“

„Welchen Teddy?“, fragte Marcus verständnislos. „Wovon redest du?“

„Ich rede von dem Teddy, den du mir heute vor die Haustür gesetzt hast.

Nun tu doch nicht so!“

„Ach so, der Teddy! Ja, natürlich, ich hatte es dir doch versprochen. Du weißt doch, wie ich bin. Ich hoffe, du freust dich. Was ich verspreche halte ich auch.“

„Und wie“, sagte ich. „Und dass du so zuverlässig bist, finde ich ganz toll.“

„Man tut, was man kann!“, sagte er selbstgefällig. „Meine Süße, ich wollte dich so gerne sehen. Aber dafür bin ich jetzt froh, dass ich wenigstens deine süße Stimme hören kann.“

„Ach Marcus, nun gebe mir doch mal bitte deine Telefon-Nummer, damit ich auch deine Stimme hören kann, wenn ich dich vermisse. Ich hätte heute auch sofort angerufen wegen des Teddys, wenn ich deine Nummer gehabt hätte.“

„Meine Telefon-Nummer? Ach ja, natürlich, die musst du unbedingt haben. So schnell wie möglich. Ich gebe sie dir am Samstag. Oh, ich muss jetzt unbedingt Schluss machen. Schlaf gut, und bis Samstag!“

„Also Marcus, Marcus?“

Zu spät. Er hatte bereits aufgelegt. Trotzdem! Er war hier und hat mir ein Geschenk gebracht. Und dann hat er mich noch angerufen. Glücklich und entspannt ging ich ins Badezimmer, um mich für die Nacht fertig zu machen. Ich war gerade am Zähneputzen und hatte den ganzen Mund voller Zahnpasta, da klingelte wieder das Telefon. Oh, das ist bestimmt noch mal Marcus.

Sicher tut es ihm leid, dass er so abrupt aufgelegt hat. Ich rannte zum Telefon und meldete mich ziemlich undeutlich. „Halloh, Momend bidde.“

Dann rannte ich ins Bad zurück, spülte mir den Mund aus und hetzte zurück an das Telefon. Ich meldete mich ganz cool mit „Ja“.

"Hallöchen, Prinzessin“, meldete sich Haralds Stimme. Hatten sich Marcus und Harald abgesprochen, oder wieso riefen sie immer am selben Abend an? Merkwürdig!

„Oh, hallo Harald“, sagte ich überrascht. „Mit dir hatte ich jetzt nicht gerechnet. Wie geht es dir?“

Harald sagte: „Schlecht geht es mir! Sehr, sehr schlecht. Ich habe dich so vermisst, dass ich es nicht mehr aushalten konnte. Also bin ich zu dir gefahren. Leider warst du nicht zu Hause. Ich habe fast eine Stunde gewartet. Dann habe ich meinen kleinen Freund vor deine Haustür gesetzt und bin wieder nach Hause gefahren.“

„Ach, du Armer. Aber ich konnte doch nicht wissen, dass du kommst. Ich war nach Büroschluss noch mit meinen Kolleginnen in der Stadt. Von welchem kleinen Freund hast du eben geredet?“

„Ich rede von dem niedlichen Teddy, der dir eine Liebesbotschaft von mir bringen sollte. Hast du den denn nicht bekommen? Ich hatte ihn einfach vor deine Haustür gesetzt. Mädchen stehen doch auf Teddybären. Den hat doch wohl keiner geklaut?“

Jetzt war ich wirklich verwirrt. „Du warst das?? Der Teddy soll also von dir sein?“

„Klaro, ist der von mir. Also hast du ihn doch gekriegt? Von wem sollte er denn sonst sein?“

„Also ehrlich gesagt, dachte ich der ist von Marcus. Denn der hat vorhin angerufen, und da habe ich mich bei ihm bedankt.“

Harald schäumte fast über vor Wut: „Dieser Drecksack! Dieses verlogene Arschloch, hat dir also nicht gesagt, dass der Teddy nicht von ihm ist. War der etwa bei dir? Wollte sich wohl wieder einschleimen das Arschloch! Hast du ihn etwa rein gelassen? Dem haue ich in die Fresse, dem werde ich ...“

„Schon gut, schon gut“, unterbrach ich ihn. „Jetzt rege dich nicht künstlich auf. Ich habe Marcus nicht gesehen. Wahrscheinlich war das nur ein Missverständnis. Und benutze bitte nicht immer so furchtbare Ausdrücke! Das kann ich einfach nicht ertragen!“

„Und ich kann nicht ertragen, dass du diesen verlogenen Drecksack auch noch in Schutz nimmst. Ich dachte, du bist mit mir zusammen. Wieso redest du überhaupt noch mit ihm? Was soll das? Triffst du dich etwa wieder mit diesem Arsch? Wieso bist du so dumm?“

„Ach, ich bin also dumm?! Wenn das so ist, dann suche dir doch eine Schlauere“, motzte ich ihn an und knallte den Hörer auf.

Na, das ist gerade zu ideal. Einen ordentlichen Streit provoziert und das Thema Harald hat sich erledigt. Obwohl das mit dem Teddy schon süß war.

Aber so schnell hatte sich das Thema dann doch nicht erledigt. Das Telefon klingelte wieder. Ich wollte erst nicht drangehen. Aber dann dachte ich, dass es auch noch mal Marcus sein könnte und dass Harald jetzt sowieso beleidigt ist. Vielleicht meldet er sich überhaupt nicht wieder. Also hob ich ab.

„Bitte nicht auflegen, meine Prinzessin, meine Allersüßeste. Tu mir das nicht an. Ich entschuldige mich tausendmal. Es tut mir so leid. Du bist überhaupt nicht dumm. Du bist klug und schön. Und du bist die liebste Frau, die ich kenne. Ich habe mich wie ein Vollidiot benommen, weil ich so sauer wegen Marcus, diesem Penner, war. Bitte Prinzessin, sei wieder lieb zu mir. Ich mache es auch wieder gut. Ich kann nicht ohne dich sein. Bitte!“

Ja, was sollte ich da noch machen. So grausam konnte ich dann doch nicht sein. Manche Probleme lösen sich von selbst, hatte Denise gesagt. Hoffentlich hatte sie Recht.

„Ok, schon gut Harald. Ich lege nicht auf. Aber wenn mir jemand sagt, ich wäre dumm, reagiere ich äußerst empfindlich.“

„Das habe ich gemerkt. Aber ich meinte es wirklich nicht so. Du fehlst mir wirklich sehr. Seitdem du meine Tussi bist, interessiert mich nichts anderes mehr.“

„Harald, ich mag diese Wörter nicht. Tussi oder Braut finde ich schon ziemlich daneben, aber Wörter wie Wichser kann ich einfach nicht ertragen! Das geht einfach nicht!“

„Ok. Ich sage das nicht mehr. Aber wie soll ich dich nennen?“

„Ich habe einen Namen!“

„Ja, aber das finde ich zu unpersönlich“, sagte Harald jetzt.

Ich konnte es nicht glauben: „Unpersönlich? Meinen Vornamen findest du unpersönlich?“

„Ja, speziell für mich. Jeder nennt dich Carolin oder Caro. Aber wir sind doch ein Paar. Wenn ich Prinzessin oder Süße sage, dann ist das doch in Ordnung oder?“

„Ja, das ist schon ok.“

„Ich könnte auch Schatz oder Häschen sagen?“

„Auch das ist ok. Überhaupt Harald, das hätte ich durch unseren Streit fast vergessen: Vielen Dank für den süßen Teddy. Ich habe mich tierisch gefreut. Er hat schon einen Namen. Er heißt *Thadäus* und hat einen Ehrenplatz in meinem Bett.“

„Der hat es gut, der Thadäus“, jammerte Harald. „Die Botschaft, die er dir gebracht hat, ist ernst gemeint. Vielleicht könntest du dir auch einen Kosenamen für mich ausdenken?“

Was sollte ich darauf sagen? Ich sagte: „Also, sei mir nicht böse, aber ich fände es ein bisschen albern, dich jetzt Prinz oder so nennen zu müssen!“

„Nein, doch nicht Prinz. Außerdem muss es aus deinem Herzen kommen und nicht, weil ich es gesagt habe.“

Um ihm eine Freude zu machen sagte ich dann: „Dann noch mal vielen Dank für Thadäus, Harald-Schatz. Ich steh tatsächlich auf Teddybären.“

„Nichts zu danken. Teddybären sind bestimmt nicht verkehrt. Denn in einer bis zur Lebensfeindlichkeit durchtechnisierten Welt spenden sie Wärme und Geborgenheit.“

Jetzt war ich platt! Und das aus Haralds Mund! Wo Harald doch vielmehr die Fäkalien- und Gossensprache beherrschte.

„Das hast du aber schön gesagt. Richtig philosophisch. Das habe ich dir gar nicht zugetraut.“

„Du kennst mich eben noch nicht richtig. Ich wollte sogar schon Philosophie studieren. Aber dann habe ich mich anderweitig entschieden. Philosophie ist einfach zu theoretisch.“

Klar, dachte ich, dass er sich anders entschieden hat. Eine Karriere auf dem Rummel ist auch nicht zu verachten. Da kam wieder meine Ironie durch. Der und Philosophie!

„Na klar“, sagte ich. „Du wärst bestimmt ein großer Philosoph geworden!“

„Nein, bestimmt nicht. Ist nicht so mein Ding, weise Reden zu halten und schöne Sprüche zu klopfen“, sagte er ziemlich ernst, weil er gar nicht merkte, wie ich ihn damit aufzog.

„Nein, das etwas Ordinäre liegt dir eher!“

„Das ist jetzt aber gemein. Außerdem versuche ich mich zu bessern. Aber das ist jetzt auch egal. Nicht egal ist, wenn du dich weiter mit diesem Wich ... äh Drecksack einlässt. Dann raste ich aus! Das sage ich dir. Ich will dich sehen und habe leider momentan überhaupt keine Zeit. Es ist zum Kotzen! Was machen wir bloß?“

„Ich würde sagen, wir fügen uns unserem Schicksal. Du kannst ja anrufen. wenn du wieder Zeit hast. In der Zwischenzeit nehme ich mit Ma ... äh, mit Thadäus, vorlieb.“

„Aber allzu lange halte ich das nicht aus, das sage ich dir, sonst sterbe ich.“

„So schnell stirbt man nicht. Also, mach es gut und bis irgendwann mal.“

„Halt, nicht so schnell. Ich vermisse dich doch so. Bitte denk mal an mich und vergesse mich nicht. Und träum‘ schön von mir, mein Schätzchen. Tausend Küsse von mir.“

Schmatz, schmatz machte er in den Hörer.

„Ja, gleichfalls Harald-Schatz und auch Küsse. Schmatz. Warum ihm nicht auch eine kleine Freude machen? Früher oder später ist es ja sowieso vorbei.

Das war jetzt ein Ding! Von wem war jetzt der Teddy? Wer von beiden hatte nun gelogen? Bestimmt Harald. Andererseits, wenn er von Marcus gewesen wäre, hätte Harald nichts davon wissen können. Dann war er leider wohl doch nicht von Marcus. Auch Traummänner haben eben

Fehler. Da musste man dann einfach drüber hinwegsehen.

Als ich am nächsten Tag nach Hause kam, fasste ich mir ein Herz und öffnete den Umschlag von der Hausverwaltung. Ich las:

Sehr geehrte Frau Bäcker,

da bei uns in den vergangenen sechs Wochen mehrere schriftliche Beschwerden Ihrer Nachbarn eingegangen sind und Sie beschuldigt werden, des Öfteren gegen die Hausordnung verstoßen zu haben und die Harmonie der Hausgemeinschaft gefährden, ermahnen wir Sie hiermit. Sollte es in Zukunft zu weiteren Beschwerden kommen, sehen wir uns gezwungen, Ihnen das Mietverhältnis zu kündigen.

Hochachtungsvoll i.A. Claudia Scheuer - Freie Wohnungsbau GmbH

Oh weia! Das darf doch nicht wahr sein. Nachbarn? Das kann nur eine Nachbarin gewesen sein: Frau Krotzmann, die alte Gewitterhexe. Mit allen anderen habe ich noch nie Probleme gehabt. Es hat sich auch sonst noch nie jemand über mich beschwert. Im Gegenteil, mit allen anderen habe ich ein sehr gutes Verhältnis. Ich gefährde die Harmonie der Hausgemeinschaft! So eine bodenlose Frechheit! Und bei weiteren Beschwerden werde ich auf die Straße gesetzt!

Jede Wette wird sich diese olle Hexe Krotzmann weiter beschweren. Das war es dann für mich. Ob Marcus mich wohl bei sich aufnehmen würde, wenn ich aus meiner Wohnung geworfen werde? Bestimmt! Nachdem jetzt seine Schwester ausgezogen ist, hat er sicher auch Platz für mich.

So träumte ich vor mich hin und sah schon das harmonische Zusammenleben von Marcus und mir vor meinem geistigen Auge. Trotzdem, so leicht wollte ich mich dann doch nicht in die Flucht schlagen lassen. Ich nahm mir fest vor, gleich am nächsten Tag zum Gegenangriff überzugehen.

In unserem Haus gab es sechs Mietparteien, und ich war mir sicher, dass außer der Krotzmann alle anderen für mich sprechen würden. Zumindest würden sie bestätigen, dass sie keine Probleme mit mir hätten. Gleich morgen früh werde ich bei der Hausverwaltung anrufen und klarstellen, dass ich das unschuldige Opfer dieser verbitterten alten Spinatwachtel bin. Und dann verlange ich Aufklärung darüber, ob sich außer der Krotzmann noch jemand beschwert hat. Und das kann ich mir einfach nicht vorstellen.

Im Parterre, gegenüber von der Krotzmann, wohnte die alte Frau Waller. Hier und da habe ich mal irgendwelche Kleinigkeiten für sie erledigt, zum Beispiel habe ich ihren Dackel „Wastl" ausgeführt, wenn sie nicht gut zu Fuß war. Oder auch mal für sie eingekauft. Im ersten Stock wohnt Familie Pranger, für die ich schon mal die Kinder gehütet habe. Bei Prangers gegenüber wohnte ein älteres Ehepaar mit einer Katze, bei denen goss ich die Blumen, wenn sie in Urlaub waren und fütterte ihre Katze. Molli hieß sie, vielleicht weil sie so dick war. Mein direkter und immer leicht alkoholisierter Nachbar, Eduard Biernot, der tatsächlich ab und zu unter Biernot litt, klingelte hin und wieder um sich von mir eine Flasche Bier zu leihen, wenn ihm sein eigenes ausgegangen war.

Ansonsten war es fast immer ruhig bei mir, da ich tagsüber arbeitete, nachts schlief und sehr selten einmal feierte. Was sollte anderes herauskommen, als dass Frau Krotzmann allein auf weiter Flur stand mit ihren Beschwerden! Weiterhin würde ich Aufklärung verlangen, gegen welche Punkte der Hausordnung ich verstoßen haben soll. Es ist wohl nicht verboten, sich vor der Haustüre zu küssen. Außerdem sollten sie mir erklären, inwiefern ich die Harmonie der Hausgemeinschaft gefährden würde. Das würde ich dann alles Punkt für Punkt dementieren. Dann werden wir schon sehen, wer zuletzt lacht. Eigentlich müsste man dem alten Drachen mal einen richtigen Denkzettel verpassen. Aber wie nur? Da würde mir bestimmt auch noch was einfallen. Kommt Zeit, kommt Rat.

Also rief ich gleich am nächsten Morgen bei der Hausverwaltung an. Nachdem dreimal besetzt war und ich bei meinen vier weiteren Versuchen es immer zwanzigmal klingeln gelassen hatte, nahm endlich jemand ab.

„Freie Wohnungsbau GmbH, Fürchtegott“, meldete sich eine Frauenstimme.

„Guten Morgen, Frau Fürchtegott! Würden Sie mich bitte mit Frau Scheuer verbinden oder können Sie mir vielleicht auch weiterhelfen? Mein Name ist Carolin Bäcker, und ich bin Mieterin bei ihnen.“

„Einen Moment bitte. Ich verbinde.“

Daraufhin klingelte es wieder etliche Male, und dann hatte ich wieder Frau Fürchtegott am Apparat. „Frau Scheuer ist momentan nicht an ihrem Platz. Bitte versuchen Sie es später noch mal. Wiederhören!“

Als ich fünfzehn Minuten später noch mal anrief, wurde an dem Apparat von Frau Scheuer gesprochen. Frau Fürchtegott sagte mir, dass ich es in fünfzehn Minuten noch mal versuchen solle. Und Nein, sie könnte mir da leider auch nicht weiterhelfen.

Also rief ich eine Viertelstunde später noch einmal an. Da bekam ich dann die Auskunft, dass Frau Scheuer in einer Besprechung wäre, die selten länger als eine Stunde dauern würde. Eine Stunde später war sie dann zu Tisch. Beim nächsten Anruf hatte ich es endlich geschafft. Ich hatte Frau Scheuer am Apparat! Sie sagte mir, dass gerade der Teufel los sei, sie noch einen Anruf auf dem anderen Telefon hätte, und ich solle später noch mal anrufen. Dann hätte sie für mich Zeit. Bevor ich etwas sagen konnte, hatte sie bereits aufgelegt.

Als ich es eine Stunde später nochmal versuchte, war der Anrufbeantworter eingeschaltet, der mich dann aufklärte, dass ich außerhalb der Sprechzeiten anrufen würde. Ich nahm mir vor, gleich am nächsten Tag wieder anzurufen.

Aber dann war es plötzlich Samstag. Den Tag verbrachte ich damit, meine Wohnung auf Vordermann zu bringen. Diesmal war ich auch einigermaßen erfolgreich. Wenn man davon absah, dass ich nicht viel zu spülen hatte, da ich mit einer ungeschickten Bewegung die Hälfte des schmutzigen Geschirrs von der Spüle fegte. Meine Lieblingsvase ging auch zu Bruch. Nachdem ich die Scherben aufgekehrt hatte, gönnte ich mir eine kleine Pause auf dem Balkon, um meine Entspannungsübungen zu machen.

Ganz locker und entspannt habe ich mich aufgestylt. Ich zog meine Augenbrauen nach, schminkte mir die Lippen, tuschte mir die Wimpern. Dann rutschte ich aus und stach mir mit der Wimpernbürste in das linke Auge. Es brannte und tränte fürchterlich. Das rechte Auge fing dann auch an zu tränen, so dass ich lange schwarze Striemen auf den Wangen hatte. Also musste ich mir noch mal das Gesicht waschen und von vorne anfangen.

Als ich meine nassen Haare trocknen wollte, fiel der Fön plötzlich aus. Ich hoffte inständig, dass heute nicht einer dieser Tage sein würde, an denen wirklich alles schiefging. Die fingen meistens damit an, dass ich zu spät aufstand, mir dann den heißen Kaffee über meine weiße, frisch gebügelte Bluse kippte, als Ersatz etwas altes Zerknittertes aus dem Schrank zog, an dem dann noch ein Knopf fehlte, ich eine Laufmasche hatte, es in Strömen goss, mir der Bus vor der Nase wegfuhr, mein Schirm durch den Wind umklappte und kaputtging.

Dann endlich bei der Arbeit angekommen, waren die Handwerker dabei, etwas an dem Gebäude umzubauen, der Haupteingang gesperrt und der Nebeneingang, für den ich keinen Schlüssel besaß, verschlossen war und die Klingel nicht funktionierte. Wenn ich dann anrufen wollte, um ins Haus und an meinen Arbeitsplatz zu gelangen, war die Telefonzelle, gleich gegenüber, kaputt, oder ich hatte kein Kleingeld.

Wenn ich es dann bis an meinen Arbeitsplatz geschafft hatte, erwartete mich da die nächste Katastrophe. So ging dann der ganze Tag weiter. Wenn man dann völlig geschafft und mit blanken Nerven nach Hause wollte, brach durch einen technischen Defekt der ganze öffentliche Nahverkehr zusammen.

Irgendwann, spät abends, kommt man dann nach Hause, durchnässt und dem Nervenzusammenbruch nahe, und stellt fest, dass man den Haustürschlüssel vergessen hat.

Diese Tage gibt es wirklich, und da wäre es klüger, gar nicht erst aufzustehen. Aber heute war ja kein Arbeitstag, sondern Wochenende. Was konnte da schon schiefgehen?

Markus wollte um 19:00 Uhr kommen. Es wurde viertel nach, es wurde halb acht. Er war immer noch nicht da. Es wird doch hoffentlich nichts dazwischengekommen sein? Jetzt war es bereits acht Uhr. Oder hatte er nicht doch acht Uhr gesagt? Ich war mir nicht mehr sicher. Oh, Marcus, bitte komm doch. Lass mich nicht wieder sitzen. Jetzt war ich mir ziemlich sicher, dass er acht Uhr gesagt hatte und bestimmt gleich kommen würde.

Ich setzte mich auf meine Couch und trank ein Glas Wein zur Entspannung. Er ist schon auf dem Weg, gleich kommt er, sagte ich mir immer wieder. Als das Telefon klingelte, war es bereits halb Zehn.

„Hallo kleine Prinzessin! Du bist ja zu Hause. Das ist aber süß von dir, dass du zu Hause bleibst, weil ich heute arbeiten muss. Ach, du fehlst mir ja so. Fehle ich dir auch?“

„Harald! Mit dir hatte ich nicht gerechnet.“

„Langsam habe ich den Eindruck, du rechnest überhaupt nie mit mir. Als wären dir meine Anrufe egal? Ist das so? Dann sage es. Dann rufe ich nicht mehr an, aber dann werde ich an gebrochenem Herzen sterben!“

„Nein, Harald, natürlich nicht. Ich bin einfach nicht zum Telefonieren aufgelegt. Ich bin müde und wollte gleich ins Bett gehen“, log ich.

„Ach mein Häschen, ich dachte, wenn wir uns schon nicht sehen können, ist es doch ein Trost, zu telefonieren. Dann schlaf gut, und träum süß von mir. Ich rufe dich morgen wieder an. Küsschen. Schmatz, schmatz.“

„Dann arbeite noch schön. Und später kannst du ja auch von mir träumen. Gute Nacht, Harald-Schatz und auch Küsschen!“

Das war zum Glück kurz und schmerzlos. Aber wo blieb Marcus?

Das Telefon klingelte wieder. Diesmal war er es.

„Hallo mein Sahnetörtchen. Du, tut mir leid. Es ist etwas dazwischengekommen.“

„Ach, wie schade. Kommst du nicht mehr?“

„Doch, ich wollte unbedingt noch kommen, wenn es dir nichts ausmacht, dass es später wird. Aber ich muss hier erst was erledigen.“

„Macht doch nichts. Hauptsache du kommst noch.“

„Ja, mein Zuckerpüppchen. Auf jeden Fall. Es wird aber leider zu spät, um noch Essen zu gehen und für den Dombummel erst recht. Aber ich hatte es dir doch als Wiedergutmachung versprochen.“

„Ist nicht schlimm, wenn das nichts wird. Das können wir auch nächstes Wochenende nachholen. Dom ist noch für ein oder zwei Wochen. Was ist denn heute dazwischengekommen?“

„Danke, dass du so verständnisvoll bist. Ich bin ein Schuft, dich solange warten zu lassen. Aber es geht nicht anders. Ich bin bei meinem besten Freund einen mit ihm trinken und reden, weißt du. Er ist todunglücklich. Seine Frau hat ihn verlassen! Sie ist mit Kind und Kegel ausgezogen. Verstehst du, dass er mich jetzt braucht? Sicher verstehst du das. Du bist ja immer verständnisvoll und lieb.“

„Ja, natürlich! Ich würde genauso handeln an deiner Stelle. Wie gesagt: macht nichts, dass du später kommst. Hauptsache du kommst noch. Ich mach uns ein paar Häppchen und eine Flasche Sekt ist auch noch da. Dann tröste jetzt mal deinen Freund, und wir sehen uns später. Dann machen wir es uns eben bei mir gemütlich! Und wenn es nicht anders geht, kannst du deinen Freund auch mitbringen.“

„Du bist die tollste und verständnisvollste Frau auf diesem Planeten. Bis später!“

Ich empfand es nicht als Drama, nicht mehr auszugehen. Das könnten wir wirklich nächstes Wochenende nachholen. Wenigstens hatte ich mich nicht umsonst aufgebrezelt. Er würde mich ja noch sehen.

Ich beschloss, ihn mit einem Essen zu überraschen. So konnte ich die Zeit gut ausfüllen, während ich auf ihn wartete. Ich machte Jägerschnitzel mit Pommes, das konnte ich im Backofen warmhalten. Dazu machte ich noch einen kleinen Salat und stellte den Sekt kalt.

Dann holte ich den schicken silbernen Leuchter und stellte ihn auf den gedeckten Tisch. Ich zündete die Kerzen an. Toll sah das aus. Und nun noch eine schöne CD in den Player, und er konnte kommen.

Ich wartete geschlagene drei Stunden. Als er um ein Uhr immer noch nicht da war, blies ich die Kerzen, die schon ganz herunter gebrannt waren, aus. Jetzt saß ich hier, in hübscher Kleidung, schön geschminkt und frisiert und hatte schon eine halbe Flasche Wein geleert. Ich konnte sie noch in aller Ruhe ganz austrinken und rauchte alle meine Zigaretten auf. Was für ein Elend. Ich hatte mir so viel Mühe mit meinem Aussehen und dem Essen gegeben!

Alles umsonst!

Da auch sonst kein Lebenszeichen und kein Anruf von Marcus gekommen war, zog ich mein Nachthemd an, wischte die Schminke aus meinem Gesicht und legte mich heulend ins Bett.

Am nächsten Morgen war ich wieder optimistisch. Bestimmt hatte er mit seinem Freund einen über den Durst getrunken und war schlicht und ergreifend versackt. Das kommt in den besten Familien vor und davor war auch kein Traummann gefeit.

Leider rief Marcus diesen Sonntag gar nicht mehr an. Stattdessen rief Martha mich an und wollte mir ganz dringend etwas erzählen. Ich konnte mir schon denken was und wimmelte sie mit den Worten, dass ich praktisch auf dem Sprung wäre, ab.

Auch Harald meldete sich und wollte mich besuchen. Er gab mir praktisch die ganze Liebe, die ich mir von Marcus wünschte. Aber von Harald wollte ich sie nicht. Es gelang mir, ihn mit einer Ausrede abzuwimmeln. Er jammerte zwar, dass er das nicht überleben würde, aber es nützte ihm alles nichts. Ich verkroch mich diesen Sonntag allein in meiner Wohnung.

Den folgenden Montag ging ich wie immer zur Arbeit. Bei den Gesprächen mit meinen Kolleginnen hielt ich mich zurück, und als sie nach meinem Date fragten, sagte ich, dass wir nicht viel gemacht hätten es aber wie immer toll war. Ich mochte einfach nicht zugeben, dass Marcus nicht gekommen war und entwickelte regelrecht schauspielerische Fähigkeiten. Dabei ich ließ mir meinen Frust nicht anmerken.

Dann fragte ich mich, ob das noch alles unter „Schonungslügen“ durchgehen würde. Also, wenn ich Harald anlog, war das wirklich nur, um ihn zu schonen und weil ich ihm nicht wehtun wollte. Aber wenn ich meine Kolleginnen, die ja eigentlich gleichzeitig richtige Freundinnen waren anlog, dann habe ich mich höchstens allein damit geschont. Dabei war es sonst wirklich nicht meine Art zu lügen.

Harald rief jeden Abend an und jammerte, dass er mich sehen wollte. Da er aber selbst keine Zeit hatte, war das kein Problem für mich. Allerdings machte er eine beunruhigende Bemerkung. Nämlich, dass er, wenn er mit seinem ganzen Kram fertig wäre, mit mir zusammenziehen wollte, damit er dann immer bei mir wäre.

Das hätte mir gerade noch gefehlt! Ein Leben in einem schäbigen alten Wohnwagen. Nein danke! Er deutete zwar etwas von einer ganz tollen Wohnung an, aber bei seinem Geschmack konnte sich das nur um einen anderen Wohnwagen handeln. Das war eben Harald.

Am Dienstagabend rief dann endlich Marcus an. Er sagte, dass er ein mieser Schuft wäre, eine so tolle Frau wie mich immer wieder zu enttäuschen. Er entschuldigte sich tausendmal. Aber er wäre bei Bodo einfach versackt und nach der zweiten Flasche Whisky so alkoholisiert, dass er nicht mehr in der Lage war, noch das Telefon zu bedienen. Es wäre eben ein reiner Herrenabend geworden, obwohl er natürlich viel lieber mit mir zusammen gewesen wäre.

Ich gab mich locker, ließ mir mein Elend über das verpatzte Wochenende nicht anmerken und erzählte, ich hätte es mir eben allein gemütlich gemacht, dass es aber nicht schlecht gewesen wäre, wenn er doch noch angerufen hätte. Wir wollten nächsten Samstag aber wirklich alles Verpasste doppelt und dreifach nachholen. Er gelobte in den höchsten Tönen, mich auf Händen zu tragen und mich zu verwöhnen. Dann aber wirklich!

Also konnte ich mich auf unser nächstes Treffen am Samstag freuen. Wie schnell doch die Welt wieder in Ordnung war.

Die nächste Woche verging ereignislos wie im Flug. Markus hatte nur einmal zwischendurch angerufen. Was soll‘s, dachte ich mir, wir würden uns ja auf jeden Fall am Samstag sehen. Harald dagegen rief mit sturer Hartnäckigkeit jeden Abend an. Er jammerte mir dann die Ohren voll, wie sehr er mich vermissen würde. Wenn er mich diese Woche auch nicht zu sehen kriegen würde, würde er sterben. Aber er hätte eben so scheiß viel zu tun, was auch sehr wichtig wäre für die Zukunft. Unsere gemeinsame Zukunft! Davon könne er aber noch nicht so viel verraten, da es noch nicht spruchreif wäre.

Sicher versuchte er nur, mich zu beeindrucken, und das ganze Geheimnis war sowieso nur Spinnerei. Allerdings war er, davon abgesehen, wirklich ganz lieb und wollte sich ständig mit mir treffen. Aber jedes Datum das er mir vorschlug, konnte ich mit irgendeiner Ausrede abwehren. Wenn Markus sich mal so viel Mühe geben würde. Aber der hatte es eben nicht nötig. Dem war ich auch so verfallen.

Endlich war es Samstag. Nachdem meine Wohnung in nie gekanntem Hochglanz erstrahlte, dachte ich, es wäre das Beste, sie zu verlassen, damit nichts wieder schmutzig oder unordentlich werden konnte. Der beste Anlaufpunkt war Martha, sie wohnte nur fünf Minuten von mir entfernt. Ich hätte natürlich auch meine liebe Oma oder meine Mutter besuchen können, aber dann hätte ich erst lange hin und her fahren müssen, und das hätte alles zu lange gedauert.

Meine Oma war superlieb und kein bisschen alt, abgesehen von ihren Jahren natürlich. Die Zeit für meine Oma nahm ich mir immer gerne. Aber manchmal war es etwas anstrengend, nämlich dann, wenn sie ihr Hörgerät nicht im Ohr hatte. Ansonsten verstanden wir uns prächtig. Nächste Woche, nahm ich mir vor, musste ich sie unbedingt besuchen. Auch um meine Mutter sollte ich mich kümmern. Momentan benutzte ich die beiden wichtigsten Frauen meines Lebens eher als Ausrede, um mich nicht mit Harald zu treffen. Zum Beispiel: Da kann ich auf keinen Fall. Ich muss mit meiner Oma zum Arzt oder meine Mutter hat Geburtstag.

Aber nun war ich auf dem Weg zu Martha. Es dauerte ziemlich lange, bis sie die Wohnungstür öffnete. Sie war ziemlich erstaunt, mich zu sehen. Kein Wunder, die letzten Male, die sie angerufen hatte, hatte ich sie immer ziemlich unhöflich und schnell abgewimmelt. Aber in Vorfreude auf den bevorstehenden Abend mit Markus war ich sogar für „A-ha“ gewappnet.

„Also mit dir habe ich überhaupt nicht gerechnet! Du warst die letzten Male so kurz angebunden, wenn ich dich angerufen habe. Ich sage dir gleich: Viel Zeit habe ich leider nicht für dich, denn ...“

Ich unterbrach sie einfach: „... ich habe noch eine Verabredung mit Morten Harket von „A-ha.“, sagte ich für sie.

„Quatsch!“, sagte sie. „Das ist längst aus. Das wollte ich dir doch schon die letzten beiden Male am Telefon erzählen. Aber du hattest ja keine Zeit.“

Mir klappte die Kinnlade herunter! Alles hatte ich erwartet aber nicht, dass ihre „A-ha-Manie“ plötzlich nach eineinhalb Jahren beendet war.

„Ich wusste doch nicht …“, stammelte ich.

„Jetzt komm endlich rein. Ich muss dir jemanden vorstellen.“

Ich staunte nicht schlecht, als ich das Wohnzimmer betrat. Ein großer korpulenter Mann erhob sich aus dem Sessel und streckte mir seine Hand hin.

„Das ist Helmut-Dieter“, stellte Martha mir ihren neuen Freund vor. „Helmut-Dieter, das ist meine Busenfreundin Carolin.“

„Angenehm“, sagte Helmut-Dieter. „Du bist also die Hübsche, die an jedem Finger zehn hat.“ Er lachte dröhnend.

„Freut mich, dass du so gut über mich Bescheid weißt“, sagte ich pikiert und mit bösen Blick auf Martha.

Aber die lachte glockenhell und sagte nur: „Setz dich meine Liebe. Ich habe Kuchen gebacken. Eigentlich für meinen Schatz. Aber für dich ist auch noch ein Stück da.“

Ich muss schon sagen, Marthas neuer Freund war recht sympathisch. Auch Martha war mir jetzt noch viel sympathischer. Sie schien rundum glücklich zu sein. Und ich erst! Keine Geschichten mehr über „A-ha“.

Es war nett mit den beiden, und nach einer Stunde ließ ich sie allein, ging in meine immer noch saubere Wohnung zurück, um mich für den bevorstehenden Abend aufzustylen. Natürlich konnte ich mir nicht vor jedem neuen Date neue Kleidung kaufen. Also musste ich mal wieder meinen

Kleiderschrank ausräumen, um von den alten Sachen das Beste herauszusuchen. Ich fand eine schöne Bluse und eine abgetragene Jeans. Das sah trotzdem ganz gut aus.

Die restliche Zeit war ich damit beschäftigt meinen Kleiderschrank wieder einzuräumen. Was ich unten hinein stopfte fiel oben wieder raus. Den letzten Rest der Klamotten stopfte ich dann einfach mit dem Fuß in den Schrank.

Diesmal klingelte es pünktlich an der Haustür, und es war tatsächlich Marcus, der davorstand. Er küsste mich, und ich hatte das Gefühl vor Liebe zu verglühen.

„Mein Sahnetörtchen, ich habe so ein schlechtes Gewissen wegen neulich. Aber heute werde ich alles wieder gut machen“, sagte er und zog einen faustgroßen Teddy aus seiner Jackentasche. „Bitte sehr! Der ist ganz allein für dich!“

Für mehr würde der auch nicht reichen, dachte ich, sagte es aber natürlich nicht.

„Wieso hast du mir nicht gesagt, dass der Teddy, der neulich vor meiner Haustür saß, gar nicht von dir war?“

„Ach so, ja der Teddy! Wieso machst du so ein Theater, wegen eines albernen Teddys? Das ist einfach kindisch! Erst hatte ich es vergessen, und dann wollte ich es dir eben sagen. Aber du bist mir ja zuvorgekommen.“

„Vergessen?“, wiederholte ich verständnislos.

„Ja, genau! Können wir jetzt los? Bist du soweit? Also, du siehst toll aus“, schmeichelte er mir wieder. „Wo möchtest du zuerst hin? Baby, ich werde dich heute glücklich machen und dir jeden Wunsch erfüllen!“

„Wirklich jeden Wunsch?“

„Die Sterne kann ich dir natürlich nicht vom Himmel holen!“

„Das brauchst du auch gar nicht. Ich habe einen ganz bescheidenen Wunsch. Ich möchte endlich deine Telefonnummer haben. Oder ist das ein Problem für dich?“

„Nein, natürlich nicht“, sagte er.

„Na, dann schreibe sie mir doch gleich auf", schlug ich vor.

„Ich kann nicht", sagte er.

„Du kannst nicht?", wiederholte ich fassungslos. „Was soll das heißen, du kannst nicht?"

„Marcus wand sich und sagte: „Ja also, das ist so ... Das ist mir ja so peinlich, ich habe sie vergessen", stammelte er.

„Du hast sie vergessen? Deine eigene Telefonnummer?", fragte ich ungläubig.

„Ja, ich rufe mich doch nie selber an. Aber bestimmt fällt sie mir im Laufe des Abends wieder ein. Selbst wenn nicht, bleibe ich ja heute Nacht auch noch bei dir. Dann bekommst du sie spätestens Morgen. Ich schwöre es bei meiner Ehre! Wollen wir jetzt endlich los?"

„Oki doki", sagte ich. „Dann lass uns mal los. Übrigens habe ich überhaupt keinen Hunger. Wie wäre es, wenn wir jetzt gleich zum Dom fahren? Notfalls könnten wir ja auch da was essen. Muss ja nicht immer *Gourmet* sein. Oder möchtest du unbedingt vorher essen gehen?"

„Nein. Ich habe jetzt auch keinen Hunger. Stürzen wir uns lieber gleich in den Rummel."

Marcus trug einen super schicken weißen Sakko über seiner Jeans.

„Bist du nicht ein klein wenig overdressed für den Dom? Versteh mich nicht falsch, das sieht todschick aus."

„Ach was, mir war eben danach, gut auszusehen. Ich muss etwas aufpassen. Ist eben ein edles Designer-Teil. Aber du bist ja auch ein edles Designer-Teil", sagte er lachend und küsste mich. „Und dazu noch super sexy!"

In der U-Bahn ging es dann weiter mit der Küsserei. Es war so schön, als wäre nie zuvor etwas vorgefallen. Und die kleinen Bagatellen, die vorgefallen sind, waren nun ganz bestimmt nicht Marcus' Schuld. Er konnte überhaupt nichts dafür. Ich hatte vollstes Vertrauen zu ihm und war überzeugt, dass er der einzig Richtige für mich war. Das hatte ich zwar schon öfter von anderen Männern gedacht, in die ich mal verliebt gewesen war, aber diesmal war ich mir absolut sicher.

„Die Geisterbahn lassen wir diesmal aber aus“, sagte ich zu Marcus mit einem Grinsen.

„Kein Problem“, antwortete er. „Ich küsse dich jetzt auch hemmungslos in der Öffentlichkeit.“

Und das tat er dann auch, während wir eng umschlungen zwischen den Menschenmassen über den Dom wanderten.

„Möchtest du eine Zuckerwatte meine Zuckerfee?“

„Oh ja, gerne! Ich muss nur aufpassen, dass ich mir nicht den Mund und das Gesicht damit verklebe.“

„Macht doch nichts. Ich lecke dir das dann mit Genuss wieder ab.“

Mit riesiger rosafarbener Zuckerwatte gingen wir, immer noch eng umschlungen, weiter. Hin und wieder blieben wir vor den spektakulärsten Karussells stehen und schauten zu.

Marcus küsste mich gerade als wir vor dem Breakdancer standen. Da traf mich fast der Schlag! Das war doch Harald, der da gerade den Leuten die Wagen zuwies und die Tickets einsammelte. Und genau im gleichen Augenblick sah er auf und direkt zu uns herüber. Oh Gott! Er hatte uns doch nicht etwa gesehen? Oder vielleicht doch?

Vor Schreck verhedderte ich mich mit meiner Zuckerwatte in Marcus Jacke. Panikartig riss ich mich los, rannte von Marcus weg, um weiter hinten zwischen den Wohnwagen in Deckung zu gehen. Irgendwo zwischen den Wohnwagen blieb ich völlig außer Atem stehen. Ich erschrak erneut, als hinter mir jemand dröhnte, ob ich mich wohl verlaufen hätte und was ich auf dem Privatgelände zu suchen hätte. Ich fuhr herum und sah mich einem großen kahlköpfigen, wenig Vertrauen erweckenden Mann gegenüber. Nix wie weg hier, dachte ich.

Es hatte einige Stunden zuvor noch geregnet, so dass der Boden ziemlich aufgeweicht und matschig war. Bei erneuter panikartiger Fluch kam ich ins Rutschen und fiel kopfüber der Länge nach in den Matsch. Das durfte einfach alles nicht wahr sein! Ich war von oben bis unten voller Schlamm. Meine Kleidung war ruiniert, und ich wünschte nur noch, dass sich der Erdboden auftun und mich verschlucken würde. Aber da ich Marcus einfach so stehenlassen hatte, musste ich den erst mal wieder finden. Doch er war leider nirgends zu sehen. Ob er wohl weitergegangen war, oder ob er wohl irgendwo gewartet hatte?

Ich ging bis zum Breakdancer zurück. Gott sei Dank! Da stand er noch. Vor Erleichterung fiel ich ihm um den Hals. Aber er stieß mich weg.

„Pass doch auf! Du ruinierst meine gute Jacke! Die Flecken gehen nie wieder raus. Du bist ja völlig verdreckt, was machst Du nur!“

Bleich vor Schreck über Marcus heftige Reaktion stammelte ich: „Entschuldige bitte! Es tut mir ja so leid. Ich bin ausgerutscht!“

Er schäumte vor Wut: „Sage mal, hast du sie noch alle! Einfach abzuhauen und mich hier wie einen Idioten stehen zu lassen!“

Er brüllte regelrecht.

Ungläubig sah ich ihn an und sagte: „Tut mir so leid. Ich musste plötzlich ganz dringend, und dann bin ich auch noch hingefallen.“

Ich wollte nur alles wieder gut machen, damit er nicht mehr böse mit mir war. So kannte ich Marcus gar nicht. Also unternahm ich einen erneuten Versöhnungsversuch und versuchte nochmal, ihn zu umarmen.

Er stieß mich mit Wucht zurück und brüllte: „Es reicht, du dreckiger Trampel! Mit dir gehe ich nie wieder in die Öffentlichkeit! Die Jacke ersetzt du mir. Fang schon mal an zu sparen!“

Mein Kopf rauschte, und mir schossen die Tränen in die Augen.

Genau in dem Moment stürzte sich Harald auf Marcus und packte ihn am Hemdkragen und schrie: „Heh, lass mein Mädchen in Ruhe. So behandelt man keine ...“

Weiter kam er nicht. Marcus Faust krachte mit solcher Wucht gegen Haralds Schläfe, dass er das Gleichgewicht verlor und mit dem Kopf gegen einen Pfeiler prallte. Seine Haut platzte auf und ein ganzer Schwall Blut kam herausgeschossen. Harald taumelte, und bevor er zu Boden ging, traf ihn Marcus‘ Faust nochmal mit der gleichen Wucht. Haralds Nasenbein krachte, und nun quoll auch noch Blut aus seiner Nase.

„Nein, nein!“, schrie ich vor Entsetzen auf. Ich war wie gelähmt.

Harald lag jetzt bewusstlos am Boden und rührte sich nicht mehr, während Marcus ihn jetzt mit dem Fuß mit voller Wucht in die Rippen und sogar gegen den Kopf trat. Haralds Kopf flog dabei zu Seite. Er war jetzt so voller Blut, dass man ihn gar nicht mehr erkennen konnte.

Marcus war wie im Rausch und trat immer weiter auf den völlig wehrlosen Harald ein. Ich stürzte mich auf Marcus und versuchte, ihn an seiner Jacke von Harald weg zu zerren. Marcus versetzte mir so einen Stoß, dass ich hinfiel. Erst als ich mich aufrappelte, registrierte ich, dass sich eine große Menschenmenge um uns versammelt hatte. Dann warf ich mich auf die Knie zu Harald, weinte und wusste nicht, ob er noch am Leben war.

Blaulicht flackerte auf und eine Sirene heulte. Marcus versuchte zu flüchten, kam aber durch die Menschenmenge nur schwer voran. Ich sah noch, wie zwei Polizeibeamte ihn festnahmen. Ein Krankenwagen bahnte sich langsam einen Weg durch die Menschenmenge. Ein Notarzt versorgte den bewusstlosen Harald, während ich wimmernd daneben hockte. Als er soweit stabilisiert war, dass man ihn transportieren konnte, wurde er in den Krankenwagen geschoben.

„Wird er durchkommen?“, fragte ich den Arzt.

„Er hat sehr schwere Verletzungen davongetragen. Wir werden natürlich tun, was wir können. Bevor wir keine Röntgenbilder haben, kann ich dazu leider noch nichts sagen. Wie gesagt, wir werden unser Bestes tun, aber eine Garantie gibt es nicht. Warten Sie ab, was die Untersuchungen im Krankenhaus ergeben. Soweit ich das jetzt beurteilen kann, hat er eine Schädelfraktur. Ich hoffe nur, dass keine Hirnblutungen auftreten.“

Der Arzt musterte mich: „Sind Sie auch verletzt?“

Ich schüttelte den Kopf und sagte: „Nein. Ich bin nur schmutzig, weil ich ausgerutscht bin. Mir fehlt nichts. Ein bisschen schlecht ist mir, weil ich mir solche Sorgen mache.“

Eigentlich war mein Kopf völlig leer.

„Ich glaube, Sie stehen unter Schock“, sagte der Arzt.

„Nein, nein, es geht mir gut. Aber der arme Harald ...“.

„Sind Sie mit ihm bekannt? Am besten fahren Sie mit. Wir brauchen jemanden, um die Personalien aufzunehmen. Außerdem machen Sie mir den Eindruck unter Schock zu stehen. Sie sind unnatürlich blass.“

So musste ich mich auch im Wagen hinlegen und wurde ebenfalls verarztet. Man hatte meine Beine höher gelagert, und ich bekam eine Infusion.

Ich erwachte am nächsten Morgen in einem Krankenhausbett. Man hatte mir ein Medikament gegeben, um den Kreislauf zu stabilisieren und etwas zur Beruhigung. Nach Anordnung des Notarztes, musste ich die vergangene Nacht im Krankenhaus verbringen. Mit dem Bewusstsein kehrte auch die Erinnerung an diesen furchtbaren Albtraum zurück. Meine hoffnungsvolle Liebe hatte sich als brutaler und skrupelloser Schläger entpuppt. Harald hatte man auf die Intensivstation gelegt, während ich unverletzt den totalen Zusammenbruch erlitt. Ich musste die ganze Zeit heulen. Die nette Nachtschwester hatte versucht, mich zu trösten. Aber ich flippte völlig aus, weil ich unbedingt zu Harald wollte.

Haralds Verletzungen waren sehr ernst. Dennoch bestand eine große Chance, dass er durchkommen würde, aber mit Sicherheit konnten es die Ärzte nicht sagen. So manche Leute haben schon die schlimmsten Verletzungen überstanden und sind dann von einem winzigen Blutgerinnsel dahingerafft worden.

Wenn Harald nicht überleben würde, könnte ich nie wieder glücklich werden. Denn eines war klar: es war ganz allein meine Schuld. Ich hatte ihn auf dem Gewissen. Diese dramatische Konfrontation, die Harald fast das Leben gekostet hatte, hatte ich herbeigeführt. Natürlich nicht absichtlich. Aber es war mir schon klar, dass es zu einer Begegnung kommen konnte, da Harald auf dem Dom arbeitete. Nachdem der erste Dombesuch in so einem Desaster geendet hatte, musste ich amüsiergieriges Miststück noch eins obendrauf setzen und Marcus noch mal auf den Dom schleppen. Und das in vollem Bewusstsein, dass Harald dort arbeitete und dass es möglich wäre, ihn zu treffen. Es wird schon nichts passieren, hatte ich gedacht. Jetzt ging es um Leben und Tod. Armer Harald! Ich musste unbedingt herausfinden, wie es um ihn stand. Hoffentlich hatte er die Nacht überstanden. Ich duschte kurz und zog meine notdürftig gereinigten Sachen an und ging zur Schwester.

„Guten Morgen! Sie sind also die junge Dame mit dem Nervenzusammenbruch?“

„Nein! Das halte ich für übertrieben“, sagte ich. „Mein Name ist Carolin Bäcker, und ich darf sowieso gleich wieder gehen. Mir fehlt nichts. Aber vorher muss ich unbedingt wissen, wie es meinem Freund geht, der gestern Abend zusammengeschlagen worden ist und sich jetzt auf der Intensivstation befindet. Bringen Sie mich bitte zu ihm.“

Die ohnehin schon ziemlich dicke und rotgesichtige Schwester blähte sich regelrecht auf.

„So! Und ich bin Schwester Helga! Ob Sie gehen können oder nicht, entscheidet hier immer noch der Arzt!“

Ihr resoluter Ton duldete keinen Widerspruch.

„Das heißt, dass sie mindestens bis zur Visite bleiben müssen. Da können Sie dann mit Dr. Baumnagel über den Zustand ihres Freundes sprechen. Es ist sehr ernst. Mehr kann ich Ihnen dazu nicht sagen.“

„Kann ich bitte zu ihm?“, bettelte ich.

„Solange er auf der Intensivstation liegt nicht. Warten Sie bitte in ihrem Zimmer auf die Visite.“

Also ging ich ins Zimmer zurück und wartete. Merkwürdig, jetzt bezeichnete ich Harald schon als meinen Freund. Gestern war Marcus noch mein Freund und Harald völlig unwichtig. Aber das hatte er nicht verdient. Ich wollte ihn doch nicht loswerden, indem er aus dem Leben schied. Wollte ich ihn überhaupt noch loswerden?

Die Angst um ihn schnürte mir die Kehle zu. Dieses ätzend bedrückende Gefühl stieg in mir auf und die Tränen gewannen wieder die Oberhand. Ich hatte genug Zeit zum Heulen, da die Visite erst drei Stunden später kam und ich mich gerade wieder etwas beruhigt hatte.

Dr. Baumnagel betrat mit drei Schwestern das Zimmer. „Guten

Morgen!“, sagte er freundlich. „Wie geht es Ihnen heute?“

„Guten Morgen! Es geht mir gut. Aber ich mache mir furchtbare Sorgen um meinen Freund. Darf ich zu ihm?“

„Den Wunsch muss ich Ihnen leider abschlagen. Solange er auf der Intensivstation ist, darf er keinen Besuch empfangen. Wir haben gestern Abend noch seine Familie informiert, die sind auch vor Sorge außer sich und möchten ihn auch gerne sehen. Bei seiner Mutter haben wir eine Ausnahme gemacht. Sobald er auf die normale Station verlegt worden ist, können Sie ihn besuchen.“

„Besteht noch Lebensgefahr?“

„Er hat äußerst schwere Verletzungen davongetragen. Aber ich bin sicher, dass er es schaffen wird. Obwohl er noch eine Weile hierbleiben muss. Er hat eine Schädelfraktur, eine Nasenbeinfraktur und zwei Rippenfrakturen, eine Gehirnerschütterung, eine sechs Zentimeter große Platzwunde an der Schläfe, die genäht werden musste. Dazu kommen etliche Prellungen und Stauchungen. Aber es besteht keine akute Lebensgefahr, solange keine Hirnblutung auftritt!"

"Na, Gott sei Dank“, sagte ich. „Das hätte ich mir nie verziehen. Es war nämlich meine Schuld!“

„Das glaube ich Ihnen aber nicht. Sie haben wohl kaum die Kraft, einen Mann derart zuzurichten!“

„Ich muss dringend mit ihm sprechen. Ich bin wirklich schuld, dass er so zusammengeschlagen wurde.“

„Er ist im Augenblick nicht ansprechbar. Er ist noch bewusstlos. Sollte sein Zustand stabil bleiben, wird er morgen, spätestens Übermorgen auf die normale Station verlegt. Dann können Sie ihn besuchen. Sie können sich gleich ihre Entlassungspapiere holen und dürfen dann nach Hause. Rufen Sie am besten morgen früh nochmal an, nicht dass Sie umsonst kommen. Alles Gute!“

„Ja, danke. Ich habe so ein schlechtes Gewissen!“

„Fahren Sie nach Hause und erholen Sie sich. Morgen sieht die Welt schon wieder anders aus. Sollte sich der Zustand Ihres Freundes ändern, informieren wir Sie telefonisch. Auf Wiedersehen!“

„Ja, danke schön! Vielen Dank noch mal. Auf Wiedersehen.“

Auf einmal freute ich mich auf meine kleine gemütliche Wohnung. Ein Ort der Zuflucht und der Geborgenheit Als erstes würde ich mir eine heiße Dusche gönnen. Anschließend mit einem heißen Tee auf meiner Couch relaxen. Dann würde das Chaos in meinem Kopf schon wieder in Ordnung kommen. Und die bedrückenden Gedanken, und die Schuldgefühle würden schon wieder vergehen.

Ich ging zur nächsten U-Bahn-Station und hatte Glück, da die Bahn gerade einfuhr. Dann ließ ich mich auf den nächsten freien Platz fallen und schloss die Augen. Wer hätte das gedacht? Niemand konnte damit rechnen, dass ein harmloser Dombesuch so dramatisch enden würde. Aber ich konnte mich ja nicht beklagen, denn Marcus wurde in Handschellen abgeführt, und es war Harald, der halbtot im Krankenhaus lag. Ich, die Verursacherin, kam da absolut ungeschoren davon. Denn ich hatte nur mein schlechtes Gewissen. Trotzdem, die Freude auf meine schöne Wohnung, zu der ich gerade die Treppen hochstieg blieb. Vier Wände um mich. Hier war ich vor allem sicher. Unangenehme Personen waren abgeschirmt, keiner konnte mir Vorwürfe machen. Außer ich mir selbst natürlich.

Es war keine Frau Krotzmann weit und breit zu sehen. Gut so, dachte ich, bevor ich zusammenzuckte. Meine Wohnungstür war offen. Ich hatte sie aber fest zugezogen, als ich gestern Abend gegangen bin. Da war ich absolut sicher. Aber so weit, mir meine Haustür aufzubrechen, würde auch Frau Krotzmann nicht gehen.

Ich stieß sie also ganz auf und machte ein paar Schritte in die Wohnung. Mir stockte der Atem! Ich war schon so überreizt, dass sich sofort meine leer geweinten Tränenkanäle wieder füllten. Meine Polstermöbel waren aufgeschlitzt, der Tisch umgeschmissen und kaputt. Die große Glasvitrine lag in Scherben mit meinen zerbrochenen Nippes-Figuren auf dem Teppich. Von den Schränken waren die Türen und die Schubladen herausgerissen, und alle meine Sachen in der gesamten Wohnung verteilt worden. Sogar meinen Fernseher hatten sie absichtlich zertrümmert.

So stand ich erstarrt inmitten des Chaos und der Scherben und heulte. Mein Kopf rauschte und fühlte sich ganz leer an. Da fiel mir plötzlich mein Teddy, den ich von Harald hatte, ins Auge. Man hatte ihm den Kopf abgerissen! Ich schluchzte noch einmal laut auf. Erst dann sah ich, dass unter dem Bärenarm ein Zettel steckte:

Rück die Kohle von Macker raus! Sonst kannst du was erleben! Wir werden gemein, und machen das Gleiche mit dir!

Diese Botschaft stand in krakeligen fetten Druckbuchstaben geschrieben. Also war die Zerstörung meiner Wohnungseinrichtung noch nicht gemein? Was war dann gemein? Mich verletzen, misshandeln, vergewaltigen und sogar umbringen?! Mich bekroch eine atemberaubende Angst, die mir die Kehle zuschnürte. Warum ich? Warum meine Wohnung? Was waren das für Leute, die so etwas taten? Wer ist Macker, und von welchem Geld war die Rede?

Meine schlimmste kriminelle Handlung war, den Rechnungsordner und die Stempel mit nach Hause zu nehmen. Aber hier hatte ich es mit echten Kriminellen zu tun. Was sollte ich nur machen? Ich suchte nach dem Telefon. Es war unbrauchbar, da sie den Anschluss aus der Wand gerissen hatten. Ich klingelte bei meinem Nachbarn, dem dicken Eduard Biernot. Ich hörte ein langsames Schlurfen, bevor er mit Unterhemd und Jogginghose bekleidet die Tür öffnete. Sofort schlug mir seine Bierfahne entgegen.

„Dasch iss aber nett, dasch du misch mal besuscht“, nuschelte er.

„Kann ich mal telefonieren? Es ist wirklich ganz dringend! Ein Notfall“, sagte ich.

„Da isch dasch Telefon, und hier ischtn Bier für dich!“

Ich griff mir das Bier und nahm einen großen Zug.

„Da haschd du aber Durscht mein Mädelschen, wasch?“

Ich sagte nichts darauf, sondern wählte einfach Sybilles Nummer.

„Schaumeister“, meldete sie sich. Gott sei Dank, war sie zu Hause.

„Hallo Sybille! Bei mir ist eingebrochen worden! Was soll ich tun?“

„Also Caro, dein Humor lässt zu wünschen übrig. Ich finde das nicht komisch“, sagte sie.

„Ich auch nicht! Das ist leider kein Witz. Die Tür ist aufgebrochen worden und ... und alles ist verwüstet“, heulte ich wieder los.

In dem Moment wurde ihr wohl klar, dass ich die Wahrheit sagte.

„Oh nein! Warte, ich bin gleich da. Hast du schon die Polizei gerufen?“

„Nein, mein Telefon ist kaputt. Ich bin beim Nachbarn.“

„Ok, dann ruf ich da eben für dich an. Danach komme ich sofort.“

„Die Polischei, die Polischei, dein Freund und Helfa“, sang Eduard beschwipst.

Er hatte dank seines Bierkonsums den Ernst der Lage nicht erfasst. „Isch kann dir doch auch helfen, süsches Mädelsche“, lallte er und versuchte, sich an mich zu drücken.

Wenn er ein paar Biere zu viel hatte, also meistens, hielt er sich für unwiderstehlich.

Ich drückte ihn weg und sagte: „Danke, aber das hast du schon mit dem Bier und weil ich telefonieren durfte.“

„Jederscheit schu Dienschten. Kommscht du morgen wieder? Bidde, lasch misch doch helfen. Isch kann so gut zu dir sein.“

„Danke nochmals“, sagte ich nur und sah zu, in meine Wohnung bzw. in mein Trümmerfeld zurück zu kommen.

Mein Nachbar war trotz seines Bierkonsums, ein herzensguter Kerl. Gutmütig und hilfsbereit. Selbst wenn er viel zu viel getrunken hatte, wurde er nie ausfallend, höchstens mal ein bisschen zudringlich. Aber er ließ sich immer in seine Schranken weisen.

Kurz darauf traf auch schon Sybille ein. Als sie den Schaden sah, riss sie ihre blauen Augen auf und rief: „Oh Gott, oh mein Gott! Was für ein Chaos! Hast du die Tür offengelassen, oder wie ist das passiert?“

Ich erklärte ihr was ich wusste und was nicht. Dann fing ich wieder an zu heulen.

Sie nahm mich in den Arm und tröstete mich: „Ach komm, Süße! Alles halb so wild. Das lässt sich doch alles ersetzen. Wichtig ist, dass dir nichts passiert ist. Und du hast jetzt ein paar Dinge zu regeln. Die Polizei habe ich ja schon informiert, und die werden wohl auch bald kommen. Du musst dich aber so schnell wie möglich um ein neues Türschloss kümmern. Am besten ein Sicherheitsschloss. Heute Nacht kannst du ja bei mir schlafen. Nur vorsichtshalber. Da bist du jedenfalls in Sicherheit. Morgen räumen wir hier auf."

„Es ist alles so schrecklich", heulte ich auf. „Marcus ist im Knast und Harald im Krankenhaus! Ich war nahe am Nervenzusammenbruch und bin reif für die Klapse!"

„Was? Waren die das etwa?", fragte Sybille.

„Wer?", fragte ich verständnislos.

„Na, Marcus und Harald. Haben die deine Wohnung so zugerichtet?"

„Nein, die haben doch damit nichts zu tun. Glaube ich jedenfalls! Aber bei all meiner Dummheit kommen mir doch allmählich Zweifel an Marcus. Harald hatte ich ja sowieso immer alles Mögliche zugetraut. Aber es war eindeutig Marcus."

„Der hier eingebrochen ist?", fragte Sybille.

"Nein, der hat damit nichts zu tun, glaube ich jedenfalls. Aber Marcus ist kein Held, sondern ein eiskalter Schläger. Und Harald ist trotz seiner unfeinen Sprache kein so schlechter Mensch. Irgendwie ist plötzlich alles verdreht. Ich weiß einfach nicht mehr, was los ist."

Inzwischen traf die Polizei ein, die Sybille gerufen hatte. Es waren zwei Beamte mittleren Alters. Als erstes untersuchten sie das Türschloss. Es bestand kein Zweifel, es war aufgebrochen worden. Anschließend stocherten sie, ziemlich lustlos, in meinem Chaos herum. Nachdem sie alle Räume inspiziert und fotografiert hatten, fragten sie mich, ob etwas gestohlen worden wäre.

Ich sagte ihnen, dass ich im Moment nichts vermissen würde und nur entsetzt über die mutwillige Zerstörung wäre. Und das, nachdem ich gestern wegen der Prügelei so einen schweren Tag hatte.

Hätte ich bloß meinen Mund gehalten! Ich sah wie einer der Polizisten eine Augenbraue hochzog und seinem Kollegen einen bedeutungsvollen Blick zuwarf.

„Es handelt sich hier nur um einen geringfügigen Sachschaden", stellte der Beamte fest. „Haben Sie eine Idee, wer das gewesen sein könnte?"

Ich antwortete verschüchtert: „Ich habe keine Ahnung! So etwas habe ich noch nie erlebt. Aber da ist doch noch dieser Brief, indem man mir droht."

„Den haben wir bereits als Beweismittel an uns genommen. Im Übrigen vermute ich, dass Sie mehr wissen als Sie sagen wollen. Dieser Einbruch war sicher ein Racheakt, an dem Sie nicht ganz unschuldig sind. Oder wollen Sie uns weismachen, dass Sie nichts von dem Geld wissen, das hier vermutlich unterschlagen worden ist? Und die Prügelei, die Sie eben erwähnten, steht wohl im direkten Zusammenhang mit diesem Racheakt. Sie führen ja ein abenteuerliches Leben, junge Frau! Ich muss Sie bitten, uns zu begleiten."

Vor Schreck blieb mir jedes Wort im Hals stecken. Was war denn jetzt los? Ich war doch die Geschädigte! Ich war doch das unschuldige Opfer krimineller Machenschaften!

Wahrscheinlich sah man mir den Schock an. Denn der andere Polizist sagte jetzt etwas freundlicher: „Keine Angst! Das ist reine Routine. Wir müssen Ihre Personalien aufnehmen, Ihnen ein paar Fragen stellen und einen Bericht zu Ihrer Aussage schreiben. Das ist dann auch schon alles. Danach können Sie wieder gehen."

Sybille hatte Glück. Sie konnte eine halbe Stunde später das Polizeirevier verlassen, während man mich stundenlang durch die Mangel drehte. Fragen über Fragen, die ich nicht beantworten konnte.

Das Wort „Prügelei", das ich so arglos erwähnt hatte, riss mich immer tiefer rein. Wann, wo und warum konnte ich ja noch beantworten. Aber keiner der Beamten schien mir zu glauben, dass das Motiv Eifersucht war und Harald mich vor Markus schützen wollte, weil er gesehen hatte, dass Markus grob zu mir war.

Und die Personalien der beiden Personen die sich geprügelt haben, konnte ich, bis auf die Vornamen, auch nicht angeben. Von Harald wusste ich noch den Namen „Hannes“ und eine Telefon-Nummer. Aber wer Hannes war, wusste ich nicht. Es hatte mich ja auch nicht sonderlich interessiert, was mit Harald zusammenhing. Vielleicht war Hannes Haralds Chef auf dem Rummel. Die Fragen zu Haralds Aufenthaltsort konnte ich jedoch präzise angeben: die Intensivstation des Sankt-Georg-Krankenhauses. Außerdem wusste ich von seinem Wohnwagen auf dem Heiligengeistfeld.

Der Beamte sagte, dass seine Kollegen das überprüfen würden.

Ich sagte noch schweren Herzens, dass Marcus die Prügelei angefangen hatte und Harald schwer verletzt hätte. Mir war bewusst, dass das starke Konsequenzen für Marcus haben würde. Das wurde mir dann aber auch geglaubt, da die Polizisten merkwürdiger Weise von der Prügelei auf dem Dom und von Marcus Verhaftung wussten. Obwohl ich ja nur seinen Vornamen angeben konnte.

Mir war schleierhaft, warum die Polizei solchen Aufwand wegen eines geringfügigen privaten Sachschadens betrieb. Ich bekam so langsam den Eindruck, dass es denen gar nicht so um den Einbruch in meiner Wohnung, sondern um ein größeres Ding, das gedreht wurde, ging. Die sahen da wohl irgendeinen Zusammenhang mit mir, sodass sie mich für eine wichtige Zeugin hielten, die genau Bescheid wusste aber damit nicht herausrücken wollte.

Der Beamte donnerte: „Name?!“

Völlig eingeschüchtert antwortete ich: „Marcus.“

„Den Familienamen meine ich“, polterte er los.

„Ich habe wirklich keine Ahnung!“

„Geburtsdatum?“

„Ich weiß es wirklich nicht.“

„Wohnort?“

„Keine Ahnung!“

„Wollen Sie mich für dumm verkaufen?! Sie hatten ein intimes Verhältnis zu diesem Mann und wissen angeblich nicht, wie er heißt und wo er wohnt?! Machen Sie nur so weiter, dann sind Sie bald selbst dran wegen Irreführung der Polizei und Behinderung der Ermittlungsarbeiten. Dann wandern Sie von der Zeugen- auf die Anklagebank! Und wenn Sie dann noch nicht die Wahrheit sagen, kriegen Sie noch ein Verfahren wegen Meineids an den Hals. Ihnen ist wohl gar nicht klar, was da noch alles auf Sie zukommt! In Ihrem Interesse: arbeiten Sie mit uns zusammen, und machen Sie Ihre ehrliche Aussage! Woher stammt das Geld von dem in diesem Brief die Rede ist? Wie viel ist es? Wer ist Macker? Wer sind die Leute, die Ihre Wohnung verwüstet haben und Ihnen drohen?“

„Ich weiß es wirklich nicht. Ich habe nichts damit zu tun. Marcus war mein Freund, ja, allerdings noch nicht sehr lange. Deswegen weiß ich auch fast nichts über ihn. Und seine Personalien haben Sie doch schon, da er ja gestern Abend von ihren Kollegen festgenommen worden ist. Also warum soll ich sie dann noch sagen? Ich weiß nur von dieser Prügelei, dabei ging es um Körperverletzung. Und ich weiß, dass bei mir eingebrochen wurde, und hierbei hat es sich nur um einen geringfügigen Sachschaden gehandelt. Meinen Sachschaden! Das sind zwei paar Schuh, diese beiden Sachen hängen nicht zusammen. Und was diese merkwürdige Botschaft mit dem Geld sollte, weiß ich nicht!“

„Warum haben Sie nicht die Polizei informiert, nachdem Sie den Einbruch bemerkt haben?“

„Ich habe doch die Polizei informiert. Sie waren doch da!“

„Nein, Sie haben uns nicht informiert. Wir haben diese Information von einer Frau Schaumeister erhalten.“

Ich habe wirklich eine Engelsgeduld, aber wenn das Maß voll ist, ist es voll!

„Ihr Bullen seid ja völlig behämmert! Ihr rafft ja wohl gar nichts! Ich bin hier das Opfer, nicht der Verbrecher!“, schrie ich ihn an.

Haralds Formulierungsweise hatte wohl auf mich abgefärbt. Damit hatte ich eine Geldbuße wegen Beamtenbeleidigung am Hals. Zweieinhalb

Stunden später konnte ich wieder gehen.

In was war ich da nur rein geraten! Ich fuhr direkt zu Sybille. Sie hatte kaum die Tür geöffnet, da fiel ich ihr schon heulend um den Hals.

„War es so schlimm?“, fragte sie mich.

„Viel, viel schlimmer“, schluchzte ich. „Unvorstellbar schlimm! Jetzt droht mir sogar schon die Polizei! Und sie glauben mir nicht, dass ich von alledem keine Ahnung habe.“

„Na ja, sie kennen dich und deine Gutgläubigkeit eben nicht. Und so ein Naivchen, wie du manchmal bist, das können die sich nicht vorstellen.“

„Jetzt reicht es aber! Das finde ich nicht in Ordnung, dass du mich jetzt auch noch niedermachst!“

Sybille legte ihre Stirn in Dackelfalten und sagte ganz sanft: „Das Letzte, was ich möchte, ist dich niederzumachen. Ich meine nur, es ist ja auch schwer nachzuvollziehen, dass du mit jemanden zusammen bist oder warst, von dem du nicht mehr als den Vornamen weißt.“

„Ja. du hast ja Recht. Ich habe es einfach nicht besser verdient. Es ist sowieso alles meine Schuld!“

„Jetzt höre aber auf“, fiel Sybille mir ins Wort. „Nun mach dich nicht noch selbst nieder. Du hast wirklich nur das Beste verdient! Aber das ist bestimmt nicht Marcus. Und dieser Harald ist wohl unter deinem Niveau, nach allem, was du mir von ihm erzählt hast!“

„Ich glaube eher, dass ich selber weit unterm Niveau liege. Vielleicht habe ich Harald auch immer schlechter gemacht, als er wirklich ist. Seine guten Seiten habe ich nie hervorgehoben, sowie ich das bei Marcus immer gemacht habe. Weil ich auf Marcus immer scharf war, war er immer der gutaussehende *Mann von Welt*, mit dem guten Benehmen und dem edlen Charakter für mich. Wahrscheinlich habe ich nur alle guten Eigenschaften, die ich mir bei einem Mann wünsche, in Marcus rein projiziert und in Harald alles Schlechte. Ich war wohl nicht objektiv. Aber wenn ich ehrlich bin, waren durchaus Anzeichen dafür da, dass sich Harald wirklich etwas aus mir gemacht hat. Markus dagegen hat mich versetzt, mich angelogen und mir nicht mal seine Telefon-Nummer gegeben. Martha war nach anfänglicher Abneigung, dann doch noch ganz angetan von Harald."

„Also Martha ist nicht unbedingt ein Maßstab für mich! Aber vor Marcus habe ich dich gleich gewarnt. Das war irgendwie zu schön, um wahr zu sein. Was Harald anbelangt, hast du nicht unbedingt Positives erzählt: dümmlich, dreister Karussellbremser mit Gossensprache und leicht asozial. Wenn ich das mal wiederholen darf."

„Kann sein, dass ich da etwas übertrieben habe. Harald hat auch gute Seiten. Und das Marcus ihn halb totgeschlagen hat, das hat er wirklich nicht verdient. Nie hätte ich geglaubt, dass Marcus derart brutal und grausam sein kann. Harald ging schon nach dem ersten Faustschlag von Marcus zu Boden und konnte sich schon nicht mehr wehren, während Marcus wie ein Besessener auf ihn eingeschlagen und getreten hat."

„Worum ging es denn überhaupt bei dem Streit?"

„Na, um mich!"

„Um dich? Dann war Harald also eifersüchtig und fing eine Schlägerei an, ohne an die Konsequenzen zu denken, dieser Idiot!"

„Ich glaube, Harald wollte mich nur beschützen. Er muss gesehen haben, dass Marcus mich weggestoßen hat. Vielleicht war er auch nur eifersüchtig, aber er hat Marcus nur am Kragen gepackt und nicht geschlagen. Der erste Faustschlag kam von Marcus, und Harald konnte sich gar nicht mehr wehren."

Sybille guckte etwas irritiert und meinte dann: „Ich dachte, Harald hätte mit der Schlägerei angefangen, weil er eifersüchtig war?"

„Nein, es war eindeutig Marcus. Mir wäre es lieber gewesen, wenn es anders herum gewesen wäre."

„Natürlich, das hätte in das Heldenbild gepasst, das du dir von Marcus gemacht hast. In Bezug auf Marcus hast du dir eine Phantasiewelt zusammen gesponnen. Das passiert schon mal, wenn man verliebt ist. Sonst sieht man es realistischer. Trotzdem passt das alles irgendwie nicht richtig zusammen. Erzähle doch alles mal von Anfang an."

Das tat ich dann auch ausführlich und detailreich.

„Also war Harald gar nicht eifersüchtig?", fragte Sybille.

„Doch, mit Sicherheit war er das. Trotzdem glaube ich, dass Harald gesehen hat, wie grob Marcus zu mir war. Deswegen hat er Marcus am Hemd gepackt."

„Soll ich dir mal was sagen? Ich glaube, so schlecht ist dein Harald gar nicht. Und es war ziemlich leichtsinnig von dir, mit Marcus auf den Dom zu gehen, wo du genau wusstest, dass Harald da arbeitet. Und das nach dem Desaster mit der Schwarzhaarigen von Marcus beim letzten Mal."

„Ja, aber das ist es ja gerade! Deswegen musste ich unbedingt noch einmal hin, um die schlechte Erinnerung vom ersten Mal auszulöschen. Ich dachte, jetzt würde es ganz toll werden. Ich konnte doch nicht ahnen, dass alles noch viel schlimmer wird. Bitte keine Vorwürfe mehr, die mache ich mir nämlich selber", sagte ich verzweifelt.

„Ich mache dir keine Vorwürfe. Aus jeder Erfahrung, ob gut oder schlecht, lernt man etwas. Und was hast du daraus gelernt? Dass man eine Unternehmung, die nicht gut gelaufen ist, nicht einfach wiederholen kann und sie dann besser läuft. Man kann die Vergangenheit doch nicht einfach auslöschen, um dann die Zukunft neu zu gestalten. Gerade aus der Vergangenheit lernt man für die Zukunft. Deswegen ist Geschichte auch so wichtig", sagte sie.

Habe ich eigentlich erwähnt, dass Sybille Geschichtslehrerin ist?

„Und außerdem hast du gelernt, dass Marcus kein Held ist, genauso wenig wie Harald ein Schuft ist. Ich kenne sie natürlich alle beide nicht, trotzdem denke ich, dass du dich von Marcus hast blenden lassen. Manchmal ist die Verpackung nicht so toll, aber was darin ist, vielleicht umso besser", fuhr sie fort.

„Du meinst, Marcus war ein Mogelpaket?"

„Ja, so könnte man es ausdrücken. Jemand der ein lockeres Benehmen hat und sich nicht so gut ausdrücken kann, muss kein schlechter Mensch sein. Apropos Harald, wie geht es ihm eigentlich?"

„Er muss heute noch auf der Intensivstation bleiben und darf keinen Besuch empfangen. Er ist auch noch gar nicht bei Bewusstsein, glaube ich. Heute Morgen war er es jedenfalls noch nicht.“

Sybille zog wieder ihre Stirn kraus als sie sagte: „Eins ist klar, Harald hat nicht bei dir eingebrochen. Intensivstation ist ein sicheres Alibi. Was ist mit Marcus? Ist der schon wieder frei?“

„Das würde er nie machen!“, rief ich entrüstet aus.

Sybille sah mich ernst an und vertiefte die Dackelfalten, ohne die sie übrigens sehr hübsch war.

Ich sagte schnell: „Also ich kann es mir nicht vorstellen, dass Marcus so was tun würde.“

„Dass er ein brutaler Schläger ist, konntest du dir ja auch nicht vorstellen. Wenn wir bloß wüssten wer *Macker* ist?“

Ich zuckte nur die Schultern.

„Keine Ahnung. Ich weiß es wirklich nicht.“

Sybille war in ihrem Elan nicht mehr zu bremsen, als sie sagte: „Ich weiß, was wir machen. Wir gehen jetzt in deine Wohnung und räumen auf. Es muss sowieso gemacht werden. Also warum nicht gleich? Die Einbrecher haben nichts gefunden und werden heute bestimmt nicht wiederkommen. Aber vielleicht finden wir etwas, das uns weiterhilft. Während wir aufräumen erzählst du mir noch alles Mögliche und Unmögliche von Marcus und Harald. Was du weißt und was du nicht weißt. Eventuell stolpern wir dabei über einen Hinweis. Wenn nicht, ist deine Wohnung wenigstens wieder ordentlich, und wir haben uns nett unterhalten. Klaro? Und heute Abend, du schläfst natürlich bei mir, wie besprochen, fertigen wir eine Hinweis-Findungs-Liste an, auf der du einträgst, was du von deinen beiden Lovern weißt und was nicht. Vielleicht hilft uns das weiter. Und Morgen nimmst du dir am besten frei denn ...“

An der Stelle unterbrach ich sie: „Stopp, stopp, stopp! Nicht so schnell. Ich bin doch noch völlig fertig, nach allem, was passiert ist.“

Sybille war unerbittlich und ließ sich nicht aufhalten: „Eben darum! Du willst doch dein Leben so schnell wie möglich wieder in Ordnung bringen, oder? Also wo war ich? Ach ja, Morgen nimmst du dir frei. Das ist wichtig. Du hast verschiedene Dinge zu erledigen. Du brauchst unbedingt ein neues Türschloss. Und dann müssen wir herausfinden, ob der Einbruch aus Marcus‘ oder Haralds Reihen kommt. Aus deinen eigenen Reihen kann er nicht gekommen sein. Wir brauchen mehr Informationen über die Typen. Nachnamen, Geburtsdaten und Adressen würden uns schon weiterhelfen. Eventuell können wir etwas über das Krankenhaus erfahren oder über die Polizei.“

„Höre mir nur mit der Polizei auf. Die werden uns nicht helfen. Da kriegen mich keine zehn Pferde wieder hin! Beim Krankenhaus könnte ich nachfragen, die denken ja, dass ich Haralds Freundin bin. Bin ich ja eigentlich auch.“

„Ja, du hast Recht. Die Polizei denkt, dass du mit in der Sache drinnen hängst. Aber ich könnte mich telefonisch bei einer anderen Wache erkundigen.“

„Du vergisst den Datenschutz. Dort bekommen wir keine Auskunft.“

Sybille hatte schon immer eine unendliche Energie. Sie gab niemals auf, wenn sie etwas wollte.

„Schnapp dir deine Tasche“, sagte sie. „Wir fahren zu deiner Wohnung!“

Als wir bei meiner Wohnung ankamen, dämmerte es bereits. Bei elektrischem Licht betrachtet, sah alles noch schlimmer aus. Ich stand verzweifelt inmitten der Verwüstung.

„Wo sollen wir nur anfangen? Wo? Ich weiß es wirklich nicht“, sagte ich.

Sybille sagte: „Mach dir keine Sorgen, wir schaffen das schon. Wir brauchen Müllsäcke, Kartons, Handfeger und Schaufel für das Erste. Danach brauchen wir deinen Staubsauger, Paketklebeband und Wolldecken.“

„Wozu?“, fragte ich. „Hier ist überhaupt kein Platz zum Staubsaugen! Und zum Decken ausbreiten erst recht nicht.“

„Wir werden erst alles was kaputt ist, in den Müll entsorgen. Dann werden wir die unbeschädigten Sachen in die Kartons verstauen und so weiter. Lass mich nur machen. Aber suchst du mir jetzt bitte die Sachen zusammen, damit wir anfangen können!“

Sybille stürzte sich sogleich ins Chaos, sammelte Scherben zusammen und kehrte, trat die Reste meiner Vitrine mit den Füßen zusammen und warf alles in die Müllsäcke. Ich dagegen stand nutzlos und traumatisiert auf dem Teppich. Statt der kaputten Vitrine sah ich Harald auf dem Boden liegen, und die tretenden Füße gehörten plötzlich nicht mehr zu Sybille, sondern zu Marcus. Mir wurde entsetzlich schlecht. Ich lief ins Badezimmer und übergab mich.

Ich sollte an diesem Tag nicht die einzige sein. Sybille war so am Arbeiten, dass sie davon nichts mitbekam. Das war mir ganz recht so.

„Wozu brauchst du noch die Kartons?“, fragte ich sie.

„Um deine Habseligkeiten aus der Vitrine zu verstauen, bist du einen neuen Schrank hast. Die Kartons stellen wir dann solange in die Abstellkammer.“

„Ja, natürlich. Gute Idee“, sagte ich und fing an, alles was noch zu retten war und die Sachen, an denen ich besonders hing, in die Kartons zu verstauen. Sybille wollte gerade den kopflosen Teddy von Harald entsorgen.

„Stopp!“, rief ich. „Der Thadäus kommt nicht in die Tonne!“

Sybille sah mich verwundert an. „Wer ist denn Thadäus? Was denn, dieses Stofftier hat einen Namen? Aber der ist doch kaputt! Was willst du denn noch damit?“

„Dieser Teddy ist ein Geschenk von Harald. Ich werde den Kopf wieder annähen. Dann nehme ich ihn mit zu Harald ins Krankenhaus. Sozusagen als persönliche Leihgabe an meiner Stelle.“

Sybille guckte noch erstaunter als vorher aus der Wäsche, während ich den Teddy samt Kopf in meiner Tasche in Sicherheit brachte.

Sybille sagte: „Du bist wirklich ein Kindskopp. Komm und hilf mir, den Müllsack auf zu halten.“

Ich hielt also den Müllsack auf, und Sybille schüttete die letzten

Scherben hinein. Plötzlich sagte jemand hinter mir: „Hallo!"

Ich fuhr herum und sah Madita, die Ex-Freundin von Marcus, in der Tür stehen.

„Die Tür stand offen ... Oh, wie sieht es denn hier aus?!"

„Das ist ja ein Ding", sagte ich ungläubig und dachte *So eine Dreistigkeit.*

„Was willst du denn hier? Woher weißt du, wo ich wohne? Ich kann mich nicht erinnern dich eingeladen zu haben", sagte ich in ziemlich schroffen Tonfall.

Dann viel mir auf, dass sie sehr blass aussah und viel dünner, als ich sie in Erinnerung hatte. Und hübscher! Und wie ich sie so musterte, fiel mir plötzlich auf, dass sich ihr enges schwarzes Shirt über einen kleinen Kugelbauch spannte, der so überhaupt nicht zu ihrer übrigen Figur passte.

„Entschuldigung", sagte sie. „Das ist sonst auch nicht meine Art, uneingeladen irgendwo reinzuplatzen. Aber ich mache mir so schreckliche Sorgen um Macker. Er ist seit vorgestern nicht mehr nach Hause gekommen. Und dann habe ich einen Zettel mit einer Adresse gefunden und dachte, dass es vielleicht die Adresse seiner Schwester ist. Er wollte ihr beim Umzug helfen. Ich hatte recht, denn ich erkenne dich wieder."

Die ist nicht nur hysterisch, die tickt auch nicht richtig, dachte ich und sagte: „Wer zum Teufel ist Macker?"

Irgendwo hatte ich den Namen schon mal gehört. Allerdings wusste ich nicht mehr in welchem Zusammenhang. Aber das war ja auch kein Wunder bei den Ereignissen der letzten Zeit.

„Mein Mann natürlich! Eigentlich heißt er Marcus, wird aber von den meisten Leuten *Macker* genannt. Ein Spitzname."

Mir klappte die Kinnlade herunter.

„Na, das klärt ja wohl einiges!", rief Sybille aus. „Dir hat er doch dasselbe erzählt: die Schwester, die umzieht. So ein Quatsch!"

„Dir hat er das auch erzählt?", fragte ich jetzt fassungslos. „Aber ihr seid doch gar nicht mehr zusammen. Ich weiß doch genau, dass du die hysterische Ex-Freundin bist, die mir den Abend vermiest hat."

„So, ein Quatsch! Ich bin weder hysterisch noch Ex! Natürlich sind wir zusammen. Wir sind verheiratet und erwarten unser erstes Kind. Als seine Schwester müsstest du das eigentlich wissen!"

„Herr Gott noch mal! Ich bin nicht seine Schwester! Ich habe überhaupt keinen Bruder!"

Jetzt war Madi fassungslos und wurde noch blasser als sie schon war.

„Aber ich erkenne dich doch wieder", sagte sie völlig verzweifelt. „Du bist mit ihm auf dem Dom gewesen, als ich so ausgerastet bin! Weißt du das nicht mehr?"

Als ob ich das je vergessen könnte.

Sie fuhr dann fort: „Ja, dann ist er auch mit mir nach Hause gegangen. Das heißt, er hatte an einer Bude noch ein Kuscheltier für unser Kleines geschossen. Ich dachte natürlich, dass du seine Freundin bist. Aber er hat mir dann klipp und klar erklärt, dass du seine Schwester bist, die ich bisher nicht kennengelernt hatte. Und nach dem Umzug hättet ihr dann Hunger bekommen und wärt, um was zu essen, noch mal über den Dom gegangen."

Ich konnte das alles nicht glauben. So kann doch kein Mensch lügen. Marcus war ein Schläger Aber das alles gelogen war, konnte ich mir einfach nicht vorstellen.

„Das ist ja wohl die Höhe!", rief ich in einem Anfall von Eifersucht aus. „Und das soll ich dir glauben? Du behauptest, du bist mit ihm verheiratet und kennst nicht mal seine Schwester? Das ich nicht lache! Schon irgendwie merkwürdig oder? Ich bin seine Freundin! Damit du es weißt, oder war es zumindest", brach es aus mir heraus.

Madi bekam feuchte Augen, als sie sagte: „Er hat doch gesagt, dass ich seine Familie später kennenlerne, weil sie momentan zerstritten ist ... Und ... und... du bist doch seine Freundin ...!"

Dann schluchzte sie los, und dicke Tränen kullerten über ihre blasse Haut.

„Ich will einen Beweis, dass das alles stimmt, was du sagst. Beweise mir erst mal, dass ihr wirklich verheiratet seid!“

Sybille, die wohl als nicht betroffene Außenstehende den Durchblick behalten hatte, mischte sich jetzt ein.

„Also Carolin! Was ist in dich gefahren? Ich bin mir ziemlich sicher, dass sie die Wahrheit sagt. Krieg dich mal wieder ein. Warum sollte sie lügen? Ich dachte, du hättest endlich kapiert, dass Marcus nicht in Ordnung ist.“

„Aber er hat gesagt, er würde nur mich lieben! So kann man gar nicht lügen“, sagte ich.

Madi zog einen goldenen Ring vom rechten Finger und gab ihn mir. Ich sah ihn mir ganz genau an und entdeckte innen eine Gravur. *In ewiger Liebe, Marcus*, war in den Ehering graviert.

„Kann man doch. Wie du siehst“, sagte Sybille.

Plötzlich wurde mir bewusst, wie unmöglich ich mich verhalten hatte. Die arme Madita war bestimmt viel schlimmer belogen und betrogen worden als ich. Da musste ich nicht noch eins oben draufsetzen. Außerdem war sie rechtmäßig mit diesem Heuchler und Betrüger verheiratet.

„Wo ist er nur?“, weinte sie.

Ich konnte nicht mehr anders und nahm sie in den Arm. Sie tat mir so unendlich leid.

„Entschuldige bitte, dass ich mich so blöde verhalten habe“, sagte ich. „Aber ich bin einfach mit den Nerven am Ende. Am besten erzählen wir uns gleich gegenseitig, was wir wissen. Vielleicht bringt das etwas Licht in die Sache. Und Marcus geht es auf jeden Fall gut. Auch wenn er nicht nach Hause kommen konnte. Mach dir bitte keine Sorgen.“

Ich reichte Madi ein Taschentuch, und sie schnäuzte sich geräuschvoll aus. Sie sah wirklich elend aus, wie sie da weinend und zitternd in meinem Wohnzimmer stand. Sybille nahm mein Klebeband und reparierte damit provisorisch die zerschnittenen Polster. Dann breitete sie die blauen Wolldecken darüber aus und bat Madi, sich hinzusetzen.

Lange hätte sie wohl auch nicht mehr durchgehalten.
Die Möbel wirkten dank der Wolldecken wieder richtig gemütlich. Wir hatten einiges geschafft, so dass meine Wohnung schon wieder recht wohnlich wirkte. Zwar standen noch die Müllsäcke und Kartons im Wohnzimmer, aber die musste man sich eben wegdenken. Wir hatten jetzt eine andere Mission zu erfüllen. Wir mussten uns um Madi kümmern.
Madi wurde schlecht. Kein Wunder nach der ganzen Aufregung. Wir brachten sie in das Badezimmer. Als sie wieder herauskam, war sie fast durchsichtig weiß, die Arme.
Sybille bettete Madi auf die eine Couch. Während dessen versorgte ich uns mit Tee und Keksen. Als Madi sich wieder etwas gefangen hatte fragte sie: „Wenn du auch nicht Marcus Schwester bist, aber umgezogen bist du wohl wirklich? Oder wieso sieht es hier so aus?"
„Nein, ich bin auch nicht umgezogen! Hier ist gestern eingebrochen worden. Es ist nichts geklaut worden. Aber sie haben alles durchgewühlt und kaputt gemacht. Wir haben aber jetzt schon das meiste wieder in Ordnung gebracht", sagte ich.
„Also deshalb bist du mit den Nerven so fertig", fing Madi an.
„Unter anderem", sagte ich.
„Aber ich bin auch mit den Nerven am Ende. Macker, also Marcus, ist nicht nach Hause gekommen, wie ihr ja wisst, und ich bin im sechsten Monat. Aufregung ist Gift für mein Baby, da das Risiko einer Frühgeburt besteht. Sagt mir doch endlich, wo er ist?", bat sie.
„Jetzt kriege keinen Schreck, es geht ihm gut. Was er vorgestern gemacht hat, weiß ich nicht. Gestern hat er mich jedenfalls abgeholt, und wir sind noch mal auf den Dom gegangen. Als Entschädigung für das erste Mal, als er mich da deinetwegen sitzengelassen hat."
Madi sah mich aus riesigen traurigen Augen an.
„Ich werde mich nie wieder mit ihm treffen, Madi. Ehrlich, ich verspreche es dir. Ich bin jetzt wirklich mit ihm fertig. Es war noch viel schrecklicher als beim ersten Mal. Er hat einen, äh, Freund, Bekannten

von mir halb totgeprügelt. Das letzte, was ich von Marcus gesehen habe ist, wie er von der Polizei abgeführt wurde. Ich bin mir ziemlich sicher, dass er jetzt noch in Untersuchungshaft ist."

„Oh wie schrecklich", jammerte Madi. „Jetzt hat er sich schon wieder in Schwierigkeiten gebracht. Hätte ich bloß auf meine Eltern gehört! Er ist bereits wegen schwerer Körperverletzung vorbestraft, weil er seine Aggressionen nicht im Griff hat. Dabei kann er so sanft und lieb sein, aber wenn man ihn reizt wird er gewalttätig und jähzornig, dann kann er einfach nicht mehr aufhören."

„Was, auch gegen dich?", fragte ich mit Entsetzen.

„Nein, mir hat er nichts getan. Ich gebe auch meistens klein bei. Aber durch seine Kumpels habe ich das schon des Öfteren mitbekommen. In seiner Stammkneipe gibt es hier und da schon mal eine Prügelei. Worum es dabei geht, kann ich nur vermuten. Worum ging es bei euch? Ist dein Bekannter schwer verletzt?"

Ich erzählte ihr nun die ganze Geschichte, angefangen mit dem Dombesuch und der Begegnung mit Harald und endete mit dem Einbruch in meine Wohnung. Dann erzählte ich ihr von dem Zettel mit der Botschaft *Mackers* Geld rauszurücken. Und sagte ihr, dass ich wirklich keine Ahnung habe, welches Geld gemeint ist.

Sybille, die die meiste Zeit ruhig gewesen ist und nur hin und wieder mal ein Wort eingeworfen hatte, sagte jetzt: „Immerhin wissen wir jetzt, dass Marcus und Macker ein und dieselbe Person sind. Damit sind wir schon mal einen Schritt weiter."

„Ja, dieser elende und verlogene Mistkerl, entschuldige Madi, aber das ist er wirklich! Gibt seine schwangere Frau als hysterische Ex-Freundin aus und die nebenbei Freundin als seine Schwester. Ein Glück, dass ich nicht mit ihm verwandt bin. Ich habe auch nie richtig was mit ihm gehabt. Es ist nichts passiert", sagte ich entschuldigend zu Madi.

Madi wirkte gefasst, als sie sagte: „Vielleicht hat er auch bald eine Ex-Frau, wenn er sich nicht ändert. Was es mit dem Einbruch und dem Geld auf sich hat, weiß ich nicht. Eigentlich weiß ich gar nichts. Er weiht mich in diese Dinge natürlich nicht ein. Ganz im Gegenteil, er hat versprochen mit den krummen Dingern aufzuhören. Aber ich vermute ..., wenn ich euch sage, was ich vermute, müsst ihr mir hoch und heilig versprechen, es absolut geheim zu halten, niemandem etwas zu sagen, erst recht nicht der Polizei. Ich käme nämlich sonst in Teufels Küche. Marcus schafft es irgendwie immer, sich aus allem herauszuwinden. Und solange kenne ich euch beiden eben noch nicht, um zu wissen, ob ich euch vertrauen kann?“

„Von mir erfährt die Polizei bestimmt nichts. Alles was ich bis jetzt ausgesagt habe, glauben die mir sowieso nicht. Und jetzt, wo ich dich kenne, werde ich dir bestimmt keinen Schaden zufügen, dass kannst du mir glauben“, sagte ich.

„Carolin würde überhaupt niemanden Schaden zufügen. Sie kann ja nicht mal einer Fliege was zu Leide tun. Du kannst uns schon vertrauen“, sagte Sybille jetzt.

„Ihr seid so nett und hilfsbereit, fast so, wie Freundinnen. Also, ich vertraue euch. Aber alles was ich jetzt sage, ist kein Wissen, es könnte auch alles ganz anders sein. Es sind nur Vermutungen von mir. Ich habe manchmal Gesprächsfetzen von Marcus‘ Telefonaten mit seinen Kumpels mitbekommen. Nicht viel, aber so viel, dass ich mir zusammenreimen kann, dass es mit dem Einbruch in deiner Wohnung zu tun haben könnte. Aber bitte verratet mich nicht. Ich muss mich doch um mein Baby kümmern. Er hat drei Kumpels, die Namen spielen jetzt keine Rolle, aber ich glaube, dass er mit den dreien zusammen krumme Geschäfte laufen hat. Auf jeden Fall verticken sie manchmal Hehlerware. Das bringt aber nicht allzu viel an Kohle. Aber neulich habe ich so etwas mitgehört, wobei es um sehr viel Geld ging. Dabei fiel der Firmenname einer Speditionsfirma, bei der Marcus eine Zeit lang gearbeitet hat. Keine sehr große Firma mit nicht sehr vielen Angestellten, die aber immer viele Aufträge mit gutem Umsatz hatte. Da hat er drei Jahre gearbeitet ohne sich was zuschulden kommen lassen. Der Chef hatte volles Vertrauen ihm gegenüber. Jedenfalls hat Marcus da verschiedene Abläufe mitbekommen. Zum Beispiel hat er da mal erwähnt, dass die Einnahmen immer erst mal in die Firmenkasse wandern und dass es manchmal ziem-

lich lange dauern würde, bis der Chef Zeit hatte, das Geld zur Bank zu bringen. Marcus hat sich zu der Zeit immer darüber aufgeregt, dass es ziemlich leichtsinnig wäre, weil sich manchmal sehr viel Geld in der Kasse befand. Und dass er nicht verstehen konnte, dass sein Chef ihn nicht damit zur Bank geschickt hatte, sondern das Geld in der Kasse hortete, bis er selbst gehen konnte.
Na, jedenfalls sprachen sie über diese Firma. Ist auch möglich, dass er nur einige Erlebnisse, die er in dieser Firma hatte, zum Besten gab. Eine Woche nachdem ich Teile dieses Gespräches mitbekommen hatte, habe ich in der Zeitung gelesen, dass in dieser Firma eingebrochen wurde und die Kasse geklaut worden war. Der Schaden würde etliche tausende von Mark betragen. Wie gesagt, sind das alles Vermutungen. Ich weiß aber, dass Marcus Schulden noch und nöcher hat. Die letzte Zeit hat er finanziell allerdings ziemlich auf den Putz gehauen."
Sybille meldete sich zu Wort: „Also, das klingt für mich alles plausibel. Vielleicht wollen seine Kumpel jetzt ihren Anteil haben, und er hat ihnen erzählt, was auch immer, er ist da ja sehr erfindungsreich, dass er das Geld nicht mehr hat. Oder er hat es noch und käme nun nicht mehr daran. Was auch immer. Die werden jedenfalls ganz schön stinkig sein. Im Knast ist er da bestimmt sicher aufgehoben, sie kommen nicht an ihn ran. Vielleicht hat er was von Carolin erzählt und sie denken, er könnte das Geld bei ihr deponiert haben. Deswegen der Einbruch, und weil sie natürlich nichts gefunden haben, haben sie ihre Wut an dem Mobiliar ausgelassen."
„Na, hoffentlich brechen sie nicht noch in die Wohnung von Madi und Marcus ein", sagte ich.
Madi sagte daraufhin: „Also, die waren vor ein paar Tagen da. Ich habe sie aber nur kurz gesehen, weil ich gerade am Weggehen war. Kann sein, dass sie sich da schon umgesehen haben. Allerdings haben sie nichts kaputt gemacht. Marcus ist ja auch ein Kumpel von ihnen. Da verhalten sie sich anders als bei jemand fremden. Sauer sind die bestimmt! Aber mir werden sie nichts tun, ich habe speziellen Schutz, da ich Marcus' Frau bin und außerdem einer von denen in mich verknallt ist", sagte sie

mit einem Lächeln.
„Ja, aber wer beschützt mich? Ich habe schreckliche Angst! In mich ist leider keiner von denen verknallt“, sagte ich.
Sybille beruhigte mich, dass ich morgen ein neues Schloss bekäme, und heute würde ich ja bei ihr schlafen. Auf offener Straße würden sie mich bestimmt nicht angreifen.
Madi sagte: „Sie werden dir bestimmt nichts tun, nur Angst machen. Aber wenn die herauskriegen, dass ich euch was erzählt habe, dann bin ich dran. Da nützt mir auch mein Spezialschutz nichts mehr“, sagte Madi.
„Du hast uns was erzählt? Ich weiß von nichts“, sagte Sybille.
„Mein Name ist Hase“, sagte ich.
Madi gähnte lange und kräftig und sagte dann: „Ich werde mich dann jetzt wieder auf die Socken machen, denn ich bin völlig erledigt.“
„Ja, ich bin auch fix und foxi“, sagte ich.
„Gut, dann fahren wir jetzt erst Madi nach Hause“, sagte Sybille.
Madi antwortete: „Also nein, das braucht ihr wirklich nicht. Ich bin selbst hergekommen, also muss ich zusehen, wie ich wieder nach Hause komme.“
„Kommt nicht in Frage“, sagte Sybille energisch. „Eigentlich wollte ich dir vorschlagen, heute Nacht auch bei mir zu schlafen. Caro schläft heute auch bei mir. Man weiß ja nicht, ob die Einbrecher vielleicht doch noch mal kommen und das Türschloss ist noch kaputt.“
„Das ist ganz lieb von dir, Sybille, aber ich möchte schon lieber zu Hause schlafen, falls Marcus zurückkommt. Auch wenn es eher unwahrscheinlich ist“, sagte Madi. „Du brauchst dir wirklich nicht extra die Mühe zu machen, mich zu fahren.“
Sybille verdrehte die Augen und sagte: „Ich werde erst ruhig schlafen, wenn du und dein Baby sicher zu Hause bist. Oder was sagst du dazu, Carolin?“
„Ich gebe dir völlig Recht. Madi fährt mit uns. Also Madi, wenn wir dir irgendwie helfen können, du hast ja jetzt meine Telefonnummer, dann scheue dich nicht anzurufen. Ok?“
„Ja, danke! Ihr seid wirklich nett. Ich melde mich bestimmt mal.“

Nachdem wir Madita sicher nach Hause gebracht hatten, kamen wir ohne Zwischenfälle bei Sybille an. Zum Glück besaß Sybille ein Auto, so dass alles etwas einfacher war.
Ich fiel in Sybilles Gästebett und schlief auf der Stelle ein und wurde von Albträumen geplagt, in denen Marcus, Harald, Madita und brutale Kriminelle vorkamen. Ich war auf der Flucht vor kriminellen Verfolgern und lief und lief und kam nicht von der Stelle. Dennoch erwachte ich am nächsten Morgen relativ erholt.
Dann tat ich, was ich tun musste. Ich rief bei Frau Stöhr an, mit einem Gruß an meine Kolleginnen und handelte mit ihr eine Woche Urlaub aus. Da gerade keine Terminarbeiten anfielen, gab es keine Probleme. Danach bestellte ich einen Handwerker, der meine Haustür reparieren und ein Sicherheitsschloss einbauen sollte. Auf eine Sicherheitstürkette wollte ich aus Kostengründen verzichten. Aber Sybille hatte darauf bestanden und gemeint, auf die paar Mark käme es nun wirklich nicht an, die würde sie sogar übernehmen. Wenn es klingeln würde, könnte ich öffnen und müsste keine Angst haben, dass mir jemand die Tür aufdrückt und in meine Wohnung gelangt. Und ich sollte nicht am falschen Ende sparen.
Ich sah ein, dass sie, wie fast immer, Recht hatte.
Der Handwerker wollte um fünfzehn Uhr kommen. Bis dahin hatte ich noch genug zu tun. Als erstes operierte ich den Teddy, indem ich ihm seinen Kopf wieder annähte. Um die Naht am Hals band ich ihm eine sehr schöne Schleife.
Danach stylte ich mich dermaßen auf als wäre ich mit Marcus verabredet. Aber diesmal tat ich es für Harald. Ich war mir nicht so sicher, ob ich nicht vielleicht doch etwas für ihn empfinden würde. Vielleicht war es auch nur Mitleid. In meinem Inneren herrschte völliges emotionales Chaos. Was sollte man da hinsichtlich meiner Gefühle von mir erwarten? Wenn Harald nur nicht ganz so primitiv wäre.
Bis vorgestern hatte ich noch geglaubt, in Marcus den Mann für das Leben gefunden zu haben. Dabei ist er verheiratet, und seine Frau erwartet ein Kind. Außerdem ist er verlogen, untreu und ein brutaler

Schläger, von dem ich unbedingt Abstand nehmen musste, wie ich es Madi versprochen hatte.

Ja und Harald?

Vielleicht ist er nicht so schlecht wie der erste Eindruck von ihm.

Plötzlich konnte ich gar nicht mehr erwarten, ihn gleich im Krankenhaus zu besuchen. Ich besorgte einen Strauß roter Babyrosen, ein Plüschherz und eine Genesungskarte für ihn. Damit bekam ich auch schon richtige Vorfreude ihn zu sehen. Und wie er sich erstmal freuen würde, mich zu sehen! Ich malte mir diesen Krankenhausbesuch in den rosigsten Farben aus. Wie in einer sentimentalen Krankenhausserie träumte ich in der Bahn vor mich hin. Die Geliebte eilt zu ihrem verletzten Liebsten, der schon sehnsüchtig auf sie wartet, seine bandagierten Arme um sie schlingt und sie, trotz seiner Nasenschläuche, leidenschaftlich küsst.

Als ich das Krankenzimmer betrat, bekam ich einen Schock. Haralds Kopf war bis zur Unkenntlichkeit bandagiert. Die Stellen seines Gesichts, die noch zu sehen waren, schimmerten blau grün und lila. Wangenknochen und Lippen waren geschwollen, genauso wie seine Augen. Sein gesamtes Gesicht war völlig deformiert. Auf seiner Nase trug er eine Gipsschiene.

„Hallo, oh, du Armer“, sagte ich, mit Tränen in den Augen.

Er sah mich durch seine geschwollenen Augen an und begrüßte mich ziemlich kühl mit „Hallo“. Das sehr undeutlich klang, da sein Kiefer auch gebrochen war und seine Lippen geschwollen.

Dieser kühle Gruß irritierte mich ziemlich. Seine Freude mich zu sehen, hielt sich in Grenzen. Normalerweise fingen seine Augen an zu leuchten, wenn er mich sah. Jetzt guckte er mich nur kalt an.

Sicher hat er starke Schmerzen, dachte ich. Da kann er seine Freude nicht so zeigen. Ich wollte aber wenigstens hören, dass er sich freut. Also fragte ich: „Freust du dich denn gar nicht, mich zu sehen?“

Dabei bückte ich mich, um ihn sanft zu küssen. Ich war wirklich sehr vorsichtig, um ihm nicht weh zu tun. Trotzdem hatte ich jetzt das Gefühl, als würde er den Kopf wegdrehen.

„Habe ich dir wehgetan?“, fragte ich.

„Nein, eben nicht. Aber deinen Kuss hättest du dir sparen können, ebenso wie deinen Besuch, denn dein Anblick tut mir weh!“
Er nuschelte diese Worte unter Anstrengung.
Ich dachte mich trifft der Schlag! „Bist du jetzt sauer auf mich?“, fragte ich ihn.
„So kann man das nicht sagen, aber mein Leben ist mir lieb. Da du dich mit gemein gefährlichen Schlägern abgibst, möchte ich in Zukunft lieber auf deine Gesellschaft verzichten. Ich habe dir vertraut, aber du triffst dich weiter mit diesem Arsch! Du hintergehst mich, wie die letzte Schlampe! Der hat mir ganz schön die Fresse poliert! Bist du jetzt stolz auf dich?!“
Er sprach sehr verwaschen und schwerfällig. Trotzdem konnte ich jedes Wort verstehen. Nach diesen paar Sätzen schien er völlig erschöpft zu sein.
„Nein“, sagte ich mit Tränen in den Augen. „Ich bin nicht stolz, es tut mir doch alles so schrecklich leid, Marcus! Äh, ich meine Harald natürlich!“
Dieser Patzer war wohl unverzeihlich.
„Geh bitte“, sagte er nur noch.
Ich drehte mich um und ging. Mir schossen die Tränen in die Augen. Was war denn jetzt los. Harald, der mich immer vergötterte, wollte mich nicht mehr! Er hat mich doch die ganze Zeit angebetet! Nicht mit der charmanten Art wie Marcus, aber eben auf seine Art. Er hat doch immer wieder betont, dass ich sein Mädchen, beziehungsweise seine Tussi bin. Und jetzt wollte er nichts mehr von mir wissen? Jetzt, wo er mir an`s Herz gewachsen war. Ich verstand die Welt nicht mehr. Ob er mir übelnimmt, dass ich mit Marcus unterwegs war oder weil Marcus ihn zusammengeschlagen hat? Wahrscheinlich beides. Vielleicht ist er auch sauer, weil ich ihn aus Versehen mit Marcus angeredet habe. Oder alles zusammen?
Tief in meinem Inneren wusste ich, dass ich selbst schuld war und dass er mit Recht auf mich sauer war. Dieses Wissen machte, dass ich mich total elendig fühlte. So wie es aussah, hatte ich jetzt alle beide verloren.

Ich ging in den nächsten Supermarkt und kaufte eine Flasche *Schwarze Mädchentraube*, ein Päckchen Zigaretten und einen großen Kasten Pralinen. Das war meine Art von Trost. Wenigstens hatte ich jetzt genug Zeit, um auf den Handwerker zu warten.

Von wegen fünfzehn Uhr! Um sechzehn Uhr fünfundvierzig stapfte ein dicker, älterer Mann mit Glatze und Rauschebart in einem Blaumann laut schnaufend die Treppe herauf.

„Tach auch!", dröhnte er. „Eigentlich habe ich schon Feierabend! Hast aber Glück, mien Deern, dass ich heute Überstunden mache. Natürlich gegen Aufpreis! Ha Ha Ha!"

„Ich bin Ihnen unendlich dankbar", sagte ich übertrieben.

„Können Sie auch sein! Ich bin schließlich Fachmann!"

Er sah sich meine Tür fachmännisch und mit Kennerblick genau an.

„Alles klar, Frollein! Sie hatten Ihren Schlüssel vergessen und versucht, die Tür mit Gewalt und Spucke zu öffnen! Ja, da geht schon mal was zu Bruch! Ho Ho Ha Ha", lachte er sich kaputt. „Das wird teuer! Hoho!"

„So, das hat Ihnen wohl Ihr fachmännischer Verstand gesagt. Weit gefehlt! In meiner Wohnung wurde eingebrochen. Damit das nicht noch mal passiert, brauche ich ein stabiles Sicherheitsschloss! Zusätzlich hätte ich gerne eine Kette oder einen Riegel zum Vorlegen von innen."

„Ho ho ho! Erst den Schlüssel vergessen und dann lügen, weil das Spatzenhirn nicht so viel behalten kann. Ho Ho!"

Ich wusste nicht, ob ich aus Verzweiflung heulen oder aus Wut aus der Haut fahren sollte. Aber da ich ja was von ihm wollte, beherrschte ich mich und bat ihn mit der Arbeit anzufangen, damit er fertig wäre, bevor der nächste Einbruch stattfand.

Nach circa eineinhalb Stunden war er dann endlich fertig. Er hatte gute Arbeit geleistet. Die Tür ließ sich wieder fest schließen, und das gab mir ein Gefühl von Sicherheit.

Er tupfte sich mit einem Taschentuch den Schweiß von der Glatze und sagte: „Vergessen Sie nicht, wieder Ihren Schlüssel einzustecken. Beim zweiten Mal wird es noch teurer!"

„Na, dann kann es ja diesmal nicht so schlimm gewesen sein", sagte ich

keck. „Was kostet es denn diesmal?“, fragte ich, ohne auf seine Unterstellung einzugehen.
„Na, so um die Dreihundert DM müssen Sie schon rechnen.“
„Na, das ist ja fast geschenkt!“, sagte ich ironisch.
„Ist es auch! Die Rechnung kommt in den nächsten Tagen. Und Frolleinchen, denken Sie daran, nicht wieder den Schlüssel vergessen. Ich habe jetzt Feierabend. Tschüs!“
Ich hatte es aufgegeben, ihm klarmachen zu wollen, dass ich nicht den Schlüssel vergessen hatte. Also dankte ich ihm für seine Arbeit, wünschte ihm einen schönen Feierabend und verbarrikadierte mich in meiner Wohnung.
Dreihundert DM! Noch eine Sorge mehr. Woher sollte ich so viel Geld nehmen? Das ist jetzt auch egal, dachte ich. Mein Leben ging wirklich den Bach runter.
Ich rief Sybille an und erzählte ihr von dem ernüchternden Besuch bei Harald, dessen plötzlichen Wandel ich nicht verstehen konnte.
„Also hör mal, Carolin! Dass er nicht begeistert ist, wenn er zu Brei geschlagen wird, solltest selbst du verstehen. Und wenn er dich nicht mehr sehen will, dann bestimmt deswegen, weil er an seinem Leben hängt. Wahrscheinlich kommt noch hinzu, dass er von dir enttäuscht ist, weil du dich wieder mit Marcus getroffen hast. Aber das kann man ihm wirklich nicht verdenken!“
„Was heißt hier: solltest selbst du verstehen!! Ist das eine elegantere Umschreibung dafür, dass ich blöd bin?!“
„Du weißt doch selber, dass ich das nicht so gemeint habe. Du kennst mich doch lange genug.“
„Ja, natürlich. Verstehe ich auch alles. Nur hatte ich etwas Angst, dass er es mir übelgenommen haben könnte, dass ich ihn versehentlich mit Marcus angesprochen habe.“
„Was hast du?! Das glaube ich einfach nicht! Und da wunderst du dich noch? Der arme Harald. Überlege mal, was der arme Kerl durchmachen musste. Und das alles deinetwegen. Ich kann ihn gut verstehen. Das sage ich jetzt nicht gerne, aber so wie die Dinge stehen, solltest du dich damit

abfinden, dass er nicht mehr will. Und genau genommen wolltest du ihn überhaupt nicht wirklich, weil er doch unter deinem Niveau war. Du wolltest unbedingt Marcus!“

„Da wusste ich das ja auch alles noch nicht. Hinterher ist man immer schlauer!“

„Trotzdem! Ich habe das Gefühl, dass Harald nur ein Trostpreis für dich wäre. Du hattest doch so viel an ihm auszusetzen. Vergiss es am besten.“

Ich konnte meinen Drang zum Heulen nicht mehr länger unterdrücken und heulte in den Hörer.

„Manchmal freut man sich mehr über den Trostpreis, weil man einsieht, dass der Hauptgewinn gar nichts für einen wäre. Dann ist der Trostpreis schließlich der Hauptgewinn. Verstehst du, was ich meine? Ich will jetzt den Trostpreis mit all seinen Fehlern! Auch mit seinem unmöglichen Aussehen und seiner Gossensprache, die sich ja schon gebessert hat“, brachte ich unter lauter Schluchzern und Geschniefe hervor.

„Ja, jetzt, wo du ihn nicht mehr haben kannst! Das ist auch wieder so ein Phänomen, dass man immer das will, was man nicht haben kann. Und wenn man es doch bekommt, verliert es ganz schnell seinen Reiz. Da können wir noch Stunden drüber reden, ohne dass es was bringt. Schließ deine Haustür gut ab, und mach niemanden auf. Schon gar nicht, ohne die Kette davor zu legen! Dein Telefon ist ja auch wieder funktionsfähig, so dass du mich anrufen kannst, wenn was sein sollte. Die Sache ist noch nicht ausgestanden. Was Harald angeht, da kann ich dir leider nicht helfen. Lege dich am besten hin, und versuche zu schlafen. Wir hören uns dann morgen wieder. Tschau Süße!“

„Tschüs Billie, bis morgen dann! Und mach dir meinetwegen keine Sorgen. Ich bin jetzt hier in Sicherheit. Danke nochmals für alles.“

Das „Danke für alles“ bezog sich auf ihre Hilfe gestern und ihre Sorge um mich.

Für ihren Rat in Bezug auf Harald konnte ich ihr nicht danken. Ich duschte heiß, machte mich im Voraus bettfertig und lümmelte mich auf meine kaputte Couch, die Dank der Wolldecken wieder ganz gemütlich war. Man musste sich nur zur Helfen wissen.

Jetzt brauchte ich Balsam für meine Seele und führte mir die „Mädchentraube“ zu Gemüte. Eine Stunde später fiel ich in einen komaartigen Schlaf.

Am nächsten Morgen fühlte ich mich erheblich besser. Es war alles gar nicht so schlimm. Meine Wohnung war wieder recht gemütlich. Ich war in Sicherheit. Die Typen würden bestimmt nicht noch mal kommen. Und selbst wenn, sie würden nicht reinkommen. Das Schloss war nicht zu knacken. Da müssten sie schon die Türe eintreten, und das würde man im ganzen Haus hören. In einem Mehrfamilienhaus wie diesem, würde das die Nachbarn alarmieren. Nein, da drohte keine Gefahr mehr.

Ich fühlte mich geradezu fröhlich und beschwingt. Gestern Abend, beim Wein, habe ich noch über Harald nachgedacht. Der Satz „nichts, das nicht zu reparieren oder ersetzen wäre“, den Sybille in Bezug auf meine Wohnung gesagt hatte, ließ sich bestimmt auch auf persönliche Beziehungen ausdehnen. Solange Harald mich nicht durch eine andere „Tussi“ ersetzen würde, ließ sich auch unsere Beziehung reparieren. So aussichtslos, wie Sybille, die olle Miesmacherin, es darstellte, war es gar nicht. Schließlich hatte selbst sie nicht immer Recht.

Neuer Tag, neues Glück!

Heute war ein neuer Tag, und ich wusste genau, was ich wollte. Ich wollte Harald! Also musste ich noch mal mit ihm reden. Heute würde es besser laufen. Es war ein weiterer Tag vergangen, das schreckliche Ereignis um einen Tag abgerückt, und seine Schmerzen würden heute wohl auch etwas besser sein.

Starke Schmerzen ziehen den stärksten Menschen runter. Ich weiß ja, wie es mir geht, wenn ich Schmerzen habe. Dann ist alles andere auch nicht mehr gut. Alles ist bescheiden. Aber weniger Schmerzen bedeuten mehr Zuversicht und bessere Stimmung. Dann erscheint alles ein wenig positiver.

Ich werde mich so hübsch wie möglich machen, dachte ich mir. Nein, das dürfte allerdings etwas schwierig sein, denn die Heulerei der letzten Tage hatte ihre Spuren hinterlassen. Zum Glück gibt es ja Kosmetik. Da machte ich dann auch ordentlich Gebrauch von. Das Ergebnis konnte sich sehen lassen. Ich nahm mir vor, so superlieb und verständnisvoll zu sein, dass Harald mir nicht länger widerstehen könnte. Außerdem würde ich mich tausendfach Entschuldigen, meine Fehler einsehen und so das Eis zum Schmelzen bringen.

Im Krankenhaus angekommen ging ich, ohne anzuklopfen, in Haralds Zimmer. Mir stockte der Atem! Ich traute meinen Augen nicht! Denn ich sah ein paar superschöne lange Beine, die in einem Minirock endeten. Die schlanke Taille war von glänzenden blonden Haaren, die bis zum Po reichten, bedeckt. Das war kein Barbieteil vom Feinsten, sondern vom Allerfeinsten, das sich da gerade über Harald beugte und ihn küsste. Währenddessen flüsterte sie ihm leise Koseworte zu.

Die beiden waren so mit sich beschäftigt, dass sie meine Anwesenheit überhaupt nicht bemerkten. Sie schüttelte ihre Mähne lässig zurück, und ich konnte einen Blick auf ihr sehr schönes Profil erhaschen.

Carolin, du bist erledigt, sagte ich mir. Hier hast du keine Chance! Das war vergebliche Liebesmüh! Ganz leise zog ich mich aus dem Zimmer zurück und tat, was ich die letzten Tage nur tat: ich heulte. Dafür hatte ich wohl mittlerweile einen Dauerauftrag!

Als ich das Krankenhaus verließ, schüttete es wie aus Kübeln. Passend zu meiner Stimmung! Das hatte den positiven Nebeneffekt, dass man mir kaum noch ansah, dass ich geweint hatte. Das Schicksal hatte sich gegen mich verschworen. Was ich auch unternahm, alles ging schief. Dass Harald so schnell eine neue Freundin hatte, war für mich wie ein Schlag in die Magengrube.

Nach kurzem Fußmarsch zur U-Bahn-Station, hätte man mich auswringen können. Meine Wimperntusche hatte schwarze Streifen auf meinen Wangen hinterlassen, und meine Haare hingen triefend nass herab, was bedeutete, dass ich wie ein Mopp aussehen würde, wenn sie trockneten. Später dann wie ein Schaf. Was passender war, weil diese niedlichen Tiere einen entsprechend hohen IQ hatten, wie der meine.

Ich sah zum Fürchten aus. Wen kümmerte das? Mich auf jeden Fall nicht und auch sonst niemanden. Einen Freund, den ich beeindrucken musste, hatte ich ja nun nicht mehr.

Kaum zu Hause klingelte das Telefon. Ich meldete mich missmutig mit: „Jah!"

Es war Denise die ganz aufgeregt sagte: „Caro, was ist denn bei dir los? Endlich erreiche ich dich! Die Stöhr kam gestern ins Büro und informierte uns, dass du diese Woche Urlaub genommen hast. Hat dich Markus auf einen Urlaub eingeladen?"

„Wohl kaum!" antwortete ich. „Obwohl er gerade so eine Art Urlaub macht. Praktisch auf Staatskosten!"

„Was ist denn bloß mit dir los? Du rufst nicht mal an. Meldest dich einfach überhaupt nicht. Die anderen meinten, dass du vielleicht so verliebt bist, dass dir dafür weder Zeit noch Interesse bleibt. Aber ich mache mir irgendwie Sorgen. Ist vielleicht blöde von mir. Aber du wolltest dir doch deinen Urlaub noch aufsparen?"

„Manchmal kommt es anders als man denkt", sagte ich tonlos.

„Was ist los mit dir? Hast du Depressionen? Dagegen muss man was tun. Das ist nicht ungefährlich ..."

„Quatsch!", sagte ich matt. „Ich habe keine Depressionen und bin auch nicht Suizid gefährdet. Mein Leben ist nur gerade absolute Scheiße! Und ich habe viel um die Ohren. Ich hätte mich schon noch gemeldet."

„Das hört sich aber gar nicht gut an. Was hast du bloß für schlechte Laune. So kenne ich dich überhaupt nicht!"

„Ist es dir lieber, wenn ich heule?!"

„Nein! Absolut nicht! Es ist mir lieber, wenn es dir gut geht! Hast du wieder Liebeskummer? Wer ist denn daran schuld? Marcus würde ich mal tippen. Harald wohl weniger. Oder?"

„Beide! Beide sind schuld! Unter anderem. Marcus wurde verhaftet, Madita ist von ihm schwanger, und Harald liegt halbtot im Krankenhaus und amüsiert sich mit einem blonden Barbieteil!"

Denise antwortete völlig irritiert: „Du redest wirres Zeug. Vielleicht hast du einen Nervenzusammenbruch? Keiner wird verhaftet, weil er eine

Frau schwängert, und niemand kann sich amüsieren, wenn er halbtot im Krankenhaus liegt! Oh je, mir schwant Böses! Wieso ist er halbtot?"

Ich sagte ziemlich gereizt: „Du verstehst mal wieder gar nichts. Marcus ist verhaftet worden, weil er Harald halbtot geprügelt hat! Madita ist mit Marcus verheiratet und schwanger! Und Harald liegt im Krankenhaus, ist schwer verletzt und will mich nicht mehr! Außerdem hat er eine andere! Ich musste den Schlosser kommen lassen, weil bei mir eingebrochen wurde!"

„Also, das muss ich jetzt erst mal verdauen. Oh je, du Arme! Da musstest du ja was durchmachen. Ich habe gleich Feierabend und bin in circa einer Stunde bei dir. Ok? Und dann erzählst du mir alles von A bis Z. Vielleicht kann ich dir irgendwie helfen?"

„Nein, mir kann niemand mehr helfen! Aber trotzdem gut, dass du kommst. Bis später!"

Ich wusste wirklich nicht, wie mir noch jemand helfen könnte, aber wenigstens war ich nicht allein. Also stellte ich eine Flasche Wein und zwei Gläser auf den Tisch und dachte, dass ich mir ja schon mal ein Glas genehmigen könnte, bevor Denise kommen würde. Zur Auflockerung sozusagen.

Dann griff ich nach meinen Zigaretten. Oh je, schon wieder leer, das Päckchen! Mein Zigarettenkonsum hatte sich in den vergangenen Tagen verzehnfacht. Ich musste unbedingt zum Zigarettenautomaten. Von Denise konnte ich keine Zigaretten schnorren, denn die war überzeugte Nichtraucherin. Wenn es mir irgendwann einmal wieder bessergehen sollte, würde ich auch versuchen, diesem Trend zu folgen. Aber jetzt musste meine Sucht befriedigt werden.

Der nächste Zigarettenautomat ist ungefähr eineinhalb Straßen weiter an der S-Bahn-Station Wandsbek-Gartenstadt. Es war schon dunkel draußen, und es nieselte ein bisschen. Trotzdem machte ich mich auf den Weg.

Ich war gerade damit beschäftigt, mir meine Zigaretten aus dem Automaten zu ziehen, als ich plötzlich Stimmen hinter mir hörte. Vor

Schreck fuhr ich herum und sah mich drei männlichen Gestalten gegenüberstehen.

„Guten Abend schöne Frau! Ganz allein unterwegs“, sagte der große Dicke mit den blonden Stoppelhaaren in einem merkwürdig überzogenen Tonfall.

Ich fühlte mich nicht wohl in meiner Haut, denn diese Drei führten nichts Gutes im Schilde.

„Guten Abend“, antwortete ich und wollte hastig weggehen, aber der große Dunkelhaarige stellte sich mir in den Weg.

Ich versuchte seitlich auszuweichen, aber er ließ mich einfach nicht vorbei. Breit und anzüglich grinsend sagte er: „Nicht so eilig! Das ist ja ein leckeres Häschen, was sich unser Kumpel da aufgerissen hat. Da möchtest du auch mal von naschen, was Tobi?“

„Oh ja, Mann, lass mich mal ran!“

„Gedulde dich ein bisschen. Die süße Braut hier möchte uns nämlich erst erzählen, wo unser Geld ist! Das willst du doch, oder? Dann wird auch gar nichts passieren, und der gute Tobi muss sich was anderes suchen!“

„Ich weiß nichts. Welches Geld überhaupt?“, sagte ich mit zitternder Stimme.

„So, du weißt also nichts. Ich glaube, da müssen wir dein Gedächtnis ein bisschen auffrischen“, sagte er, während er ein Messer zog und mit der Spitze der Klinge gegen meinen Hals drückte.

Ich wollte laut schreien, brachte aber vor Panik keinen Ton heraus. Mein Mund war plötzlich ganz trocken. Obwohl ich immer heftiger atmete, hatte ich das Gefühl, keine Luft zu kriegen. Mein Kopf war völlig leer und mein Körper wie gelähmt.

„Na, komm schon, Baby! Du willst doch nicht, dass ich dir wehtue, oder? Und ich will es im Grunde genommen auch nicht, denn ich bin ein Gentleman und würde lieber was anderes mit dir machen. Das hier zum Beispiel“, sagte er, während er sich an mich drängte und mich mit dem Rücken so fest gegen den Automaten drückte, dass mir der Rücken schmerzte.

Dabei kam er mit seinem Gesicht ganz nah an meines und versuchte, mir mit seiner Zunge über den Mund zu fahren. Ich roch eine Bierfahne als ich angewidert versuchte, mein Gesicht wegzudrehen. Aber er hielt mich an meinen Haaren fest.

Plötzlich ließ er mich los und machte einen halben Schritt zurück und grinste mich überlegen an. Die anderen Zwei grinsten dreckig und gaben ihrem Anführer Deckung. An Flucht war nicht zu denken, da der Große direkt vor mir stand und die anderen beiden an den Seiten.

Ich bekam immer noch keinen Ton heraus. Wahrscheinlich hätte Schreien sowieso nichts genützt, da sich außer uns niemand auf der Straße befand.

„Hey Baby, was soll das Getue! Bei Macker zierst du dich schließlich auch nicht. Na, komm schon Süße, wo ist das Geld? Sag es einfach, und wir lassen dich in Ruhe! Oder sage es nicht, dann werden wir dich hier noch weiter bearbeiten. Bisschen Spaß brauchen wir schließlich auch!“

„Ich weiß nichts!“, brachte ich mühsam hervor.
Mein Hals war vor Angst ganz zu geschnürt. Das Blut rauschte mir im Kopf während mein Herz pochte.

„Ok, du hast es nicht anders gewollt“, sagte er, während er mir zwischen die Beine griff und meinen Busen unsanft knetete. Er drückte mich wieder gegen den Automaten und versuchte dann, mir seine Zunge in den Mund zu stecken. Ich presste mit aller Gewalt die Lippen zusammen und wehrte mich, indem ich versuchte, um mich zu hauen und zu treten.

Leider hatte ich keine Chance, da die anderen mich jetzt an den Armen festhielten. Aber das Messer hielt jetzt der Dicke in der einen Hand, ohne mich damit weiter zu bedrohen. Der Anführer wurde jetzt richtig sauer und richtig grob.

„Heh Matte! Vielleicht weiß die Tussi wirklich nichts. Könnte ja sein, dass er ihr gar nichts erzählt hat“, meldete sich der Dicke zu Wort.

„Halt‘s Maul! Der besorg ich`s jetzt. Vielleicht spuckt sie dann was aus!“, fuhr der Anführer ihn an, während er sich die Hose öffnete, mir den Rock hochschob und versuchte mir die Beine auseinander zu drücken.

Ich flüsterte: „Nein, nein, bitte nicht!“

Obwohl die anderen beiden mich immer noch an den Armen festhielten, hielt ich nicht mehr still. Ich wand mich, so gut ich konnte.

Der dritte etwas Kleinere sagte jetzt: „Los Matte, gib`s der Schlampe! Die windet sich schon, so geil ist die. Deswegen hat sie auch nur dieses superkurze Röckchen an. Und dann lass mich auch mal ran. Vielleicht rückt sie dann mit der Kohle raus! Das Miststück!“

„Halt‘s Maul!“, sagte mein Peiniger schnaufend während er versuchte, mich zu vergewaltigen.

Da ich ihm immer noch Widerstand leistete, gelang es ihm nicht. Aber dann ließen meine Kräfte nach. In dem Moment ertönte ein lautes Rattern und Quietschen. Die S-Bahn fuhr in den Bahnhof ein. Im nächsten Moment füllte sich die Straße mit den Fahrgästen aus der Bahn.

„Scheiße! Fuck!“, schimpfte mein Fast-Vergewaltiger, während er mich wegstieß. „Ich krieg dich noch du Flittchen! Los Kumpels, wir verpissen uns! Lasst uns abhauen!“

Ich war einigermaßen weich in das Gebüsch neben dem Zigarettenautomaten gefallen und dankte dem Himmel, dass die S-Bahn genau im richtigen Moment ein gefahren war und ich so einer Vergewaltigung entging.

Die ersten Passanten gingen an mir vorbei. Auch Denise war in dieser glückseligen S-Bahn gewesen. „Meine Güte, Carolin! Ich finde es ja nett, dass du mich abholst, aber wie siehst du aus? Und was machst du da in dem Gebüsch? Komm da gefälligst raus!“, sagte sie, als sie mich entdeckt hatte.

Sie bückte sich und zog mich an den Händen aus dem Gebüsch.

„Ich, ich äh, habe mir nur Zigaretten geholt“, stammelte ich. „Auf mir lastet ein böser Fluch!“

„Ja, klar! Der Fluch deiner Nikotinsucht. Dafür habe ich einfach kein

Verständnis! Wie kann man sich nur so was selbst antun?! Hast du schon mal ein Raucherbein gesehen? Weißt du, dass du damit deine Lebenserwartung um zehn bis fünfzehn Jahre reduzierst?"

„Ich wäre sowieso am liebsten tot!", heulte ich los. Ich hatte total weiche Beine und zitterte am ganzen Leib.

„Was ist denn los? Du zitterst ja", bemerkte Denise. „Wieso blutet denn deine Lippe. Und du bist auch ganz blass. Oh, komm her, du Arme. Du musst ja ganz schön was durchgemacht haben. Wehe, wenn ich Marcus oder Harald in die Finger bekomme!", sagte sie und nahm mich in den Arm.

„Die können doch gar nichts dafür! Das heißt, Marcus schon, aber nur indirekt. Drei von seinen Kumpels haben mich eben mit einem Messer bedroht. Und weil ich nichts wusste, hat der eine versucht, mich zu vergewaltigen. Gott sei Dank, kam die Bahn im richtigen Moment, und sie sind abgehauen."

Denise starrte mich aus aufgerissenen Augen an. Sie sagte nur: „Ich verstehe das nicht."

Dann sagte sie den ganzen Weg kein einziges Wort. Auch ich sagte nichts. Weinen konnte ich auch nicht mehr, dafür saß mir jetzt ein riesiger Kloß im Hals. So gingen wir schweigend zu meiner Wohnung.

Dort sagte ich: „Ich dachte, viel schlimmer kann es nicht mehr kommen. Kann es aber doch! Es gibt immer noch eine Steigerung! Das eben war so schlimm. Und doch weiß ich, dass ich ein Riesenglück gehabt habe."

„Ach, Caro, das tut mir alles so leid für dich. Aber ich verstehe das alles nicht. Wieso versucht jemand, dich zu vergewaltigen, weil du etwas nicht weißt?"

„Das möchte ich dir lieber später erzählen. Das ist alles noch so frisch. Ich bin völlig daneben. Ich weiß nicht, ob ich lachen oder weinen soll. Einerseits dieses Entsetzen, und andererseits diese Erleichterung, weil ich so viel Glück hatte. Aber ich fühle mich irgendwie beschmutzt. Ich muss erstmal unter die Dusche. Das Erlebte von mir runterwaschen."

„Ja Liebes, geh ruhig unter die Dusche. Vielleicht kann ich mich in der Zwischenzeit hier irgendwie nützlich machen?“

„Nein, lass nur. Meine Wohnung ist wieder in Ordnung. Sybille hat sich hier schon ausgetobt. Und die lässt nicht locker, bis alles wieder top ist.“

„Ja, wo du es sagst. Es ist alles sehr sauber und ordentlich hier. Ich glaube sogar, mehr als vor dem Einbruch. Allerdings erscheint mir deine Wohnung jetzt etwas leerer und größer."

„Ja, es sind ja auch ein paar Sachen kaputtgegangen. Aber nichts, das nicht zu ersetzen wäre. Ich bin gleich wieder da“, sagte ich, um unter die Dusche zu gehen.

Denise sagte noch: „Ja, aber wenn du wiederkommst, musst du mir alles genau erzählen, damit wir einen Schlachtplan entwerfen können.“

Die lange und heiße Dusche tat mir richtig gut. Ich fühlte mich wirklich besser, obwohl mir der Schreck natürlich noch im Nacken saß. Nachdem ich meinen kuscheligen Bademantel übergezogen hatte, setzte ich mich zu Denise ins Wohnzimmer. Sie hatte uns schon Wein eingeschenkt.

Während ich mir eine Zigarette anzündete, sagte sie: „Du musst Anzeige erstatten. Das ist dir doch klar, oder? Am besten gehen wir gleich zur Polizei!“

„Oh nein, Denise! Wirklich nicht! Ich möchte es wirklich nur noch vergessen. Auf jeden Fall dieses letzte ekelhafte Erlebnis. Was die Polizei anbelangt, auf die bin ich gar nicht gut zu sprechen! Die haben mich gerade erst verhört und mir die Worte im Mund verdreht! Nachher war ich selbst an allem schuld! Nicht noch einmal. Schon gar nicht bei dieser peinlichen Geschichte. Außerdem ist ja eigentlich gar nichts passiert, bis auf ein bisschen Angstschweiß und jetzt den bitteren Nachgeschmack. Die Bullen glauben mir sowieso nicht. Die beiden, die mich verhört haben, waren jedenfalls mehr als beschränkt! Das war erst gestern! Ich gehe da bestimmt nicht heute nochmal mit einer neuen Geschichte hin! Vergiss es! Das Einzige was mir jetzt hilft, ist ein Glas Wein, oder am besten ein ganzes Fass!“

„Trotzdem ist es falsch, keine Anzeige zu erstatten“, bohrte Denise weiter. „Das geht doch nicht, dass diese Typen damit durchkommen! Mann oder Frau muss sich doch wehren gegen diese ... diese ... Mistschweine! Wenn die das nun nochmal versuchen?“

„Das werden sie schon nicht tun. Ich werde Sicherheitsvorkehrungen treffen, bevor ich noch mal im Dunkeln das Haus verlasse. So, und nun her mit dem Wein!“

So schädlich die Gesellschaftsdroge „Alkohol“ auch sein kann, so wohltuend kann sie auch in Situationen wie dieser sein. Balsam für die Seele. Nach zwei, drei Gläsern Wein und einigen Zigaretten, war ich soweit gelöst, dass ich Denise die ganze unselige Geschichte erzählen konnte.

Ich erzählte ihr alles, von Anfang an bis zum Ende, ins kleinste Detail. Sie hörte aufmerksam zu und unterbrach mich nur mal kurz zwischendurch, wenn ihr etwas unklar war. Als ich nach ca. dreißig Minuten zu Ende erzählt hatte, sagte Denise: „Das ist ja unglaublich! Wie im Kriminalroman. Wenn ich dich nicht kennen würde, würde ich kein Wort davon glauben! Oh Gott, du Arme! Kein Wunder, dass du völlig mit den Nerven fertig bist. Und diese ganzen furchtbaren Sachen, alles auf einmal. Ja, wenn es kommt, dann kommt es dicke. An diesem Satz ist wirklich was dran!“

„Ja, aber das Harald jetzt im Krankenhaus liegt, ist meine Schuld! Zumindest bin ich daran nicht unschuldig. Ich mache mir immerzu Vorwürfe deswegen. Und alles nur weil ich unbedingt noch ein zweites Mal mit Marcus auf den Dom wollte. Allerdings habe ich nicht damit gerechnet, dass sich die beiden begegnen würden. Natürlich habe ich es auch nicht völlig ausgeschlossen. Nur dass es so furchtbar ausgehen würde, damit habe ich ganz bestimmt nicht gerechnet. Manchmal denke ich, dass ich unterbewusst diese Begegnung herbeiführen wollte, damit entschieden ist, mit wem ich nun zusammen bin. Aber ich hätte nie damit gerechnet, dass Marcus Harald halbtot hauen würde. Und seitdem habe ich Harald plötzlich richtig gern! Obwohl er ein so ungebildeter Prolet ist. Harald ist ganz bestimmt kein Traummann!“

„Willst du damit etwa sagen, dass Marcus einer ist? Ich hatte ehrlich gesagt, nach deinen anfänglichen Erzählungen, kein vollkommenes, aber dennoch ein gutes Bild von Marcus. Er sieht gut aus, sagtest du. Er kann sich besser ausdrücken und sein ganzes Benehmen wäre gut. Aber ich denke jetzt, dass er sich bloß besser verstellen kann. Er hat dir nur seine gute Seite gezeigt, obwohl das so ganz ja auch nicht stimmt. Da war der Vorfall mit seiner Ex-Freundin, sorry, sie ist ja seine Frau. Gelogen hat er also auch. Der ganze Marcus ist nur ein schöner Schein gewesen. Nichts weiter! Er hat dir auf jeden Fall weit mehr geschadet als Harald. Und nicht nur dir! Eigentlich müsstest du längst von ihm geheilt sein."

„Bin ich doch auch. Bin ich wirklich! So dumm bin ich nun auch wieder nicht", sagte ich.

„Du bist überhaupt nicht dumm", sagte Denise mit einem Lächeln. „Nur ein wenig naiv und viel zu gutgläubig. Außerdem warst du vor lauter Liebe und Bewunderung für Marcus total geblendet. Liebe macht bekanntlich blind und senkt den IQ erheblich. Aber da du ja jetzt geheilt bist, wird es bald wieder bergauf gehen. Denn irgendwann ist jede Pechsträhne einmal zu Ende. Solange niemand dabei umkommt, ist alles halb so schlimm. Wunden heilen wieder und Gegenstände lassen sich ersetzen", sagte Denise. „Hauptsache du hast was draus gelernt."

„Ja, ich denke, das habe ich. Aber so eine große Liebe zu Marcus war es dann wohl doch nicht. Wohl eher ein Strohfeuer."

„Von Marcus' Seite aus garantiert nicht. Der wollte sich doch bloß mit dir amüsieren."

„Klar, aber von meiner Seite aus doch auch nicht. Dazu war es viel zu schnell wieder vorbei. Und warum bin ich plötzlich von Harald so angetan? Harald!! Allein schon dieser Name!"

„Es ist psychologisch erwiesen, dass, wenn eine Beziehung in die Brüche geht, man sich an den nächst besten Strohhalm klammert, um besser mit seinem Schmerz fertig zu werden. Dieser Strohhalm ist jetzt Harald! Muss so sein, da du ihn ja vorher nicht wolltest. Meine zweite Theorie ist ebenfalls psychologisch bewiesen und die besagt, dass Objekte, die man haben kann, erst interessant werden, wenn man sie nicht mehr haben kann. Und ein Objekt, das dich vorher nicht interessiert hat, ganz plötzlich sehr begehrenswert ist, weil sich nun jemand anders dafür interessiert. Du hast die blonde Barbie bei Harald gesehen und denkst jetzt, dass doch irgendwas was an ihm sein muss. Das ist anhand experimenteller Analysen bewiesen“, dozierte Denise.

„Oho, Tiefenpsychologin Frau Doktor Denise Schubert hat gesprochen“, sagte ich. „Und sie hat mich mit ihrer bewiesenen psychologischen Analyse überzeugt. Aber jetzt mal im Ernst, es könnte doch auch so sein, dass sich durch die verlorene Liebe und die daraus resultierende Einsicht, mein IQ wieder auf ein normales Maß maximiert hat und die daraus neu gewonnene Weisheit mir sagt ...“

Weiter kam ich nicht, da Denise sich jetzt ausschüttete vor Lachen: „Weisheit! Hi hi hu hu Weisheit! Ich kann gleich nicht mehr!“

Zum Glück hatte ich das letzte Erlebnis, das noch nicht mal zwei Stunden zurücklag, soweit verdrängt, dass auch ich wieder lachen konnte. Lachen ist bekanntlich gesund und bringt den Optimismus zurück.

Als wir uns wieder einigermaßen beruhigt hatten sagte ich: „Jedenfalls ist mir jetzt klar, dass Marcus mich mies behandelt hat. Gar nicht zu reden von Madi. Und der arme Harald erst. Marcus ist nicht nur verlogen und brutal, sondern wahrscheinlich auch noch kriminell. Während Harald, dem ich diese ganzen schlechten Eigenschaften unterstellt habe, mich immer gut behandelt hat. Er ist zwar manchmal etwas ordinär, aber das ist schließlich nicht verboten. Manchmal war er sogar richtig süß zu mir. Nur seine primitiven frauenfeindlichen Machosprüche haben genervt. Das müsste er sich mal abgewöhnen. Naja, und Karussellbremser von Beruf, mit Qualifikation zum Ticket einsammeln, ist ja wohl auch nicht das Gelbe vom Ei! Das geht einfach nicht! Wenn ich ihn nur nicht so gern hätte. Und wir haben so viel Spaß zusammen gehabt.“

„Also, das mit den Sprüchen könntest du ihm doch sagen. Wenn er im Schausteller-Gewerbe arbeitet, so nennt man das, glaube ich, ist das wenigstens nicht kriminell, sondern ehrliche Arbeit. Übrigens habe ich einen Freund, wenn der so richtig loslegt, denkst du, der schiebt im Hafen Schicht. Aber in Wirklichkeit ist er Akademiker. Er ist nur der Meinung, dass man das nicht so heraushängen lassen und nicht mit Fremdwörtern um sich werfen muss, damit andere auch merken, dass man was auf dem Kasten hat! Was hat Harald denn für einen Schulabschluss?", fragte Denise.

„Wahrscheinlich gar keinen", antwortete ich.

„Aber vielleicht hat er noch irgendeine andere Ausbildung. Könnte doch sein?"

„Der und Akademiker! Nie im Leben! Soviel weiß ich mit Sicherheit! Allerdings habe ich ihn nie danach gefragt, weil es mich vorher ja überhaupt nicht interessiert hat, da mein Interesse jemand anderem galt. Ist ja auch egal. Er hat mal so was gesagt, dass er Philosophie studieren wollte, sich dann aber anders entschieden hätte", sagte ich.

„Vielleicht stimmt es ja sogar", meinte Denise.

„Niemals! Er hatte irgendwann mal einen schlauen Satz aufgeschnappt und den dann zum Besten gegeben. Bestimmt wollte er mich damit nur beeindrucken! Ist ihm aber nicht gelungen, wie du siehst."

„Ja, das sehe ich. Aber du magst ihn jetzt, trotz seiner Fehler."

„Ich mag ihn jetzt sogar sehr. Aber wo soll das hinführen? Außerdem ist es vorbei! Er will mich nicht mehr! Er hat eine andere Tussi, oh Entschuldigung, Freundin, meine ich natürlich. Siehst du, das macht der schlechte Umgang. Und mit seiner neuen Freundin könnte ich niemals konkurrieren. Wieso also noch spekulieren, was sein könnte und doch nicht ist", sagte ich resigniert.

„Also Caro, du gibst viel zu schnell auf. Du hast überhaupt keinen Kampfgeist. Kein bisschen Biss! Vielleicht ist diese granatenmäßige Superfrau gar nicht seine Freundin", sagte Denise.

„Und du sagst, ich wäre naiv! Also wirklich! Wer, liebe Denise, sollte sie denn sonst sein? Ich habe sie schließlich zusammen gesehen. Sie hat sich über ihn gebeugt, ihm Koseworte zugeflüstert und Küsschen gegeben. Jetzt sage bloß nicht, seine Schwester!"

„Hat er überhaupt eine Schwester?"

„Weiß ich nicht. Ich glaube nicht."

„Sie könnte aber eine Bekannte, entfernte Verwandte sein. Vielleicht verkauft sie die Tickets? Sie muss nicht seine Freundin sein. Aber das kannst du doch rausfinden."

„Und wie, bitte schön? Er will mich nicht mehr sehen und erst recht nicht mit mir reden", erinnerte ich sie.

„Das ist ja wohl auch kein Wunder. Er hängt bestimmt an seinem Leben. Du hast ihm außerdem fast so übel mitgespielt, wie Marcus dir. Um eine Entschuldigung wirst du nicht herumkommen. Und wenn er dir dann verzeihen sollte, wovon ich ausgehe, kannst du doch mal nachfragen wer das Mädchen war und damit die andere Frage auch beantwortet ist, ob die Arbeit auf dem Dom seine einzige berufliche Aussicht für die Zukunft ist. Aber möglichst ohne abfälligen Unterton, und eins nach dem anderen. Außerdem musst du dir klar darüber werden, was du willst. Traummänner bei denen alles hundertprozentig stimmt, gibt es nicht. Marcus war nicht echt, wie wir ja jetzt wissen. Aber du musst dir darüber klarwerden, ob du damit leben kannst, dass Harald etwas ungehobelt ist und nicht auf gehobenen Niveau artikuliert. Denn wenn er dir peinlich ist, ist das keine gute Grundlage für eine Beziehung. Entweder du stehst zu ihm, oder du lässt es bleiben. Habe ich dir irgendwie weitergeholfen?", fragte sie.

„Klar! Das heißt, nein. Vielleicht doch. Ok, ich werde darüber nachdenken", antwortete ich unschlüssig.

Mittlerweile war es ziemlich spät geworden, und Denise fielen schon die Augen zu.

„So langsam brauche ich etwas Schlaf. Ich muss morgen wieder früh raus. Wenn du dich allein unwohl fühlst, würde ich auch hier schlafen. Was meinst du, soll ich?"

„Das ist ganz lieb von dir, aber nicht nötig. Dank der neuen Türschlösser fühle ich mich absolut sicher. Und heute Abend werde ich mit Sicherheit nicht mehr aus dem Haus gehen. Höchstens um dich zum Bus zu bringen."

„Das lass mal schön bleiben. Ich habe Tränengas bei mir und kann mich verteidigen. Zum Glück habe ich es noch nie gebraucht. Außerdem fährt der Bus direkt vor deiner Tür zur S-Bahn Wandsbek-Gartenstadt. Ist ja nur eine Station. Wenn was sein sollte, ruf an. Bei mir zu Hause oder im Büro. Jederzeit! Dann schlaf mal gut“, sagte sie, nahm mich nochmal in den Arm und wollte gehen.

Im Flur stolperte sie und fiel fast hin.

„Huch, das ist ja lebensgefährlich hier.“

„Bist du schon so müde, dass du nicht mehr laufen kannst? Willst du lieber doch hier schlafen?“

„Nein, ich bin bloß über deinen Teppich gestolpert. Der wellt sich da etwas. Das solltest du morgen mal in Ordnung bringen. Da kann man sich ja den Hals brechen! Also, tschüs dann, meine Süße“, sagte Denise.

„Oh, das ist mir noch gar nicht aufgefallen. Ich werde mich morgen drum kümmern. Heute bin ich auch zu müde. Vielen Dank für alles, und komm gut nach Hause“, verabschiedete ich mich.

Dann war sie aus der Tür. Denise war mir wirklich eine liebe Freundin geworden. Als ich wieder allein war, überlegte ich, was ich jetzt am besten machen sollte. Denise hatte Recht. Ich nahm mir fest vor, gleich morgen ins Sankt Georg Krankenhaus zu fahren und mich bei Harald zu entschuldigen. Vielleicht hörte er mich diesmal an. Dann würde ich ihm alles erklären, ihm sagen, dass Marcus für mich gestorben war und ich jetzt voll und ganz zu ihm stehen wollte. Natürlich erst dann, wenn seine Beziehung zu diesem Barbieteil geklärt wäre. Aber Harald hatte mir wirklich nie geschadet. Ich konnte mich immer auf ihn verlassen. Mit diesem Gedanken schlief ich ein.

Ich hatte wieder einen wirren Traum: Ich stand in meinem verwüsteten Wohnzimmer und sah zu, wie Marcus meinen Teppich aufrollte. Plötzlich fiel mir auf, dass er eine Leiche in den Teppich einrollte. Die Leiche war Harald. Vor Entsetzen wollte ich laut schreien, hatte aber wieder diese Blockade und bekam keinen Ton heraus. Währenddessen durchsuchten Polizisten in aller Ruhe meine Wohnung. Frau Krotzmann stand mitten in meinem Wohnzimmer, lachte hysterisch mit großen gebleckten Zähnen und rief zu Marcus: Gut so, gut so! Ich bringe gleich den Teppichschaum!

Schweißgebadet erwachte ich in aller Frühe. Weil ich Angst hatte wieder einzuschlafen und diesen Albtraum weiter zu träumen, blieb ich gleich auf. Ich duschte, trank Kaffee und aß ein Brötchen. Dann bügelte ich eine ausgewaschene Jeans und ein weißes, mit Strasssteinchen besetztes T-Shirt. Ich hatte mir vorgenommen, möglichst schlicht in das Krankenhaus zu fahren. Mit der Barbie-Frau konnte ich ohnehin nicht konkurrieren, und ich finde, dass es einfach nicht passend ist, besonders aufgebrezelt einen Krankenhausbesuch zu machen. Ich benutzte kein Make Up, nur rosa Labello und einen Hauch Wimperntusche. Meine nicht vorhandenen Augenbrauen zog ich kaum sichtbar nach. Eigentlich sah ich eher ungeschminkt aus und durch T-Shirt und Jeans auch sehr unauffällig. Meine Locken föhnte ich etwas glatter. Alles in allem war ich keine graue Maus, aber auch kein sexy Girl.

Als ich durch den Flur ging, um an meinen Schuhschrank zu gelangen, stolperte ich über die Teppichfalte, die Denise gestern fast zu Fall gebracht hätte. Weil ich noch massenhaft Zeit hatte, dachte ich, dass es wohl am besten wäre, das gleich zu richten. Ich zog erst an der einen Seite der Auslegeware, dann an der anderen. Das war gar nicht so leicht, und ich fing an zu schwitzen. Mit voller Kraft zog ich nochmal, und die Falte verschwand. Leider war jetzt statt der Falte eine leichte Beule im Teppich.

So was Blödes!

Also versuchte ich jetzt einfach, die Beule weg zu stampfen. Die Beule blieb, und ich spürte, dass der Holzfußboden darunter uneben war. Da musste eine Diele locker sein. Auch das noch! Einen Handwerker konnte ich mir nicht nochmal leisten, das musste ich schon selbst reparieren.

Ich rollte den Teppich, eigentlich nur ein zurecht geschnittenes Stück Auslegeware, zusammen und sah, dass tatsächlich eine Diele gebrochen und hochgebogen war. Ich holte einen Hammer und ein paar Nägel. Das würde kein Problem sein für mich.

Auf allen Vieren kriechend, versuchte ich die Holzdiele herunter zu drücken. Das gelang mir leider nicht. Ich schlug ein paarmal mit dem

Hammer darauf, doch auch das änderte nichts. Solange die Diele so zwei, drei Zentimeter hochstand, konnte ich sie nicht festnageln.

Dann versuchte ich die Diele ganz hoch zu biegen, um sie abzureißen und dann wieder ganz neu einzusetzen. Das gelang mir erst recht nicht, da ich dazu nicht die nötige Kraft aufbrachte. So langsam verlor ich die Geduld.

Jetzt reicht es aber, dachte ich.

Während ich weiter an der Diele zerrte, bemerkte ich plötzlich, dass darunter etwas eingeklemmt war. Kein Wunder, dass die Diele sich nicht ganz herunterdrücken ließ, denn darunter lag ein dicker weißer Briefumschlag.

Äußerst merkwürdig, dachte ich, nahm den Umschlag heraus und öffnete ihn. Mir blieb augenblicklich die Luft weg! Mein Herz raste und meine Gedanken überschlugen sich. Mir brach der Angstschweiß aus. In dem Umschlag befand sich Geld. Eine ganze Menge Geld! In mir machte sich die volle Panik breit. Das musste das Geld von Marcus und seinen kriminellen Kumpanen sein. Sie hatten also doch recht, diese widerlichen Typen. Ich hatte tatsächlich das Geld. Ich wusste zwar bisher nichts davon, aber ich hatte es.

Die Polizei hatte ebenfalls Recht, da sie annahmen, dass der Einbruch in meine Wohnung noch mit einer anderen kriminellen Machenschaft in Zusammenhang stehen würde. Allerdings hatten sie nicht damit Recht, dass ich damit drinhängen würde. Jetzt hing ich allerdings wirklich mit drin, wenn auch unfreiwillig. Sogar Madi hatte mit ihrer Vermutung recht, dass ihr Mann und seine Freunde irgendwo einen Bruch gemacht haben könnten. Das war kein ehrlich verdientes Geld, dazu war es zu viel.

Was sollte ich tun? Es war immerhin möglich, dass diese Typen wieder kämen.

Ich nahm den Umschlag und warf ihn in meinen Wäschekorb im Badezimmer. Ich warf noch ein paar schmutzige Handtücher obendrauf und setzte den Deckel wieder auf den Korb. Diese Typen hatten meine

Wohnung gründlich durchsucht und durchwühlt. Sie konnten also nicht wissen, dass das Geld wirklich bei mir ist. Wahrscheinlich haben sie mich nur so unter Druck gesetzt, in der Annahme, ich wüsste vielleicht etwas. Mittlerweile haben sie bestimmt längst eingesehen, dass ich wirklich von nichts wusste. Der Dicke hatte ja noch zu seinem Anführer gesagt: „Vielleicht weiß sie wirklich nichts.“

Der Einzige, der definitiv wusste, wo sich das Geld befand, war Marcus. Und der saß zur Zeit in Untersuchungshaft. Seinen Kumpeln würde er nichts von dem Versteck verraten, da war ich mir ganz sicher. Denn die könnten sich das Geld holen und ihn übergehen, da sie frei waren und er festsaß. Der Polizei würde er auch nichts sagen, da er jetzt sowieso einige Zeit vergittert wohnen würde. Er würde sich wahrscheinlich denken, wenn er sowieso schon sitzen muss, dann sollte es sich wenigstens hinterher lohnen. Und von mir blonden Dummchen war sowieso nichts zu befürchten. Ich war ja viel zu dumm, um das Geld zu finden! Außerdem würde ich es zur Polizei bringen! Würde ich das wirklich?! Marcus Arbeitgeber war versichert, dem würde kein Schaden zugefügt werden.

Während dieser Gedanken hatte ich die Diele repariert und den Teppich wieder darüber gezogen. Ganz coole Gangsterbraut schob ich mir eine Zigarette in den Mundwinkel. Dann ging ich in das Bad und wühlte den Umschlag aus der schmutzigen Wäsche. Nachdem ich mich vergewissert hatte, dass Türen und Fenster verschlossen waren, breitete ich das Geld auf dem Wohnzimmertisch aus und zählte es durch. Es war nicht viel. Aus der Sicht eines Millionärs gesehen war es lächerlich wenig. Aus meiner Sicht war es ein Vermögen.

Was sollte ich mit dem Geld machen? Ich war schon immer ein durch und durch ehrlicher Mensch. Wenn ich die Geldbörse einer alten Oma gefunden habe, habe ich sie selbstverständlich abgegeben. Aber dieses Geld hier? Das war etwas anderes! Das war Verbrechergeld und sollte keinesfalls in die Hände dieser Halunken fallen. Die sollten für ihre Taten büßen und nicht nach Absitzen der Haft belohnt werden. Andererseits war anderen Personen großer Schaden entstanden. Das sollte man im Auge behalten.

Ich war mit dieser Situation völlig überfordert. Also beschloss ich, das Geld auf ein Konto zu zahlen, damit es erstmal in Sicherheit war, bis ich darüber nachgedacht hatte, ob ich es wirklich zur Polizei bringe oder was damit geschehen sollte. Natürlich zahlte ich es nicht einfach auf mein Konto. Das wäre zu leicht zu überprüfen gewesen. Ich richtete ein Sparkonto auf den Namen meiner Oma ein.

So, jetzt hatte ich genug Zeit zum Nachdenken. Äußerste Dringlichkeit dagegen hatte mein Problem mit Harald. Wenn der schwere Felsen der Verzweiflung nicht mehr auf meinem Herzen lasten würde, könnte ich auch besser nachdenken.

Ich setzte mich in die nächste Bahn und fuhr zum Krankenhaus. An einem Blumenkiosk besorgte ich einen Strauß Blumen, an dem eine kleine herzförmige Karte klemmte. Auf der Karte standen die Worte

Bitte verzeih mir, mein Herzblatt!

Das sollte Harald sich doch zu Herzen nehmen. Mein Herz klopfte lauter in meiner Brust als meine Faust an der Zimmertür. Vorsichtig trat ich in das Krankenzimmer. Zum Glück war keine blonde Sirene in Sicht. Harald lag in seinem Bett und schlief. Sein Gesicht war entsetzlich deformiert und schimmerte immer noch in allen Farben.

Armer, armer Harald, dachte ich.

Mich durchflutete plötzlich ein warmes Gefühl. Nein, das war nicht nur Mitleid. Ich hatte mich wohl wirklich ein bisschen in ihn verliebt. Was schon ein Problem an sich war, weil ich immer noch fand, dass er nicht zu mir passte. Trotzdem fand ich es entsetzlich, wie er mich das vorletzte Mal abgefertigt hatte. Und das letzte Mal, als sich dieses bildschöne blonde Frauenzimmer über ihn gebeugt hatte, hatte einen sehr bitteren Nachgeschmack bei mir hinterlassen. Ich wollte so gerne mit ihm reden. Ihm alles erklären, besonders mein Fehlverhalten in Bezug auf Marcus. Aber er schlief tief und fest, dass ich es einfach nicht fertigbrachte, ihn zu wecken.

Also beschloss ich zu warten. Irgendwann musste er ja wieder aufwachen. Normalerweise dauert es im Krankenhaus nicht all zulange mit dem Aufwachen, weil ja ständig etwas los ist. Da kamen die Putzfrauen, die Ärzte zur Visite und die Krankenschwestern knallten mit den Türen, wenn sie zum Bettenmachen kamen oder das Essen brachten.

Und tatsächlich, es dauerte keine fünf Minuten, und die Tür ging auf. Ein kleiner dicker Mann mit Bierbauch und Halbglatze trat ins Zimmer. Aber Harald schlief weiter. Der Mann begrüßte mich freundlich, indem er mir die Hand reichte und sich als Johann Hannes vorstellte.

Er sagte dann: „Meistens werde ich nur *Hannes* genannt. Ich bin der Onkel von Harald. Der arme Junge! Das hat er nicht verdient!“

„Nein, ganz bestimmt nicht“, sagte ich. „Mein Name ist Carolin Bäcker. Ich bin eine, äh, Freundin von ihm.“

„Angenehm“, sagte der Onkel. „Sie sind das also! Harald hat mir schon ein bisschen was erzählt. So verliebt habe ich ihn noch nie erlebt. Haha."

Pikiert sah ich ihn an. Wer weiß, was Harald dem alles erzählt hatte? Vielleicht sogar von mir und Marcus. Das war sicher dieser Onkel vom Dom, bei dem Harald gearbeitet hatte und von dem auch die Telefonnummer war, die Harald mir gegeben hatte. Zu diesem Onkel schien Harald ein besonderes Vertrauensverhältnis zu haben.

„Na, nun gucken Sie nicht so erschrocken. Er hat nur Gutes erzählt.“

„Da bin ich aber froh, denn zuletzt gab es da zwischen uns so eine kleine, wie soll ich sagen, naja, Unstimmigkeit sozusagen.“

Der Onkel war sehr sympathisch bei näherer Betrachtung.

„Das kommt doch in den besten Familien vor“, lachte er, beugte sich über Harald und tätschelte ihn ein wenig. „Der arme Junge. Er ist so ein lieber Junge! Eine Seele von Mensch. Er hilft mir, wo er kann. Und was er alles kann! Das traut man ihm gar nicht zu.“

„Ja, das finde ich auch sehr nett, dass er Ihnen immer hilft. Aber jetzt kann er ja nicht. Ich hatte gehofft, dass er bald wieder aufwachen würde. Ich muss ganz dringend mit ihm reden. Wegen dieser *Unstimmigkeit*, wissen Sie.“

Er sah bedeutungsvoll auf den Blumenstrauß mit der Herzkarte, auf der immer noch *Verzeih mir*, jetzt in riesengroßen Lettern, wie mir schien, prangte.

„Ich verstehe“, sagte er. „Dass wird heute leider nicht möglich sein. Ich habe gerade mit dem Arzt gesprochen. Haralds Zustand hat sich leider noch nicht gebessert. Er hat sehr starke Schmerzen, und sein seelischer Zustand ist auch nicht so stabil, eher depressiv. Man hat ihm intravenös, wie Sie sehen, ein starkes Schmerzmittel und etwas zur Beruhigung und zum Schlafen verabreicht. Diese ganze Gewalt und Brutalität, die ihm angetan wurde, das muss er erstmal verarbeiten. Mir geht das auch sehr nahe. Ich kann Ihnen gar nicht sagen, wie mir der Junge am Herzen liegt. Mindestens genauso, wie mein eigener.“

„Ja, mir geht das auch sehr nahe“, sagte ich verzweifelt. „Auf mir lastet ein schlechtes Gewissen. Und das tut mir alles so leid. Ich hätte das so gerne mit Harald bereinigt.“

Der Onkel sah mich aufmerksam an.

„Ich weiß nicht genau, was vorgefallen ist. Aber ich weiß, dass Harald ein sehr toleranter Mensch ist. Er kann verzeihen. Manchmal braucht er nur etwas Zeit dazu. Und im Moment kann man ihm das wohl auch nicht verdenken. Es ist auch schlimm für ihn, dass er jetzt außer Gefecht gesetzt ist. Diese Zeit bräuchte er jetzt ganz dringend. Er hat selbst sehr viel zu tun. Das wirft ihn um Monate zurück. Und davon abgesehen fehlt er mir auch sehr in meinem Betrieb.“

„Das verstehe ich natürlich. Aber es kann doch nicht so schwer sein, Ersatz für ihn zu finden. Also Plätze zuweisen und Tickets einsammeln kann doch wohl fast jeder.“

„So, hat er Ihnen das erzählt? Tickets einsammeln? Er ist so bescheiden, dieser Junge. Das ist wieder mal typisch für ihn. Die Tickets kann Walter einsammeln. Das ist kein Problem. Aber mein Sohn ist, so gerne wie ich ihn habe, technisch nicht sehr bewandert. Aber so ein Fahrbetrieb muss ständig gewartet und technisch überprüft werden. Da hängen Leben von ab. Ich kann es mir nicht leisten, einen Ingenieur zu engagieren. Es kommen immer wieder Schlechtwetterperioden, und da sind die Einnahmen gleich null. Die Ausgaben laufen aber weiter. Harald hat mir schon oft über solche Phasen hinweggeholfen. Wenn ich ihn nicht gehabt hätte, hätte ich dichtmachen können. Er macht selbstständig die Wartung und prüft die Technik für die Sicherheit der Fahrgäste", betonte er voller Stolz.

Mir stand vor Entsetzen der Mund offen. Harald ist für Technik, Wartung und Sicherheit zuständig? Das war einfach unverantwortlich! Nur weil der Herr Hannes sich keinen Fachmann leisten kann! Es war ja sehr ehrenwert, dass er eine so hohe Meinung von Harald hatte, aber deswegen so ein Risiko einzugehen.

Ich nahm mir vor, nie wieder in einem Karussell zu fahren. Sicher machte Harald nur die Vorarbeiten. Bestimmt kam danach noch einer vom technischen Überwachungsdienst. Aber trotzdem! Erstaunlich, dass Harald überhaupt mit Technik umgehen kann. Mein Vertrauen in die Schausteller der Fahrbetriebe war jedenfalls zutiefst erschüttert.

„Ja, ich sehe schon, das haben Sie gar nicht gewusst. Er ist so bescheiden. Bescheidenheit ist eine Zier, doch weiter kommst du ohne ihr", sagte er und lachte. „Jedenfalls haben Sie mit Harald eine gute Wahl getroffen. Das muss ich sagen. Und Harald hat auch einen guten Geschmack, wenn ich Sie mir so ansehe. Hat mich sehr gefreut, Sie kennenzulernen. Wir sehen uns bestimmt noch mal wieder, wenn es Harald besser geht. Tschüs dann!"

Und weg war er. Ich stand immer noch ziemlich erschüttert an Haralds Bett. Er schien ja wirklich ein sehr lieber Kerl zu sein, aber ihn deswegen Ingenieursarbeiten machen zu lassen. Unverantwortlich!

Ich blieb noch etwas bei ihm. Zu Schade, dass ich mich wieder nicht mit ihm aussprechen konnte. Das würde mir also noch länger auf der Seele lasten. Aber laut seinem Onkel konnte ich ja Hoffnung haben, dass er mir verzeihen würde. Jedenfalls mit der Zeit. Ich holte eine Vase und stellte die Blumen ins Wasser und auf seinen Nachtschrank. Dann küsste ich Harald sehr vorsichtig auf seine verfärbte Wange und ging.

Zuhause angekommen griff ich sofort zum Telefon. Ich musste dringend mit Denise reden. Außerdem würden diese Neuigkeiten sie bestimmt interessieren. Ich erreichte sie noch im Büro und legte auch sofort los:

„Hallo Denise! Ich war bei Harald im Krankenhaus. Stell dir vor ...“

„Hallo Liebes! Und hast du Erfolg gehabt? Ist alles wieder in Butter?“

„Nein, leider gar nicht. Also Harald hat geschlafen. Er hatte so starke Schmerzen und war wohl auch mit den Nerven fertig, sodass er Schlaf- und Schmerzmittel bekommt. Wahrscheinlich wird er wohl noch die nächsten Tage schlafen. Ich konnte also nicht mit ihm reden.“

„Oh, das tut mir leid für dich und natürlich auch für Harald“, sagte Denise voller Mitleid. „Aber es ist ja auch kein Wunder. Die ganzen körperlichen Verletzungen sind schon schlimm, und seine Seele hat ja sicherlich auch gelitten. Lass ihn einfach schlafen, und dann fährst du am besten nächste Woche noch mal hin. Er kann dir ja nicht weglaufen.“

„Ja, das dachte ich auch. Aber ich muss dir unbedingt noch was erzählen. Ich habe nämlich heute seinen Onkel kennengelernt. Der kam ins Zimmer als ich auch gerade da war. Er schien mich bereits zu kennen. Weiß der Himmel, was Harald dem alles erzählt hat. Jedenfalls habe ich dann auch ziemlich offen mit ihm geredet. Er war sehr nett und hatte mir mein schlechtes Gewissen wohl schon angesehen. Jedenfalls sagte er dann, dass Harald ein sehr toleranter Mensch sei, der verzeihen kann und nur ein bisschen Zeit dafür bräuchte. Und das schon wieder alles in Ordnung käme.“

Denise sagte: „Na, siehst du. Das sind doch gute Nachrichten. Also, mach dir keine Sorgen.“

„Ja, aber da ist noch etwas. Dieser Onkel schwärmt in den höchsten Tönen von Harald. Er sagte, dass Harald so ein lieber Kerl wäre, begabt und hilfsbereit und wenn er ihn nicht gehabt hätte, dass er dann seinen Fahrbetrieb hätte dichtmachen müssen. So, jetzt kommt der Hammer: Er lässt Harald die gesamte Technik und Wartung machen! Einen Ingenieur kann er sich nicht leisten. Stell dir das mal vor! Wie verantwortungslos! Das sage ich dir, ich fahre nie wieder mit so einem Ding!“

Es dauerte eine Weile bis Denise mir antwortete: „Also, wenn er Harald das machen lässt, dann wird er das wohl auch können. Vielleicht traust du ihm doch einfach zu wenig zu. Diese Fahrbetriebe werden doch auch noch vom TÜV überwacht, so wie unsere Autos. Das könnte der Onkel sich doch gar nicht leisten, da so nachlässig zu sein."

„Ich glaube eher, er ist so vernarrt in Harald, dass er ihm zu viel zutraut. Er traut ihm mehr zu als seinem eigenen Sohn! Na ja, aber das hat eigentlich nichts zu sagen, wenn man Walter kennt. Der hat die Intelligenz erst recht nicht mit Löffeln gefressen. Dann sagte er noch, dass Harald ja viel zu bescheiden sei und dass ich das wohl nicht gewusst hätte, dass er weit mehr kann als die Tickets einsammeln."

„Vielleicht hat er da ja auch recht. Du bist doch ein bisschen verliebt in ihn, wenn ich mich recht erinnere. Dann müsstest du ihn eigentlich durch eine rosarote Brille sehen. So wie bei Marcus. Dem hattest du nur alles Gute angedichtet. Wieso klappt das bei Harald nicht?"

„Ich habe aus Marcus gelernt. Jetzt bin ich eben realistisch!"

„Warte mal ab, bis du mit Ihm gesprochen hast. Dann kannst du das bestimmt klären. Was ist eigentlich mit der Blonden, die letztes Mal bei ihm war? Hast du das angesprochen?"

„Das habe ich ganz vergessen. Aber der Onkel hat ja eindeutig mich als Haralds Freundin angesehen, nachdem ich meinen Namen genannt habe."

„Dann brauchst du dir wohl keine Sorgen um die andere zu machen. Frage Harald einfach selber danach, dann wird sich schon alles aufklären. Du bist doch nächste Woche sowieso wieder im Büro, ansonsten kannst du mich zu Hause anrufen. Ich muss jetzt Schluss machen, Frau Stöhr schleicht hier rum. Bis dann, Tschüs!"

Mein sogenannter Urlaub war fast um, und eigentlich freute ich mich schon wieder auf die Arbeit. Der regelmäßige Arbeitsalltag würde meinem Leben wieder ein wenig Normalität verleihen. Ich hatte zwar gehofft, dass bis dahin alles wieder seine Ordnung hatte und alle Unklarheiten geklärt wären. Das war jetzt leider doch nicht so. Meine Wohnung war wieder in Ordnung, aber es blieb mein inneres Chaos. Eine Aussprache mit Harald hätte das bestimmt weitgehend in Ordnung bringen können.

Ich nahm mir vor, einfach die nächsten Tage abzuwarten und würde dann in ein oder zwei Wochen noch mal ins Krankenhaus fahren. Wie Denise schon sagte, er konnte mir da ja nicht weglaufen.

Ich müsste mich eigentlich ganz dringend bei meiner Oma und auch bei meiner Mutter melden. Aber was sollte ich erzählen? Das geht einfach nicht, ihnen von der Prügelei, dem Einbruch oder dem Überfall zu erzählen. Das würde sowohl meine Oma als auch meine Mutter viel zu sehr aufregen. Überhaupt war meine Oma in ständiger Sorge um mich.

Also rief ich zuerst bei meiner Mutter an und erzählte, dass bei mir alles in bester Ordnung wäre und dass ich momentan einfach so wahnsinnig viel um die Ohren hätte und mich deswegen nicht gemeldet hatte. Meine Mutter hatte auch schon mehrmals versucht, mich zu erreichen, und so war sie ganz froh, dass ich mich endlich gemeldet hatte. Sie brauchte eigentlich nur hin und wieder mal ein Lebenszeichen von mir, dann war sie zufrieden.

Bei meiner Oma war es schon schwieriger. Sie lebte in ständiger Angst um mich. Wenn sie wusste, dass ich sie besuchen wollte, stand sie schon lange vorher am Fenster und machte sich Sorgen, dass mir etwas passiert sein könnte. Ich brauchte mich nur wenig zu verspäten, und sie geriet schon in Panik. Wenn ich dann kam, erwartete sie mich immer völlig aufgelöst an der Haustür.

Ich hatte ein sehr enges Verhältnis zu meiner Oma, sie war wie eine Freundin für mich. Ich konnte mit ihr über alles reden. Obwohl sie einer anderen Generation entstammte, hatte sie doch eine zeitgemäße Einstellung. Sie war eine Seele von Mensch. Ebenso wie mein Opa, der aber leider nicht mehr lebte. Ich hätte gerne mit ihr über die Ereignisse der letzten Zeit gesprochen. Aber das konnte ich ihr nicht antun, da ich wusste, wie sehr sie sich um mich ängstigen würde. Obwohl sie so gute Ansichten hatte war es manchmal schwierig, sich mit ihr zu unterhalten. Sie war ziemlich schwerhörig, und dass führte oft zu Missverständnissen. Da sie auch noch eitel war, trug sie ihr Hörgerät nur ungern.

Ich rief sie an: „Hallo Omi, ich bin es! Ich weiß, ich habe mich schon länger nicht mehr gemeldet."

„Ach du armes Kind! Du bist also erkältet. Soll ich zu dir kommen und dich gesund pflegen?"

„Nein Omi! Ich bin nicht erkältet. Ich meinte, dass ich mich lange nicht mehr gemeldet hatte und es wurde mal wieder Zeit."

„Oh Gott, Kind! Welches Leid?!"

„Bitte Oma, hole dir dein Hörgerät.!"

„Nein, nein. Es ist noch nicht spät!"

Das war es, was ich meinte. Es ging mit ihrer Schwerhörigkeit sogar so weit, dass sie bestimmte Geräusche nicht mehr orten oder identifizieren konnte. Zum Beispiel wenn ihr Wasserkessel pfiff, ging sie zur Haustür, weil sie dachte, es hätte geklingelt. Wenn es dann tatsächlich klingelte, nahm sie den Telefonhörer ab. Als ich sie das letzte Mal besuchte, klingelte ihr Telefon und sie sagte zu mir: „Gesundheit!"

Das hatte so keinen Zweck. „Omi, hör zu ...", weiter kam ich nicht.

„Aber ich lass dich doch in Ruh! Ich will nur sicher sein, dass es dir gut geht."

„Du sollst mich nicht in Ruhe lassen!"

„Wieso, wen musst du hassen?"

Ich war mit meinen Nerven am Ende und brüllte ins Telefon: „Ich komme gleich vorbei!"

„Aber es ist doch schon nach drei."

Ich rief ganz laut in den Hörer: „Ich komme in einer Stunde zu dir!"

„Ah, du drehst noch eine Runde und kommst dann um vier. Da freue ich mich aber, mein Muckelchen!"

Meine Oma nannte mich immer Muckelchen, was mir in der Öffentlichkeit ziemlich peinlich war. Sie hatte zwar immer noch nicht genau verstanden, was ich gesagt hatte, aber im Großen und Ganzen kam es ja hin. Ich würde eine Runde mit der U-Bahn drehen, und bis um vier würde ich es schaffen.

Als ich bei ihr ankam, wartete sie bereits vor der Haustür. Ich drückte sie ganz fest an mich. Nachdem ich sie davon überzeugen konnte, dass man das Hörgerät überhaupt nicht sieht, setzte sie es widerwillig ein. So konnten wir uns noch sehr nett und gemütlich unterhalten. Ich fühlte mich immer absolut geborgen bei meiner Oma. Und das, obwohl ich nun schon erwachsen war. Es war auch dringend nötig mich mal wieder bei ihr zu melden. Normalerweise telefonierten wir fast täglich. Sie erzählte mir, dass sie schon sehr in Sorge gewesen sei, da sie mich weder auf der Arbeit noch zu Hause erreicht hatte. Sie hatte schon bei meiner Mutter angerufen um zu fragen, ob sie wüsste, wie es mir geht.

Ich erzählte ihr, dass ich zur Zeit eben viel um die Ohren hatte und dazu noch zwei Männer kennen gelernt hatte.

Meine Oma sagte daraufhin: „Ich dachte immer, dir würde einer reichen? Naja, vielleicht sind zwei besser, falls einer abhandenkommt.“

Wir lachten zusammen, und ich erzählte ihr von meinen Eroberungen, wobei ich die dramatischen Details bewusst wegließ.

„Also genau genommen ist einer schon abhandengekommen“, sagte ich. „Der entpuppte sich nämlich, nach anfänglichem Glanz, zum Hallodri. Ja, und der andere, den ich zuerst für einen richtigen Hallodri hielt, ist eigentlich ganz nett. Aber es kann sein, dass der mir auch schon abhandengekommen ist. Wir hatten Stress!“

„Aber das kommt doch in den besten Familien vor“, sagte meine Oma. „Das gibt sich schon wieder. Das renkt sich wieder ein. Glückliche Paare, die nicht ab und zu mal streiten, das gibt es nicht. Auch wenn man sich liebt, kann man nicht immer einer Meinung sein. Und solange man noch Interesse an dem anderen hat, gibt es auch mal Streit. Angebliche glückliche Paare, die behaupten, sich nie zu streiten, lügen.“

„Na, eigentlich sind wir noch gar kein Paar. Er hat es zwar schon so gesehen, aber ich nicht, da ich noch mehr an den Hallodri interessiert war.“

„Ja Kind, das ist kein Wunder, wenn es dann Ärger gibt. Spreche dich sobald wie möglich mit ihm aus. Dann kommt das schon in Ordnung.“

„Außerdem war ich mir bei Harald eigentlich immer nur ganz sicher, dass er nicht zu mir passt. Er macht nicht gerade den besten Eindruck. Seine Erscheinung und seine ganze Art."

„Es kommt nicht darauf an, wie ein Mensch erscheint, sondern wie er wirklich ist. Aber um das herauszufinden, muss man ihn einfach länger kennen. Wobei eine gewisse Sympathie natürlich nicht fehlen darf."

„Ich weiß Omi. Ich habe auch schon mit meinen Freundinnen darüber geredet. Aber jetzt erzähl mal, was du die letzte Zeit so gemacht hast."

„Ach, da gibt es nichts zu erzählen. Tagein tagaus dasselbe. Putzen, waschen, einkaufen und kochen. Zu Opa auf den Friedhof gehen, und Blumen gießen. Dann hatte ich mit Tante Hiltrud und Tante Berta Skatabend. Wir haben nebenbei einen kleinen geschnasselt und ein bisschen gefeiert. Dann waren wir drei Mädels auf dem Dom. Ach war das früher schön, wenn Opa und ich mit dir als Kind da waren. Aber mit den alten Weibern hat man auch seinen Spaß. Ja, dann war ich mit Hiltrud bei Hagenbecks Tierpark. Was haben mir meine Füße wehgetan. Ich finde einige dieser Tiere sehen so aus wie bestimmte Leute, die man so kennt."

Ich stimmte ihr zu, und wir fingen beide an zu lachen. „Teilweise erkenne ich uns selbst und unsere Verwandten wieder!" sagte ich.

„Ja, und am Samstag waren wir auf dem *Ball der einsamen Herzen*". Das war auch lustig. Und wir haben ordentlich geschwoft."

„Also, Oma, ich muss schon sagen. Von wegen tagein tagaus dasselbe. Du unternimmst ja mehr als ich."

„Ich habe ja jetzt auch Zeit dazu. Man muss sich das Leben so schön wie möglich machen. Man weiß nie, wieviel Zeit man wirklich hat."

„Ach Omi, du lebst hoffentlich noch sehr lange. Wer soll denn sonst auf mich aufpassen?!"

Nach vier gemütlichen Stunden machte ich mich, bepackt mit Lebensmitteln, Süßigkeiten und Zigaretten, die mir meine Oma jedes Mal, wenn ich sie besuchte, mitgab, auf den Heimweg. Eigentlich hatte mir dieser Besuch richtig gutgetan. Ich fühlte mich richtig ausgeglichen und nahm mir vor, sie in Zukunft wenigstens einmal die Woche zu besuchen.

Kaum zu Hause angekommen, klingelte schon das Telefon. Ich nahm ab und war erstaunt als ich Madis schüchterne Stimme hörte: „Hallo Carolin! Hier ist Madi, also Madita. Vielleicht wunderst du dich, dass ich einfach so anrufe, weil wir ja in gewisser Weise Rivalinnen sind. Aber der Abend neulich, der war so nett mit euch, und da dachte ich, dass es dich vielleicht auch interessiert, wenn es Neuigkeiten gibt. Also entschuldige, aber ...“.

„Hallo Madi! Ich freue mich, dass du anrufst, und du hast absolut keinen Grund dich, zu entschuldigen! Und wir sind keine Rivalinnen. Das war vielleicht mal so, aber ich habe dir doch schon gesagt, dass ich wirklich keinerlei Interesse mehr an Marcus habe. Ich denke sogar, du wärst auch besser ohne ihn dran. Und die Telefonnummern haben wir dir gegeben, damit du anrufen kannst. Du sagtest was von Neuigkeiten?“

„Ja, vielleicht wäre ich wirklich besser ohne ihn dran. Aber so einfach ist das nicht. Wir sind verheiratet, und ich bekomme ein Baby, da kann man sich nicht so mir nichts dir nichts trennen. Allerdings werde ich die nächste Zeit sowieso ohne ihn auskommen müssen, da er ja einsitzen muss. Und das wird dann wirklich hart für mich werden.“

Ich sagte verständnisvoll: „Ja, du vermisst ihn bestimmt.“

„Dass ich ihn vermisse, wird nicht das Schlimmste sein. Aber wovon sollen ich und das Kleine leben? Wer bezahlt die Miete? Und die ganze Babyausstattung kostet ein Vermögen. Ich würde natürlich arbeiten gehen, aber mit dem Baby geht das ja schlecht.“

„Ja klar. Daran habe ich gar nicht gedacht. Du wirst Sozialhilfe beantragen müssen. Aber davon zu leben, ist ein Kunststück. Weißt du was? Ich werde mich für dich bei der Caritas erkundigen. Die haben doch so ein Mütter-Hilfswerk. Vielleicht kannst du da einen Zuschuss bekommen. Aber du sagtest doch was von Neuigkeiten“, hakte ich nach.

„Dazu komme ich gleich. Aber ich muss dir erstmal sagen, du bist so was von lieb. Erstaunlich, dass wir vorher Rivalinnen waren. Jetzt bist du wie eine lange vertraute Freundin.“

„Madi, jetzt höre aber sofort mit diesem Rivalinnen-Quatsch auf. Wir waren nie wirkliche Rivalinnen, da es weder deine noch meine Schuld ist! Es ist allein Marcus Schuld, weil er mir nicht gesagt hat, dass er verheiratet ist und dir außerdem untreu werden wollte. Aber jetzt sag doch endlich, was für Neuigkeiten! Ist die Gerichtsverhandlung schon gewesen? Weißt du schon, wie lange er gekriegt hat? Was ist mit seinen Kumpeln? Was mit dem Einbruch in meiner Wohnung? Was ist mit der Beute?“

„Stopp! Das sind zu viele Fragen auf einmal! Der Termin der Gerichtsverhandlung steht zwar schon fest, und es steht fest, dass er ein paar Jahre kriegen wird. Wie viele genau, weiß ich aber nicht. Das erbeutete Geld ist weg, laut Marcus. Angeblich hat er damit Schulden bezahlt. Seine drei Kumpel sind inzwischen auch gefasst worden. Die werden also auch mehrere Jahre von der Bildfläche verschwinden. Der Einbruch in deine Wohnung ist für die Bullen nur eine Lappalie, da kein großer Schaden entstanden ist. Da wird nicht mehr viel passieren. Das Verfahren wird wohl eingestellt werden. Ach, übrigens kannst du den Schaden deiner Versicherung melden, dann kriegst du Geld ersetzt für neue Möbel und so.“

„Das ist ja super! Daran habe ich gar nicht gedacht. Ich hatte mich schon gefragt, wie ich den Schlosser bezahlen soll. Ok, Madi, melde dich einfach, wenn irgendetwas ist. Oder auch einfach so. Aber besonders, wenn ich dir helfen kann. Ich werde mich zwischenzeitlich bei der Caritas erkundigen. Dann rufe ich dich wieder an. Pass gut auf Baby und dich auf.“

„Ja, Danke! Dann bis bald. Tschau!“

Na, das waren ja außerordentlich gute Neuigkeiten für mich. Die nächsten Jahre war ich auf jeden Fall vor diesen Typen sicher. Die würden mich jetzt also in Ruhe lassen. Ich konnte mich wieder frei bewegen und musste keine Angst mehr haben. Trotzdem wäre ich ganz froh, meinen weniger Muskel bepackten und weniger Kampf erprobten

„Möchte-gern-Helden“ Harald an meiner Seite zu haben.

Das mit der Versicherung war eine gute Idee. Und ich hatte noch eine Bessere! Ich hatte die grandiose Idee, was ich mit dem Diebesgeld machen wollte. Zumindest mit einem Teil davon.

Ich würde dafür sorgen, dass Madi einen großen Scheck erhalten würde. Natürlich nicht von mir, sondern von der Caritas! Meine Freundin Sophie arbeitete bei der Caritas. Mit einer großzügigen Spende an die Caritas, wäre es bestimmt möglich, einen noch großzügigeren Zuschuss an Madi zu zahlen und es dann so aussehen zu lassen, als käme der von der Caritas!

Super Idee! Was Besseres konnte man mit dem Geld nicht anfangen.

Marcus hatte ja die nächsten Jahre Miete und Kost auf Staatskosten. Und so wurden eben auch seine Frau und sein Kind versorgt.

Ich rief sofort bei Sophie an. Sophie hörte mir aufmerksam zu bevor sie fragte: „Sag mal, Caro, woher hast ausgerechnet du so viel Geld? Hast du eine Bank ausgeraubt oder im Lotto gewonnen? Wenn ich dich nicht so gut kennen würde, würde ich denken, das ist illegal.“

„Dieses Geld habe ich gefunden. Es ist mir praktisch in den Schoß gefallen. Und die nächsten Jahre wird es niemand vermissen. Jetzt frage bitte nicht weiter nach. Es steht Madi jedenfalls zu. Sie befindet sich praktisch in einer Notlage. Kannst du es so aussehen lassen, als wenn das Geld von der Caritas kommt? Natürlich würde für die Caritas eine kräftige Spende abfallen.“

„Wie kräftig?“

„Ich würde sagen, so zweitausend DM. Dann hast du auch ein Argument für deine Kollegen, denn du kannst ja schließlich nicht einfach eine Spende ausschlagen.“

„Um welche Summe geht es denn insgesamt? Wieviel soll die werdende Mutter erhalten?"

„Achtzehntausend!"

„Wow, die hätte ich auch gerne!"

„Ja, ich könnte die auch gut gebrauchen. Aber es wäre nicht richtig, wenn ich es behalten würde. Und Madita steht es praktisch zu."

„Bevor ich *ja* sage, muss ich mich mit meinen Kollegen absprechen. Es ist schon ziemlich ungewöhnlich, wenn die Caritas eine große Spende erhält, von der ein Teil an eine bestimmte Adresse weitergegeben werden soll. Ich brauche außerdem alle persönlichen Daten von deiner Freundin, inklusive Mutterpass. Und ich müsste mindestens einmal persönlich mit ihr sprechen. Dann wird das Ganze auch noch glaubwürdiger. Du weißt ja, so mir nichts dir nichts rückt keine Behörde einfach Geld heraus, und die Caritas natürlich auch nicht."

„Das ist klar. Ich gebe dir ihre Telefonnummer. Dann kannst du alles Weitere mit ihr ausmachen."

„Ok! Ich rufe sie selbst an. Du kommst dann nächste Woche mit dem Geld in unser Büro. Das darf nicht überwiesen werden, weil es sonst öffentlich wird. Rufe am besten vorher an, damit ich auch da bin. Sage mal, würdest du das auch für mich tun, wenn ich in einer Notlage wäre?"

„Ja, natürlich. Aber du weißt ja, dass ich meistens selber so knapp bin und es mir deshalb nicht leisten kann. Aber dieses Geld gehört indirekt Madita. Deshalb soll sie es auch bekommen, damit sie eine Babyausstattung kaufen kann und was zum Leben hat. Ich rufe dich nächste Woche an und komme anschließend in dein Büro. Du bist echt spitze, Sophie! Das muss ich mal sagen. Dankeschön noch mal! Tschüs dann!"

Ich fühlte mich gut. Ich fühlte mich sogar sehr gut! Es macht wirklich Spass, wenn man anderen helfen kann. Aber ich musste mir auch noch selbst helfen. Im Moment hatte es ja keinen Zweck in das Krankenhaus zu fahren. Am Montag würde ich wieder arbeiten. Nach der Arbeit wollte ich zu Sophie in ihr Büro fahren. Dann die Woche durcharbeiten und am Wochenende in das Sankt Georg Krankenhaus fahren.

Ich dachte, dass es besser wäre, Harald noch ein bisschen Zeit zur Genesung zu lassen. Bis dahin war Harald sicherlich wach, würde sich vielleicht schon besser fühlen und wäre entspannter. Das Erlebnis würde weiter zurückliegen, und ich könnte mit ihm reden. Bestimmt würde sich alles klären. Ich vermisste ihn wirklich sehr, wie ich erstaunt feststellte.

In ein paar Tagen wäre bestimmt alles wieder im Lot.

Inzwischen war es richtig herbstlich geworden. Die Blätter an den Bäumen hatten sich bunt verfärbt. Ein mächtiger und kalter Wind fegte durch die Straßen. Es goss in Strömen. Man hätte keinen Hund vor die Tür jagen mögen. Ich selber dachte überhaupt nicht daran, mich nach draußen zu begeben. Ich igelte mich gemütlich in meiner Wohnung ein und machte mir ein relaxtes Wochenende mit einem guten Buch. Das hatte ich schon lange nicht mehr getan.

Dann wurde es Montagmorgen, und der gewohnte Arbeitsalltagstrott nahm wieder seinen Lauf. Als ich die Treppen herunter stürmte, hätte ich fast die Krotzmann über den Haufen gerannt. Aber sie machte einfach einen Schritt zur Seite, lächelte mich auf eine merkwürdige Art an und sagte übertrieben freundlich: „Guten Morgen. Ein sehr schöner Morgen, nicht wahr? Und bald kommen noch bessere!“

Ich starrte sie einen Moment lang sprachlos an und dachte, die hat doch einen Knall! Vielleicht hätte ich mir etwas mehr dabei denken sollen. Aber ich war natürlich wieder in Eile und dachte daran, dass sich meine Kolleginnen gleich mit vielen Fragen auf mich stürzen würden. Dafür war ich einfach nicht in der Verfassung. Es war noch früh, ich war müde und hatte überhaupt keine Lust zu reden.

Als ich das Büro betrat waren schon alle da.

„Herein mit dir, schön, dass du wieder da bist“, sagte Suzie.

Diesmal brachte mir Nadja einen Becher Kaffee: „Hier, schöner heißer Kaffee mit viel Milch. So magst du ihn doch am liebsten, oder? Und zur Feier des Tages, auch noch in deinem Lieblingsbecher.“

„Ach, und was feiern wir?“, fragte ich völlig überrascht, weil der Überfall mit lauter Fragen an mich ausblieb.

„Dass du wieder da bist, natürlich!“, sagte jetzt Denise und umarmte mich so stürmisch, dass der Kaffee überschwappte. „Ich habe die Mädels schon aufgeklärt und Ihnen erzählt, dass du diese eine Woche keinesfalls Urlaub hattest, sondern eine schwere Zeit. Das ist dir doch hoffentlich recht?“, sagte Denise.

„Und wie! Ich bin euch sehr dankbar, dass ihr mich nicht mit Fragen überfallen habt."

„Och, das kommt noch", sagte Suzie mit einem schiefen Lächeln. „Aber später. Das heben wir uns für später auf."

„Ich habe es befürchtet!"

„Wir haben uns überlegt, dass wir heute die Mittagspause etwas verlängern. Ist schon mit Frau Stöhr abgesprochen. Das heißt, wir Vier gehen heute Mittag zum Griechen. Wir bezahlen die Zeche, und du brauchst nur zu essen. Damit du wieder zu Kräften kommst", sagte Nadja.

„Oh, das ist ja voll süß von euch. Das ist aber wirklich nicht nötig. Ihr habt ja nichts an mir gut zu machen. Ich bezahle selber."

„Keine Widerrede!", sagte jetzt Denise in strengem Ton. „Das haben wir so abgemacht. Du willst ja wohl jetzt nicht unsere ganze Planung kaputt machen, oder?!"

Also nahm ich das Essen dankend an. Ich hatte einige Kilos abgenommen in der letzten Zeit.

Mein erster Arbeitstag verlief ruhig und harmonisch. Meine Kolleginnen waren äußerst feinfühlig und rücksichtsvoll. Nach Feierabend fuhr ich zu Sophie ins Büro. Ich hatte ein ganzes Bündel Banknoten in meiner Brotdose und hielt meine Tasche fest an mich gepresst. Zum Glück war ich selten mit viel Geld unterwegs, sonst würde ich wahrscheinlich an Verfolgungswahn erkranken.

Ich hatte niemandem etwas von dem Geld erzählt. Sophie wusste jetzt zwar, dass ich es hatte aber nicht, woher ich es hatte. Sie erklärte mir kurz, wie sie vorgehen würde, damit Madi das Geld, in dem Glauben, dass es von der Caritas käme, erhalten würde.

Dann leistete ich meine versprochene „anonyme" Spende von zweitausend DM an die deutsche Caritas. Dafür erntete ich Dank und Lob von den Mitarbeitern und eine Spendenbescheinigung, die ich auf der Stelle zerriss. Dazu musste ich das Versprechen abgeben, Stillschweigen über Madita's "Beihilfe" zu bewahren. Madita musste sogar unterschreiben, ihre ausnahmsweise bewilligte Beihilfe der Caritas nicht öffentlich zu machen. Das dürfe sich auf keinen Fall herumsprechen. Die Caritas würde zum Teil von Spenden leben und könne sich das nicht leisten. Und es wäre eine einmalige Ausnahme gewesen.

Ich trank eine Tasse Kaffee mit Sophie und ihren Kollegen und musste versprechen, Anfang Dezember an dem großen Weihnachtsbasar teilzunehmen. Dazu hatte ich nicht besonders viel Lust, aber es war ja noch ein paar Wochen hin. Außerdem könnte man sich mit Glühwein trösten, wie mir Sophie erzählte. Na, wer weiß? Vielleicht würde es doch ganz lustig werden.

Meine gute Tat hatte ich damit erledigt. Heute Abend würde ich mich nur noch entspannen und von Harald träumen. Ich hatte plötzlich unglaubliche Sehnsucht nach ihm. Aber am Wochenende würde ich ihn ja besuchen. Dann würde ich alles wieder ins Reine bringen. Und sofern seine Verletzungen das zuließen, ihn knutschen. Wie ich mich darauf freute!

Der Dienstag verlief routinemäßig, wie jeder Arbeitstag. Meine Kolleginnen fassten mich nicht mehr mit Samthandschuhen an, sondern gingen wieder normal mit mir um.

Sie fragten sogar nach Harald. Ich tat so geheimnisvoll wie Martha. Daraufhin wurde mir gesagt, dass ich mich nicht so albern aufführen sollte. Denise ergriff dann aber Partei für mich und warf ein, dass ich vielleicht noch unter Schock stehen würde.

„Hört zu, Mädels! Es ist alles paletti. Das hoffe ich jedenfalls. Ich fahre am Wochenende zu ihm ins Krankenhaus. Dann sprechen wir uns aus. Er wird mir verzeihen, und alles ist paletti!“

Die Woche zog sich endlos lange hin. Aber dann war das Wochenende da. Ich kämmte meine Locken, schnappte meine Tasche und machte mich voller Hoffnung und Zuversicht auf den Weg.

Mit riesen Schritten stürmte ich ins Krankenhaus. Da auf mein Klopfen niemand antwortete, trat ich einfach so ins Zimmer. Haralds Bett war leer! Ich lief durch die Flure zu dem Schwesternzimmer. Es war keine anwesend.

Wo war Harald bloß? Vielleicht nur zu einer Untersuchung? Oder ob man ihn wieder auf die Intensivstation verlegt hatte? Vielleicht ging es ihm wieder schlechter?

Ich sah den langen Gang hinunter und achtete auf die grünen Lämpchen über den Türen. Weiter hinten leuchtete eines der Lämpchen rot. In dem Zimmer musste sich eine Schwester befinden. Ohne anzuklopfen stürmte ich ins Zimmer.

Eine Krankenschwester, die sich gerade über einen Patienten beugte, fuhr hoch und mich an: „Verlassen Sie sofort dieses Zimmer!“

Ich sagte unbeirrt: „Aber ich wollte nur fragen ...“

Die Schwester sagte in äußerst scharfen Ton: „Sie müssen draußen warten!“

Eingeschüchtert fügte ich mich und wartete vor dem Krankenzimmer. Als die Schwester mit biestigem Gesichtsausdruck auf den Flur trat, nahm ich ihr den Wind aus den Segeln, indem ich sagte: „Entschuldigen Sie vielmals. Aber ich bin so in Sorge. Ich suche meinen Freund Harald Hannes. Er lag in Zimmer Nummer zehn. Aber jetzt ist sein Bett leer.“

„Da müssen Sie einen Moment warten. Ich werde eben in seiner Akte nachsehen.“

Schnellen Schrittes stampfte sie ins Schwesternzimmer, und ich hinter ihr her.

„Wie war der Name noch gleich? Ach so, ja. Der ist gestern frühzeitig auf eigenen Wunsch entlassen worden.“

„Aber wie kann denn das sein? Es ging ihm doch schlechter?“

„Offensichtlich geht es ihm jetzt wieder besser!“

Damit drehte sie sich um und verschwand in einem anderen Zimmer.

Das durfte doch alles nicht wahr sein. Natürlich war ich froh zu hören, dass es ihm jetzt wieder bessergehen würde. Aber wie sollte ich ihn finden? Die schlimmste Pechsträhne hat einmal ein Ende. Wo ist hier das Ende?! Was sollte ich bloß tun? Die wildesten Gedanken schossen mir durch den Kopf.

Die Domsaison war zu Ende. Das Heiligengeistfeld geräumt. Ich wusste doch auch gar nicht, ob Harald mir wirklich verziehen hatte. Eigentlich wollte ich mich heute entschuldigen und mich mit ihm aussprechen. Sicher hätte das alles wieder in Ordnung gebracht. Aber so?

Harald war weg!

Eine eisige Faust griff nach meinem Herzen. Ich hatte keinen klaren Gedanken im Kopf. Vor dem Krankenhaus setzte ich mich erst mal auf eine Bank und rauchte eine Zigarette. Dann kam mir ein Gedanke. Natürlich! Nur keine Panik auf der Titanic.

Ich hatte doch seine Telefonnummer zuhause. Das war zwar nicht ganz so gut zum Aussprechen aber immerhin etwas. Ich würde ihn anrufen. Dann könnten wir uns vielleicht treffen und aussprechen. Selbstverständlich war ich heilfroh, dass es Harald wieder besserging. Aber dass er einfach nicht mehr da war, hatte mich völlig durch einander gebracht.

Als ich wieder zu Hause war, machte ich mich sofort auf die Suche nach der Telefonnummer, die mir Harald gegeben hatte. Das war schon ein paar Wochen her in denen sehr viel passiert war. Zum Beispiel der Einbruch.

Wo hatte ich vorher die Telefon-Nummer hingetan?

Ich hatte die Angewohnheit, alles Wichtige, wobei ich zu der Zeit Haralds Nummer nicht als wichtig betrachtet hatte, auf alten aufgerissenen Briefumschlägen zu schreiben. Nur so auf die Schnelle, um sie dann später in mein Telefonbuch zu übertragen.

Dabei gingen allerdings wertvolle Notizen verloren. Auf meinem Schreibtisch herrschte meistens ein Chaos von aufgerissener Post. Das meiste waren Rechnungen und die dazugehörigen Umschläge. Von Zeit zu Zeit räumte ich meinen Schreibtisch auf und warf die alten Umschläge weg.

Hoffentlich war das nicht auch mit Haralds Nummer passiert!

Sicher hatte ich auch diese Nummer auf einen alten Umschlag notiert, zumal ich sie da noch als völlig uninteressant angesehen hatte. Aber seit dem Einbruch war mein Schreibtisch aufgeräumt.

Wer weiß, was nach dem Einbruch alles weggekommen war?

Ich sah erst die wenige Post durch, die oben auf meinem Schreibtisch lag. Jeden Umschlag einzeln. Dann sah ich jedes Fach und jede Schublade durch. Ich wurde immer hektischer und verzweifelter. Zum Schluss riss ich alles heraus und wühlte alles durch. Das gewohnte Chaos war wieder hergestellt. Die Nummer hatte ich nicht gefunden.

Erschöpft und völlig verzweifelt ließ ich mich auf mein Sofa sinken. „Die Suche beginnt im Kopf“ klang ein Zitat in meinen Ohren. Ich versuchte verzweifelt, mich zu erinnern. Aber ich erinnerte mich nur an das Chaos, das nach dem Einbruch in meiner Wohnung geherrscht hatte und wie Sybille und ich die Müllsäcke vollgestopft hatten.

Da war nichts mehr zu machen. Die Nummer war weg. Wenn ich nur sicher sein könnte, dass Harald sich melden würde. Aber bestimmt hatte er mir noch nicht verziehen, da ich mich noch nicht so richtig entschuldigt hatte. Nein, trotz des ganzen Proletenhaften, das an Harald war, er würde sich nicht melden. Denn trotzdem hatte er einen gewissen Stolz.

Ich weitete die Suche auf die ganze Wohnung aus. Es war nichts zu machen, die Nummer war weg. Mein Blick fiel auf das Telefonbuch.

Natürlich!

Ich brauchte doch nur in das Telefonbuch zu schauen. Ich schlug die Seiten mit „H“ auf. Es begann mit Aaron, Andrea, Andreas, Annette, Anton und so weiter. Allein Andreas Hannes gab es rund zwanzig Mal. Ich ging das gesamte Vornamen-Alphabet durch. Es gab unzählige Seiten mit „Hannes“ im Hamburger Telefonbuch. Das wurde nur noch von Müller, Meier oder Schmidt getoppt.

Aber Harald Hannes gab es gar nicht und auch keine Aussicht, bei den vielen Einträgen die richtige Nummer zu finden. Dann hatte ich wieder einen Lichtblick. Ich konnte doch die Auskunft anrufen. Sollten die doch für mich suchen.

Die Dame von der Auskunft fragte mich nach dem Straßennamen und der Postleitzahl von dem Herrn Hannes, den ich suchte.

„Also das weiß ich nun wirklich nicht. Ich dachte, Sie können mir das und die Telefonnummer sagen."

„Ich habe hier hunderte Einträge mit dem Namen *Hannes*! Woher soll ich wissen, welchen Sie da suchen, wenn Sie mir weder Straße noch Postleitzahl nennen können?"

„Ich habe Ihnen doch den Vornamen genannt, *Harald*. Ich konnte im Telefonbuch nicht einen Eintrag auf *Harald Hannes* finden."

„Dann haben Sie wohl nicht richtig nachgesehen!"

„Also hören Sie mal! Lesen kann ich noch!"

„Ich habe hier neun Einträge auf diesen Namen."

Also hatte ich wohl wirklich Tomaten auf den Augen. Ich ließ mir alle Nummern durchgeben. Dann begann ich, sie nacheinander abzutelefonieren. Ohne Erfolg! Mein Harald war nicht dabei. Das war es dann wohl. Ich konnte nichts tun außer abwarten und hoffen, dass er sich melden würde.

Ich hatte noch nicht in meinen Briefkasten gesehen. Es wäre wohl unwahrscheinlich aber nicht unmöglich, dass ich eine schriftliche Nachricht von ihm bekommen hätte. Daraufhin schnappte ich meine Schlüssel und stürmte die Treppen hinunter.

Ich hatte tatsächlich einen Brief im Briefkasten. Aber nicht von Harald, sondern von der Wohnungsbau GmbH. Sofort machte sich ein unangenehmes Gefühl in mir breit. Die hatte ich ja ganz vergessen!

Ich schlich die Treppen wieder hoch, holte einmal tief Luft und öffnete den Umschlag. In dem Brief stand, dass es trotz wiederholter Abmahnungen zu weiteren Beschwerden gekommen wäre und ich es nicht einmal für nötig befunden hätte, dazu Stellung zu nehmen. Aus diesem Grund würde mir das Mietverhältnis zum 31. Dezember dieses Jahres gekündigt.

Ich sank auf den Sessel und brach in Tränen aus. In spätestens zwei Monaten wäre ich obdachlos. Wieso wiederholte Abmahnungen? Ich

hatte nur eine Einzige erhalten. Immer wieder neue Katastrophen! Hörte das denn nie auf?
Nachdem meine Nase vom Weinen völlig verstopft war und ich mich soweit beruhigt hatte, dass ich wieder sprechen konnte, rief ich Sybille an.
Kaum hatte sie den Hörer abgenommen, heulte ich wieder los, während ich versuchte, zwischen den Schluchzern zu erklären, was jetzt wieder passiert war.
„Ach Süße, jetzt beruhig dich mal wieder", sagte sie. „So schlimm ist das nun auch wieder nicht. So schnell wirst du nicht obdachlos. Erstens wolltest du sowieso nicht ewig da wohnen bleiben. Zweitens hast du noch Zeit, um eine neue Wohnung zu suchen, und drittens, sollte das nicht klappen, könntest du bestimmt zu deiner Mutter zurück."
„Oh nein! Ich will nicht in mein Kinderzimmer zurück!"
„Du könntest auch zu deiner Oma und ..."
„Nein! Da bin ich über behütet!"
„Lass mich doch ausreden! Ich würde mich auch freuen, dich für eine Weile aufzunehmen."
„Wie lange ist eine Weile?"
„Solange wie nötig. Bist du etwas Neues gefunden hast. Ich helfe dir suchen. Du wolltest doch sowieso eine schönere Wohnung. Und mal ehrlich, ständig dieser Krieg mit der Krotzmann, so was braucht auch kein Mensch!"
„Ja, die Krotzmann steckt sowieso hinter dieser Sache. Eigentlich blöd, ihretwegen das Feld zu räumen. Aber ständig rumstreiten macht mir auch keinen Spaß. Vielleicht hast du recht, vielleicht ist es sogar gut, wenn ich hier ausziehe. Auch nach den ganzen unangenehmen Sachen, die hier in letzter Zeit passiert sind. Wenn ich an den Einbruch denke und Markus und so, dann ist es bestimmt nicht verkehrt wegzuziehen. Aber Harald ...", heulte ich wieder.
„Wieso, was ist mit Harald? Hast du ihn nicht heute im Krankenhaus besucht? Was sagt er denn? Hat er dir verziehen?"
Das hätte sie jetzt nicht fragen dürfen, denn meine Tränenschleusen

öffneten sich jetzt völlig.

„Das ist die andere Katastrophe! Harald ist entlassen worden. Ich konnte mich nicht mehr mit ihm aussprechen. Und nun ist er weg!“

„Ist doch auch nicht so schlimm. So weißt du wenigstens, dass es ihm wieder bessergeht. Ruf ihn doch einfach an.“

„Ich hahahabe, huhuhu, saheine Telefonnummer nicht meheher“, heulte ich in den Hörer.

„Oh. Dann such doch noch mal. Bestimmt findest du sie wieder.“

„Hier ist zwischenzeitlich eingebrochen worden. Nur falls du es vergessen haben solltest. Du weißt selbst, wie es hier ausgesehen hat und was wir alles weggeworfen haben. Außerdem habe ich schon alles durchgesucht. Falls er sich dann wirklich noch mal bei mir melden will, findet er mich nicht wieder, weil ich nicht mehr hier wohne!“

„Nun bleib doch mal locker. Wenn er dich finden will, wird er es auch. Und wenn nicht, kannst du ihn sowieso vergessen. Dann war er eben nicht der Richtige. Außerdem hattest du da doch immer deine Zweifel.“

„Fang bitte jetzt nicht damit an. Ich vermisse seine Gossensprache, seine fadenscheinige Jeans, seinen albernen Schnauzer und seine versauten Witze. Ich will eine Proletentussi sein. Ich muss eine Proletentussi werden! Ich muss Harald wieder haben.“

„Ok, ok! Das kriegen wir schon hin. Ein paar nuttige Klamotten, Zigarette im Mundwinkel, ist auch kein Problem, da du sowieso rauchst. Nur an deiner Sprache müssen wir noch feilen, Alte!“, sagte Sybille zum Spaß, um mich wieder aufzuheitern.

„Fick dich doch ins Knie“, sagte ich und musste so lachen, obwohl ich bis eben noch am Heulen war.

„Na also! Geht doch“, sagte Sybille.

Tatsächlich hatte sie es geschafft mich aufzuheitern.

Es stellte sich mit der Zeit heraus, dass Obdachlosigkeit nicht mein Problem werden sollte. Ich hätte wieder zu meiner Mutter ziehen können oder zu meiner Oma, wie Sybille richtig gesagt hatte. Außerdem auch zu Sophie oder Denise. Bei Sophie würde es allerdings etwas schwierig werden, denn ihr Freund Frank wohnte mehr oder weniger bei ihr. Denise hatte mir sogar in Aussicht gestellt, vielleicht in ein paar Monaten ihre Wohnung übernehmen zu können. Es kam nur darauf an, ob sie sich weiterhin so gut mit Joseph verstehen würde. Wenn das der Fall sein sollte, würde sie ohnehin zu ihm ziehen. Sie war jetzt schon die meiste Zeit da, und wieso sollte man zweimal Miete zahlen.

Dann kam noch ein Angebot, mit dem ich überhaupt nicht gerechnet hatte. Madi rief mich an und bedankte sich überschwänglich für meine Hilfe bei der Caritas.

„Hallo, liebe Carolin! Das ist alles so super. Du bist so spitze. Ich bekomme einen riesigen Haufen Geld von der Caritas! Oh, das hätte ich jetzt gar nicht sagen dürfen, aber dir habe ich es ja schließlich zu verdanken. Aber bitte nicht weitersagen, denn mein Fall ist ein Ausnahmefall und weiß Gott nicht die Regel. Deswegen darf ich es nicht an die große Glocke hängen. Das gäbe nur böses Blut, sagt Sophie. Denn dann würden auch alle anderen alleinerziehenden Mütter kommen und genauso viel Geld haben wollen. Das geht natürlich nicht. Du bist jetzt wirklich meine beste Freundin, und das, obwohl wir anfangs Rivalinnen waren!“

„Also, Madi, jetzt hör doch mal endlich mit diesem Rivalinnen-Scheiß auf. Außerdem hast du es gar nicht mir zu verdanken, sondern Sophie. Ich habe dir nur diesen kleinen Tipp gegeben.“

„Ja, aber mit unsagbarem Erfolg. Vielleicht kann ich irgendwann einmal was für dich tun? Wie geht es dir jetzt eigentlich so?“

„Also, ehrlich gesagt, nicht so berauschend. Ich will nicht jammern, aber ich hänge wohl mitten in einer Pechsträhne wie es scheint.“

„Bist du noch traurig wegen Marcus? Ich bin mir überhaupt nicht mehr sicher, ob ich wirklich mit ihm zusammenbleiben möchte.“

„Nein, nein, Madi. Ich habe absolut kein Interesse mehr an Marcus, sondern an Harald. Das ist der Typ, den Marcus zu Brei verarbeitet hat. Mit dem möchte ich jetzt zusammen sein. Aber er ist aus dem Krankenhaus entlassen worden, bevor wir uns versöhnen konnten. Nun weiß ich nicht, wo er wohnt und habe zu allem Übel auch noch seine

Telefonnummer verloren! Außerdem ist mir meine Wohnung gekündigt worden. Das heißt, wenn ich jetzt umziehe, wird er mich nicht wiederfinden, falls er das überhaupt noch will. Weißt du zufällig, wo eine Wohnung frei wird oder ist?", fragte ich sie.

„Das ist ja traurig mit dem Harald. Ich fürchte, da kann ich dir auch nicht helfen. Obwohl es für ihn natürlich gut ist, wenn es ihm wieder besser geht. Aber mit der Wohnung, da kann ich dir schon helfen. Zieh einfach zu mir bzw. uns. Es kommt ja noch ein kleiner Mitbewohner dazu. Ich habe eine riesige Vier-Zimmer-Altbauwohnung und könnte locker ein Zimmer abgeben. Hauptsache du bist nicht empfindlich bei Babygeschrei."

„Das ist wirklich sehr lieb von dir. Trotzdem sei bitte nicht böse, wenn ich dein nettes Angebot ablehne. Aber ich könnte zu verschiedenen Leuten ziehen. Ich weiß aber nicht, ob das gut geht, da ich meine Eigenheiten habe und kein WG-Typ bin."

„Schade. Denn ich hatte mir gedacht, solange Marcus im Bau ist, könnte es ziemlich einsam für Baby und mich werden."

„Ich werde euch ganz bestimmt mal besuchen, und wenn du einen Babysitter brauchst, bin ich da. Also mach es gut. Tschau!"

Nachdem ich aufgelegt hatte fiel ich in ein tiefes schwarzes Loch. Der Alltag verlief deprimierend und routinemäßig. Das Wetter wurde immer ungemütlicher. Die Tage wurden immer kürzer und dunkler. Genau wie meine Stimmung. November-Depression diagnostizierten meine Kolleginnen.

Aber es war mehr. Ich war todunglücklich. Vielleicht hätte ich mit Harald glücklich werden können. Ich hatte es mir selbst vermasselt, mit meinen versnobten Ansichten und meinem unmöglichen Verhalten.

Die erste Zeit war ich jedes Mal, wenn das Telefon klingelte, hochgeschossen. Mittlerweile war es mir egal. Es war so viel Zeit vergangen, dass ich wusste, dass von Harald kein Anruf mehr kommen würde. Ich fühlte mich einsam und überflüssig.

Meine Freundinnen und Kolleginnen taten alles, um mich aufzuheitern.

Es war völlig sinnlos. Spieleabende, Videoabende, Partys und Discotheken, nichts heiterte mich wirklich auf. Zwar war ich immer wieder für kurze Momente abgelenkt, aber hinterher war das Elend umso größer.

Sybille meinte, dass ich mich intensiv um eine neue Wohnung bemühen sollte.

„Ein Neuanfang. Ein neues Leben. Eine neue Wohnung vertreibt die alten Quälgeister. Du bist abgelenkt, weil du so viel zu tun hast. Umzug, renovieren und Wohnung neu einrichten macht so viel Arbeit, dass du abends nur noch todmüde in dein Bett fällst. Vorausgesetzt, es ist schon aufgebaut."

„Na toll!", sagte ich. „Aber dazu muss ich erstmal eine Wohnung finden."

„Ja, mach dich auf die Suche! Schlaf mal Sonnabend morgens nicht bis in die Puppen, sondern sei um sieben Uhr am Kiosk, und kauf dir eine Zeitung mit Wohnungs-Annoncen. Die gehst du durch. Was in Frage kommt, streichst du an. Dann telefonierst du alle in Frage kommenden Wohnungen durch und vereinbarst Besichtigungstermine. Das macht doch Spaß so etwas! Ich besichtige für mein Leben gern Wohnungen."

„Vielleicht hast du recht! Damit bringe ich nicht nur mein Leben wieder in Ordnung, sondern komme auch auf andere Gedanken."

„Aber sicher habe ich recht! Vergiss nicht, dir für morgen Früh den Wecker zu stellen. Wohnungen gibt es wie Sand am Meer. Wohnungen mit einer bezahlbaren Miete sind rar. Ich drück dir die Daumen. Bis bald Süßes!"

„Ja, bis bald! Und Danke noch!"

Ich habe mich wirklich bemüht und den Wecker gestellt. Trotzdem bin ich wohl nochmal eingeschlafen. Jedenfalls war es dann schon halb neun. Um neun Uhr stand ich am Kiosk und kaufte mir eine Zeitung.

Das wird ja wohl locker noch reichen, dachte ich mir. Denn dafür, dass es Wochenende war, war es ziemlich früh.

Um zehn Minuten nach neun saß ich mit der Zeitung an meinem Schreibtisch und strich die Wohnungen an, die mir interessant erschienen und bei denen die Miete bezahlbar war.

Ach Harald, dachte ich, das könnte sogar Spaß machen, wenn wir das zusammen machen könnten. Warum meldest du dich nicht?

„Weigelmeier", meldete sich eine unfreundliche Männerstimme in der Leitung.

„Ja, Guten Morgen", sagte ich freundlich. „Ich rufe aufgrund ihrer Wohnungsannonce an und wollte fragen ob ..."

„Die ist schon weg!", war die knappe Antwort, und das Freizeichen war wieder zu hören.

So erging es mir mit vier weiteren Wohnungen. Manchmal meldete sich auch niemand. Da hatte ich wenigstens die Chance, es später noch einmal zu versuchen.

Trotzdem hatte ich Erfolg und immerhin fünf Besichtigungstermine vereinbart. Der erste war gleich heute Abend um acht Uhr am Wandsbeker Markt. Schön zentral gelegen. Es war stockdunkel, als ich die Straße mit der richtigen Hausnummer gefunden hatte. Ich betrat das Treppenhaus. Die Wohnung lag im Parterre, und die Tür stand offen. Es war schon an der Wohnungstür merkwürdig dunkel. Überall an den Wänden flackerten dunkle Schatten.

Erst dachte ich, dass man hier schon den Strom abgestellt hatte, denn die Wohnung wurde nur mit Kerzen beleuchtet. Dann bemerkte ich die anderen zehn Personen, die zum Besichtigungstermin erschienen waren und durch die Zimmer wandelten.

Die Wohnung war noch voll möbliert und offensichtlich auch noch bewohnt. Viel war in dem dämmerigen Kerzenlicht nicht zu erkennen, aber genug, um zu wissen, dass sie nicht im bestem Zustand war. Hier war eine aufwendige und teure Renovierung fällig, soviel war sicher. Bei Tageslicht betrachtet, würde jeder Besucher auf dem Absatz kehrtmachen. Ich konnte mir jedenfalls keine aufwendige Renovierung leisten.

Trotzdem machte ich mich auf die Suche nach den jetzigen Mietern, fand aber nur andere Wohnungssuchende und ein paar Kinder. Ein etwa neunjähriger Junge versuchte eine erloschene Kerze wieder anzuzünden.

Ich fragte ihn: „Hallo! Weißt du, wo die Leute sind, die hier noch wohnen?“

„Ja, das bin ich und meine jüngeren Geschwister.“

„Aber ihr Kinder wohnt doch nicht hier allein. Wo sind denn deine Mutter und dein Vater?“

„Wo mein Vater ist weiß ich nicht, aber meine Mutter ist bei ihrem Freund. Sie schläft auch da.“

„Ja, und wann kommt sie wieder?“

„Weiß nicht. Morgen oder übermorgen.“

„Seid ihr nicht noch ein bisschen zu jung, um hier ganz alleine zu sein? Außerdem ist es doch gefährlich mit den ganzen Kerzen. Wie leicht kann da ein Feuer ausbrechen. Macht sich deine Mutter gar keine Sorgen?“

„Nein. Sie sagt, dass ich ja schon ein großer Junge sei und auf meine Schwester und meinen Bruder aufpassen könne. Und in zwei Wochen ziehen wir alle zu dem Freund meiner Mutter. Der hat eine ganz tolle große Wohnung. Ich kriege dann sogar ein eigenes Zimmer.“

Das waren ja Zustände.

„Aber ihr könnt doch nicht die nächsten zwei Wochen hier ganz alleine leben! Wieso habt ihr keinen elektrischen Strom? Und deine Mutter müsste doch wenigstens heute zu dem Besichtigungstermin da sein und die Nachmieter auswählen. Oder nicht?“

„Sie sagt, dass das nicht nötig sei. Die Interessenten können sich hier umgucken, und wer die Wohnung haben will, der ... Wollen sie die Wohnung haben? Da auf der Kommode liegt eine Liste, da können sich alle eintragen, die die Wohnung haben wollen. Und wer die Wohnung kriegt, wird vom Verwalter angerufen. Hier ist ein Kuli.“

„Ja, danke! Aber ich werde die Wohnung wohl nicht nehmen. Ich werde aber trotzdem meine Telefonnummer aufschreiben. Falls du Hilfe brauchst, kannst du bei mir anrufen. Oder was machst du, wenn es brennt?“, fragte ich den netten kleinen Jungen.

„Dann rufe ich die Feuerwehr. 112! Und ich kann auch noch meine Mutter anrufen.“

„Ja, wenn das so ist, dann kommst du wohl wirklich allein zurecht. Du bist wirklich schon sehr selbstständig und vernünftig.“

„Sag ich doch! Ist aber sehr nett von Ihnen. Falls Sie die Wohnung doch noch wollen, sage ich dem Verwalter, dass er sie nehmen soll.“

„Das ist aber süß von dir. Dankeschön! Aber ich glaube nicht. Pass gut auf dich und deine Geschwister auf. Und sage deiner Mutter, dass sie euch nicht so viel alleine lassen sollte. Tschüs dann!“

Unfassbar! Was für eine Rabenmutter!

Wie kann man nur so verantwortungslos sein und drei kleine Kinder allein in der Wohnung lassen? Und die Mutter amüsiert sich in aller Ruhe bei ihrem Freund. Die armen Kinder!

Das war ja wohl nichts. Aber für morgen Mittag hatte ich schon den nächsten Termin vereinbart. Vielleicht hatte ich da mehr Glück.

Ich gab mir am nächsten Morgen sehr viel Mühe mit meinem Aussehen, da ich bei dem Vermieter einen guten Eindruck machen wollte. Schließlich war die Konkurrenz groß. Es handelte sich immerhin um eine äußerst günstige Wohnung in einer pompösen Villa in Poppenbüttel. Die Villa hatte einen riesigen Garten mit Swimmingpool und der sollte der neuen Mieterin zur freien Verfügung stehen.

Dieser Herr Bollfaß war sehr nett und äußerst entgegenkommend am Telefon. Er versicherte mir, dass die Wohnung in einwandfreien und sehr komfortablen Zustand wäre. Und sollte mir etwas nicht gefallen, so würde er es nach meinen Wünschen ändern. Auf seine Kosten versteht sich.

Herr Bollfaß war wirklich sehr entgegenkommend. Er kam mir bereits auf den zerbröckelnden Gehweg-Fliesen seines verwilderten Vorgartens entgegen. Das Unkraut wucherte ihm locker bis zur reich beleibten Hüfte. Er war glatzköpfig, klein, dick und mit nichts weiter als mit Pantoffeln und Bademantel bekleidet. Wenigstens schien der Bademantel fest verschnürt als er mich praktisch mit offenen Armen empfangen wollte. Im wahrsten Sinne des Wortes.

Ich begrüßte ihn höflich, indem ich ihm die Hand hinstreckte und ihn somit auf Abstand bringen konnte. Mir war nicht ganz wohl zumute. Außerdem war ich ziemlich enttäuscht von dem verwilderten Garten und der etwas baufällig wirkenden Villa.

Als ich ihn nach dem Swimmingpool fragte, lachte er schallend und sagte: „Aber selbstverständlich, mein schönes Fräulein."

Er führte mich um die Ecke, und ich starrte auf ein aufblasbares Kinderplanschbecken.

„Das soll wohl ein Witz sein?", fragte ich ihn.

Wieder ein schallendes Lachen und er sagte: „Wieso? Es ist doch ein kleiner Pool. Ich habe schließlich nichts von großem gekacheltem Schwimmbecken gesagt. Aber wenn Ihnen das hier nicht reicht, gibt es ja genügend Freibäder."

„Naja, ich hatte es mir schon etwas anders vorgestellt, aber ich kann auch ohne Swimmingpool leben", sagte ich einvernehmlich.

Immerhin war die Miete fast geschenkt. Und da ich nun schon mal da war, wollte ich auch die Wohnung sehen. Vielleicht war es innen ja ganz gemütlich.

Auf dem Weg ins Haus klimperte her Bollfaß plötzlich mit seinen hervorquellenden Augen und sagte: „Wenn Sie hier einziehen, lasse ich Ihnen einen richtigen Swimmingpool bauen. Ich werde es gleich im Mietvertrag vermerken, Sie brauchen nur noch unterschreiben."

Das war ja super! Wie der äußere Eindruck doch täuschen kann, dachte ich, bis er dazu sagte: „Dann können Sie sogar nackt baden und sich nackt sonnen, denn niemand kann von außen in den Garten gucken. Dank der hohen Hecke."

Mein Optimismus schwand so allmählich dahin und ich sagte nur: „Also, wenn Sie hier einen Pool bauen wollen, wäre das wirklich toll. Aber dann müssten Sie wohl zuerst mal einen Gärtner beauftragen. Der Garten ist ja ziemlich verwildert."

„Ach was! Das mach ich schon selber. Wenn Sie mir ein bisschen zur Hand gehen heißt das."

So wie er das sagte, klang es etwas anzüglich. War da nicht so ein lüsternes Glitzern in seinen Glubschaugen? Wahrscheinlich bildete ich mir das nur ein. Ich war einfach ein bisschen überreizt. War ja auch kein Wunder. Mittlerweile waren wir in der Vorhalle des Hauses. Sie war riesig, aber alt und verstaubt, und es roch sehr muffig.

Er führte mich eine große, geschwungene Holztreppe hinauf.

„Na, ist das ein Palast?“, fragte er mit Besitzerstolz.

„Ja, sehr beeindruckend!“

Oben angekommen öffnete er nacheinander zwei Zimmertüren.

„Das ist Ihr Reich.“

„Ja, schöne große Zimmer. Aber das ist doch keine abgeschlossene Wohnung. Wo ist die Küche, und wo ist das Bad?“, fragte ich.

„Was erwarten Sie für zweihundertfünfzig Mark? Dafür ist das hier Luxus pur. Selbstverständlich benutzen Sie die Küche und das Bad mit mir zusammen, süße Maus! Und entscheiden Sie sich schnell, da sind noch eine Menge anderer Frauen, die hier mit Kusshand einziehen würden! Aber wenn du mir ein bisschen entgegenkommst, nehme ich dich!“, sagte er, während er an seinem Bademantelgürtel zog und der plötzlich weit auseinanderklaffte.

„Mir wird schlecht“, keuchte ich und rannte die knarrende Treppe hinunter, verhedderte mich noch kurz im Unkraut des Gartens und erreichte schließlich die Straße. Na, das war ein Schock! Mir blieb wirklich nichts erspart.

Zuhause angekommen rief ich sofort Sybille an und erzählte ihr von dem Erlebnis der zwei Wohnungsbesichtigungen, wobei ich die erste noch in den fast normalen Bereich setzte.

Aber Sybille sagte nur: „Es gibt überall solche Spinner! Du musst die Wohnung und den dazu gehörigen Vermieter nicht nehmen. Es ist deine Wahl, du hast die freie Entscheidung! Jetzt lass dich doch nicht gleich entmutigen, du hast doch erst zwei Wohnungen besichtigt. War denn nicht mehr in der Zeitung drinnen, was in Frage kommen könnte?“

„Doch schon“, sagte ich. „Ich habe noch drei Termine. Aber was, wenn das auch wieder nichts ist?“

„Dann stehst du nächsten Sonnabend nochmal früh auf und holst dir eine neue Zeitung mit neuen Wohnungsangeboten.“

„Was denn, nochmal früh aufstehen? Ist ja ätzend!“

„Stell dich nicht so an. So läuft das nun mal. Ich warte gespannt auf weitere Berichte deiner Wohnungssuche. Viel Glück dann. Ich muss jetzt Schluss machen. Bis bald. Tschau!“

Ich hatte am selben Tag noch zwei weitere Besichtigungstermine. Etwas später machte ich mich wieder auf den Weg. Sagt man nicht, alle guten Dinge sind drei? Vielleicht würde ich ja gleich meine Traumwohnung besichtigen, die dennoch eine erschwingliche Miete hatte. Wer weiß?

Was in der Annonce stand, hörte sich sehr gut an. Diese Wohnung war in Sasel. Ein schöner grüner und ruhiger Stadtteil. Außerdem war die öffentliche Verkehrsnetzanbindung gar nicht schlecht. Es sollte eine frisch renovierte zwei Zimmer-Wohnung in einem neuen Vier-Familienhaus sein. Diese Wohnungen waren mit Terrasse oder Balkon ausgestattet. Der Clou daran war, dass es im Keller ein kleines Schwimmbecken und eine kleine Sauna gab. Und das Ganze für nur 350.- DM. Allerdings war ich, durch meine ersten beiden Erfahrungen, skeptisch geworden.

Als ich das Haus, mit der richtigen Hausnummer, in der richtigen grünen und ruhigen Straße gefunden hatte, war ich begeistert.

„Wow“, dachte ich. Wenn das drinnen so gut ist wie von außen und die Konkurrenz nicht zu groß ist, habe ich vielleicht meine neue Wohnung gefunden. Von wegen Konkurrenz! Ich war die einzige Interessentin die zum Besichtigungstermin erschienen war.

Und diesmal kam kein ordinärer Mann im Bademantel auf mich zu, sondern ein sehr souveräner Herr im teuren Anzug mit Schlips und Kragen. In der rechten Hand trug er einen glänzenden Aktenkoffer, und der schwarze Porsche, der vor dem Haus parkte, gehörte offensichtlich auch ihm. Er streckte mir die Hand entgegen und sagte mit einer leichten

Verbeugung: „Gnädiges Fräulein, darf ich mich vorstellen. Mein Name ist Zastermann, ich bin der Makler."

„Guten Tag, mein Name ist Carolin Bäcker. Ich wusste gar nicht, dass diese Wohnung über einen Makler vermietet wird."

„Das stand auch nicht in der Annonce. Aber, Frau Bäcker, es ist durchaus auch ein Vorteil für Sie, dass diese Angelegenheit von einem Fachmann wie mir geregelt wird. Das erhöht doch die Qualität des Ganzen, Frau Bäcker. Bedenken Sie nur, was das für Sie bedeutet. Sie werden erstklassig informiert und bekommen einen gesetzlich geregelten Mietvertrag. Frau Bäcker, wenden Sie sich nur an mich, wenn Sie irgendwelche Fragen haben oder Ihnen etwas auf Ihrer zarten Seele lastet."

Wow! Das war ja mal ein ganz anderer Ton. Trotzdem lastete wirklich etwas auf meiner Seele.

„Ja, Herr Zasternak ...".

„Zastermann ist mein Name. Hier bitte, nehmen Sie meine Karte."

„Dankeschön, Herr Zastermann. Ich habe tatsächlich schon eine Frage.

Wie hoch ist denn Ihre Maklercourtage?"

„Ich nehme drei Kaltmieten im Voraus, Frau Bäcker. Das ist so das übliche. Keine Angst, ich mache keine Wucherpreise!"

„Herr Zasternak, Entschuldigung, Herr Zastermann, meine ich. Ich weiß nämlich nicht, ob ich mir das leisten kann."

„Aber Frau Bäcker, wenn Sie sich die Miete leisten können, werden Sie sich auch meine kleine Courtage leisten können."

„Die Miete erscheint mir ja günstig, aber sie dreifach vorzulegen ist doch etwas anderes, meine ich."

„Frau Bäcker, machen Sie sich keine Sorgen, man kann über alles reden. Aber schauen Sie sich doch dieses Schmuckstück von Wohnung erst mal an. Verhandeln können wir später. Kommen Sie, Sie werden begeistert sein."

Und das war ich auch. Es war eine tolle Wohnung. Alles so, wie in der

Anzeige beschrieben. Super geschnittene helle, fachmännisch renovierte Räume. Eine wunderschöne Süd-Terrasse. Das Badezimmer war ein Traum. Es gab eine Duschkabine, eine Badewanne und sogar ein Bidet! Die Küche war perfekt und gleichzeitig gemütlich. Sogar vom Küchenfenster aus hatte man freie Sicht ins Grüne. Ich wusste es schon jetzt, bevor ich überhaupt alles gesehen hatte, ich hatte meine Traumwohnung gefunden. Und wenn ich mich krummlegen müsste, ich würde die Maklercourtage schon zusammen kriegen. Und wenn er, wie er sagt, mit sich reden lässt, kann ich sie vielleicht in Teilbeträgen zahlen. Ich stand da, mit strahlenden Augen.

„Na, Frau Bäcker! Ich habe nicht zu viel versprochen, oder? Aber bevor Sie sich nun entscheiden, sollten Sie sich auch noch den Rest ansehen."

Der Keller und der Rest der Wohnung verschlug mir vor Begeisterung die Sprache. Es gab tatsächlich ein kleines gekacheltes Schwimmbecken. Am Beckenrand standen ein paar Liegen und Phoenix-Palmen. Und die versprochene Sauna existierte auch.

„Gebongt!", sagte ich laut.

„Ich bin überzeugt, Frau Bäcker, in Ihnen die richtige Mieterin für diese Wohnung gefunden zu haben!"

„Herr Zasterzak, ich …", weiter kam ich nicht, da er mich wieder unterbrach.

„Zasternak, ähh, Zastermann, heiße ich!"

„Ja, entschuldigen Sie, Herr Zastermann."

Mädchen, jetzt vermassele dir das nicht wieder, ertönte eine Stimme aus meinem Unterbewusstsein.

Schnell sagte ich: „Herr Zasternaähmann, ich habe noch gar nicht nach der Heizung gefragt. Ist doch sicherlich eine Zentralheizung in diesem Haus?"

„Selbstverständlich! Sogar Fußbodenheizung! Frau Bäcker!"

„Das ist ja super! Also, ich denke, ich werde die Wohnung nehmen. Wenn wir das mit der Maklercourtage regeln können."

„Ich beglückwünsche Sie zu ihrer hervorragenden Entscheidung, Frau

Bäcker. Wir können gleich den Mietvertrag machen, sofern Sie Einkommensbescheinigungen und Personalausweis dabeihaben."

Ich hatte alles dabei und war nur erpicht darauf, meine Unterschrift auf den Mietvertrag zu setzen.

Leider kam es anders. Später stand ich mit einem tiefen Seufzer in der Brust und feuchten Augen vor dem schönen Haus und hätte am liebsten losgeheult. Herr Zastermann setzte sich mir gegenüber auf eine der Liegen und holte die Verträge aus seinem Aktenkoffer.

„So, Frau Bäcker, bevor wir zum Mietvertrag kommen, möchte ich erst eine Unterschrift von Ihnen auf die Anerkennung meiner Courtage haben."

„Aber selbstverständlich, Herr Zastermann!"

„Moment, Frau Bäcker."

Er holte umständlich einen Taschenrechner aus seinem Aktenkoffer.

„Das habe ich schon im Kopf ausgerechnet. Eintausendundfünzig DM macht das", sagte ich voller Inbrunst.

Er lächelte und sagte: „Kopfrechnen, scheint nicht so Ihre Stärke zu sein.

Ich habe einen anderen Betrag ausgerechnet."

„Dann stimmt vielleicht etwas mit Ihrem Taschenrechner nicht, Herr Zastermann. Denn dreimal 350.- ergibt genau Eintausendundfünfzig DM."

„Aber Frau Bäcker, es geht doch um die Monatsmiete mal drei! Und das ergibt summa summarum Zweitausendfünfhundertfünfzig DM. Wenn Sie hier bitte unterschreiben möchten", sagte er und gab mir ein DIN A4-Blatt.

„Herr Zastermann, die Monatsmiete beträgt aber 350.- DM für diese Wohnung. So stand es in der Annonce."

Herr Zastermann lachte schallend.

„Das ist doch nicht Ihr ernst, Frau Bäcker! Hahahaha! 350.- DM für diese Luxus-Wohnung! Haha. Entweder haben Sie nicht richtig gelesen oder es hat sich ein Druckfehler eingeschlichen. Haben Sie die Anzeige dabei?“

Ich holte pikiert die etwas zerfledderte Zeitung aus meiner Tasche. Und da stand es, 350.- DM. Allerdings hatte die Zeitung genau in der Mitte der 3 einen Knick.

Herr Zastermann sah sich das an und sagte: „Da ist kein Fehler in der Annonce. In dem Zeitungsknick hat nur die Druckerschwärze etwas gelitten. Sehen Sie, es ist nur noch die hintere Hälfte der Acht zu sehen.“

Er hatte Recht, das sollte bestimmt 850.- DM heißen. Mir war zum Heulen zumute.

„Möchten Sie nun unterschreiben?“, fragte er freundlich.

„Ich kann nicht ... Herr Zasternak, ich möchte die Wohnung so gerne haben, aber sie kostet ja fast das Dreifache von dem, was ich dachte. Das kann ich mir einfach nicht leisten.“

„Dann tut es mir leid. Ich muss auch schon gleich zum nächsten Termin. Sie entschuldigen bitte. Sicherlich findet sich auch noch eine günstigere Wohnung für Sie. Sie haben ja meine Karte. Auf Wiedersehen, Frau Bäcker!“

Und ich stand wieder draußen auf der ruhigen, grünen Straße und warf wehmütig noch einen langen letzten Blick auf das schöne Haus. Völlig gefrustet und enttäuscht stieg ich in den nächsten Bus und fuhr nach Hause.

Als ich in meine mir vertraute Wohnung kam, dachte ich noch, wie gemütlich es doch hier war. Nichts Tolles, kein Schwimmbad, kein Bidet, kein Luxus, aber dennoch ausreichend und gemütlich! Warum konnte ich nicht einfach hierbleiben? Ich hatte gar keine Lust, umzuziehen.

Diese ganze Aktion hatte mich so ermüdet, dass ich mich erst mal hinlegen musste. Ich schlief sofort ein. Als ich wieder erwachte dämmerte es bereits. Ich hatte noch genau eine Stunde Zeit, um zu meiner nächsten und letzten Besichtigung für diese Woche zu kommen. Ich erfrischte mich kurz, um die Schlafspuren aus meinem Gesicht zu bekommen, kämmte mir die Haare und musste auch schon wieder los.

Die nächste Wohnung lag in einem Altbau in Barmbek. Im fünften Stock unter dem Dach. Nachdem ich endlos lange knarrende Holztreppen hochgestiegen war, klingelte ich an der Tür, an der kein Name mehr stand.

Eine ältere Dame öffnete die Tür und sagte nur: „Da ist noch eine!"

Bevor ich guten Tag sagen konnte, hatte sie sich bereits abgewandt. Also drängelte ich mit ca. 15 anderen Personen durch die sehr beengten Räume, die auch schon bessere Tage gesehen hatten.

„Platz ist in der kleinsten Hütte", hörte ich einen Mann sagen.

„Man kann es sich durchaus schön machen", sagte ein anderer. „Aber als erstes müssen hier neue Fenster eingesetzt werden. Und diese Wand hier muss raus. Naja, wenn man dann alles schön renoviert, könnte es ganz nett werden."

Ich stand etwas hilflos herum. Dann kam ein älterer Herr auf mich zu und sagte: „Also, wenn sie auch die Wohnung haben wollen, dann tragen sie sich dort auf der Liste ein. Name, Beruf und Telefonnummer reicht!"

Ich trug mich vorsichtshalber ein und fuhr wieder nach Hause. Ich habe nie einen Anruf bekommen. Und das war wohl auch besser so, da ich sowieso nicht die nötigen Mittel hatte, um diese Wohnung auf Vordermann zu bringen.

Ich hatte vorläufig genug von der Wohnungssuche. Eigentlich hatte ich von allem genug! Ich legte mich ins Bett und schlief bis zum nächsten Morgen durch. Wenigstens diesen Sonntag, wollte ich es mir noch gemütlich machen. Also tätigte ich noch meinen Pflichtanruf bei Sybille, um ihr von dem restlichen Desaster meiner Wohnungssuche zu berichten.

Sie sagte mir nur, dass ich den Mut nicht verlieren sollte. Außerdem würde es nächstes Wochenende eine neue Zeitung mit neuen Wohnungsannoncen geben. Dann beendete sie das Gespräch ziemlich schnell, da sie noch was vorhatte.

Ich legte mich mit einem spannenden Buch und einer Schachtel mit Pralinen auf meine ramponierte Couch. Eigentlich hätte ich diesen Tag genießen können, wäre da nicht dieses unangenehme Gefühl, bald aus meiner Wohnung zu müssen und diese nagende Sehnsucht, die einherging mit dem bedrückenden Gefühl, Harald für immer verloren zu haben.

Und nicht nur das, es war fast noch schlimmer, dass ich nicht mal mit ihm reden konnte, nichts erklären konnte und mich nicht mal persönlich entschuldigen konnte. Aber irgendwie brachte ich auch diesen Tag rum.

Abends ging ich früh schlafen, da ich meine Kraft für die Arbeitswoche, die vor mir lag, brauchte. Das gute an meiner Arbeit war, dass ich mich konzentrieren musste und dadurch, zumindest zeitweise, meine beunruhigenden Gedanken vergessen konnte.

Ich war gerade so in meine Arbeit vertieft, dass ich die ersten zweimal gar nicht mitbekam, wie Nadja mich ansprach. Erst beim dritten Mal, als sie ihrer Stimme Nachdruck verlieh, die anderen beiden bereits kicherten, hörte ich sie. Ich schaute hoch.

„Hast du was gesagt?", fragte ich.

Die drei brachen in Gelächter aus, und Nadja sagte: „Mensch Carolin, das ist ja schlimmer, als ich gedacht habe mit dir. Du träumst scheinbar. Komm mal auf die Erde zurück!"

„Quatsch!", sagte ich. „Ich arbeite hier gerade sehr intensiv und konzentriert! Das ist nämlich das Einzige, was ich noch habe."

„Gott, jetzt übertreib mal nicht so! Du hast noch eine ganze Menge! Uns, deine lieben Kollegen zum Beispiel! Aber scheinbar bekommst du gar nicht mehr mit, was so um dich herum vorgeht. Was haben wir heute?"

„Montag?", fragte ich zögernd.

„Die Kandidatin hat neunundneunzig Punkte", witzelte Denise. „Ich dachte, das würde dich vielleicht ein bisschen aufbauen. Nächstes Wochenende ist Mädelsabend. Und wir werden ausgehen."

„Also, ich habe wirklich keine Lust ...", fing ich an, konnte den Satz dann aber nicht beenden, weil Denise mir sofort ins Wort fiel.

„Du kommst mit! Keine Widerrede! Das kann man ja gar nicht mit ansehen. Du musst dich mal wieder aufraffen. Das Leben geht weiter. Du bist jung. Und außerdem kannst du das deinen lieben Kolleginnen nicht antun!“

„Ok, ok! Wenn es denn unbedingt sein muss, einen schönen Film im Kino könnte ich mir schon mal wieder ansehen.“

Nadja sagte: „Also, dass wir ins Kino gehen werden, glaube ich nun weniger. Das schmink dir mal ab!“

„Ja, was wollt ihr dann machen? Also, auf Disco habe ich absolut keine Lust!“

„Lass dich mal überraschen“, sagte Denise. „So ganz genau wissen wir es auch noch nicht. Aber uns mal wieder so richtig amüsieren!“

„Ja, aber das geht doch nicht! Denise, du hast jetzt doch Joseph!“

„Na und? Natürlich habe ich jetzt Joseph! Und stell dir mal vor, er ist schon volljährig und kein Wickelkind mehr, auf das man ständig aufpassen muss!“

„Ja, aber was wird er dann ...“.

Ich wurde unterbrochen, da es an der Bürotür klopfte. Ein seriöser Herr mittleren Alters trat ein.

„Guten Tag, die Damen! Scheinbar bin ich hier verkehrt. Können Sie mir sagen, wo ich Frau Stöhr finde?“

„Das glaube ich nicht“, entfuhr es Suzie.

„Pscht!“, machte Nadja und fuhr dann fort: „So verkehrt sind Sie da gar nicht. Sehen die Tür da drüben? Das ist das Büro von Frau Stöhr.“

Der Herr verneigte sich, während er versuchte, eine Rose hinter seinem Rücken zu verstecken.

„Vielen Dank, die Damen! Ich wünsche noch einen schönen Tag!“

Dann verschwand er in das Büro von Frau Stöhr.

„Das glaube ich einfach nicht“, sagte Suzie wieder.

„Also, ich finde das ganz toll. Das ist ja so romantisch. Ich könnte weinen“, sagte ich. „Ich glaube, Frau Stöhr hat einen Verehrer.“

„Sei nicht so gefühlsduselig“, sagte Nadja.

Aber Denise fügte dann hinzu: „Also ich finde das auch romantisch. Lieber ein spätes Glück in reiferen Jahren als gar keins!“

„Da hast du recht!“

In dem Moment öffnete sich die Tür wieder, und Frau Stöhr betrat das Büro. Einerseits sah sie aus wie immer, andererseits wirkte sie völlig verändert. Ihr fahles Gesicht hatte sich leicht gerötet, und sie hatte ein Strahlen, das sie mindestens zehn Jahre jünger aussehen ließ.

„Meine Damen“, sagte sie. „Durch unvorhersehbare Ereignisse, bin ich gezwungen, heute etwas eher zu gehen.“

„Aha, der Herr, der eben nach Ihnen gefragt hatte“, konnte Suzie sich wieder nicht verkneifen.

Frau Stöhr errötete und räusperte sich verlegen. Sie ging nicht darauf ein, sondern sagte: "Ich werde jetzt gehen, aber ich weiß ja, dass ich mich voll und ganz auf Sie verlassen kann. Wir sehen uns dann morgen früh wieder. Einen schönen Tag noch!“

Und weg war sie. Wir saßen alle vier mit halb offenen Mündern da.

„Es geschehen noch Zeichen und Wunder“, sagte Denise, nachdem sie sich wieder einigermaßen gefasst hatte.

„Frau Stöhr hat also ein Date. Das ist ja der Wahnsinn! Also ich freu mich für sie. Hin und wieder hat sie tatsächlich menschliche Züge und ist nicht nur ein Arbeitstier“, freute ich mich. „Ist das nicht toll?“

„Klar ist das toll! Aber nicht so toll, wie unser Mädelsabend werden wird. Brauchst gar nicht versuchen jetzt davon abzulenken.“

„Ja, ja! Ich mach ja mit. Habe ich doch schon gesagt. Euch zuliebe, denn Lust habe ich wirklich keine.“

„Ach was, die kommt schon noch. Wenn du erstmal die bunten Lichter siehst und die Musik dazu hörst.“

„Welche bunten Lichter? Welche Musik? Ich habe doch gesagt, dass ich keine Lust auf Disco habe.“

„Stell dir mal vor, es gibt auch noch in anderen Vergnügungsbereichen bunte Lichter und Musik“, sagte Denise jetzt in etwas sarkastischem Tonfall.

„Ist ja schon gut. Wir haben heute sowieso erst Montag, und ich nehme nicht an, dass ihr euren Mädelsabend vor Freitag starten wollt, oder? Also weshalb sollen wir uns schon jetzt den Kopf zerbrechen?"

„Das brauchst du sowieso nicht, Häschen! Das übernehmen wir für dich. Aber in einem hast du recht, natürlich erst am Wochenende. Ich denke mal Freitag", sagte Nadja.

„Dann ist ja alles klar!"

„Nur mal nebenbei bemerkt, es ist fast 16 Uhr 30! Frau Stöhr ist nicht mal mehr da. Also, ich mache jetzt Feierabend. Mich hält hier nichts mehr", sagte Suzie und packte ihre Sachen zusammen.

Fünf Minuten später waren wir dann auf dem Nachhauseweg. Später abends, rief mich Sybille an.

„Hi, Caro! Wollte mal hören, wie es dir so geht! Hat die Wohnungssuche eigentlich noch was Neues ergeben?"

„Hallo Billie! Nein, nichts Neues. Habe immer noch keine Wohnung. Liegt mir ganz schön auf dem Magen. Wird zeitlich langsam knapp."

„Ach, mach dir keine Sorgen! Also obdachlos wirst du nicht. Das schlimmste was dir passieren kann, ist eine Übergangslösung. Dann wohnst du eben bei mir, bist du was Passendes gefunden hast."

„Ja, ich weiß. Das ist auch sehr lieb von dir. Aber was passiert mit meinen ganzen Sachen? Meine Möbel, wo soll ich die lassen?"

„Ach, soviel ist doch davon nicht mehr übrig, seit dem Einbruch!"

„Also wirklich! Billie! Das war jetzt aber sehr sensibel von Dir", sagte ich ironisch.

„Entschuldigung! Du weißt doch eigentlich, wie das bei mir gemeint ist. Außerdem findet sich da immer eine Lösung. Irgendwo gibt es bestimmt noch einen halbleeren Keller oder Dachboden, wo du deinen ganzen Krempel unterstellen kannst. Da bin ich mir sicher!"

„Ich wünschte, ich hätte deine Sicherheit und deinen Optimismus."

„Hast du nicht? Na, dann sollten wir aber was dafür tun. Ich plane sowieso eine kleine Fete, zu der ich dich einladen wollte. Da kommen auch ein paar gutaussehende Typen, die alle im gleichen Semester sind wie Michael. Die sehen nicht nur gut aus, sondern sind auch noch nett! Und der eine kann Witze erzählen, da lachst du dich weg. Das ist genau was du brauchst, damit du mal wieder auf andere Gedanken kommst."

„Jetzt fang du nicht auch noch an! Meine lieben Kollegen planen bereits einen sogenannten *Mädelsabend*. Keine Ahnung was das werden soll. Außerdem, wenn die was planen, kann von Planung absolut keine Rede sein. Wahrscheinlich holen sie mich am Freitag ab, und wenn wir dann im Auto sitzen, fragen sie, was wir machen können. Und wenn ich dann sage, wieso, das war doch eure Idee, heute was zu unternehmen, dann antworten sie, dass wir das spontan entscheiden sollten. Dann folgt anschließend eine lange Diskussion darüber, dass wir schließlich jung und flexibel sind und das Planung etwas für starre verstaubte Mumien wäre. Also, soviel mal dazu!"

Sybille lachte und sagte: „Hört sich aber gut an. Musst du zugeben. Ich bin auch für Spontanität. Immer eigentlich. Aber so eine Feier muss schon geplant werden. Wäre ärgerlich, wenn es nichts zu Essen oder zu Trinken geben würde. Wenn keine Musik da ist, kann auch die Stimmung ausbleiben. Oder am Ende kommt gar keiner, weil man vergessen hat, die Leute einzuladen. Haha. Aber du kommst doch, oder?"

„Wann soll denn das stattfinden? Am Freitag kann ich nämlich nicht, da haben meine Kolleginnen geplant, spontan etwas mit mir zu unternehmen."

„Haha", lachte Sybille wieder. „Du mit deinem *geplant* und *spontan.* Auch am Freitag! Aber denk gar nicht erst dran, dass du dich drücken könntest. Ich feiere nicht diesen Freitag, sondern erst eine Woche später. Und brauche jemanden, der mir bei den Vorbereitungen hilft."

„Klar, das mache ich doch. Du hast mir doch auch immer geholfen. Aber auf die Feier habe ich keine allzu große Lust."

„Wenn du mithilfst, alles schön zu machen, bekommst du schon Lust. Und wenn du erst mal Caruso und Benni kennengelernt hast, willst du gar nicht wieder weg!"

„Caruso? Das ist aber ein seltsamer Name."

„Das ist nur sein Spitzname. Eigentlich heißt er Carl-Heinz. Aber du musst doch zugeben, dass Caruso viel besser klingt. Außerdem singt er so gerne. Besonders wenn er einen intus hat.“

„Oh, er kann sogar singen. Das finde ich toll.“

„Dass er es kann, habe ich nicht gesagt. Nur das er es gerne tut.“

„Ach so, dann ist Benni also der Witzeerzähler.“

„Nein, Irrtum. Das ist ebenfalls Caruso. Der könnte sein Geld als Alleinunterhalter verdienen. Benni ist mehr so ein ruhigerer, charmanter Typ. Sind aber beide sehr nett. Unsere kleine Madi wollte ich übrigens auch einladen. Falls sie es noch schafft, da ihr Geburtstermin ja auch immer näher rückt.“

„Ja, finde ich gut. Die hat es ja auch ganz schön schwer, mit dem schweren Jungen, den sie geheiratet hat. Man, was habe ich doch für ein Glück gehabt, wenn ich so im Nachhinein darüber nachdenke. Leider habe ich es mir dadurch mit Harald vermasselt!“

„Wer weiß, wofür es gut war. Denk doch einfach nicht mehr darüber nach. Das ist jetzt etliche Monate her, und du hast sowieso immer gesagt dass er unter deinem Niveau ist.“

„Vielleicht ist mein Niveau doch niedriger als ich dachte! Gibt es einen Grund für deine Feier? Oder ist die nur so zum Spaß?“

„Nur so zum Spaß! Ganz spontan geplant. Ich muss jetzt Schluss machen, Michael kommt gleich. Wir telefonieren nochmal. Bis dann, und lasse die Ohren nicht mehr hängen. Freue dich stattdessen auf meine Feier!“

„Ok, ich werde mich bemühen, mich zu freuen. Bis bald!“

Meine Freude hielt sich allerdings in Grenzen. Aber auf Caruso und Benni war ich schon neugierig.

Die nächsten Tage vergingen ohne besondere Vorkommnisse. Bis auf eines: Frau Stöhr. Von einem Tag auf den anderen hatte sie ihren grauen Pagenschnitt gegen eine blonde Lockenfrisur ausgetauscht. Unglaublich was ein Friseurbesuch doch ausmacht. Ihre Lippenstiftfarbe war etwas weicher und dezenter, und ihre Wimpern waren getuscht. Sie sah regelrecht attraktiv aus und zudem noch mindestens zehn Jahre jünger. Keiner von uns hatte sie jemals so gesehen. Sie sah plötzlich richtig gut aus, für eine Frau mittleren Alters. Meine Kolleginnen und ich staunten nicht schlecht. Auch schienen sich ihre Gewohnheiten zu ändern. Die morgendliche Standpauke fiel immer öfter aus, und ihre Mittagspause, die sie sonst immer mit ihrem Butterbrot am Schreibtisch verbrachte, nutzte sie jetzt zum Einkaufen. Sie kam mit Tüten bepackt wieder. Kein Ton davon, dass sie ihre Mittagspause eine halbe Stunde überzogen hatte. Allerdings wird sie sicherlich tausende an Überstunden gemacht haben, in all den Jahren zuvor.

Am nächsten Tag erschien sie in einem eleganten Kostüm im Büro. Wir waren platt! Das hätte keiner von uns erwartet. Statt der morgendlichen Standpauke kam jetzt ein freundliches „Guten Morgen, meine Damen!“

Denise sagte: „Frau Stöhr, das muss ich Ihnen sagen, in den vergangenen sieben Jahren haben Sie keinen Tag so gut ausgesehen, wie heute.“

Frau Stöhr bedankte sich geschmeichelt: „Ja, ich fand auch, dass es dringend an der Zeit war, mal meinen Typ zu verändern!“

„Also, Sie haben nicht nur Ihren Typ verändert. Sie sehen jetzt richtig gut aus, fast so als wären Sie in einen Jungbrunnen gefallen“, setzte ich hinzu.

„Vielen Dank, meine Damen! Aber darüber wollen wir ja nun nicht unsere Arbeit vergessen, die schließlich auch getan werden muss.“

Das klang schon eher nach Frau Stöhr, obwohl sie jetzt dabei lächelte. Den seriösen Herren sahen wir in dieser Woche auch noch ein zweites Mal. Diesmal stellte er sich uns als *Herr Richter* vor, bevor er in ihrem Büro verschwand.

Am Freitag beendeten wir alle, mit Frau Stöhrs Einverständnis, unsere Arbeit eine Stunde früher. Das heißt, außer Suzie. Die ging nämlich bereits mittags nach Hause, weil sie Halsweh hatte und sich so gar nicht wohlfühlte. Denise und Nadja bestanden trotzdem auf unseren Mädchenabend.

Ich sagte noch: „Aber das können wir doch nicht machen, jetzt einfach ohne Suzie loszuziehen.“

„Klar, können wir. Es macht ihr auch nichts aus. Sie ist eben heute froh, wenn sie sich hinlegen kann. Das nächste Mal ist sie ja wieder mit dabei“, sagte Nadja lässig und fügte noch hinzu: „Ich hole euch dann ab. Erst Denise, um 19.30 Uhr, und anschließend dich, Caro. Sei um viertel vor acht fertig! Bis nachher dann!“

„Stop, halt! Ich weiß doch gar nicht, was wir machen wollen! Was soll ich denn anziehen?“, jammerte ich.

„Zieh einfach eine Jeans an! Das passt doch immer.“

„Ok, bis später!“ Was die beiden auch vorhatten, ich hatte jedenfalls keine Lust. Zuhause angekommen hätte ich mich am liebsten auf die Couch geschmissen und den Fernseher eingeschaltet. Stattdessen machte ich mir etwas zu essen. Lieber gut gesättigt weggehen, dachte ich. Falls die beiden doch eine Disco im Visier haben, gibt es keine Möglichkeit mehr, etwas zu essen. Aber falls sie nun essen gehen wollen? Tja, dann bin ich eben schon satt. Sie hätten ja ruhig sagen können, was sie vorhaben. Aber sicher geht gleich die Diskussion im Auto los. Was machen wir denn nun? Wo wollen wir hinfahren? Das kannte ich ja schon.

Ich ging noch schnell unter die Dusche und zog dann eine hübsche Bluse und eine Jeans an. Allzu viel Mühe gab ich mir aber nicht mit meinem Aussehen. Um zwanzig vor acht wollte ich dann nach unten gehen. Aber unten im Treppenhaus stand die Krotzmann mit einem Besen. Leise schlich ich die Treppe wieder hoch. Und wartete, bis ich die Haustür von der Krotzmann ins Schloss fallen hörte. Glücklicherweise war sie gerade fertig mit dem Kehren. Für eine Konfrontation mit Frau Krotzmann, wäre ich heute nicht gewappnet gewesen.

Als ich auf die Straße trat, fuhr Nadja gerade vor. Denise stieg aus und sagte: „Ab, auf den Kindersitz mit dir.“

Ich setzte mich auf die Rückbank und dachte, gleich wird diskutiert, was wir nun machen. Denise stieg wieder ein und Nadja gab Gas. Keine Diskussion? Also hatten die beiden doch schon was geplant. Wir fuhren durch die Stadt bis das Riesenrad des Doms in Sicht kam. Überall leuchteten die bunten Glühbirnen auf dem Heiligen Geistfeld. Ich versuchte ruhig zu bleiben. Vielleicht fahren wir ja vorbei, dachte ich.

"Ist schon wieder Dom?", fragte ich.

"Wie du siehst", sagte Nadja und bog auf den großen Parkplatz des Schlachthof-Geländes ein.

„Das ist nicht euer Ernst“, sagte ich.

„Unser voller Ernst“, antwortete Denise.

Wie konnte sie mir nur so in den Rücken fallen?

„Ich gehe nicht mit! Auch wenn ich die nächsten drei Stunden hier im Auto verbringen muss!“

„Was hast du eigentlich?“, sagte Nadja jetzt ziemlich ärgerlich.

"Du bist doch immer eine regelrechte Dom-Fetischistin gewesen. Ich kenne dich nur so, dass du nichts lieber getan hast als über den Dom zu schlendern. Wir wollten dir eine Freude machen“, sagte sie nun ziemlich beleidigt.

„Ich werde das Heilige Geistfeld nicht wieder freiwillig betreten! Mir reicht es! Nachdem was die letzten beiden Male hier vorgefallen ist.“

„Ach, daher weht der Wind! Also heute bist du mit uns Mädels hier, und nicht mit Marcus. Es wird absolut nichts passieren. Wir werden uns nur ein bisschen amüsieren. Ein bisschen Karussell fahren und Zuckerwatte essen und uns an den Ständen ein bisschen umsehen. Gibt schicke Taschen da!“

„Taschen?“, meine Augen leuchteten auf.

„Ja, natürlich, schöne günstige Taschen! Alles was das Herz begehrt“, sagte Denise freundlich.

Nadja sagte gar nichts mehr, sondern saß mit versteinerter Miene noch immer hinter dem Lenkrad.

„Ich kann trotzdem nicht! Versteht ihr das denn nicht. Seit dem ersten Dombesuch mit Marcus geht es in meinem Leben immer weiter bergab. Und der arme Harald, wie er da halbtot in einer Blutlache gelegen hat. Nein, das geht einfach nicht! Es ist für mich, wie an den Ort des Verbrechens zurück zu kehren und neues Unheil herauf zu beschwören“, sagte ich voller Verzweiflung.

„Eben darum ist es wichtig für dich, deine Angst zu überwinden“, sagte Denise sanft. „Außerdem ist das Quatsch! Denn dann ist deine Wohnung auch ein Ort des Verbrechens. Und dahin kehrst du auch immer wieder zurück. Wenn ein Reiter vom Pferd fällt, was soll er dann tun? Was wäre das richtige?“

„Wieder aufsteigen? Weiterreiten?“

„Genau! Oder wenn man einen Crash mit dem Auto hat, ist es am besten, sich sofort wieder hinter das Lenkrad zu klemmen. Man muss die Ängste sofort wieder überwinden. Sonst wird es nie wieder was!“

„Na, für sofort, ist es jetzt sowieso zu spät. Das Ganze liegt ja schon einige Monate zurück. Aber ich würde auch sagen, überwinde dich! Damit du wieder frei wirst, von dieser Angst. Wäre doch zu ärgerlich, wenn wir deswegen nie wieder mit dir über den Dom bummeln könnten. Weißt du was? Ich steige jetzt aus und rauche eine Zigarette. Du bleibst hier sitzen und überlegst es dir noch mal. Denk in Ruhe drüber nach! Wenn du absolut nicht willst, fahre ich dich nach Hause“, sagte jetzt Nadja ruhig.

„Ja, aber dann wird es doch für dich und Denise zu spät, wenn du noch mal zurück und wieder herfahren musst“, sagte ich etwas beschämt.

„Das macht uns nichts aus. Verzichten wir für heute eben und holen das ein anderes Mal nach. Oder Denise? Wie siehst du das?“

„Ganz genauso. Ich gebe dir vollkommen recht. Seufz. Ich hatte mich so drauf gefreut.“

Die beiden stiegen aus. Nadja zündete sich eine Zigarette an. Denise, überzeugte Nichtraucherin, stand neben ihr. Ich blieb beschämt im Auto sitzen und dachte, nein, das kann ich nicht machen. Jetzt verderbe ich den beiden den Spaß und den ganzen Abend. Und irgendwie haben sie ja recht.

Noch bevor Nadja ihre Zigarette aufgeraucht hatte, stieg ich aus und sagte: „Na, was ist Mädels? Wollt ihr hier Wurzeln schlagen, oder wollen wir los?“

„Ich wusste es!“, freute Nadja sich, umarmte mich und versengte mir fast mit ihrer Zigarette die Haare.

„Wir werden schon auf dich aufpassen“, meinte Denise.

Als wir losgingen sagte ich: „Da ist übrigens noch was, was mir auf der Seele liegt.“

„Harald“, sagten Denise und Nadja wie aus einem Mund.

„Ja, genau. Wisst ihr, vielleicht arbeitet er inzwischen wieder hier. Und ich habe Angst, ihm zu begegnen.“

„Also, ich denke nicht, dass du ihn noch zufällig treffen wirst. Der arbeitet bestimmt nicht mehr hier.“

„Ja vielleicht, aber was ist, wenn doch? Immerhin ist sein Onkel Schausteller. Ich wüsste einfach nicht, was ich machen soll, wenn er mir plötzlich gegenübersteht.“

„Sollte das wirklich passieren, dass ihr euch seht, wird er sich wahrscheinlich unauffällig verziehen. Oder wenn er das nicht kann, ignoriert er dich vielleicht oder reagiert als wäre nichts gewesen. Es wird auf jeden Fall nichts Schlimmes passieren. Und höchstwahrscheinlich bekommst du ihn gar nicht zu sehen.“

„Ich wüsste gar nicht, wie ich mich ihm gegenüber verhalten soll. Nach allem was ich ihm angetan habe. Und er war so sauer auf mich, als ich ihn das letzte Mal im Krankenhaus besucht habe.“

„Du wirst ihn schon nicht treffen!“

Und dann waren wir am Taschenstand, und ich vergaß meine Sorgen für eine Weile. Ich war schon drauf und dran, mir eine schicke Handtasche zu kaufen. Denise überredete mich dann, das doch auf dem Rückweg zu machen, weil ich sonst alle Einkäufe mit über den Dom schleppen müsste.

Als ich maulte, sagte Denise: „Ich verspreche dir, dass wir hier auf dem Rückweg noch mal gucken. Dann kannst du dir die Tasche kaufen. Ich wollte doch auch noch nach einem Rock gucken.“

In dem Moment kam Nadja hinter einem Kleiderständer hervor. Sie hatte einen komischen Hut auf, eine pinkfarbene Federboa um den Hals und trug dazu eine riesige pinkfarbene Sonnenbrille. Nadja war eigentlich sehr hübsch, aber davon war jetzt nicht mehr viel zu sehen. Nur ihr langes, glattes, blondes Haar guckte noch unter dem Hut heraus.

„Na, was meint ihr?“, fragte sie.

Denise und ich lachten erst mal laut los. Nachdem ich mich wieder beruhigt hatte, sagte ich: „Einfach super! So brauchst du keine Angst zu haben, nicht aufzufallen.“

Nadja legte die Sachen zurück, und wir gingen weiter. An Stände, an denen es lecker duftete und blinkenden Karussells, an denen laute Musik dudelte, vorbei. Vor der Geisterbahn stand wieder der Mann im Affenkostüm und erschreckte die Leute. Ich winkte ihm zu und er winkte zurück. Vor dem großen Kettenkarussell blieben wir stehen. Es ist schon faszinierend zuzusehen, wenn das Mittelteil, nachdem die Fahrgäste alle schon in ihren Schaukeln sitzen, anfängt, sich zu drehen und dabei immer höher und höher fährt, bis die Schaukeln ganz weit oben in der Luft hängen. Ich finde das Gefühl im Kettenkarussell ist so, als würde man fliegen. Für mich gibt es kein schöneres Karussell. Mit strahlenden Augen sah ich nach oben.

„Du müsstest dich mal sehen, Caro! Einfach unfassbar! Ein simples, veraltetes Karussell und du stehst da, als hättest du gerade die göttliche Erleuchtung erfahren“, sagte Nadja. „Oder wie ein Kind vor dem Weihnachtsbaum! Und so was wollte nie wieder auf den Dom gehen! Du musst uns ja zutiefst dankbar sein, dass wir dich dazu überredet haben“, sagte Denise jetzt lachend.

„Bin ich auch! Und noch dankbarer bin ich, wenn mal jemand die Tickets für die nächsten drei Runden holt.“

„Nein, danke, aber da wird mir schlecht. Eine Runde ist ok, aber keine drei! Die nächsten beiden musst du dann alleine drehen.“

„Auch gut“, sagte ich und machte mich schon auf den Weg zum Kartenhäuschen, um selber die Tickets zu kaufen.

Es war himmlisch! Ich flog durch die Luft zu romantischer Musik und konnte von oben auf die Menschen herunterschauen. Nach der dritten Runde war mir dann ein bisschen kalt. Deswegen ist mir der Sommerdom auch immer lieber. Mit von der Kälte gerötetem Gesicht, aber vor Freude strahlend, ging ich zu Denise und Nadja zurück, die beide schon etwas genervt guckten, weil sie solange auf mich warten mussten.

„Na, Prinzessin der Lüfte, bist du jetzt zufrieden? Wir hatten schon Angst, du frierst da oben fest!“

„Oh, es war so toll! Ich könnte glatt noch mal!“

„Gott bewahre! Das kannst du uns nicht antun. Wir kriegen schon kalte Füße vom Herumstehen.“

„Also, da hilft nur Glühwein! Ich gebe einen aus“, sagte ich, und wir gingen zum nächsten Glühweinstand.

Da uns nach einem immer noch nicht wieder warm war, tranken wir noch einen zweiten. Außer Nadja, die ja noch zurückfahren musste.

„So, und jetzt bin ich dran.“, sagte sie. „Auf zur Achterbahn!“

„Ach, nein! Das ist nun wirklich nichts für mich. Wenn die so in die Tiefe donnert, rutscht mir der Magen in den Hals! Wahrscheinlich so ähnlich wie beim freien Fall. Also das wäre auch nichts für mich.“

„Ja, aber ich werde Achterbahn fahren, wenn du gestattest, und Denise kommt bestimmt mit mir, oder?“

„Klar, komme ich mit in die Achterbahn. Dann muss Caro hier eben warten. Und lass dich nicht von fremden Männern ansprechen!“

Mittlerweile waren wir bei der Achterbahn angelangt. Während Nadja und Denise sich einen Weg durch die Menschenmenge zum Fahrkartenhäuschen bahnten, suchte ich mir unten in der Menge einen guten Stehplatz, um gut sehen zu können. Ich fand die Achterbahn so aufregend, dass das Mitfahren einfach zu viel für mich war. Es reichte völlig aus, unten zu stehen und zuzusehen, um meinen Blutdruck um ein Vielfaches in die Höhe zu treiben.

Nadja und Denise hatten schon einen Platz in der Achterbahn ergattert. Die Bahn setzte sich langsam in Bewegung, um in Kreisen und Kurven bis nach ganz oben zu kriechen. Oben angekommen senkte sich der vorderste Wagen plötzlich steil nach unten, und die Bahn schoss donnernd in die Tiefe, während die Insassen schrill kreischten. Mir wurde schon vom Zusehen schlecht! Ein paar Minuten später war der ganze Spuk vorbei, und meine beiden Kolleginnen standen plötzlich wieder gut gelaunt vor mir. Wir gingen dann weiter. Es duftete nach leckeren Bratwürsten.

„Oh, wie das duftet“, sagte ich und ging automatisch auf den nächst besten Würstchenstand zu.

„Halt, Caro! Lass uns mit dem Essen bis zum Schluss warten. Solange wir noch irgendwo mitfahren wollen. Kommt das nicht so gut. Da wird einem nur schlecht. Wenn wir mit den Karussells durch sind, können wir uns von einem Stand zu dem anderen durchfressen!“ „Ja, oder wir setzen uns nachher gemütlich irgendwo rein zum Essen und Trinken.“ „Können wir auch machen. Oh, da vorne ist *der Krake*. Wer kommt mit?“

Diesmal ließen wir uns alle drei durchschaukeln, bevor wir unseren Weg fortsetzten. Dann kamen wir am Riesenrad vorbei. Ich blieb aufgeregt stehen.

„Oh ja!“, sagte ich. „Nirgends hat man einen schöneren Ausblick über das Hamburger Lichtermeer als von da oben. Man kann den Michel und sogar im Hafen die Kräne sehen.“

Nadja verdrehte die Augen. „Ja, das ist besonders für Touristen interessant. Es kann auch ganz romantisch sein, wenn man da oben mit seinem Schatz Händchen haltend sitzt. Aber jetzt ist es scheiß kalt da oben!“

„Sie hat recht“, sagte Denise, und wir gingen weiter. „Wir können das mal im Sommer nachholen.“

Und dann kam der *Breakdancer* in Sicht. Ich versuchte angestrengt in die andere Richtung zu schauen und schnell weiter zu gehen. Denise hielt mich am Arm fest.

„Stopp, Carolin! Nicht feige flüchten! Du bist doch eine starke, couragierte Frau. Das ist zufällig mein Lieblings-Karussell. Das musst du mir und Nadja schon gönnen. Du brauchst ja nicht mitzufahren, wenn du nicht möchtest."

Ich sah mich vorsichtig um. Keine Spur von Harald.

„Ok, ich fahre mit, wenn du die Karten holst."

Wir stiegen die Metallstufen hoch, um oben zu warten, bis Denise mit den Tickets zurückkommen würde. Und dann sah ich Harald. Er stand bestimmt zehn Meter entfernt, absolut lässig an das Kartenhäuschen gelehnt und sah mich an. Mein Herz machte einen freudigen Hüpfer, während mein Magen sich vor Angst, was da gleich passieren würde, zusammenkrampfte. Aber es passierte gar nichts. Er sah mich nur stumm an. Er kam nicht herüber, er lächelte nicht. Mein freudiges Lächeln erstarb, und ich sah schnell in die andere Richtung.

Gott sei Dank kam Denise in diesem Augenblick mit den Tickets zurück und das Karussell zum Stehen. Die Metallbügel klirrten, als die Sicherungen gelöst wurden, und die Fahrgäste stiegen aus. Einige leicht schwankend.

Ratz fatz saßen Denise und Nadja in einem Wagen. Also stieg ich im Wagen davor allein ein. Auch das noch! Ich schloss die Augen und versuchte mich zu entspannen als ich bemerkte, wie sich jemand neben mich setzte. Als ich meine Augen wieder öffnete und leicht zur Seite blinzelte, sah ich voller Überraschung, dass sich Harald neben mich gesetzt hatte. Ich riss die Augen auf und sah ihn ängstlich an.

„Hi!", sagte er nur.

Er schloss den Metallbügel und legte einen Arm um die Rückenlehne ohne mich zu berühren. Das Gefährt setzte sich in Bewegung. Ich antwortete ihm auch mit „Hi" und lächelte ihn an. Mehr konnte ich dann nicht sagen, weil der Wagen erst nach vorne dann ruckartig zurückschoss, abrupt bremste, sich drehte und wieder nach vorne schoss. Das ist ein Gerät, in dem man richtig die Orientierung verliert.

Als die Fahrt dem Ende zuging hatte ich mich so weit gefasst, dass ich sagte: „Harald, es tut mir alles so wahnsinnig leid. Ich kann gar nicht sagen, wie leid es mir tut. Es war alles meine Schuld, ich weiß das! Bitte gebe mir die Chance, mit dir darüber zu reden. Ich verstehe es durchaus, wenn du nichts mehr mit mir zu tun haben willst. Aber bitte lass uns noch mal drüber reden."

„Klar Baby! Oder was meinst du, weswegen ich hier bin?", sagte Harald jetzt grinsend.

„Ich hatte nicht damit gerechnet, dass du hier noch arbeiten würdest."

„Wenn alles wie geplant gelaufen wäre, würde ich hier nicht mehr arbeiten. Aber durch den Krankenhausaufenthalt hat sich alles ein bisschen verzögert."

Mittlerweile hatte er den Bügel entriegelt, fasste mich an die Hand und wollte mich mit sich ziehen.

„Moment warte, ich bin mit zwei Arbeitskolleginnen da. Ich muss denen erst Bescheid sagen. Sonst sind sie nachher sauer."

„Nicht mehr nötig", sagte Denise, die plötzlich mit Nadja neben mir stand. „Wir haben das schon mitbekommen."

„Cool! Gleich drei Bräute! Da steh ich drauf", sagte Harald in seiner unverwechselbaren Art, während er versuchte, seine Augenbrauen zweimal ruckartig in die Höhe zu ziehen. Es sah zu komisch aus, und Nadja und Denise fingen an zu kichern.

„Wirklich charmant der Herr", sagte Denise.

„Man tut, was man kann! Hätten die Damen was dagegen, wenn ich mich mit Carolin unter vier Augen unterhalte?"

„Durchaus nicht. Solange wir sie nachher wieder mit zurücknehmen können."

„Darf ich die Damen in die nächste Pommes-Bude einladen? Ich gebe Bier und was zu Essen aus!"

„Das ist ja ganz reizend!"

„Ich bin übrigens Harald", sagte Harald und streckte Nadja und Denise seine Hand entgegen.

Wieder kicherten die beiden. „Das dachten wir uns bereits!"

„Oh, ach so! Na, dann gehen wir mal."

„Aber Harald, musst du nicht arbeiten?“

„Habe mir gleich frei genommen als ich dich sah und für Vertretung gesorgt. Das kann ich mir doch nicht entgehen lassen, gleich mit drei Bräuten, äh Entschuldigung, Frauen über den Dom zu flanieren“, sagte er grinsend, während sich sein Schnauzer nach oben bog.

Wieder kicherten Nadja und Denise. Ich sah prüfend in ihre Gesichter. Aber es war keine Spur von Argwohn zu sehen. Sie schienen sich königlich zu amüsieren.

„Also Harald, du bist ja ein richtiger Charmeur“, sagte Nadja und klimperte mit den Augen.

„Ich weiß! Dann darf ich die Damen bitten, sich bei mir einzuhaken!“

Denise hakte Harald an seiner linken Seite ein, ich hängte mich an seine rechte Seite, während Nadja sich bei mir einhakte. Harald schlenderte mit uns auf die nächste Bude zu. Es war die gleiche, in der wir uns kennengelernt hatten. Nadja und Denise setzten sich an den einen Tisch, während sich Harald mit mir an den Nachbartisch setzte. Er bestellte für uns alle Bier, Pommes und Würstchen.

„Nicht gerade das *Vier Jahreszeiten* oder das *Atlantik* hier. Aber ist doch urgemütlich, oder?“

„Ja, toll! Hier haben wir uns kennengelernt! Ich hoffe, du bedauerst das nicht“, sagte ich und sah mir die die sechs Zentimeter lange Narbe an, die jetzt noch an Haralds Schläfe zu sehen war.

Man konnte noch deutlich die Stiche sehen, mit der die Wunde zusammengenäht worden ist.

„Du hast ja sogar eine Narbe behalten. Das tut mir so leid!“

„Narben sind in Friedenszeiten todschick! Ich habe noch ein paar mehr. Kann ich dir vielleicht irgendwann mal zeigen. Aber erstmal muss ich wissen, wie es deinem Arschfreund geht? Hat der wenigstens auch was abgekriegt. Ich hoffe, ich habe ihm ordentlich die Fresse poliert!“

„Mein Arschfreund ist längst nicht mehr mein Freund, nachdem er dir das angetan hat.“

„Wie konntest du das nur machen? Wie konntest du mir das antun, dich weiterhin mit ihm zu treffen? Das verstehe ich einfach nicht. Ich dachte, wir sind zusammen? Du hast selber gesagt, dass du jetzt mit mir zusammen bist, als Martha da war. Wie soll ich dir noch vertrauen? Sag es mir! Die Verletzungen von dem Arsch haben nur halb so wehgetan, wie die Verletzung von dir. Ich bin ein knallharter Kerl, aber das war zu viel!“

„Und ich bin eine völlig verblödete Blindekuh! Das heißt, natürlich ist keine Kuh so blöd wie ich. Ich sehe ja ein, dass ich alles falsch gemacht habe. Ich habe mich von Marcus blenden lassen. Habe dem Idioten blind vertraut und an dir gezweifelt.“

„Warum hast du an mir gezweifelt? Ich habe dir von Anfang an klar und ehrlich gesagt, was Sache ist!“

„Naja, ich weiß aber ...“, wand ich mich. „Die Typen, die auf dem Dom arbeiten, nennt man Karussellbremser. Wusstest du das? Und die gelten im Allgemeinen als dahergelaufen und nicht so vertrauenswürdig. Und einen richtigen Beruf hast du auch nicht!“

Harald wurde richtig sauer!

„Aha! Ich bin dir also nicht gut genug? Wahrscheinlich zu asozial?! Und der Arschfreund, der ist besser oder was?! Was hat der für einen tollen Beruf? Was kann der denn alles, außer unschuldigen Leuten die Fresse polieren ...!“

Harald war jetzt mindestens auf hundertachtzig.

„Ich bin so enttäuscht von dir! Niemals! Wirklich niemals, hätte ich dich für so eine naive und oberflächliche Tusse gehalten!“

Das klang gar nicht gut! Das Gespräch ging eindeutig in die falsche Richtung. Ich war verzweifelt, denn eigentlich hatte er ja recht. In dem Moment kam die Kellnerin vorbei. Schnell bestellte ich bei ihr ein paar Schnäpse, die auch prompt geliefert wurden.

„Halts Maul, Alter!“, sagte ich.

Harald sah mich mit offenem Mund an.

„Los trink mal einen! Vielleicht wirst du dann wieder normal. Jetzt bleib mal locker, und hör mir zu!“

Wir kippten jeder einen Schnaps runter. Und ich legte wieder los.

„Ich habe mich bereits mehrmals entschuldigt, und ich würde mich noch hundertmal bei dir entschuldigen, wenn du mir nur verzeihen könntest!“

„Ich würde dir so liebend gern verzeihen. Aber was soll das, wenn ich dir nicht gut genug bin?“

„Maul halten!“, sagte ich wieder, in für mich völlig untypischer und rüder Ausdrucksweise.

Harald guckte ganz geschockt.

„Jetzt bist du mir viel mehr als nur gut genug. Aber wie sollte ich das damals wissen? Marcus war einfach zuerst da. Ich war so verknallt in ihn, dass ich seine ganzen Fehler gar nicht sehen konnte und auch nicht wollte. Dann bist du aufgetaucht, und ich war immer noch in Marcus verknallt. Du hast ja praktisch drauf bestanden, dass ich deine Freundin bin!“

„Das würde ich auch immer noch tun, wenn das mit dem Arsch vorbei wäre und du dem nicht mehr hinterher heulen würdest!“

Ich strahlte vor Freude. „Das tust du immer noch? Du bestehst immer noch auf mich, wenn Marcus passee ist? Du liebst mich also immer noch?“

Ich bestellte noch zwei Schnäpse!

„Klar! Hab versucht, mir das abzugewöhnen. Hat aber nicht geklappt.“

„Hat nicht geklappt? Wie gut! Das ist richtig gut so. Denn ich habe mich in dich auch verliebt. Nicht von Anfang an, aber ...“

„Das habe ich gemerkt, dass das nicht von Anfang an war!“

„Jetzt lass mich doch ...“

„Du hast dich auch in mich verliebt. Du dich in mich??“

Plötzlich strahlte Harald wie ein Honigkuchenpferd.

„Ich versuche es dir doch gerade zu erklären.“

Harald stand auf, beugte sich über den Tisch und drückte mir einen Kuss auf den Mund.

Plötzlich war Denise an unserem Tisch.

„Danke, Harald, für Essen und Trinken. Das scheint hier ja eine längere Konferenz zu werden. Nadja und ich gehen mal zu den Ständen. Wir gucken mal, ob wir was finden. Danach kommen wir wieder. Ist das ok für dich Caro, oder brauchst du uns hier noch?“

„Nein, geht ruhig. Ich habe hier noch was zu besprechen.“

Denise und Nadja gingen. Ich wandte mich wieder Harald zu. „Am Anfang fand ich, dass wir nicht zusammenpassen. Weil du keinen so tollen Beruf hast und weil du nichts gelernt hast, und so. Bitte nicht wieder böse sein. Ich weiß ja, dass es darauf nicht ankommt. Aber du bist doch viel liebenswerter als ich erst dachte.“

„Das beruhigt mich aber, dass ich doch nicht ganz so ekelhaft bin. Ist aber schon bedauerlich, dass ich so dumm bin und nichts kann. Überlege es dir gut. Ich bin wohl deutlich unter deinem Niveau!“

„Nein, nein! So, meine ich das doch nicht. Du bist nicht dumm und unter meinem Niveau.“ Ich wunderte mich, dass er das Wort kannte. „Muss ja nicht jeder studiert haben. Hauptsache das Herz ist auf dem rechten Fleck. Und das ist es bei dir!“

„Da bin ich ja beruhigt“, sagte er wieder ziemlich sarkastisch.

„Ja, und damit du noch beruhigter bist, muss ich dir noch mehr erzählen. Aber sag mal, wer war eigentlich das blonde Barbieteil, das dich im Krankenhaus besucht und geküsst hat?“

„Welches Barbieteil denn? Kann ich mich nicht dran erinnern.“

„Dann denk mal nach! Ich habe dich einen Tag im Krankenhaus besucht, das hat gar keiner mitbekommen. Ich bin in dein Zimmer gekommen, und da stand sie. Sehr schlank, lange Beine, lange blonde Haare bis zum Po. Sie hat sich über dich gebeugt und dich geküsst und dir Koseworte zugeflüstert!“

„Hah, bist du jetzt eifersüchtig?“

„Nein, ich will nur wissen wer sie war.“

„Du bist doch eifersüchtig!“

„Nein, bin ich nicht! Jetzt sag mir endlich wer sie war!“

„Du meinst Jenny! Natürlich!“

„Jenny? Wer ist denn Jenny?“

„Meine liebe Schwester natürlich!“

„Klar! Deine liebe Schwester! Das glaube ich dir auf‘s Wort. Ihr seht euch auch zum Verwechseln ähnlich“, sagte ich jetzt ironisch.

„Das ist ganz einfach! Ich komme nach meinem Vater, einem heißblütigen Italiener. Jenny kommt nach unserer Mutter, einer blonden Deutschen.“

„Dein Vater ist Indianer?“

„Quatsch, Italiener. Das erklärt jedenfalls, warum wir uns nicht ähnlich sehen!“

„Gut, dann werde ich sie vielleicht kennenlernen?“

„Mit Sicherheit! Du hast noch nicht erzählt, wie es dem Arsch geht!“

„Ach ja! Also, er hat keine Verletzungen davongetragen. Du hattest doch gar keine Gelegenheit, zurückzuschlagen. Du bist doch gleich zu Boden gegangen.“

„Willst du damit sagen, dass ich ein Weichei bin? Ich war nur nicht im Training. Solltest mich mal sehen, wenn ich in Form bin!“

„Beileibe nicht! Er hat nur unfair gekämpft! Aber er hat auch sein Fett weggekriegt!“

„Wann hast du ihn das letzte Mal gesehen?“, fragte Harald etwas misstrauisch.

„An dem Abend, als er dich zusammengeschlagen hat. Ich habe ihn das letzte Mal gesehen, als er in Handschellen von der Polizei abgeführt worden ist. Seitdem nicht mehr! Soviel ich weiß, sitzt er immer noch im Knast!“

„Das hört sich doch gut an! Hoffentlich bleibt er lange dort! Hast du ihn wirklich nicht mehr gesehen, oder hast du ihn noch im Knast besucht?“

„Heiliges Indianer-Ehrenwort, ich habe ihn nicht mehr gesehen und will ihn nie wieder sehen. Alles was ich noch von ihm weiß, hat mir Madi erzählt.“

„Madi? Wer ist denn Madi?“

„Eigentlich heißt sie Madita. Sie ist seine Frau.“

„Seine Frau?!“, fragte Harald ungläubig und guckte dabei ziemlich irritiert aus der Wäsche. „Dieser Bastard hat eine Frau? Was hast du denn mit seiner Frau zu tun? Ich wusste nicht, dass er verheiratet ist.“

„Ich auch nicht. Vorher meine ich, als ich mit ihm zusammen war. Ich wäre nie auf die Idee gekommen, dass er verheiratet sein könnte. Ich dachte, ich wäre seine Einzige. Jedenfalls stand Madi plötzlich bei mir in der Tür, als Sybille und ich gerade dabei waren, die Spuren des Einbruchs zu beseitigen.“

„Welcher Einbruch?“

„Bei mir ist eingebrochen worden!“

„Das ist ja unglaublich! Wann war das?“

„Kurz nach der Prügelei.“

„Ist was gestohlen worden? Weißt du wer es war? Hat diese Tussi was damit zu tun?“

„Es ist nichts gestohlen worden. Ich habe keine Ahnung wer es war. Aber wahrscheinlich hat Marcus indirekt damit zu tun. Aber Madi auf keinen Fall. Sie ist viel zu besorgt um ihr Baby.“

„Marcus, dieser Wichser!“

„Halt doch deine Ausdrücke ein bisschen zurück. Mir ist das peinlich!“

„Nimmst du ihn etwa immer noch in Schutz?!“

„Nein, Marcus interessiert mich nicht mehr. Aber deine Ausdrücke sind mir manchmal echt peinlich.“

„Ok, ich versuche mich zu bessern. Also Marcus dieser Penner hat eine Frau die ein Baby hat. Von wem?“

„Na, von Marcus natürlich! Aber sie hat das Baby noch gar nicht, sie bekommt es erst.“

„Ich glaube, ich hab‘ ganz schön was verpasst! Du hast ja ein aufregendes Leben.“

„Da bin ich bestimmt nicht scharf drauf. Das kannst du mir glauben. Ich habe auch bald keine Wohnung mehr. Erinnerst du dich an Frau Krotzmann? Die hat dafür gesorgt, dass man mir gekündigt hat."

„Macht nichts! Dann ziehst du eben zu mir. Dann wird es auch wieder ruhiger in deinem Leben. Eine Frau braucht einen Aufpasser, äh Beschützer!"

„So ein Quatsch! Ich brauche keinen Beschützer! Das ist ja wohl nicht dein Ernst, dass ich zu dir ziehen soll!"

„Doch natürlich. Wir kennen uns zwar noch nicht so gut, aber wenn wir erstmal zusammenwohnen, ändert sich das ganz schnell."

„Ich ziehe doch nicht mit dir und Walter zusammen in einen alten maroden Wohnwagen! Das wäre ja eine tolle WG!"

„Ach, der Wohnwagen ist der Dame wohl nicht fein genug? Aber vielleicht tut sich ja auch noch was anderes auf? Kann man nie wissen. War auch nicht unbedingt meine Traumvorstellung mit dir und Walter zusammen im Wohnwagen zu leben."

„Ja, eigentlich ist das Angebot von dir auch sehr lieb. Aber wir sollten uns vielleicht doch erst ein bisschen besser kennenlernen, oder?"

„Ich wollte sowieso umziehen. Gibt auch in meinem Leben ein paar Änderungen. Muss ja jetzt auch, wo ich dich wieder habe. Aber du musst mir unbedingt noch mal die ganze Story erzählen. So ganz blick ich da immer noch nicht durch."

Plötzlich standen Denise und Nadja wieder an unserem Tisch.

„Wir wollten nicht drängeln, lasst Euch ruhig Zeit. Wir wollten eigentlich nur wissen, wie lange es noch dauert", sagte Nadja im Spaß, diesen Spruch aus dem Film *Papa ante Portas* von Loriot wiederholend.

„Ach, wolltet ihr schon wieder los?"

„Also, unsere Einkäufe haben wir erledigt. Rundherum gehen so langsam die Lichter aus, das wird hier nicht mehr lange gehen. Also wenn du dann auch deine Sachen soweit erledigt hast, dann könnten wir jetzt gehen", sagte Denise mit einem Schmunzeln.

„Ich habe Harald noch nicht erledigt, äh Quatsch! Ich meine, wir sind noch nicht ganz fertig geworden. Gebt uns bitte noch zehn Minuten."

Denise verdrehte die Augen, dann setzten sich die beiden wieder an den Nebentisch. Als ich mich umsah, stellte ich fest, dass sich die Bude zusehends leerte.

„Harald, was ist, kommst du noch mit?"

„Wohin denn?"

„Na, zu mir! Dann könnten wir den Rest besprechen und vielleicht ein bisschen das Versäumte nachholen."

„Geht leider nicht!"

„Geht nicht?", fragte ich mit großen ungläubigen Augen. Ich konnte es nicht fassen, ich bot ihm praktisch eine Nacht mit mir an, und er sagt einfach *geht nicht*!

„Nein, leider nicht. Ich habe noch was mit meinem Onkel zu besprechen. Dem hast du es auch mit zu verdanken, dass ich dir verziehen habe. Er hat mir erzählt, dass er dich bei mir im Krankenhaus getroffen hat und gesagt, dass du mal ein wirklich nettes Mädchen bist. Ich habe ihm dann gesagt, dass ich das auch dachte, bevor ich mit Marcus' Faust Bekanntschaft gemacht habe. Ich finde aber, jeder verdient eine zweite Chance. Außer Marcus, dieser Wi... äh Schläger! Also ruf mich doch morgen einfach an. Ich kann dich leider nicht mehr anrufen!"

„Du kannst mich nicht mehr anrufen?" Ich war fassungslos. Was sollte das denn jetzt wieder? Ich dachte doch, jetzt wird alles wieder gut.

„Wieso kannst du mich nicht mehr anrufen? Gibt es plötzlich keine Telefone mehr?"

„Hihi! Das Problem war, dass ich dich immer anrufen wollte, aber dachte, die Tussi, äh Braut, sorry, ist nicht gut für dich. Deswegen habe ich deine Nummer weggeschmissen. Damit ich nicht immer wieder in Versuchung komme. Also ruf du mich doch einfach an."

„Ach so ist das. Schade! Dann wird es wohl nicht mehr mit uns klappen! Ich kann dich auch nicht anrufen! Tut mir leid!"

Jetzt bekam Harald mit einem Mal einen ganz ängstlichen Blick. Ihm stand plötzlich die Panik im Gesicht.

„Äh ja, aber. Ich dachte, wir könnten daran arbeiten und alles vergessen, was schiefgelaufen ist. Ich habe dir doch verziehen!“

Jetzt lachte ich innerlich, weil es mir gelungen war, ihn zu erschrecken.

„Wie großzügig! In deiner unendlichen Güte hast du mir also verziehen? Ich glaube fast, das kann ich nicht annehmen!“

„Doch, bitte nehme es an. Bitte, meine Süße! Ich bin so ein Arsch, ehrlich. Ich will nicht wieder alles kaputtmachen!“

Ich brach in schallendes Gelächter aus, beugte mich zu ihm rüber und gab ihm einen Kuss auf den Mund.

„Ich kann dich deshalb nicht anrufen, weil ich deine Telefonnummer verloren habe! In dem ganzen Chaos von dem Einbruch ist sie mir abhandengekommen.“

Jetzt grinste Harald breit. „Frag einfach Harald. Der hat immer eine Lösung parat! Ich kann dir helfen, Mädchen!“

Er zog einen Kugelschreiber aus seiner Jackentasche und notierte seine Nummer auf einen Bierdeckel, den er dann zu mir rüberschob.

„Wo wir gerade dabei sind, leihst du mir mal deinen Kuli?“

Ich schrieb ihm meine Telefonnummer ebenfalls auf einen Bierdeckel.

„So, dann telefonieren wir. Ich kann meine Kolleginnen nicht länger warten lassen. Harald, pass gut auf die Telefonnummer auf.“

„Musst du gerade sagen!“

Wir standen auf und umarmten uns und küssten uns zum Abschied innig. Ich ging dann mit Denise und Nadja zum Ausgang. Harald kam hinterhergerannt. Umarmte und küsste mich noch einmal, bevor er zurückging. Ich strahlte wie ein Honigkuchenpferd.

Denise sagte: „Na, das hat doch super geklappt! Bist du jetzt endlich wieder glücklich?“

„Ja, wow! Ich habe mich lange nicht mehr so gut gefühlt und so glücklich!“

„Na, dann brauchst du das hier ja gar nicht mehr“, sagte Nadja, während sie die schöne Handtasche, die ich so gerne haben wollte, aus einer Plastiktüte zog.

„Her damit! Natürlich brauch ich die! Komm gebe sie mir! Oh, bitte, bitte Nadja!“

Nadja hielt die Tasche so hoch, dass ich nicht drankam. Immer wieder sprang ich hoch, um an die Tasche zu kommen.

„Das ist ja so lieb und umsichtig, dass ihr für mich mit eingekauft habt, da ich ja verhindert war“, sagte ich japsend und kichernd.

„Schluss jetzt! Jetzt gebe sie ihr endlich. Ich wollte heute noch mal nach Hause.“

Nadja ließ die Tasche wieder runter, und ich schnappte sie mir. Bewunderte freudig die neue Tasche und sagte: „Ihr seid so toll! Ihr alle beide! Das ihr daran gedacht habt. Das Geld gebe ich euch, wenn wir am Auto sind. Ok?“

„Nein! Das kommt gar nicht in Frage! Die Tasche ist ein Geschenk von Denise und mir, weil du deine Phobie überwunden und zurück ins Leben gefunden hast. Im Übrigen wird sich Suzie auch dran beteiligen. Also freu dich einfach! Vielleicht wird‘s ja ein Verlobungsgeschenk, haha!“

„Quatsch! Jetzt redest du aber Müll!“

„Tasche sofort wieder her!“, rief Nadja, und die Rangelei begann aufs Neue.

Ich war schon ganz außer Atem, als ich sie endlich zurück hatte.

„Also tausend Mal Dankeschön! Ihr seid wirklich super lieb. Wird denn Suzie auch damit einverstanden sein?“

„Das lass mal unsere Sorge sein! Der ist überhaupt echt knuffig, dein Harald! Irgendwie süß!“

„Nimmst du mich jetzt auf den Arm, oder meinst du das wirklich so?“

Ich konnte es nicht fassen.

„Natürlich meine ich es nicht ernst! Er ist ein Schurke, ein Halunke! Einfach unmöglich dieser Typ!“

„Nein, so schlimm ist er auch wieder nicht. Ich weiß ja, seine Ausdrücke und sein Benehmen und so. Auch optisch ist er nicht jedermanns Geschmack, aber ...“

Nadja lachte schallend los.

„Das war jetzt Spaß. Wollte nur mal sehen, ob du ihn standesgemäß verteidigst!“

„Ach, du nun wieder!“

„Also, ich mag ihn auch“, sagte Denise. „Ist wohl auch ganz gut so. Könnte ja immerhin sein, dass wir uns an ihn gewöhnen müssen, oder?“

Ich grinste: „Das liegt durchaus im Bereich des Möglichen!“

Nadja wäre fast an meiner Wohnung vorbeigefahren. Sie bremste quietschend, wich im aller letzten Moment einem Laternenpfahl aus, streifte die Mülltonne und kam gerade noch vor meinem Eingang zum Stehen.

„Also bye, Mädels! Noch mal ganz vielen Dank für alles! Wir sehen uns spätestens Montag in alter Frische!“

„Ja, mach es gut! Und vermassele nicht gleich alles wieder! Unsere Nerven sind auch keine Drahtseile“, verabschiedete sich Nadja.

„Also Nadja! Du bist wieder charmant wie eine hungrige Klapperschlange! Carolin wird es nicht wieder vermasseln!“

„Nein, das werde ich diesmal ganz bestimmt nicht! Danke, euch noch mal und Tschüss dann!“

„Ja, ja, schon gut! Also wenn du Harald dann doch nicht mehr willst, weil er dir zu proletenhaft ist, nehme ich ihn! Ich stehe auf so was! Bye, Caro! Bis Montag!“

Hat man da Worte? Stimmt vielleicht etwas nicht mit mir? Wieso finden meine Kolleginnen Harald zum Knuddeln, während ich denke, dass er nicht genügend Niveau für meines gleichen hat? Vielleicht weil die Kombination Harald und Walter noch härter ist als Harald allein oder mit mir? Ist ja auch egal. Jetzt ist jedenfalls alles wieder gut. Ich sah vorsichtshalber noch mal in meine Handtasche. Ja, alles klar! Da war er ja, der Bierdeckel mit Haralds Telefonnummer! Ob ich gleich mal anrufen sollte? Oder lieber doch nicht? Könnte schon ein bisschen spät sein. Ok, dann werde ich jetzt ganz wunderbar schlafen und Harald morgen früh anrufen.

Aber bevor ich mich dann bettfertig machte, räumte ich doch noch die neue Tasche, die Nadja und Denise mir geschenkt hatten, ein. Das war ja wirklich lieb von den beiden! Danach ging ich ins Bad und wunderte mich über das dümmlich grinsende Gesicht, dass mir da im Spiegel entgegenblickte. Das hatte ich schon lange nicht mehr gesehen.

Am nächsten Morgen erwachte ich ausgeruht und glücklich. Es war zwar erst 10:00 Uhr, aber ich konnte nicht mehr schlafen. Ich hätte Bäume ausreißen können! Allerdings reichten meine Kräfte nicht dazu aus, das Marmeladenglas zu öffnen. Nachdem ich dann soweit fertig war, sah ich vorsichtshalber noch mal in meine neue Handtasche. Ja, der Bierdeckel mit Haralds Telefonnummer war noch da. Um ganz sicher zu gehen, sie nicht wieder zu verlieren, schrieb ich sie auch noch in meinen Terminkalender. Sicher ist sicher!

Sollte ich schon mal anrufen? Heute Nachmittag wird er ja am Arbeiten sein, da werde ich ihn nicht erreichen können. Andererseits wäre es wohl taktisch klüger, zu warten bis er sich meldet. Denn wenn es auch vorher so war, dass er mir hinterhergelaufen ist, muss sich ja jetzt die Medaille nicht gleich umkehren. Wir haben uns schließlich ausgesprochen, es ist alles geklärt. Er weiß, dass ich Interesse habe.

Aber ich hatte einen unglaublichen Drang, mein neues Glück der ganzen Welt zu erzählen. Ich rief der Reihe nach, natürlich bei Sybille angefangen, alle an, die ich kannte.

Nachdem ich mein gestriges Erlebnis schon fünf Mal erzählt hatte, konnte ich es endlich selber glauben und Ruhe geben. Aber es war erst Samstag, und ich hatte praktisch noch das ganze Wochenende vor mir.

Ob ich Harald an diesem Wochenende wohl noch sehen würde? Es juckte mir wieder in den Fingern ihn anzurufen und zu fragen. Ich beherrschte mich. Er würde sowieso arbeiten müssen. Ich dachte daran, dass ich meine Familie in letzter Zeit schändlich vernachlässigt hatte. Besonders meine, mir sehr nahe stehende liebe Omi, die wirklich in jeder Lebenslage für mich da war. Ich beschloss, sie sofort anzurufen und meinen Besuch anzukündigen. Das Telefonat war dann zwar, durch ihre Schwerhörigkeit bedingt, ziemlich anstrengend. Aber sie freute sich doch sehr, als sie endlich verstanden hatte, dass ich sie gerne besuchen würde.

Ich sagte ihr, dass ich gleich zum Bahnhof gehen würde. „Bahnhof“ war dann auch alles was sie verstand.

„Ja Omi, ich werde in 15 Minuten mit der U-Bahn fahren.“

„Du willst mit Ute in Urlaub fahren? Aber das kannst du mir doch erzählen, wenn du hier bist, Mädchen!“

„Nein! Ich werde nicht in den Urlaub fahren! Ich werde mit der U-Bahn fahren!“, brüllte ich in den Hörer.

„Warum schreist du denn so? Ich bin doch nicht taub!“

„Nein, natürlich nicht. Soll ich dir gebrannte Mandeln besorgen? Die magst du doch so gern.“

„Warum willst du mir deinen Mantel borgen? Meiner ist doch noch gut.“

„Nein, keinen Mantel! Ich wollte dir nur eine Kleinigkeit mitbringen.“

„Aber sicher wird dir das gelingen!“

Ich gab es auf, beendete das Gespräch abrupt und weiß bis heute nicht, was sie meinte als sie sagte, dass mir das gelingen würde. Aber es gelang mir, sie zu überreden sich das Hörgerät einzusetzen, als ich bei ihr ankam. Es war dann ein herrlich entspannender Nachmittag. Omi fragte mich, was denn aus meinen beiden Verehrern geworden wäre. Ich erzählte ihr, dass ich jetzt wohl mit dem Richtigen zusammen wäre, der anfangs Richtige dann doch der Falsche gewesen wäre. Allerdings ließ ich alle dramatischen Details, wie die Schlägerei, den Einbruch etc. aus, um sie nicht aufzuregen.

Meine weise Oma sagte: „Ja Kind, das ist alles nicht so einfach. Und manchmal stellt sich heraus, dass die anfängliche zweite Wahl, dann doch die bessere ist. Jeder Topf findet sein Deckelchen. Du wirst es schon richtigmachen. Sei nur nicht immer so gutgläubig.“

Nach vier Stunden machte ich mich dann, mit Lebens- und Genussmitteln bepackt, wieder auf den Heimweg. Meine liebe Omi hat nur eine sehr kleine Rente. Dabei ist es meistens so, dass die Menschen die selbst nichts haben, noch ihr letztes Hemd weggeben. Während die Reichen meistens noch geizig sind. Aber vielleicht sind sie gerade deswegen zu Reichtum gekommen? Suzie hatte mal einen reichen Mann kennengelernt und sich in ihn verliebt. Sie schwärmte mir dann vor, dass er so eine richtig gute Partie wäre. Er hätte Geld im Überfluss, einen Porsche, ein Wohnmobil, ein palastartiges Haus mit einem großen Anwesen. Darüber hinaus würde er mindestens drei Mal im Jahr tolle Urlaube in exotische Länder machen.

Ich habe gesagt, dass die meisten Reichen doch geizig wären und das ich nicht glaube, dass materieller Reichtum wirklich glücklich machen würde.

Na, das Problem des materiellen Reichtums, wird bei Harald und mir sowieso nicht aufkommen. Da würde ich eher denken, dass es da schon ein bisschen mehr sein dürfte. Jedenfalls erzählte mir Suzie ein paar Wochen später ziemlich frustriert, dass Alexander sie eingeladen hätte, mit ihm an die Ostsee zu fahren. Hinterher hatte er dann die Hälfte der Spritkosten von ihr zurückgefordert. Abends wären sie noch im Kino gewesen. Er bezahlte dann großzügig den Kinobesuch. Danach gingen sie in einem teuren Restaurant essen. Als dann die Rechnung kam bestand er darauf, dass sie sie bezahlte. Er hätte ja schließlich schon das Kino übernommen. Die Rechnung des Restaurants betrug das Dreifache des Kinobesuches! Danach hatte Suzie genug.

Aber Harald war glücklicherweise nicht geizig. Obwohl es ihm wohl nicht schaden würde, etwas sparsamer mit seinem Geld umzugehen. Ob Harald sich wohl noch melden würde? Bestimmt! Denn vorher hatte er ja auch immer angerufen oder ist sogar vorbeigekommen. Selbst wenn es mir da noch nicht gepasst hatte.

Er rief nicht an. Es wurde ein langweiliger Samstagabend allein bei mir zu Hause. Aber Sybille meldete sich. Wie es denn mit nächstem Freitag aussähe, und ob ich Harald mitbringen würde.

Ich klagte ihr jammervoll, dass er sich seit gestern nicht mehr gemeldet hätte und ich keine Ahnung hätte, ob er nächstes Wochenende wieder bei seinem Onkel arbeiten müsste oder nicht.

„Also Caro! Ihr seid doch erst seit gestern wieder zusammen. Da ist es doch kein Drama, wenn er sich nicht gleich heute meldet. Außerdem kannst du ihn doch anrufen, oder?“, sagte Sybille.

„Klar könnte ich. Aber er arbeitet doch sowieso. Da würde ich ihn wohl gar nicht erreichen. Außerdem will ich, dass er sich meldet, weil es vorher immer so war. Ich will nicht, dass der Spieß jetzt umgedreht wird und ich ihm hinterherlaufen muss.“

„Aber nur weil du ihn jetzt das erste Mal anrufst, heißt das doch nicht, dass du ihm gleich hinterherläufst. Und wenn er sowieso arbeitet, was machst du dir denn da Gedanken?“

„Ach, ich weiß auch nicht. Jetzt ist eben alles neu und anders.“

„Ok! Dann melde dich doch einfach noch mal, wenn du wieder mit Harald gesprochen hast. Das muss ja auch nicht heute sein. Ich bin ja so gespannt, deinen *Prolli* mal kennenzulernen. Und, ach ja, könntest du wohl einen Salat mitbringen? Oder wollen wir die Salate hier zusammen zubereiten?“

„Nein, ich bringe einen mit. Das ist einfacher. Ich kann auch zwei mitbringen, wenn du willst?“

„Einer reicht! Am besten einen Nudelsalat. Dann kann ich mit den restlichen Salaten die anderen beauftragen. Die sollen auch was zu tun haben. Also bis dann. Mach dir einen gemütlichen Abend und keine ungemütlichen Gedanken. Und wenn doch noch was sein sollte, dann melde dich. Alles klar, Süße?“

„Ja, alles paletti! Bis bald. Tschaui!“

Sonntagmorgen gab ich mir einen Ruck und rief bei Harald an.

„Hannes“, meldete sich eine ältere Herrenstimme.

Ob das sein Onkel war? „Ja, äh“, stotterte ich. „Also hier ist Carolin Bäcker, und ich würde gerne Harald sprechen.“

„Ach, die kleine Carolin. Wie geht‘s denn so?“

„Oh, danke gut. Und Ihnen? Ist Harald nicht da?“

„Mir geht es auch gut, und Harald trägt allerhand dazu bei. Harald kommt erst heute Nachmittag, um mir zu helfen.“

„Ach so. Ja, dann habe ich wohl Pech gehabt. Ich dachte, er wäre in seinem Wohnwagen.“

„Nein. Das ist nur so eine Notunterkunft, wenn es mal spät wird und wenn es sich nicht lohnt für ihn, nach Hause zu fahren. Normal wohnt er noch zu Hause bei seinen Eltern. Wenn auch nicht mehr lange. Aber in letzter Zeit war er ja auch viel hier. Er sagte schon, falls du anrufen würdest, sollte ich dir die Nummer geben, unter der er zu erreichen ist. Hast du was zu schreiben?“

Ich hatte und schrieb mir die Nummer auf, die Harald‘s Onkel mir durchgab.

„Ja, also dann vielen Dank und einen schönen Sonntag noch“, wünschte ich.

„Ach, ist für mich nur ein ganz normaler Arbeitstag. Dann ruf mal bei Harald an, der freut sich bestimmt! Also Tschüss dann!“

Dann wählte ich mit pochendem Herzen die Nummer.

„Hier Jennifer Hannes“, meldete sich eine junge weibliche Stimme.

„Äh, hallo! Hier spricht Carolin Bäcker. Könnte ich bi… bitte ma… mal den Harald sprechen?“, stotterte ich aufgeregt in den Hörer.

„Weiß nicht. Kann sein, dass er noch schläft. Soll ich mal nachsehen?“

„Nein! Ich wollte nicht stören“, sagte ich noch schnell.

Aber es war bereits zu spät. Ich hörte, wie sie an seiner Tür klopfte, sie öffnete und rief: „Hey! Brüderchen aufstehen! Telefon für dich!“

„Schnauze! Mir doch egal!“, hörte ich ein unfreundliches Gebrummel im Hintergrund.

„Mensch Harald! Steh endlich auf! Hier ist ein Mädchen am Telefon!“

„Mir doch egal! Jetzt verpiss dich endlich und lass mich in Ruhe!“

„Es ist wirklich nicht nötig, ihn zu st...“, versuchte ich noch zu sagen.

„Doch, ist es! Er muss sowieso aufstehen. Aber er ist ein furchtbarer Morgenmuffel. Moment mal! Nicht auflegen! Das haben wir gleich!"

Dann hörte ich ein Gerangel und Gepolter im Hintergrund, als würde da gerade ein kleiner Kampf stattfinden. Dann helles Gekicher und Harald, wie er irgendwas von „Jenny, du blöde Kuh. Gib mir meine Decke zurück!" schimpfte.

Dann hörte ich seine Schwester, wie sie sagte: „Mensch, deine Freundin ist am Telefon!"

„Waaas?! Warum sagst du das nicht gleich?"

Und dann hatte ich Harald endlich dran.

„Ich, ich wollte nicht, dass sie dich weckt", stammelte ich.

„Aber ich wollte es, mein Sahneschnittchen! Hat leider nur etwas gedauert, bis ich gecheckt habe, was los ist und wer am Telefon ist. Ist etwas ungewohnt, dass du anrufst."

„Ja, sorry! Lass uns gleich Schluss machen! Ich wollte wirklich nicht ..."

„Quatsch, nicht schon wieder! Bin Happy-Harald, weil du anrufst. Der Tag ist gerettet! Leider muss ich nachher noch zum Dom und bei meinem Onkel malochen. Wie geht's dir?"

„Gut. Aber ich wollte wirklich nicht stören!"

„Jetzt mach mal halblang! Zum hundertsten Mal: du störst nicht. Wie oft soll ich das noch sagen? Eigentlich ist jeder des Todes, der es wagt, mich zu wecken. Aber bei dir kann ich mir kaum was Schöneres vorstellen. Außer natürlich neben dir aufzuwachen oder einzuschlafen. Naja, kommt schon noch!"

„Ja, das wäre schön", sagte ich. „Aber es hat auch einen Grund, warum ich anrufe und deinen kostbaren Schönheitsschlaf störe. Es ist so ..."

Weiter kam ich dann wieder nicht, weil der mittlerweile ziemlich muntere Harald mich gleich wieder unterbrach.

„Du vermisst mich! Stimmt's? Und ich dich erst mal. Wir haben ja so viel nachzuholen!"

„Nein!"

„Was nein??"

„Ich meine natürlich ja. Wir haben viel nachzuholen, nach der langen Pause. Ich hatte auch nicht damit gerechnet, dass das noch wieder was werden könnte mit uns. Und vermissen tue ich dich natürlich auch. Aber was ich eigentlich sagen wollte ... Also, meine beste Freundin, Sybille, hat mich angerufen, und ich bin, ich meine, wir sind ... Sie hat mich gefragt, ob ich zu ihrer Party kommen würde und ob ich dich mitbringen würde. Aber ich weiß ja nicht, ob du überhaupt Zeit hast, und vielleicht hast du ja auch keine Lust dazu?“

„Ne Party?! Klasse! Dazu habe ich immer Lust. Besonders wenn ich mit meiner Hasenbraut antanzen kann!“

„Ja, aber musst du am Freitag nicht arbeiten?“

„Nee du! Stehen keine Wartungsarbeiten an, und die Tickets kann Walter auch alleine einsammeln. Muss er seinen Arsch, sorry, Hintern, eben mal bewegen!“

„Ach ja, noch was“, fügte ich hinzu. „Also nur falls es dich stört oder so. Es kommen überwiegend Studenten und studierte Leute. Ich weiß ja nicht, ob du dich unter dehnen wohlfühlst?“

„Ach, weißt du, sind doch auch nur Menschen“, war Haralds Antwort.

Er ließ sich wirklich nicht aus der Ruhe bringen.

“Na, dann ist ja alles klar! Müssen wir uns nur überlegen, wann und wo wir uns treffen. Oder wollen wir uns einfach bei Sybille treffen? Die Adresse ist ...“.

Harald fuhr sofort dazwischen. „Auf gar keinen Fall! Ich hole dich ab, und wir fahren zusammen dahin. Ich bin doch viel zu schüchtern, um alleine bei deinen Freunden aufzukreuzen! Außerdem könnte ich dich furchtbar blamieren, wenn du nicht auf mich aufpasst. So ein ungebildeter und ungehobelter Typ vom Jahrmarkt unter lauter Studenten. Was da alles schiefgehen kann!“

Ich konnte es zwar nicht sehen, aber anhand seiner Stimme konnte ich mir das breite Grinsen in seinem Gesicht gut vorstellen, als er das sagte.

„Du wirst dich hoffentlich ein bisschen anpassen. Ich meine, keine allzu schlimmen Kraftausdrücke verwenden. Dann blamierst du mich schon nicht.“

„Spaßbremse!“, sagte Harald. „Ich könnte eventuell auch ein Auto organisieren.“

Irgendwie dachte ich bei dem Wort *organisieren* automatisch an Diebstahl.

„Nee, Harald, lass gut sein. Du brauchst nicht extra ein Auto zu knacken. Wir können ganz normal mit der Bahn fahren. Hast du überhaupt einen Führerschein?“

„Sag mal, was denkst du eigentlich von mir? Hältst du mich für einen Berufsverbrecher, der dich zu seiner Komplizin machen will, oder was? Haha, du und Gangsterbraut, ich lach mich weg. Ich verdiene mein Geld auf ehrliche Art und Weise! Deswegen habe ich auch meistens keins. Und selbstverständlich habe ich einen Führerschein! Ich besitze sogar ein Auto. Leider hat es den letzten TÜV nicht überstanden, so dass ich momentan nicht damit fahren kann. Ich wollte mir das Auto von Jenny ausleihen. Damit du es etwas bequemer hast.“

„Oh sorry! Entschuldigung! Ist ja schon gut. War nicht so gemeint. Ich kenne dich eben doch noch nicht so gut. Aber wir können wirklich mit der Bahn fahren. Sind nur ein paar Stationen. Außerdem möchtest du bestimmt nicht den ganzen Abend trocken verbringen!“

„Aber Hallo! Kann mir kaum was Schlimmeres vorstellen als nüchtern einen Abend mit so einer Tussi wie dir und lauter klugscheißenden Studenten zu verbringen! Das war natürlich Spaß, Prinzessin“, lachte er. „Aber hier und da mal ein oder auch mehrere kleine Bierchen, wäre schon nicht schlecht. Also, dann komme ich einfach zu dir, und wir fahren zusammen mit der Bahn dahin. Oh, schon so spät! Jetzt muss ich aber machen. Mein Onkel würgt mich sonst. Ich ruf dich an, meine allerliebste Nörgelfee! Hoffentlich überlebe ich die Tage ohne dich.“

Er schmatze noch ein paar Küsse in den Hörer, und weg war er.

Ich stand noch immer mit dem Hörer in der Hand und einem dümmlichen Grinsen im Gesicht am Telefon. Dann dachte ich, dass ich wohl so allmählich dieses Ganovenimage, welches ich Harald angedichtet hatte, und was ja gar nicht stimmte, mal revidieren müsste.

Aber was sollte das heißen, *die Tage ohne dich*? Was meinte er? Wie viele Tage? Sollte das nun heißen, wo wir endlich zusammen sind, hat er keine Zeit mehr für mich? Das Grinsen verschwand von meinem Gesicht.

Ich beschloss sofort Sybille anzurufen und ihr zu erzählen, dass Harald mit zu ihrer Party kommen würde.

„Klasse", sagte Sybille. „Dann lerne ich also endlich mal einen *Prolli* kennen! Hat er dich denn nun angerufen?"

„Nein, hat er nicht. Ich habe mir einen Ruck gegeben und ihn angerufen. War gar nicht so schlimm, obwohl er erst völlig verpennt war. Er hat erst überhaupt nichts gerafft. Das war so was von süß!"

„Befindest du dich gerade wieder im siebten Himmel auf deiner Wolke?", fragte Sybille etwas sarkastisch.

„Nein, überhaupt nicht! Im Gegenteil! Ich finde es zwar gut, dass er am Freitag mit zu dir kommt. Aber es hat sich so angehört, als wenn ich ihn vorher nicht mehr sehen würde. Jetzt sind wir endlich wieder zusammen, da will ich auch, dass er Zeit für mich hat!"

„Immer langsam mit den jungen Pferden! Du hast jetzt solange darauf gewartet, da kommt es wohl auf die eine Woche auch nicht mehr an. Es ist ja nicht mal mehr eine Woche! Also freu dich doch lieber drauf, als dass du dir mit deinen negativen Gedanken wieder alles selbst vermiest."

„Du hast recht! Ist ja auch wirklich nicht mehr lange. Morgen gehe ich erst mal wieder arbeiten usw. dann ist ratz fatz Freitag. Ich bin ja so gespannt!"

„Vergiss vor lauter Harald den Nudelsalat nicht. Ich freu mich! Bis Freitag! Tschüs."

Als ich am nächsten Morgen wieder in meinem Büro ankam, waren meine Kolleginnen alle schon da. Suzie hatte sich auch wieder erholt und saß mit einem Becher Kaffee in der Hand an ihrem Schreibtisch. Auf Suzies Schreibtischkante saß Nadja und davor, auf einem Drehstuhl, Denise.

Als ich hereinkam, drehten sich alle Köpfe in meine Richtung. Mit einem breiten Grinsen im Gesicht sagte Suzie: „Hi, Zuckerbraut! Ich weiß alles! Schade, dass ich nicht dabei war, am Freitag! Da habe ich wohl was verpasst. Du hast den ungewollten Harald wieder."

„Allerdings! Und da bin ich sehr froh drüber. Und nicht nur das! Ich habe auch noch eine neue Tasche von euch geschenkt bekommen. Dafür ganz herzlichen Dank, und du musst dich bestimmt noch dran beteiligen! Haben dir Denise und Nadja das auch erzählt?", konterte ich.

An Suzies perplexen Gesichtsausdruck war klar zu erkennen, dass sie keine Ahnung davon hatte.

„Ich hoffe, dieser Schock verursacht jetzt keinen Rückfall bei dir. Ich wollte sie auch erst gar nicht annehmen, aber ..."

Nadja fuhr dazwischen: „Da bist unmöglich, Caro! Das wollten wir Suzie gerne selber erklären und es ihr vor allem etwas schonender beibringen! Du hast die schöne Tasche gar nicht verdient!"

Sie hatte recht, das war nicht sehr nett von mir. Jetzt kam ich mir sehr unhöflich vor. Ich hätte den beiden schon die Möglichkeit lassen sollen, es Suzie selber zu erzählen.

„Entschuldigt bitte! Ich bin wohl durch so viel Glück etwas übermütig geworden. Es ist wirklich so was von lieb, dass ihr mir auch noch die Tasche geschenkt habt. Ich freue mich wahnsinnig darüber. Aber ich kann sie auch selbst bezahlen oder zumindest den Anteil von Suzie übernehmen, wenn die sich jetzt überfahren fühlt."

Jetzt meldete Suzie sich: „Kommt gar nicht in Frage! Natürlich beteilige ich mich daran, dass wird mich schon nicht umbringen. Nach allem was du durchgemacht hast, hast du jetzt wirklich mal ein bisschen Glück verdient. Und ich bin froh, dass unsere Rechnung aufgegangen ist und unser Plan geklappt hat!"

Jetzt machte ich das verdutzte Gesicht.

„Rechnung? Plan? Wieso?"

Die drei fingen laut an zu lachen.

„Na was glaubst du denn, warum wir diesen *Mädelsabend* auf dem Dom organisiert haben! Bestimmt nicht, damit du Karussell fährst!“

So langsam ging mir ein Licht auf.

„Ach so! Jetzt kapiere ich das langsam. Ihr wolltest mich wieder mit Harald zusammenbringen.“

„Der Groschen fällt pfennigweise, aber er fällt! Dein ständiges Geheule und deine schlechte Laune in letzter Zeit waren einfach nicht mehr zu ertragen", sagte Nadja.

„Ihr habt das also alles geplant? Aber wie habt ihr das gemacht? Wie konntet ihr wissen, dass wir mit Harald zusammentreffen würden und dass er mir verzeihen würde?“

„Das wussten wir natürlich nicht. Aber wir dachten, einen Versuch ist es wert, und mehr als schiefgehen kann es nicht. Im schlimmsten Fall hätten wir einfach nur einen angenehmen Abend auf dem Rummel verbracht und dich mit Zuckerwatte und Würstchen getröstet. Aber war schon toll, dass es dann geklappt hat. Obwohl wir nicht wussten, ob wir Harald wirklich treffen und wie prollimäßig er sich dann benehmen würde. Wir kannten ihn ja nur aus deinen Erzählungen. Dabei ist er so ein netter Kerl“, sagte Denise.

„Richtig süß“, fügte Nadja dazu.

„So schade, dass ich nicht dabei war“, bedauerte Suzie.

„Was ist eigentlich mit Frau Stöhr?“, fiel mir plötzlich ein.

„Keine Sorge, die kommt heute nicht vor elf. Hat noch einen Arzttermin.“

„Na dann ist ja jetzt alles paletti! Ihr seid wirklich die besten! Und eigentlich gar keine Arbeitskolleginnen, sondern richtige Freundinnen. Ich finde, damit habe ich schon verdammtes Glück. Was haltet ihr davon, wenn ihr morgen Abend mal zu mir kommt? Nix besonderes, nur ein bisschen was zu essen und Sekt“, sagte ich.

Darauf sagte Nadja: „Also jetzt übertreib mal nicht. Wenn wir hier schon immer gezwungenermaßen den ganzen Tag auf einander hocken müssen, müssen wir das nicht auch noch nach Feierabend. Meine Freizeit ist mir wichtig!“

Ich war so geschockt, dass mir das Gesicht entgleiste. Alle drei sahen mich an und fingen an zu lachen.

„Klar, kommen wir!“, lachte Nadja.

Nachdem die beiden anderen auch geklärt hatten, dass sie am nächsten Abend nichts anderes vorhatten, war die Sache abgemacht.

Also fuhr ich nach Feierabend nach Hause und ging gegenüber in den Supermarkt, um für den nächsten Abend einzukaufen. Dann hätte ich das erledigt und dadurch morgen Abend Zeit, ein paar Lachshäppchen, Schnittchen und Käsewürfel vorzubereiten. Wir waren ja nur zu viert. Und plötzlich kam mir der Gedanke, dass doch Harald eigentlich auch kommen könnte. Der würde sich bestimmt wohl fühlen, so als Hahn im Korb.

Nachdem ich die Einkäufe in der Küche abgeladen und den Sekt kalt gestellt hatte, rief ich ihn einfach bei seinem Onkel an. Leider sagte mir der, dass Harald heute nicht da wäre, weil er zu Hause zu tun hätte.

Ich mochte nicht weiter nachfragen, obwohl bei mir bereits die Alarmglocken schrillten. Zeit für mich hat er diese Woche nicht, bei seinem Onkel arbeitet er heute nicht, was in aller Welt hatte er denn zu Hause so Wichtiges zu tun? Aber ich wollte jetzt nicht noch bei ihm zu Hause anrufen. Soweit kommt es noch, ihm hinterher zu telefonieren. Allerdings war meine Laune jetzt auf dem Tiefpunkt, und die besserte sich nicht, weil er auch im Laufe des Abends nicht anrief. Ich beschloss mich mit einem Gläschen Sekt zu beruhigen. Als das auch nicht half, legte ich mich einfach in mein Bett und versuchte zu schlafen. Das klappte auch nicht. Also schlüpfte ich in meinen Bademantel, trank noch drei Gläser Sekt, rauchte eine Zigarette und versank so langsam im Koma.

Zum Glück kam ich am nächsten Morgen rechtzeitig aus dem Bett und zur Arbeit. Frau Stöhr war ja eigentlich auch kein Stressfaktor mehr, seitdem sie so locker geworden war, aber man sollte sie dennoch nicht überstrapazieren, fand ich.

Es folgte ein ganz normaler Arbeitstag, und nach Feierabend hechtete ich nach Hause, um die Schnittchen vorzubereiten. Es ist merkwürdig, aber wenn man wenig Zeit hat, klappen plötzlich die einfachsten Dinge nicht mehr. Ich hatte die Butter im Kühlschrank gelassen. Sie war steinhart und eigentlich nur noch mit einem Meißel zu bearbeiten. Als ich versuchte, sie auf das Weißbrot zu streichen, zerbröckelte mir das Brot. Also stellte ich die Butter in den Backofen. Als ich sie wieder herausholte, war sie flüssig.

Allmählich wurde ich etwas hektisch, und dann klingelte auch noch das Telefon! Immer dann, wenn man sowieso keine Zeit hat. Vor meinem geistigen Auge sah ich schon, wie meinen Kolleginnen sich über mich lustig machten, weil ich nicht mal ein paar Brote bestreichen konnte. Ich ging zum Telefon. Es war Harald.

„Hallo, meine kleine Glücksfee! Ich sterbe, wenn ich dich nicht bald sehe!"

Ich sagte zuckersüß: „Hallo, Haraldschatz, da weiß ich ein gutes Mittel gegen. Eines was sofort hilft!"

„Welches Mittel denn?", jammerte er.

„Ganz einfach! Mach dich auf die Socken und komm her. Ich hatte gestern schon versucht, dich bei deinem Onkel zu erreichen. Aber du warst ja leider nicht da!"

„Aber jetzt bin ich da und muss ihm leider helfen. Ich kann dich jetzt nicht besuchen, so leid es mir tut. Ich würde so gerne, wenn ich könnte."

„Das ist schade, denn heute kommen auch noch Denise, Nadja und Suzie."

„Oh, da wäre ich aber auch gerne dabei. Aber es geht leider wirklich nicht. Heute muss ich auf dem Dom arbeiten."

„So, so, auf dem Dom! Und warum hast du gestern nicht da gearbeitet?"

„Da hatte ich zu Hause zu tun."

„Und was hast du zu Hause so Wichtiges zu tun?"

„Naja, so dies und das. Theoretisches und Praktisches. Ich habe momentan höllisch viel um die Ohren.“

Ich sagte säuerlich: „Das kann ich leider nicht so ganz nachvollziehen. Das müsstest du mir schon etwas genauer erklären. Also was?“

„Aber mein Süßes! Vertrau mir doch einfach mal. Ich habe wirklich wahnsinnig viel und auch sehr Wichtiges zu tun. Dass ich so in Zeitdruck gekommen bin, ist einfach nur noch zum Kotzen. Ich hasse das. Das liegt aber daran, dass ich solange krank war. Sonst wäre längst alles erledigt! Ehrlich! Und morgen geht's leider auch nicht, da muss ich dann meinem Vater helfen! Echt du, das tut mir so sorry!“

„Aha!“, sagte ich genervt. „Und was musst du morgen deinem Vater helfen?“

„Mein allersüßestes Zuckerpüppchen! Ich muss leider morgen meinem Vater bei dem Haus helfen! Aber das erkläre ich dir lieber ein anderes Mal. Du hörst dich schon so sauer an. Aber ich komme doch am Freitag mit dir. Wird bestimmt saugeil!“

„Ok, ich habe leider auch keine Zeit mehr, mir deine Ausflüchte anzuhören! Dann sehen wir uns eben erst Freitag, oder auch nicht! Wenn du so schwer beschäftigt bist!“

„Nicht so sauer sein, meine Süße. Ich vermisse dich so! Am Freitagabend bin ich dann bei dir. Wenn alles klappt!“

Er schmatzte noch ein paar Küsse ins Telefon.

Ich sagte ziemlich kühl: „Dann bis Freitag!“

Als ich zufällig auf die Uhr sah, bekam ich einen Schreck, weil es schon so spät war. Ich hatte noch exakt 17 Minuten bis die Mädels kommen würden. Ich ärgerte mich zwar immer noch über Harald, aber das Telefonat hatte auch etwas Gutes. Die Butter war wieder fest geworden! In Höchstgeschwindigkeit beschmierte und belegte ich die Brote, würfelte den Käse, piekte Weintrauben auf die Würfel, schnitt Gurken, Tomaten und Radieschen und dekorierte die Platte damit. Ich hatte gerade den letzten Handgriff getan, da klingelte es auch schon.

Denise war als Erste da. Wie immer die Pünktlichste! Wir fielen uns um den Hals, und ich jammerte ihr von dem eben geführten Telefonat vor. Sie schaffte es, mich mit wenigen Worten zu beruhigen und fragte dann, ob sie mir noch was helfen könnte. Ich bat sie, den Sekt in der Küche zu öffnen. Exakt mit dem lauten Knall des Sektkorkens klingelte es wieder, und Nadja und Suzie kamen herein.

Und dann wurde es so lustig, dass ich überhaupt keinen Gedanken mehr an das eben geführte Telefonat verschwendete. Und das, obwohl Harald ja das Hauptgesprächsthema für diesen Abend war.

Unser Mädchenabend auf dem Dom wurde noch mal von vorn bis hinten und von hinten bis vorn erzählt. Denise und Nadja fügten noch mal kleine Anekdoten dazu und erzählten noch über Harald. Es klang so, als wäre Harald der Held des Abends. Ich habe noch mal nachgefragt, ob sie ihn nicht ein bisschen *gewöhnlich* fanden.

Aber Denise sagte, dass seine Wortwahl wohl nicht immer die Feinste, aber Harald wirklich alles andere als gewöhnlich wäre. Und Nadja versicherte, dass Harald einen etwas derben aber doch ganz liebenswerten Charme hätte.

Suzie sagte immer wieder: „Ach, wäre ich doch nur dabei gewesen!“

Aber Nadja tröstete sie: „Es war nicht nur lustig. Unsere liebe Caro hätte uns beinahe den ganzen Abend und ihre Versöhnung mit Harald vermasselt! Stell dir mal vor, sie hat sich geweigert, aus dem Auto zu steigen als sie gemerkt hat, wo es hingeht. Denise und ich haben mindestens eine Viertelstunde mit Engelszungen auf sie eingeredet. Den nächsten Aufstand hat sie dann vor dem Breakdancer gemacht, weil sie Angst hatte, Harald zu treffen. Aber als von Harald nichts zu sehen war, ist sie endlich eingestiegen. Und wenn Harald nicht so mutig und beherzt gewesen wäre, sich einfach neben Caro zu setzen, wäre das alles nichts geworden! Caro würde weiterhin Trübsal blasen, und wir könnten hier heute nicht feiern.“

Suzie sagte, was sie immer sagte, an diesem Abend: „Wäre ich bloß dabei gewesen!“

Die zwei Flaschen Sekt, die wir zu viert lehrten, trugen einiges zur fröhlichen Stimmung bei. Die Schnittchen kamen auch gut an. Als die Kerzen heruntergebrannt und wir schon leicht beschwipst waren, sagte Denise: „Also, es war wirklich ein ganz toller Abend! Danke Caro! Ich finde, das sollten wir öfter mal machen. Aber jetzt werde ich mal Richtung S-Bahn schwanken, sonst komme ich morgen früh nicht rechtzeitig aus dem Bett!“

Nadja machte den Vorschlag, dass sie sich doch zu dritt ein Taxi teilen könnten. Die anderen beiden fanden, dass das eine gute Idee wäre.

Zum Abschied umarmten wir uns alle noch mal, obwohl wir uns ja schon in ein paar Stunden wiedersehen würden. Ich räumte noch gut gelaunt auf und fiel dann in mein Bett und in einen tiefen Schlaf.

Der nächste Arbeitstag verlief zunächst ohne weitere Vorkommnisse, bis plötzlich Sybille anrief. Auf der Arbeit ruft sie mich nur an, wenn es dringend ist.

Ich bekam schon einen Schreck und fragte: „Mensch Billie, ist was passiert?“

Sie sagte mit fröhlicher Stimme: „Ja, schon! Aber kriege jetzt keinen Schreck. Manchmal passieren eben auch gute Dinge!“

„Und das wäre?“, fragte ich ungeduldig.

„Erst mal wollte ich wissen, wann du Feierabend hast?“

„Na, um 17 Uhr, wie immer. Wieso?“

„Wäre es dir dann recht, wenn ich dich von der Arbeit abhole?“

„Also eigentlich wollte ich nach Feierabend noch mal in die Stadt gehen und mir ein neues Outfit für deine Feier kaufen. Die ist ja schon morgen. Und da würde also nur noch heute für bleiben. Was gibt es denn so Dringendes?“

„Du hast doch genug Klamotten! Du brauchst kein neues Outfit. Trotzdem könnten wir kurz zum Kaufhof gehen. In die Baby-Abteilung!“

Ich fragte verdattert: „Wieso denn das?“

„Unsere kleine Madi hat ein kleines Mädchen bekommen!“

„Na, das ist ja ein Ding! Wie toll! Wollen wir gleich heute Abend zu ihr fahren und das Baby anschauen?“, fragte ich jetzt ganz aufgeregt.

„Rate mal, warum ich angerufen habe und dich abholen wollte“, antwortete Sybille.

„Ohh cool!“, rief ich begeistert aus. „In welchem Krankenhaus liegt sie denn?“

„In Eppendorf! Also dann mal bis gleich würde ich sagen!“

„Jupp, bis gleich!“

Ich drehte mich um.

„Alle mal herhören, Mädels! Ich habe heute Abend was vor!“

„Na, ganz toll. Wirklich Caro, tolle Neuigkeit! Du gehst zum Kaufhof um dir Klamotten zu kaufen!“, sagte Suzie ziemlich gelangweilt.

„Nee, Irrtum! Sybille holt mich gleich ab. Aber vielleicht gehen wir dann wirklich noch zum Kaufhof, nur um was kleines Rosanes zu kaufen“, sagte ich.

„Was kleines Rosanes? Was soll denn das sein? Ein neuer Schlüpfer oder was?“

„Nein, ihr Lieben. Ein kleiner Strampelanzug. Madita hat ein kleines Mädchen bekommen. Ich hatte euch doch von Madi erzählt? Ihr wisst schon, die Frau von Marcus! Ihr kennt sie ja nicht, sie ist aber wirklich ein nettes Mädchen. Ich freue mich total, nachher ihr Baby zu sehen.“

„Kann ich verstehen“, meinte Denise. „Ein Baby ist ja auch immer wie ein kleines Wunder. Am liebsten würde ich ja mitkommen. Aber da ich sie noch nicht persönlich kenne, sollte ich vielleicht nicht über sie herfallen.“

„Ich denke auch, dass sie mit Sybille und mir erst mal genug zu tun hat. Komisch, wenn man bedenkt, dass ich sie anfangs fast gehasst habe, die arme Madi. Jetzt habe ich sie richtig gern. Und leicht wird es für sie nicht werden. Von so einem Mistkerl wie Marcus braucht sie nicht mit Unterstützung zu rechnen. Auch nicht, wenn er wieder aus dem Knast kommen sollte. Aber das wird sobald nicht der Fall sein.“

„Ja, ja! Jetzt hör doch mal mit den alten Kamellen auf! Du hast sie bestimmt nicht gehasst. Du warst doch bloß eifersüchtig wegen Marcus. Aber der ist ja da, wo er hingehört! Madi hat ein Baby und du eine neue Freundin! Also ist doch alles bestens!“

„Genau! Und ich muss jetzt los. Sybille wird immer so schnell ungeduldig. Bestimmt steht sie schon unten. Also dann, bis Morgen. Tschau!“

Als ich das Gebäude verließ, sah ich Sybille schon auf der anderen Straßenseite in ihrem kleinen gelben Flitzer warten. Ich stieg bei ihr ein, und wir umarmten uns kurz und umständlich.

„Hi Bille! Das ist ja echt lieb, dass du mich abholst und mitnimmst. Ich bin richtig aus dem Häuschen! Stell dir das mal vor, Madi hat ein Baby“, plapperte ich drauf los.

„Ja, da habe ich jetzt auch nicht mit gerechnet, dass es plötzlich so schnell geht. Sie hat mich gestern angerufen, um für meine kleine Feier Morgen abzusagen. Und ich habe noch gesagt, dass ich es schade finde, dass sie nicht kommt und noch gefragt, ob es ihr nicht so gut geht. Und sie hat gesagt, körperlich ginge es ihr wirklich nicht so gut, da sie ziemlich erledigt wäre. Aber ansonsten wäre alles wie ein Wunder, und sie wäre so glücklich, dass sie dauernd am Weinen wäre. Das fand ich merkwürdig, weißt du, das mit glücklich und Weinen. Dann wollte ich sie trösten, aber da sagte sie plötzlich, dass sie keinen Babysitter für morgen Abend hätte. Und da ist bei mir der Groschen endlich gefallen.“

Wir unterhielten uns noch eine Weile darüber, und dann waren wir auch schon da. Als wir die Blumensträuße unten am Krankenhauskiosk sahen, fiel uns ein, dass wir vergessen hatten, einen kleinen Strampler zu besorgen.

„Ok, dann eben das nächste Mal“, sagte Sybille und steuerte mit großen Schritten auf den Kiosk zu. „Für dieses Mal müssen ein paar Blumen reichen.“

Ich sagte: „Ja, aber dann sollten wir noch Schokolade dazu holen. Ein paar Glückshormone schaden nicht. Ich meine nur so prophylaktisch, wegen der Wochenbett-Depression!“

Wir fuhren mit dem Fahrstuhl nach oben bis zur Entbindungsstation. Sybille wusste bereits die Zimmer-Nummer. Wir klopften an und traten ein.

Madi lag in dem hinteren Bett am Fenster. Sie sah sehr blass aus und hatte dunkle Ringe unter den Augen, während ihre glatten schwarzen Haare auf der weißen Krankenhausbettwäsche lagen und einen starken Kontrast darstellten. Neben ihrem Bett stand ein ganz kleines Bettchen auf hohen Beinen mit Rollen. Die Wände dieses kleinen Bettchens waren aus Glas, so dass das kleine schlafende Bündel darin von allen Seiten zu sehen war.

Sybille beugte sich über Madi und umarmte sie zur Begrüßung. Ich machte es ihr nach. Madi schien sich sehr zu freuen.

„Das ist ja eine Überraschung! Also mit euch beiden hätte ich ganz bestimmt nicht gerechnet. Warum hast du nichts gesagt, als wir gestern telefoniert haben?“, fragte sie Sybille, und die sagte nur: „Sollte auch eine Überraschung sein! Wie geht es Dir heute?“

„Oh, danke schön, für die schönen Blumen und für die Schokolade! Aber würdet ihr mir eine Vase dazu holen? Ich kann zwar aufstehen und muss ja auch immer aufstehen, wegen meiner Kleinen, aber trotzdem bin ich noch so kaputt, dass ich immer froh bin, wenn ich liegen bleiben kann.“

Ich sagte: „Du siehst auch ziemlich geschafft aus. Aber kein Wunder, dafür hast du auch so was Süßes zustande gebracht. Ich hole mal eben eine Vase, dann sehe ich sie mir noch genauer an.!“

Sybille stand jetzt an dem kleinen Bettchen und sah mit ganz verklärten Augen hinein. Als ich mit einer Vase oder so etwas Ähnlichem zurückkam, stand Sybille immer noch bei dem Baby.

Nachdem ich die Blumen ins Wasser gestellt hatte, ging ich auch an das kleine Bettchen. Das Baby war so winzig und so süß. Mir traten die Tränen in die Augen. Dann bewegte sie sich ein wenig, fing an zu greinen und stopfte sich ihre winzige kleine Faust in ihr kleines rosanes Mündchen. Vorsichtig streichelte ich ganz zart mit einem Finger ihre Wange.

„Oh, lasst sie noch ein bisschen schlafen, sonst muss ich gleich wieder hoch. Sie wird sowieso bald aufwachen und wieder Hunger haben“, sagte Madi.

Daraufhin setzten wir uns zu Madi auf‘s Bett.

„Ich würde sie auch gerne mal sehen, wenn sie wach ist. Sie ist ja so was von süß“, sagte Sybille.

„Da kann ich nur zustimmen“, sagte ich. „Das hübscheste Baby, dass ich je gesehen habe! Hast du denn schon einen Namen für die kleine Schönheit?“

„Ich dachte, vielleicht an Aileen. Aber ich möchte ihr den Namen erst geben, wenn Marcus damit einverstanden ist. Er war ja schließlich auch daran beteiligt. Ich habe ihn gestern angerufen und durfte ihn zum Glück kurz sprechen. Also, er weiß bereits, dass er Papa geworden ist und eine kleine Tochter hat. Ich hoffe, dass er in Zukunft etwas verantwortungsbewusster wird und mal ein bisschen Pflichtgefühl entwickelt.“

„Also bei manchen Männern soll so eine Vaterschaft schon Wunder bewirkt haben. Habe ich gehört! Und vielleicht wird dann ja doch noch alles gut.“

„Na ja, weglaufen kann er nicht, und er ist ja gut aufgehoben, wo er gerade ist“, sagte Sybille mit einem Zwinkern.

„Weißt du denn schon, wann er entlassen wird? Denn so leicht wird es ja nicht allein mit der Kleinen.“

Noch bevor Madita antworten konnte, fing das Baby an zu schreien. Das kleine Köpfchen färbte sich in Sekunden ganz rot. Seufzend stand die junge Mutter auf und nahm das Baby auf den Arm.

„Hast du Hunger, meine Kleine?“, sagte sie sanft und sah die Kleine ganz zärtlich an.

Trotzdem schrie sie ununterbrochen weiter. „Sieht ganz so aus!“

Madi nahm ihr Baby einfach mit ins Bett und legte es an ihre Brust. Augenblicklich war es ruhig, und man hörte es nur noch schmatzen und nuckeln.

„Ich bin froh, dass es so gut mit dem Stillen klappt. Trotz meiner Mini-

Titties“, sagte Madi während ihr Baby friedlich weiter trank. „Sonst müsste ich nämlich immer aufstehen, das Fläschchen machen und auf die richtige Temperatur bringen. So ist es doch viel einfacher!“

„Ja, und viel gesünder ist es auch. So kriegen die Babys alles, was sie brauchen und außerdem noch Abwehrstoffe, so dass sie auch noch vor Krankheiten geschützt sind“, sagte ich, ganz stolz auf mein Wissen.

„Ach ja, außerdem spart man Geld damit. Weil man kein Milchpulver kaufen muss. Tolle Sache also. Und es entsteht eine viel tiefere Bindung zwischen Mutter und Kind.“

So unterhielten wir uns noch eine Weile, bis Madita ihr Baby fertig gestillt hatte. Dann stand sie auf, um die Kleine zu wickeln.

„Gott, was sind das für winzige Fingerchen! Und diese kleinen Mini-Füßchen. Wie süß“, sagte Sybille.

Ich musste mich mit begeistern und setzte noch hinzu: „Und sie hat ganz wunderschöne blaue Augen, wie ihre Mama!“

Madita lächelte und sagte: „Haben nicht alle Babys blaue Augen?“

„Ich weiß nicht! So viele habe ich noch nicht gesehen. Und meistens schlafen sie ja auch. Da sieht man es sowieso nicht. Du kannst schon stolz auf dich und deine Kleine sein. Hast du gut hinbekommen!“

Madi sah plötzlich wieder ziemlich erschöpft aus und Sybille sagte: “Sei nicht böse, aber ich glaube, wir müssen wieder. Du weißt ja, meine kleine Feier morgen Abend. Jetzt haben wir auch einen Grund um zu feiern. Nur schade, dass du nicht dabei sein kannst. Aber bestimmt das nächste Mal!“

„Wenn ich einen Babysitter habe“, antwortete sie.

„Ach was, Babysitter! Du bringst sie einfach mit, und wenn sie müde wird, legen wir sie im Schlafzimmer hin.“

„Ok, das nächste Mal dann vielleicht.“

Das Baby lag jetzt satt und zufrieden wieder in seinem kleinen Bettchen, und Madi kletterte erschöpft wieder in ihres. Sybille beugte sich über sie und gab ihr rechts und links ein Küsschen. Ich tat es ihr nach.

„Wir denken an dich morgen. Pass gut auf dich und Minimadi auf! Bis bald! Tschaui!"

Ich musste lachen, so gut fand ich den Kosenamen Minimadi. Madita winkte uns noch nach, bis wir an der Tür waren.

„So, jetzt aber nix wie los! Ich habe noch jede Menge Arbeit! Es soll ja eine schöne Party werden. Ich muss noch so viel vorbereiten."

„Ja, ich dachte, ich komme gleich mit und helfe dir, ok?"

„Ach Süße, das musst du aber nicht! Ich würde es auch allein schaffen", sagte Sybille, und man merkte ihr an, dass sie ganz froh über meine Hilfe war.

„Nein, ich helfe dir gerne! Und es ist so viel praktischer, dann brauche ich morgen nämlich keinen Salat zu dir zu balancieren, und meine Küche bleibt sauber. Mit Harald an der Backe, habe ich sowieso genug zu tun, denke ich mir."

Sybille lachte und sagte: "Das denke ich mir auch!"

Sie fuhr darauf hin gleich zum nächsten Supermarkt weiter, damit wir gleich alles Fehlende für die Feier und das Büffet einkaufen konnten.

„Hast du dir denn einen Einkaufszettel gemacht?", fragte ich sie.

Sie drehte den Kopf zu mir und sagte grinsend: „Wozu das denn?"

„Ja, wozu wohl?", sagte ich höhnisch. „Vielleicht damit du weißt, was du einkaufen musst?"

„Das weiß ich doch auch so!"

„Ja, aber dann vergisst du vielleicht etwas ganz Wichtiges!"

„Bestimmt nicht! Ich bin ja nicht du! Du schreibst dir natürlich in stundenlanger Kleinarbeit eine lange Einkaufsliste, um bloß nichts zu vergessen!"

„Und was ist daran falsch?"

„Im Prinzip nichts! Nur dass du dann deine Einkaufsliste zu Hause vergisst und dann doch nicht weißt, was du unbedingt kaufen musst. Also kannst du dir die Mühe auch gleich sparen, oder nicht?"

„Ja, aber wenn man dann doch was vergisst?“

„Mein Gott! Dann geht man eben noch mal los“, sagte Sybille jetzt in ziemlich genervten Tonfall.

„Ja, es könnte aber sein, dass dann die Geschäfte schon geschlossen haben. Hast du daran schon mal gedacht?“

„Gleich würge ich dich! Caro, du kannst einen wirklich zur Weißglut bringen“, sagte Sybille jetzt, indem sie zischend den Atem einzog.

Daraufhin hielt ich es dann doch für besser, den Mund zu halten. Aber als wir dann auf den Parkplatz des Supermarktes einbogen, machte ich ihn auch schon wieder auf.

„Jetzt haben wir gar keine Einkaufstaschen dabei!“

„Was für ein Problem! Es gibt da auch Plastiktüten. Dann nehmen wir eben Plastiktüten!“

„Ja, aber die kosten doch was! Und außerdem sind die für die Umwelt auch nicht ...“

Sybille blieb abrupt stehen. Sie verdrehte die Augen und atmete die Luft laut zischend ein. Dann sah sie mich mit einem Blick, der töten könnte, an und sagte sichtlich beherrscht. „Ich habe dich wirklich sehr gern! Aber im Augenblick gehst du mir echt auf die Nerven, mit deinem *ja, aber, ja, aber*! Wir kaufen jetzt getrennt ein, bevor ich den Verstand verliere! Kauf du die Sachen für die Salate! Ich kaufe den Rest! Am Auto treffen wir uns dann wieder. Ok?“

„Ok“, presste ich heraus und konnte meinen nächsten Kommentar gerade noch unterdrücken. Als ich fünfzehn Minuten später mit meinem Einkaufswagen auf die Kasse zusteuerte, wartete dort bereits Sybille mit hochrotem Kopf.

„Caro, kannst Du mir bitte mal aushelfen?“, fragte sie ganz aufgeregt. Ich habe nicht mehr genug Geld bei mir.“

„Wie viel fehlt dir denn?“, fragte ich grinsend und versuchte mir meine Schadenfreude nicht so anmerken zu lassen.

„Gebe mir einfach 20 DM. Ich gebe sie dir später wieder!“

Ich reichte ihr das Geld, und die fünf Damen, die bereits hinter Sybille an der Kasse warteten, waren froh, dass es endlich weiterging.

Als wir unsere Einkäufe zum Auto schoben, sagte Sybille: „Mensch Caro, du bist genau im richtigen Moment gekommen. Die Alte mit den roten Haaren, die hinter mir stand, hat sich ganz schön aufgeregt, weil sie warten musste.“

„Tja, du hast dich wohl ein klitzekleines bisschen verkalkuliert mit deinem Einkauf“, zog ich sie auf.

„Dir passiert so was natürlich nicht! Du Einkaufslistenschreiberin“, sagte sie grinsend.

Ich grinste zurück. Unser kleiner Streit war vergessen. Bei Sybille angekommen, schleppten wir die Einkaufstüten in den vierten Stock hoch.

„Komm mal ins Wohnzimmer. Wie findest du das?“

Das Wohnzimmer hatte sich in einen Partyraum verwandelt. Die Möbel waren größtenteils raus geschafft worden, und nur an den Wänden standen ein paar Sitzgelegenheiten. Und in einer Ecke stand noch ein Tisch mit der Musikanlage. Das Wohnzimmer wirkte jetzt riesig.

„Wow! Na, dann können wir ja schön feiern!“

„Ja! Und jetzt pass mal auf!“, sagte Sybille und knipste den Lichtschalter aus.

Im gleichen Moment flackerten überall an den Wänden winzige bunte Lichter auf. Es sah sehr nach Partystimmung aus, obwohl die Lichterketten ursprünglich wohl zur Weihnachtsdekoration gehörten.

„Das ist ja gigantisch! Wann hast du das denn alles gemacht?“

„Das habe ich gestern Abend noch mit Michael gemacht. Also alleine hätte ich das nicht geschafft. So, und jetzt geht es ans Eingemachte bzw. an die Salate.“

Eine Stunde später hatten wir die Salate fertig. Wir bereiteten noch so einiges vor. Schnitten schon mal das Brot und würfelten den Käse. Dann wanderte alles in den Kühlschrank. Die Getränke wurden in einen extra dazu gestellten Kühlschrank verstaut.

„So, ich glaube das war‘s“, sagte Sybille. „Für Essen und Trinken ist gesorgt. Wollen wir einen Schluck Wein zum Abschluss trinken?“

„Danke, aber da ist mir gar nicht nach. Und Morgen machen wir das ja sowieso. Es ist wirklich für alles gesorgt. Nur für meine Kleidung ist nicht gesorgt. Ich weiß nicht, was ich morgen anziehen soll“, jammerte ich.

„Also, wenn du in deinem Kleiderschrank nichts findest, dann schau doch mal in meinen!“

„Ist das dein Ernst? Also von Denise habe ich mir auch schon mal Bluse und Minirock geliehen. Hätten wir nicht Winter, würde ich bestimmt selber noch was finden. Aber ich habe überwiegend Sommerklamotten, weil ich den Sommer auch viel lieber mag.“

Sibylle nahm mich an die Hand und führte mich ins Schlafzimmer vor ihren viertürigen Kleiderschrank mit dem großen Spiegel.

„Also, an was hattest du gedacht? Wohl nicht an einen Minirock bei der Kälte, oder?“

„Eine Jeans, wäre schon nicht schlecht. Aber eine, die ein bisschen was hermacht. Nicht diese nullachtfuffzehn Jeans, die ich zu Hause habe.“

Sybille grinste übers ganze Gesicht. Öffnete eine Schranktür und holte eine ausgewaschene Jeans hervor: „Sesam öffne dich! Simmsalabim! Na, wie ist es damit?“

Die Jeans hatte an den Seiten Schnürungen, die von oben bis nach unten gingen und waren nur knöchellang.

„Super, die ist ja schick. Genauso eine wollte ich schon immer haben. Ich glaube aber nicht, dass ich da reinpasse. Denn du bist doch noch dünner als ich.“

„Ich glaube, das täuscht, und weil ich größer bin als du, wirke ich dünner. Probiere sie doch einfach mal an.“

Die Hose passte perfekt!

„Toll, jetzt brauche ich nur noch was für oben herum“, sagte ich.

Sybille sagte noch mal: “Simsalabim“, und reichte mir eine dazu passende Weste in der gleichen Farbe und mit der gleichen Schnürung wie die Jeans.

„Jetzt brauchst du nur noch ein weißes T-Shirt, und das wirst du ja wohl selber haben."

Ich fiel ihr um den Hals.

„Dankeschön, Billy! Danke! Aber was ziehst du jetzt an, wo ich deine besten Sachen habe."

„Michael hat gesagt, er möchte mich mal wieder im Rock sehen. Da ich ja nicht nach draußen muss, tue ich ihm den Gefallen, denke ich. Ach übrigens, du kannst die Sachen behalten. Die Jeans ist mir um den Bauch zu eng geworden, richtig unbequem. Und die Weste ist ohne die Jeans auch nicht zu gebrauchen."

Ich fiel ihr gleich noch mal um den Hals.

„Das mache ich wieder gut! Irgendwann fällt mir schon ein, wie!"

„Das brauchst du nicht! Du hast es doch schon gut gemacht mit deiner Hilfe heute Abend!"

„Also, das war doch gar nichts! Es hat Spaß gemacht, und ich feiere doch sowieso mit. Also habe ich doch auch was davon."

„Es ist schon ok. Also komm, dann fahre ich dich jetzt nach Hause."

„Ach Billy, das brauchst du nicht. Ich kann doch auch ..."

„Basta! Und keine Widerrede! Komm jetzt!"

In Wirklichkeit war ich doch heilfroh, dass Sybille mich nach Hause gefahren hat. Es war nun auch schon ziemlich spät geworden, und ich fühlte mich ziemlich erschöpft von dem langen Tag. Ich legte mich also gleich in mein Bett.

Und dann dachte ich an Madi und ihr Baby. Ich ließ mir noch mal die Vorbereitungen für die Party durch den Kopf gehen und dachte auch darüber nach, dass ich Sybille mit meinen Einwänden beim Einkaufen ziemlich auf die Nerven gegangen bin. Zum Glück ist Sybille tolerant und vor allem nicht nachtragend. Morgen wenn wir feiern, werde ich locker und entspannt sein.

Dann fiel mir ein, dass ich gar nicht mehr mit Harald telefoniert habe. Bleibt das jetzt dabei, dass er mich abholt? Eigentlich war er ja immer ziemlich zuverlässig. Ich hätte aber gerne noch mal mit ihm gesprochen. Vielleicht hatte er ja auch noch mal angerufen? Aber dadurch, dass ich solange nach der Arbeit noch weg war, war ich natürlich nicht zu erreichen. Was soll`s? Er wird schon kommen. Dann stellte ich meinen Wecker, denn morgen war ja erst noch mal ein Arbeitstag.

Ich muss auf der Stelle eingeschlafen sein und hatte mal wieder einen merkwürdigen Traum. In dem Traum war ich wieder mit Sybille einkaufen. Es gab da nur einen einzigen Einkaufswagen. Wir stritten uns beide um den Einkaufswagen. Ich zerrte am vorderen Ende, Sybille riss am hinteren Ende. So ging das eine Weile hin und her.

Plötzlich sagte sie: „Stopp! So geht das nicht. Wir müssen vernünftig sein. Ich schiebe als erstes von hier bis zur Fleischtheke. Dann darfst du ihn von der Fleischtheke bis zu den Backwaren schieben, danach bin ich wieder dran.“

In meinem Traum fand ich, dass das eine gute Lösung wäre. Aber dann kam ich gar nicht mehr zum Schieben. Denn plötzlich tauchte Harald mit einem Einkaufswagen auf und sagte zu mir: “Bitte alles Einsteigen!“ Ich kletterte in den Einkaufswagen. Als ich da drinnen saß rief Harald: „Zurückbleiben bitte! Vorsicht an der Bahnsteigkante!“ Dann ertönte ein Pfiff, und Harald schob mich im Einkaufswagen davon.

Dieser Traum fiel mir wieder ein, als ich am nächsten Morgen auf dem Bahnsteig der S-Bahn-Haltestelle stand. Nur mit Mühe gelang es mir ein Grinsen zu unterdrücken. Dann kam die Bahn und ich war ratz fatz auf der Arbeit. Es folgte ein gewöhnlicher Arbeitstag. Um 17:45 Uhr war ich bereits wieder zu Hause und zog mir gerade die Schuhe aus, als das Telefon klingelte. Als ich den Hörer abnahm, hörte ich einen aufgebrachten Harald am anderen Ende.

„Wo warst du gestern Abend? Ich habe mir die Finger wund gewählt, aber du warst nicht da!“, klang Haralds vorwurfsvolle Stimme durch das Telefon.

Ich sagte äußerst freundlich: „Ja, dir auch *Hallo* und erst mal einen schönen Abend! Jetzt bleib mal locker. Ich habe wie immer gearbeitet."

„Aber bestimmt nicht bis zehn Uhr! Solange habe ich es nämlich versucht. Du warst doch nicht wieder mit deinem Ex Ar... zusammen?!"

„Also gleich werde ich sauer! Was sollen diese Verdächtigungen? Marcus ist immer noch im Knast. Nehme ich jedenfalls an. Ich sage dir nachher, was ich nach der Arbeit gemacht habe. Aber jetzt möchte ich erst mal wissen, ob es dabei bleibt, dass du mich gleich abholst?"

„Sorry Prinzessin! Tut mir echt leid, aber ..."

Mir rutschte bereits das Herz in die Hose, weil ich dachte, dass Harald absagen wollte.

„Aber was", sagte ich in leichter Panik.

„Also, nochmal sorry! Aber dass ich dich mit ihm zusammen auf dem Dom gesehen habe, damals, als die Prügelei war, dass muss so eine Art Trauma bei mir hinterlassen haben. Normalerweise bin ich überhaupt nicht eifersüchtig! Jedenfalls fast nicht! Und eigentlich vertraue ich dir auch. Ich wundere mich nur, wenn ich dich nicht erreichen kann."

„Ach so! Mach dir nicht mehr Gedanken um Marcus als ich. Den hätte ich längst vergessen, wenn du mich nicht immer daran erinnern würdest. Ich war noch mit Billy zusammen, nach der Arbeit. Aber das kann ich dir nachher erzählen. Jedenfalls, falls du noch vorhast, mit mir zu der Party von ihr zu gehen."

„'Türlich, meine Süße, da freue ich mich doch schon drauf. Ich hatte schon Angst, dass es nichts wird und bin völlig fertig, weil ich dich solange nicht gesehen habe. Dann bin ich gleich bei dir, oder?"

„Ja, so in ein oder zwei Stunden, würde ich sagen. Ich muss mich noch ein bisschen akklimatisieren, nach der Arbeit. Naja, außerdem wollte ich mich noch etwas frisch machen. Also lasse dir ruhig Zeit!"

„Klaro, bin schon auf dem Weg", sagte er, während er noch ein Küsschen in den Hörer schmatzte.

Ich stand noch ein paar Sekunden grinsend mit dem Hörer in der Hand da. Dann wurde mir klar, dass ich nicht mehr allzu viel Zeit hatte, um mich umzuziehen und hübsch zu machen. In Windeseile wirbelte ich in das Bad und anschließend in mein Schlafzimmer, um mich umzuziehen. Kaum war ich frisch geschminkt und frisiert, da klingelte es bereits an der Wohnungstür.

Harald versuchte mir um den Hals zu fallen, wurde aber durch das ganze Gepäck, das er bei sich hatte, ziemlich behindert. Eigentlich stolperte er mehr in meine Wohnung. Augenblicklich ließ er beide Einkaufstüten, die er links und rechts in den Händen hatte, fallen, zog mich zu sich ran und gab mir einen langen und tiefen Kuss. Mir wurde ganz schwindelig dabei.

Als er mich endlich losließ, sagte ich noch völlig außer Atem: "Ich wusste gar nicht, dass du heute gleich bei mir einziehen wolltest. Ich dachte, wir gehen nur auf Billys Party?"

Harald grinste und zog mich nochmal zu sich ran. Bevor ich noch etwas sagen konnte, folgte noch so ein langer Kuss. Danach war ich völlig außer Atem.

Dann sah er mich intensiv an und sagte: „Wow, Jeans-Baby! Mein Jeans-Baby, siehst du lecker aus! Da könnten sich die anderen Bräu ... äh, Mädchen mal eine Scheibe von abschneiden. Sieht echt super süß aus! Und mmmh, du riechst auch so gut. Wollen wir nicht lieber hierbleiben?", fragte er erst schnuppernd und zog dann die Augenbrauen ruckartig hoch, während er gleichzeitig in Richtung Schlafzimmer blickte.

Diese Geste sah wie immer urkomisch aus, und ich musste wieder lachen.

„Lachst du mich aus?", fragte er und sagte gleich: „Wie kann man diesen Augen widerstehen?!", indem er mich schielend ansah.

Mittlerweile krümmte ich mich vor Lachen. Als ich mich einigermaßen beruhigt hatte, sagte ich: „Ich glaube, du hast mir wirklich gefehlt! So habe ich die ganze letzte Woche nicht mehr gelacht."

„Oh, und ich habe geglaubt, es wäre nicht allein mein Humor, sondern auch mein Sexappeal, dem du nicht widerstehen kannst!

Lachend nahm ich ihn nochmal in den Arm.

„Du glaubst gar nicht, wie du mir gefehlt hast, du süßes Teil. Die Woche war schei…, äh, elendig lang. Aber ich hatte so viel zu tun. Das wird aber demnächst besser“, sagte er.

„Das hoffe ich doch! Komm lass uns mal los!“

Er bückte sich, um die Plastiktüten wieder aufzuheben.

„Willst du das etwa alles mit dir rumschleppen?“, fragte ich.

„Nur auf dem Hinweg“, sagte er.

„Was hast du denn da alles drinnen?“

„Ach, so dies und das, damit wir nicht verhungern. Zum Beispiel einen ganzen Haufen von den leckeren Dom-Miniwürstchen, Minifrikadellen, Mutzenmandeln und Schmalzkuchen.“

„Ohh, wie lecker! Ich kriege schon Hunger!“

„Naja, ein bisschen wirst du dich noch gedulden müssen, du kleine Fressmaus. Ich muss es ja schließlich auch, obwohl ich dich am liebsten sofort anknabbern möchte!“

Während er das sagte, zog er wieder mehrmals seine Augenbrauen ruckartig in die Höhe, und wieder musste ich lachen.

Als wir bei Sybille die Treppenstufen hochgestiegen waren und klingelten, öffnete sie selbst die Tür. Sie rief ein freudiges: „Hallooo!“

Dann trat sie einen Schritt aus der Tür und umarmte mich wie immer.

Harald stand etwas verdattert neben mir und stotterte: „Ich bi bin, ähh, ich bi bin, sorry, Harald“, während er rot anlief.

Sybille sah ihn aus ihren großen blauen Augen lächelnd an und umarmte ihn vorsichtig.

„Freut mich Harald, ich bin Sybille!“

Plötzlich viel die ganze Verlegenheit von ihm ab und er sagte: „Wahnsinn, kaum kreuze ich hier auf, da fällt mir schon so eine schöne Frau um den Hals!“

Während er das sagte, zog er wie gewohnt seine Augenbrauen mehrmals nach oben. Sybille fing sofort an zu kichern, und ich stand mit einem

Grinsen da und schüttelte amüsiert den Kopf.

Harald, der Charmeur, fügte dann noch schnell, seinen Blick auf mich gerichtet, dazu: „Dabei habe ich doch schon eine dabei."

Sybille sagte ganz cool: „Freut mich ja, dass ich dir gefalle, aber deswegen solltest du nicht gleich hier einziehen. Hast du viel Gepäck dabei!"

Ich antwortete an Haralds stelle: „Harald dachte, wir würden hier verhungern und hat allerlei Leckereien vom Dom mitgebracht. Sehr lecker und sehr kalorienreich!"

„Hört sich ja gut an! Dann gleich ab die Küche mit euch!"

Also gingen wir erstmal in die Küche, und während Harald seine Esssachen auspackte, stand Sybille mit leuchtenden Augen dabei und sagte: „Mmh, oh wie lecker! Am liebsten würde ich jetzt schon..."

„Bitte bedienen sie sich schöne Frau!", sagte Harald, während er die Würstchen in den Backofen legte.

„Aber die Würstchen brauchen noch ein paar Minuten."

Michael kam mit einem Freund schnuppernd in die Küche.

„Wird hier schon heimlich gefuttert, oder was? Das ist aber nicht die feine englische Art!"

Sybille die sich gerade einen von Haralds Schmalzkuchen in den Mund gestopft hatte, antwortete mit vollem Mund: „Nöö, würklich nöcht! Habe nur vorgekostet!"

Harald, der noch vor dem Backblech hockte, erhob sich.

Da Sybille ihren Schmalzkuchen vertilgt hatte, sagte sie jetzt ganz klar: „Also, was ist denn das für ein Benehmen! Statt Futterneid ist ja wohl erstmal Vorstellen angesagt.

Mit einem Blick von mir zu Michael sagte sie dann: „Ihr beiden kennt euch bereits. Das hier ist Harald, der Freund von Caro. Der uns diese ganzen Leckereien mitgebracht hat."

„Na, das macht ihn doch gleich sympathisch! Ich bin Michael, und hier ist mein Freund Caruso!"

Harald sagte: Heh! Ich bin Harald!“

Plötzlich sagte Caruso: „Mensch Kumpel, dich kenne ich doch!“

Und ich dachte nur, oh nein bloß das nicht!

„Allerdings weiß ich momentan nicht, woher. Helfe mir doch mal auf die Sprünge.“

Ich atmete erleichtert aus.

Da sagte Harald ganz unverblümt: „Du kommst mir auch bekannt vor. Aber ich wüsste jetzt nicht woher wir uns kennen. Vielleicht fährst du gerne mit dem Break Dancer?“

„Ohh nein! Ganz bestimmt nicht! Ich habe einen empfindlichen Magen. Aber irgendwoher kennen wir uns.“

„Na, dann haben wir uns vielleicht mal so auf dem Gelände gesehen!“

„Ja klar! Da ist ja auch immer so ein Rummel. Wie weit bist du denn und welche Fachrichtung überhaupt?“

Ich verstand nur noch Bahnhof! Offenbar war mit dem Gelände das Heiligengeistfeld gemeint. Aber wieso Fachrichtung, und was sollte das mit dem *wie weit bist du denn?*

Als ich gerade den Mund aufmachte, um zu fragen, kam ein weiterer von Michaels Freunden in die Küche. Und dann klingelte es pausenlos, und immer mehr Gäste strömten in die Wohnung. Ich kam irgendwie den ganzen Abend nicht mehr dazu, zu fragen, woher die beiden sich nun kannten.

Das Büfett wurde immer reichhaltiger. Immer mehr Salate und Brote kamen dazu. Dann waren auch Haralds Würstchen fertig.

Sybille rief laut: „Das Büfett ist eröffnet!“

Und schon drängten sich alle um die Theke und füllten sich ihre Teller. An der Seite standen die Kisten mit den Getränken. Bier, Wein, Cola und alles Mögliche an alkoholischen und nicht alkoholischen Getränken stand bereit.

Nachdem sich die erste Bierkiste schon bedenklich geleert hatte, ertönte plötzlich aus dem Wohnzimmer *Sledge Hammer* in voller Lautstärke.

Nach und nach leerte sich dann auch die Küche, da immer mehr Gäste in das Wohnzimmer übersiedelten.

Harald stopfte mir noch ein letztes Würstchen in den Mund, dann stießen wir mit unseren Bierflaschen an und gingen auch ins Wohnzimmer rüber. Da wurde dann auch schon mächtig getanzt. Die Stimmung stieg und man traf hier und da einige bekannte Gesichter und wechselte ein paar Worte. Harald hatte seine Schüchternheit völlig abgelegt und amüsierte sich scheinbar köstlich.

„Tolle Party“, sagte er, drückte mich dann an sich und küsste mich auf den Mund.

Wir tanzten die ganze Zeit, wobei Harald natürlich immer Faxen und komische Bewegungen machte. Darüber musste nicht nur ich lachen. Auch Michael und Caruso tanzten und fingen auch mit diesen komischen Bewegungen an. Ich konnte langsam vor Lachen nicht mehr tanzen. Also ging ich mit Sybille noch mal in die Küche. Wir aßen noch einiges von den Leckereien und unterhielten uns noch ein bisschen.

„Ich freue mich so für dich, dass du jetzt auch endlich mal glücklich bist. Dein Harald ist wirklich ein ganz Lieber“, sagte Sybille.

„Ja, ich bin auch froh, dass es jetzt doch so gekommen ist. Obwohl es mir, ehrlich gesagt, doch immer noch etwas unangenehm ist, dass er auf dem Heiligengeistfeld arbeitet“, antwortete ich ihr.

„Davon musst du dich jetzt wirklich mal freimachen! Du liebst Harald doch eigentlich so, wie er ist, oder?! Das hast du selber mal gesagt. Was spielt der Beruf da für eine Rolle?“

„Ja, du hast ja recht! Ich weiß auch nicht, was ich da für einen Spleen habe. Aber als Caruso ihn gefragt hat, woher er ihn kennt, das war mir dann doch irgendwie unangenehm.“

Langsam wurde Sybille doch etwas ungeduldig, und sie wusch mir dann noch mal den Kopf. „Also wirklich, Caro! Darauf kommt es nun wirklich nicht an. Er ist deswegen kein Krimineller. Und so völlig ungebildet erscheint er mir gar nicht. Ich weiß wirklich nicht, was du da immer hast!“

Plötzlich verstummte die Musik, und wir gingen ins Wohnzimmer zurück um zu sehen, was da los war. Caruso und Harald hatten sich jeder auf eine Bierkiste gestellt! Gleichzeitig verbeugten sie sich vor uns, ihrem Publikum. Caruso hielt einen Deo Stift in der Hand und sprach wie in ein Mikrofon hinein.

„Verehrtes Publikum! Zuerst einmal herzlichen Dank für ihr zahlreiches Erscheinen. Herzlichen Dank an alle meine treuen Fans, die mit diesem Auftritt sicher noch mehr werden. Denn das ist heute hier eine große Premiere, denn heute singe ich nicht solo, sondern zum ersten Mal im Duett mit meinem Kumpel Harald!“

Daraufhin gab es noch mal Applaus von uns. Dann sagte Harald, der auch irgendeinen Zweck entfremdeten Gegenstand als Mikrofon hielt: „Meine Damen und Herren! Ich bedanke mich auch und möchte hiermit ankündigen: Es singt für sie, nur hier und heute, das klassische Gesangsduo *Caruso und Haraldino*“! Applaus bitte!“

Wir klatschten alle noch mal, während wir uns im Halbkreis um die beiden versammelten. Ich war neugierig und voller Erwartung, denn davon, dass Harald singen kann, hatte er noch nie etwas gesagt.

Die beiden verbeugten sich noch mal, räusperten sich und grölten los: „An der Nordseeküste, am plattdeutschen Strand. Sind die Fische im Wasser und selten an Land! ...“

Jetzt wusste ich, dass Harald nicht singen konnte. Ebenso wenig wie Caruso. Es war nur laut und falsch! Aber dafür war es lustig, und es kam so richtig Stimmung auf, und als dann alle mitsangen, hörte es sich nicht mehr ganz so schlimm an, und irgendwie machten die beiden das mit ihrer Mimik und Gestik wieder wett.

Sie sangen noch: „Es steht ein Pferd auf dem Flur, das ist so niedlich ...!“

Als drittes ließen wir auch noch *O sole mio* über uns ergehen. Aber dann gab es so einen Applaus, der wohl hauptsächlich dazu gedacht war, die beiden am weitersingen zu hindern.

Sybille sagte dann ganz laut: „Nach dieser künstlerischen Herausforderung unserer Life-Musiker dürfen wir natürlich keine Zugabe verlangen! Aber dafür gibt‘s Bier für die Künstler!“

Dann wurde die Stereoanlange wieder aufgedreht. Einige standen erst mal herum und tranken ihr Bier und unterhielten sich soweit das möglich war. Einige fingen an zu tanzen. Die Musik war so gut, ich konnte gar nicht anders, als auch zu tanzen. Sybille tanzte mir gegenüber. Dann kam Caruso dazu und tanzte mit ungelenken Bewegungen und zog dabei Grimassen. Das konnte sich dann Harald auch nicht entgehen lassen, und er fing an, wie ein balzender Truthahn um uns rumzutanzen. Benny kam dann auch mit dem Truthahn Tanz dazu, Sybille und ich, sowie einige der anderen, bogen sich vor Lachen. Die beiden zogen wirklich eine lustige Show ab.

Mit dem steigenden Alkoholpegel stieg auch die Stimmung. Die Anlage wurde immer wieder ein bisschen mehr aufgedreht. Die Stimmung war unglaublich. Niemand bemerkte wie die Zeit verging und dass es immer später wurde und die Dezibel immer mehr. Deswegen bekam von uns auch keiner mit, dass schon einige der Nachbarn versucht hatten, sich zu beschweren. Irgendjemand muss sich wohl noch in der Küche aufgehalten und die Tür geöffnet haben.

Plötzlich standen zwei Polizisten im Wohnzimmer! Die Musik wurde schlagartig ausgeschaltet. Sybille und Michael sahen sich ganz entgeistert an.

Dann sagte der ziemlich alkoholisierte Michael zu den Beamten: „Gibt es ein Problem, oder sind Sie als Freund und Helfer hier?“

„Im Moment sind wir Freund und Helfer Ihrer Nachbarn! Die können nämlich nicht schlafen, und bei den Nachbarn unter Ihnen rieselt der Putz von der Decke!"

„Ojeh, die Armen! Ja, das ist schlimm, wenn man nicht schlafen kann. Ich kenne das auch. Besonders bei Vollmond. Ist heute Vollmond? Oh, sorry! Wollen Sie auch ein Bier?“

Michael war so angesäuselt, dass er gar nicht auf die Idee kam, dass die Nachbarn wegen des Lärms nicht schlafen konnten.

„Danke, wir sind im Dienst und dürfen leider nicht!“

Sybille sagte: „Ich verstehe das einfach nicht, dass sich die Nachbarn beschwert haben. Wir haben doch einen Zettel ausgehängt und sie vorgewarnt. Micha, wo hast du den Zettel im Treppenhaus ausgehängt?"

Michael machte ein völlig verständnisloses Gesicht. „Zettel? Wieso, welcher Zettel?"

Dann grinste er die Beamten wieder an. „Na, nicht doch ein Bier? Bestimmt sind auch noch Würstchen da."

Sybille verdrehte die Augen und sagte: „Jetzt ist mir alles klar. Micha hat vergessen, den Zettel auszuhängen, auf dem stehen sollte, dass wir feiern und es etwas lauter werden könnte. Und dass die Nachbarn, die nicht schlafen können, ganz einfach mit eingeladen sind. Wir haben eigentlich keine Probleme mit den Nachbarn, müssen sie wissen."

Der jüngere der beiden Polizisten bemühte sich krampfhaft, ein Grinsen zu unterdrücken, was ihm nur schwer gelang. Er amüsierte sich köstlich über den angetrunkenen Michael.

„Das Bier ist wirklich gut. Und die Würstchen auch."

„Vielen Dank!" sagte der Polizist. „Jetzt sind wir in erster Linie als Spaßbremsen hier. Also bitte die Anlage etwas runterdrehen und am besten die Bässe rausnehmen. Dann können Sie leise weiterfeiern. Ein andermal komme ich wirklich gern auf das Bier zurück! Einen schönen Abend noch!"

„Nächstes Mal laden wir Sie mit ein. Freund und Helfer braucht man immer!"

„Ich komme bestimmt", sagte der eine der Polizisten. Dann zogen sie ab. Nix desto trotz drehte Michael die Anlage wieder auf. Aber mit ein paar Bässen weniger und nicht ganz so laut wie vorher. Es ertönte *Eins kann uns keiner, eins kann uns keiner, eins kann uns keiner nehmen und das ist die pure Lust am Leben ...*"

Es wurde einfach weitergefeiert, und alle sangen mit. Um zwei Uhr 20 wurde dann *Auf der Reeperbahn nachts um halb eins* gespielt. Niemanden störte es, dass es schon viel später war. Die meisten tanzten nun paarweise Walzer.

Harald wollte es ihnen wohl gleichtun. Er schnappte mich und wirbelte mich herum. Da er nun auch nicht mehr besonders nüchtern war, verlor er das Gleichgewicht und landete auf dem Boden. Sein verblüffter Gesichtsausdruck brachte dann alle zum Lachen.

„Das war doch Absicht“, nuschelte er, während er auf allen Vieren auf mich zu gekrochen kam. Die anderen zogen ihn dann noch lachend auf:

„Ja klar, klar war das Absicht! Wie du da so elegant auf den Boden gepurzelt bist!“

„Leute, es war aber wirklich Absicht, denn ich wollte meiner Tus…, äh, Braut, ich meine natürlich, meiner Süßen hier, nur beweisen, dass ich ihr zu Füßen liege“, lallte er etwas undeutlich.

Alle lachten, und auch ich konnte mich nicht mehr halten. Ich streckte ihm meine Arme hin und zog ihn vom Boden hoch. Er fiel mir um den Hals und verharrte einfach in der Umarmung.

„Oh ja, nuschelte er selig“, während er sein Gesicht einfach in meine Haare kuschelte.

Ich drückte ihn noch mal und sagte: „Eigentlich könnten wir auch so allmählich gehen. Oder was meinst du?“

„Oh ja, meine Süße! Ich bin so müde, kann schon nicht mehr stehen. Ich schwanke schon vor Müdigkeit. Siehst du das?“

Ich grinste ziemlich breit, überzeugt davon, dass Haralds Schwanken wohl weniger von der Müdigkeit und eher vom Alkohol kam. Ich bat Sybille ein Taxi für uns zu rufen.

Sybille machte ein finsteres Gesicht und sagte: „Ok, mache ich sofort!“

Irritiert fragte ich sie: “Bist du sauer, weil wir gehen wollen? Weißt du, es war wirklich eine super tolle Party, aber Harald hat genug getankt und kann kaum noch geradeaus gehen.“

„Quatsch, darüber bin ich doch nicht sauer. Es haben so einige mehr als genug getankt, was mich nicht im Geringsten stört. Auch Michael, und mit dem hatte ich eben eine kleine Auseinandersetzung! Ich habe es ca. zwanzig Mal gesagt: hängst du bitte den Zettel aus, denkst du dran, den

Zettel auszuhängen ...blablabla. Aber er hört einfach nicht zu. Und jetzt haben wir wahrscheinlich Ärger mit den Nachbarn! Das brauche ich nun wirklich nicht!“

„Bleib locker, Billie! Bitte mache ihm keinen Ärger mehr deswegen. Er ist so gut drauf und freut sich über die gelungene Feier. Und so sind Männer nun mal. Sie hören oft nicht zu oder sagen ja, und es rauscht in ein Ohr rein und durch den hohlen Kopf zum anderen Ohr raus. Da steckt doch keine böse Absicht hinter. Du kannst dich bei den Nachbarn entschuldigen, indem du einen neuen Zettel aushängst. Mach dir und Michael keinen Stress deswegen. Das bringt nichts!“

In dem Moment klingelte es an der Tür. Unser Taxi war da. Ich umarmte Sybille und bedankte mich noch mal für das schöne Fest. Bei Harald dauerte es etwas länger, weil er sich bei Michael, Caruso und Benny mit Umarmungen und Schulterklopfen, sowie intensiven Beteuerungen, dass man sich bald wiedersehen müsste, verabschiedete.

Dann fiel er Sybille noch mal um den Hals, mit Hundeblick in ihre Augen und sagte: „Mensch, was bist du für eine hübsche Braut und so schöne blaue Augen. Also, wenn ich nicht vergeben wäre und Michi nicht mein Freund wäre, ja also dann ... dann würde ich ...“

Er verlor immer wieder den Faden, und ich beendete dann für ihn den Satz: „Ja, genau! Dann würdest du jetzt gehen. Nun komm schon, du Charmeur! Das Taxi wartet!“

„Das wollte ich doch gar nicht sagen“, lallte er.

Sybille strahlte plötzlich wieder und sagte: „Harald ist echt ein Schatz!“

„Ich weiß“, sagte ich. „Und außerdem ein Charmeur ohne Ende, wenn er jemanden mag. Und dein Michael ist eben auch ein Schatz! Also lass Gnade walten!“

Wir umarmten uns auch noch mal, und dann musste ich den schwankenden Harald die Treppe runterführen.

Als ich am nächsten Morgen erwachte, war das Bett neben mir leer. Ich hörte Geräusche aus dem Bad, dann die Spülung und Wasserrauschen. Kreideweiß kam Harald auf das Bett zugeschwankt.

Er hatte seine geröteten Augen zugekniffen als er sagte: „Oje, sogar das Tageslicht tut weh. Und mir ist schlecht. Ich muss was Schlechtes gegessen haben!“

Dann sank er neben mir auf das Bett, bettete sein Gesicht an meine Schulter und stöhnte: „Endlich sind wir zusammen, und jetzt müssen wir uns wieder trennen! Oh, oh ..."

Ich fragte: „Wieso das denn? Musst du gleich wieder los?“

Er antwortete im jämmerlichen Tonfall: „Ja, das auch! Aber ich werde diesen Tag nicht überleben!“

„Ach so! Du hast einen Kater! Du Armer! Na, kommt schon mal vor, wenn man schön feiert. Und es war doch toll oder nicht? Die Musik, die leckeren Würstchen und das gute Bier. Also ich habe es genossen!“

Bei den Worten *Würstchen und Bier* verfärbte sich Haralds Gesicht fast grün, und er gab einen lauten Rülpser und ein würgendes Geräusch von sich.

„Oh nein! Hör doch auf, bitte! Das ist kein harmloser Kater, das ist ein ausgewachsener Panther! Damit ist nicht zu spaßen!“

Ich drehte mich zu ihm um, nahm ihn in meine Arme und bettete seinen Kopf an meine Brust.

„So wollte ich schon immer sterben“, sagte er.

„Du wirst aber nicht sterben. Versuch noch mal ein bisschen zu schlafen. Wenn du wieder aufwachst, geht es dir um Lichtjahre besser! Ich bleibe auch solange bei dir.“

Mir war es sehr recht, noch ein bisschen zu schlafen. Zum Glück hatte ich keinen Kater, aber müde war ich trotzdem noch.

„Ja, wenn ich wieder aufwache. Um das geht es hier. Wenn ich jetzt wieder einschlafe, wache ich bestimmt nie wieder auf. Ich falle in einen Todesschlaf“, nuschelte Harald in die Bettdecke.

„Jetzt wirst du nie erfahren, was für ein grandioser Liebhaber ich bin! Seufz!“

„Aber ich hatte doch schon einen kleinen Vorgeschmack. Und Dank meiner medizinischen Fähigkeiten als private Krankenschwester kann ich dir garantieren, dass du überleben wirst!“

„Oh ja, von dir lasse ich mich gerne gesund pflegen.“

Ich hielt ihn noch ein bisschen im Arm, bis sein jämmerliches Gestöhne allmählich in ein gleichmäßiges Schnarchen überging. Und irgendwann gingen auch meine Lichter wieder aus.

Als ich wieder erwachte, lag Harald mit offenen Augen neben mir und hatte einen Arm um mich gelegt. Ich deutete das als gutes Zeichen.

„Hallo, mein Häschen, ich lebe noch!“

„Das ist nicht zu übersehen“, sagte ich lächelnd. „Und wie geht es Dir jetzt?“

„Besser, viel besser! Leider trotzdem nicht gut genug, um dich zu vernaschen! Das werden wir nachholen müssen. Warte nur ab, bis ich dich das nächste Mal in die Finger kriege“, drohte er grinsend.

„Na gut, habe verstanden! Das heißt wahrscheinlich auch, dass du noch nicht fit genug bist, um Frühstück zu machen? Ok, ich übernehme das ausnahmsweise. Das nächste Mal bist du wieder dran!“

„Du bist wirklich die süßeste aller Prinzessinnen. Weder eitel noch arrogant und auch nicht verwöhnt! Sondern einfach nur lieb! Ich liege dir zu Füßen, ehrlich! Ach ja, schönen heißen Kaffee, mit Milch und Zucker bitte. Das Ei nicht zu weich und nicht zu hart! Also, das Eigelb sollte noch weich sein, aber bitte ohne glibberiges Geschlabber da drinnen. Und natürlich mit Salz. Und dann natürlich Weißbrot mit Butter und Marmelade und ...“

„Stop! Also, das fasse ich ja nicht! Was du für Ansprüche hast! Das ist ja wohl unglaublich! Eben wollte der Herr noch sterben, und jetzt wird die Prinzessin zur Dienstmagd degradiert! Ich mache das Frühstück und zwar auf meine Weise oder gar nicht. Nach dem Motto *friss oder stirb*“, unterbrach ich ihn wütend.

„Ok, ok! Ist ja schon gut, eure Hoheit. Ich weiß diese Ehre zu schätzen!“

Ich wollte gerade empört aus dem Bett stürmen, aber Harald schoss hoch, stöhnte kurz auf, schnappte mich, drückte mich auf das Bett zurück und küsste mich tief und innig. Und schon war meine Wut weg geküsst. Ich hielt ihn noch einen Moment im Arm und streichelte seinen Kopf.

„Na, wo tut es denn am meisten weh?“

„Ach, eigentlich ist es auszuhalten. In dem Moment, als ich hochkam, haben sich ein paar Molotowcocktails im Kopf entzündet. Du bist so lieb, Häschen!“

„Ok, dann bleib liegen und ruhe dich noch etwas aus! Ich entschwinde dahin, wo *Tussis* hingehören! In die Küche und an den Herd“, sagte ich ironisch.

„Das ist aber jetzt unfair! Das habe ich nie gesagt! Nie im Leben! Und das Wort *Tussi* kommt kaum noch in meinem Wortschatz vor“, entrüstete sich Harald.

Im Gehen drehte ich mich noch einmal zu ihm um und grinste ihn an. Während ich das Frühstück machte, hörte ich, wie Harald aufstand und in das Bad ging. Erst rauschte die Spülung, dann die Dusche. Also deckte ich in der Küche den kleinen Tisch am Fenster. Harald kam aus der Dusche und umfasste mich von hinten. Ich drehte mich um und wir küssten uns wieder.

„Oh, du riechst jetzt aber gut. Und dir scheint es ja schon wieder viel besser zu gehen.“

„Ja, meine Süße! Das muss auch, denn ich habe heute noch sehr viel zu tun!“

Ich sah ihn mit wenig Begeisterung an.

„Soll das heißen, dass du gleich wieder gehst?“, fragte ich säuerlich.

Zerknirscht sagte er: „Tut mir auch echt leid. Aber ich muss leider gleich los. Ich habe noch wahnsinnig viel zu tun!“

Meine Laune sank augenblicklich auf den Tiefpunkt.

„Das sagtest du schon! Das ist ja wohl nicht dein Ernst! Wir haben Wochenende, und es ist erst Sonnabend. Jetzt erzähle mir nicht, dass du für deinen Onkel auf dem Dom arbeiten musst! Die Domsaison ist zu Ende! Und meine Geduld auch gleich! Jetzt sind wir endlich zusammen und du hast nie Zeit!“

„Tut mir wirklich leid, ehrlich sorry! Aber durch den Krankenhausaufenthalt ist mir eine Menge Zeit verloren gegangen. Die muss ich jetzt wieder aufholen.“

„Ach, jetzt bin ich wohl noch Schuld, dass du keine Zeit mehr für mich hast“, sagte ich ziemlich sauer.

Harald versuchte mich in den Arm zu nehmen, aber ich wehrte ihn ab.

„So meinte ich das doch gar nicht! Jetzt sei nicht so zickig, das steht dir überhaupt nicht! Ich schwöre dir, sehr wichtige Arbeiten erledigen zu müssen. Ich erkläre dir das alles, wenn sie fertig sind. Du wirst überrascht sein! In zwei Wochen ist alles paletti, wenn alles glattgeht. Dann habe ich wieder jede Menge Zeit für dich. Das wird ganz toll! Verlass dich drauf!“

Ich war immer noch sauer. "Dann verstehe ich nicht, dass du mir nicht sagen kannst, weshalb!“

„Bitte habe mal ein bisschen Vertrauen."

„Das musst du gerade sagen! Ich weiß, was dabei herauskommt, wenn ich schon mal Vertrauen habe“, sagte ich wütend.

Ojeh, jetzt war es wohl mit Haralds Geduld auch zu Ende, und er brüllte fast: „Was dir Marcus, dieser Wichs, äh, Idiot, angetan hat, dafür kannst du nicht mich verantwortlich machen. Das ist ja wohl ein Unding! Ich war immer ehrlich zu dir! Warum sollte ich jetzt anfangen zu lügen? Häh, ja, sag mir das mal! Warum?!“

„Jetzt fang nicht wieder mit Marcus an! Ich kann das nicht mehr hören. Da habe ich eben einen Fehler gemacht! So was kommt vor!“

„Ja? Na ganz toll! Du hast einen Fehler gemacht, und ich soll ihn jetzt ausbaden! Oder was?! Aua, jetzt habe ich wieder Kopfschmerzen! Ich dachte, die wenige Zeit, die wir momentan haben, machen wir es uns schön. Stattdessen verstreiten wir sie!“

„Du hast wohl recht“, versuchte ich wieder einzulenken. „Aber ich verstehe es trotzdem nicht!“

„Ich kann es dir jetzt nicht erklären, weil ich nicht weiß, ob es wirklich klappt. Und ich will keine falschen Versprechungen machen. Vielleicht würdest du mir nicht mal glauben. Aber in zwei Wochen ... Ojeh, habe ich dir schon gesagt, dass da bei meinen Eltern eine Familienfeier angesagt ist? Obwohl, hundertprozentig ist das auch noch nicht. Kommt drauf an, ob das andere alles klappt!“

„Nein, hast du nicht! Und wir hatten ja nun gestern erst eine Feier! Soll das jetzt heißen, dass du da auch keine Zeit hast?“, fragte ich mit einem Kloß im Hals, denn so hatte ich mir meine neue Beziehung nicht vorgestellt.

„Nein, soll es nicht. Denn du bist natürlich auch eingeladen und sollst die ganze Bande, meine Family, meine ich, kennenlernen. Und sie dich natürlich auch. Ab da habe ich auch wieder Zeit.“

Das ist natürlich was anderes, dachte ich. „Heißt das, dass wir uns ab da, zwei oder dreimal die Woche, inklusive das ganze Wochenende, sehen können?“

„Dann können wir uns sogar jeden Tag sehen. Das liegt ganz bei dir, meine Süße.“

„Das ist natürlich was anderes. Aber dieses Wochenende muss ich dann also allein verbringen. Oder wie?“

„Ach Süße! Das geht doch so schnell rum. Außerdem werde ich dich jeden Tag anrufen. Ich verstehe gar nicht, warum du jetzt so einen Aufstand machst deswegen. Am Anfang warst du so locker, wenn ich keine Zeit hatte. Oder war das wegen ..., egal! Und wie ich das kenne, bin ich sowieso dann der Hauptleidtragende, weil ich dich mehr vermisse und es am Ende nicht aushalten kann. Also komm her!“, sagte er und nahm mich in seine Arme.

Eine halbe Stunde später saß ich dann tatsächlich allein in meiner Wohnung, mit einem angebrochenen Wochenende. Das hatte ich mir wirklich anders vorgestellt. Aber wenigstens sind wir nicht im Streit auseinandergegangen. Denn das ist immer wichtig, da man nie weiß, ob man sich wiedersieht. Ich grübelte noch darüber nach, was er wohl noch so Wichtiges zu tun hatte, dass er sogar auf mich verzichten wollte.

Sonnabendnachmittag! Was sollte ich jetzt tun? Natürlich! Erst mal bei Sybille anrufen.

Sie meldete sich ziemlich verschnupft. „Hi Billie! Was ist los, hast du Schnupfen?“

„Hallo, Caro! Gut, dass du anrufst! Eigentlich ist hier jetzt nicht mehr allzu viel los. Außer dass ich gleich ausraste und hier sowieso bis heute Morgen die Hölle los war.“

„Oh, ging die Party noch so lange?“

„Bis heute Morgen um fünf Uhr. Aber denke nicht, dass sie dann vorbei war, da brach dann erst richtig die Hölle los!“

Das sagte sie mit leicht zitternder Stimme. Da war etwas im Busch.

„Was ist mit Michael?“

„Der ist weg! Hat seine Koffer gepackt und ist einfach abgehauen. Und das nach fast drei Jahren Beziehung“, sagte sie mit zunehmend weinerlicher Stimme, die immer mehr zum richtigen Weinen überging.

Ich hatte plötzlich SOS im Kopf. Meine unerschütterliche Billie, die wirklich nichts aus der Ruhe bringen konnte.

„Hör zu, Billie! Ich bin gleich bei dir! Ok?“

„Nein, nein! Mach dir keine Sorgen um mich. Genieße lieber deine Zeit mit Harald.“

Mittlerweile war sie so am Weinen, dass ich sie kaum noch verstehen konnte.

„Harald ist schon wieder weg. Er hatte keine Zeit mehr, und ich sitze nun sowieso nur noch hier herum. Also können wir auch zusammen herumsitzen, oder?“

„Aber nur wenn es dir nichts ausmacht!"

„Ich wollte dir nicht zur Last fallen.“

„Das ist ja wohl nicht wahr! Du bist wirklich immer und zu jeder Zeit für mich da und rettest mich aus jeder Situation! Du bist wirklich die aller beste Freundin, die man sich vorstellen kann! Bitte lass mich jetzt mal für dich da sein. Wahrscheinlich kann ich dir sowieso nicht helfen, aber ich möchte es wenigstens versuchen.“

„Es wäre ganz toll, wenn du kommen könntest“, heulte sie los.
Ich schnappte mir eine Flasche Wein, eine Tüte Chips und Schokolade. Vorräte, die ich für den Notfall gebunkert hatte. Das war ein Notfall. Eine halbe Stunde später klingelte ich an Sybilles Tür. Sie öffnete, sah mich aus rot geweinten Augen an und fiel mir schluchzend um den Hals. Ich war erschüttert. Die unverwüstliche, positive Billie in diesem Zustand zu sehen. So lange ich sie kenne, habe ich sie noch nie so verzweifelt erlebt. Ich legte meine Arme um ihre zuckenden Schultern und schob sie in ihr Wohnzimmer und drückte sie in einen Sessel. Dann hockte ich mich davor auf den Boden und sah sie an.
Nachdem ich ihr ein Taschentuch gereicht hatte und sie sich etwas beruhigt hatte sagte sie: „Fast drei Jahre Beziehung, eine wirklich gute Beziehung ...! Und jetzt aus! Vorbei! Einfach so mir nichts, dir nichts. Ich kann es nicht verstehen.“
Sie schluchzte schon wieder so heftig, dass ich sie kaum verstehen konnte.
„Komm, mein Billie-Baby, nun erzähl mal ganz ruhig, was da vorgefallen ist. Alles nur wegen dem vergessenen Zettel?", fragte ich, während ich mich auf die Sessellehne setzte und ihren Arm streichelte. „Habt ihr wieder wegen dem verdammten Zettel gestritten, nachdem die anderen weg waren?“
„Hah! Nachdem alle weg waren! Die blöde Franzi war noch da!“
„Wer ist Franzi?“
„Eine Studentin! Sie ist nicht in seinem Fachbereich und auch ein anderes Semester. Aber sie kennen sich eben. Ich kann sie nicht ausstehen. Sie hält sich für unwiderstehlich und ist so von sich überzeugt, dass es die Männer komischerweise auch sind!“
„Aber warum hast du sie dann eingeladen?“
„Ich habe sie doch nicht eingeladen! Michael hat sie eingeladen!“
„Ich verstehe das noch nicht so richtig. Also war sie der letzte Gast oder wie?“
„Also, das war so, die Stimmung zwischen Micha und mir war schon nicht mehr so besonders. Ein Wort gab das andere! Es waren nur noch

wenige Gäste da, die das aber wohl irgendwie mitbekommen haben und die dann nach und nach gingen. Weißt du, Benni und Caruso und der harte Kern. Aber die hatten genug Feingefühl, um zu registrieren, dass die gute Stimmung dahin war. Nur Franziska nicht! Die blieb und beobachtete das Ganze. Sie wartete den geeigneten Moment ab, um sich dann einzumischen und sich auf Michaels Seite zu schlagen und ihn geschickt anzumachen. Sie gab ihm recht, legte ihren Arm um ihn ... und ...und ...", sie unterbrach sich, da sie schon wieder vom Weinen geschüttelt wurde und ihr ganze Bäche von Tränen über die Wangen liefen und herunter tropften.

Ich nahm sie wieder in den Arm und hielt sie ein wenig fest. Dann gab ich ihr noch ein sauberes Taschentuch, was sie auch gleich benutzte und dann zu den vielen anderen zerknüllten Taschentüchern warf.

„Ja, und dann hat sie sich an ihn gekuschelt und gesagt: *Also, wenn Du mein Freund wärst, würde ich niemals so ein Gezeter wegen eines blöden Zettels machen!* Daraufhin habe ich gesagt, dass Michael aber nicht ihr Freund, sondern meiner wäre und sie dumme Gans sich aus unseren Privatangelegenheiten raushalten soll und endlich gehen soll! Dann hat sie sich noch mehr an ihn rangeschmissen, ihn angehimmelt und gefragt, ob er zulassen kann, dass ich seine Gäste rausschmeiße und beleidige. Und Michael hat gesagt oder eigentlich mehr gelallt, dass sie bleiben kann, solange sie will. Und wenn es mir nicht passen würde, könnte ich ja gehen! Dann habe ich gesagt, dass das hier zufällig auch meine Wohnung wäre und sie endlich gehen sollte, und wenn er was dagegen hätte, dann könnte er ja gleich mitgehen! Aber ich wollte das doch nicht! Ich wollte das gar nicht! Und dann hat sie zu ihm gesagt, dass er einfach mit ihr mitgehen sollte. Dass er ja genauso unerwünscht bei mir wäre, wie sie. Und ich konnte einfach nicht mehr, und weil mir die Tränen kamen, habe ich mich für einen Moment in das Bad geflüchtet. Als ich wieder rauskam, hatte er einen Koffer und ist mit ihr gegangen!"

Sybille konnte nicht mehr weiterreden, sie weinte wie ein Schlosshund.

Ich versuchte wieder, sie zu trösten. „Aber Billie, ich kann zwar auch nicht verstehen, wie Michael dir das antun konnte, aber ich glaube wirklich, das renkt sich wieder ein. Weißt du, er war stark angetrunken, und diese Hexe hat das ausgenutzt und ihn manipuliert. Sie hat ihm glauben gemacht, was für ein toller Hecht er ist und wie gut er mit ihr dran wäre. Spätestens wenn er wieder nüchtern ist, weiß er, was für ein Blödmann er war! Er kommt garantiert zurück! Vielleicht dauert es ein paar Tage, weil es ihm unangenehm ist, dass er einen Fehler gemacht hat. Aber er kommt wieder."

„Ich hoffe es so! Das halte ich sonst nicht aus! Hast du eine Zigarette für mich?"

„Aber Billie, du rauchst doch nicht!"

„Doch! Jetzt schon! Ich brauche Zigaretten und Alkohol!"

„Ok, ich habe alles dabei. Hier hast du eine Zigarette. Wahrscheinlich musst du sowieso husten, weil du es nicht gewohnt bist. Ich habe auch eine Flasche Wein dabei. Die können wir zusammen auch leer machen."

„Na dann, Prost, auf das Michael seinen Fehler bald einsieht. Je eher desto besser. Allerdings glaube ich schon, dass es ein paar Tage dauern wird. Denn es wird ihm sicherlich peinlich sein. Es wird ihn einiges an Überwindung kosten, zurückzukommen. Aber er wird zurückkommen. Er liebt dich doch!"

„Ach Caro, ich hoffe es so! Hätte ich doch nur meinen Mund gehalten. Eigentlich war es doch nur eine Lappalie und diesen ganzen Stress überhaupt nicht wert. Würde es dir was ausmachen, heute hier zu schlafen? Ich möchte nicht alleine bleiben. Solange du da bist, geht es mir etwas besser. Aber wenn ich hier allein bin, dann merke ich besonders deutlich, dass Michael nicht mehr da ist."

„Klar, bleibe ich! Das hatte ich sogar gehofft. Auf mich wartet niemand. Schade, dass Harald plötzlich so viel zu tun hat. Verstehst du das?"

„Naja, er wird bestimmt bei seinem Onkel auf dem Dom arbeiten."

„Das mit Sicherheit nicht! Die Dom-Saison ist zu Ende."

„Mach dir keine Gedanken. Es wird schon so sein. Manchmal hat man einfach keine Zeit. Zeit ist überhaupt ein Mangel in der heutigen Gesellschaft. Was meinst du, ob er noch bei ihr ist?"

„Wer? Bei wem?", fragte ich etwas irritiert, da Sybille so einen Sprung von Harald zu Michael gemacht hatte.

„Na Michael! Ob er noch bei dieser Schlampe Franzi ist!“
„Ich weiß es nicht! Das wird sicher für ihn auch nicht so einfach sein, sich da aus der Affäre zu ziehen. Da er ja nun mitgegangen ist, braucht er schon eine gute Ausrede, um wieder gehen zu können, ohne das Gesicht zu verlieren. Jede Wette, Franzi wird nicht begeistert sein, wenn Michael sich wieder wegstehlen will.“
„Ja, wenn! Aber ich weiß ja nicht mal, ob er das wirklich will. Vielleicht gefällt es ihm bei ihr ganz gut. Sie wird sich von ihrer besten Seite zeigen und ihn verhätscheln und verzärteln so gut sie kann. Und wie steh ich dann da, wenn er mich mit ihr vergleicht. Bei uns ist bereits der Alltag eingekehrt. Michael mach dies, kannst du mal den Müll runterbringen, du wolltest doch deine Socken wegräumen usw. Bei ihr ist alles neu, unbekannt und aufregend. Wer weiß, vielleicht amüsieren sie sich bereits im Bett.“
„Ach Billie! Nun mach es dir doch nicht so schwer, indem du dir solche Sachen ausmalst!“
„Und kannst du mir garantieren, dass es nicht so ist?“
„Nein, natürlich kann ich das nicht! Es wäre schon möglich. Aber es ist für mich wahrscheinlicher, dass er jetzt wieder nüchtern ist und sich fragt, was er da eigentlich macht.“
Jedenfalls löste das bei Sybille einen neuen Weinkrampf aus.
"Billie, sie kann dir nicht das Wasser reichen", sagte ich, was bei ihrem Tränenfluss etwas merkwürdig klang.
„Du bist das hübscheste Mädchen, das ich kenne! Du hast keine großen Augen, sondern regelrechte Scheinwerfer! Harald schwärmt immer noch von dir, und Michael ist kein Idiot und weiß, was er an dir hat! Mal von deinen ganzen guten Charaktereigenschaften und deiner Intelligenz abgesehen!"
„Dankeschön, Caro! Du bist so lieb. Aber er ist ein Mann!"
„Es gibt durchaus intelligente Männer! Vielleicht könnten wir herauskriegen, ob er überhaupt noch bei ihr ist? Er hat seinen Fehler bestimmt schon längst eingesehen. Und nun traut er sich nicht nach Hause. Vielleicht ist er auch bei einem seiner Freunde? Was meinst du?“

Das beruhigte Sybille etwas. Das Schluchzen und der Tränenfluss hörten für einen Moment auf. Es leuchtete ein bisschen Hoffnung in Billies Augen auf.

„Ja, das könnte sein! Allerdings würde ich es nicht fertigbringen, bei dieser Schlampe anzurufen."

„Das machen wir auf keinen Fall! Das gäbe auch kein gutes Bild ab. Aber wir könnten bei seinen Freunden anrufen."

„Dann könnte es aber auch sein, dass er wirklich da ist und der Freund ihn aber decken soll. Und wenn wir alle angerufen haben und alle nein gesagt haben, wissen wir immer noch nicht, ob er vielleicht doch noch bei ihr ist! Es ist zum Mäuse melken!"

„Ach was, ich finde wir sollten es versuchen. Es kann nicht schaden! Was meinst du? Wo könnte er am ehesten sein?"

„Caruso oder Benny würde ich sagen. Mit denen hängt er sehr oft zusammen!"

„Ok, dann rufe die beiden doch einfach an und frage ganz unverbindlich mal nach, ob Michael vielleicht da wäre. Die Geschichte mit Franziska würde ich auslassen. Wenn er fragen sollte wieso du denkst, dass er bei ihm wäre, sagst du einfach, dass er weggegangen wäre und dir nicht gesagt hätte wohin. Du ihn aber was fragen müsstest und dachtest, er wäre vielleicht bei ihm Caruso oder Benny, je nachdem. Ist doch ganz einfach, oder?"

„Naja, mal sehen. Hauptsache ich muss nicht wieder heulen."

Sybille holte sich das Telefon, wählte eine Nummer und sagte: „Hallo Caruso! Na, wie geht es dir? Feier gut überstanden?" Pause. „Ach so, ja, Michael hatte ja auch ordentlich einen sitzen. Deswegen rufe ich überhaupt an. Ist er zufällig bei dir? Nicht? Also nichts Besonderes. Ist ja sonst auch nicht meine Art, ihm hinterher zu telefonieren. Ich müsste ihn nur was fragen, weil ich ein kleines Problem habe. Da er nicht gesagt hatte, wohin er geht, dachte ich, dass er vielleicht bei dir wäre."

Sybilles Stimme fing schon wieder an, ein bisschen zu zittern und ihre Augen füllten sich schon wieder mit Tränen. „Ach, das könnte ich machen: Ja gut. Dann rufe ich Benny gleich mal an. Danke trotzdem, Caruso! Du warst überhaupt wieder die Stimmungskanone gestern Abend. Ja danke, du auch! Ok, ich werde ihn grüßen, wenn er wieder auftaucht! Mach es gut. Tschüs!“

Sie war schon wieder kurz vor dem Weinen.

„Du warst ja super tapfer. Man hat dir nichts angemerkt. Was hat er gesagt?“

„Dass er nicht bei ihm ist. Und er meinte, ich sollte es mal bei Benny versuchen.“

„Na los! Dann rufe ihn gleich an.“

„Und wenn er da auch nicht ist. Dann habe ich ziemliche Gewissheit, dass er doch bei der Schlampe ist. Er wird bei ihr bleiben. Mein Leben wird zerstört sein, denn er ist meine große Liebe. Ich werde mich nie wieder davon erholen, werde zur Alkoholikerin, kann meinen Job nicht mehr machen und meine Miete nicht mehr bezahlen. Dann werde ich obdachlos sein und unter einer Brücke wohnen, da das *Pik Ass* auch immer überfüllt ist! Das wäre doch romantisch, oder?“

Ich war erstaunt, aber plötzlich kam Billies Humor wieder durch. Wahrscheinlich, war es nur Galgenhumor, der aus ihrer Verzweiflung heraus resultierte! Aber immerhin, es war Humor!

„Oh ja! Sehr romantisch! Kann mir kaum etwas Schöneres vorstellen als unter einer Brücke zu schlafen!"

Dann lachten wir beide.

„Was auch passiert, das Leben geht weiter! Und eigentlich ist der Platz unter der Brücke schon für mich reserviert, da ich ja nun wirklich ein Wohnungsproblem habe. Aber dann gründen wir eben die erste Unter-Brücken-Penner-WG! Wie findest du das?“

Sybilles Reaktion war irgendwas zwischen Weinen und Lachen. Es war nicht ganz eindeutig und ich sagte schnell: “So, jetzt ruf Benny an! Damit die Ungewissheit aufhört.“

„Hallo Benny! Hier ist Sybille. Wie geht es dir? Ja, dann ist es ja gut. Ja, ja, mir auch. Sage mal, hast du eine Ahnung, wo Michael sich herumtreibt. Oder ist er zufällig bei Dir? Nicht?!"

Sybilles Augen füllten sich schon wieder mit Tränen, Michael schien auch dort nicht zu sein. Aber plötzlich hellte sich ihr Gesicht wieder auf.

„Ach, das ist ja toll! Ich meine, dann bin ich beruhigt. Na, das wird bestimmt lustig. Dann wünsch ich viel Spaß noch. Warum ich wissen wollte, wo Michael ist? Äh, also ja, also der Videorekorder funktionierte nicht und da wollte ich ihn fragen, was ich da machen kann. Ja genau! Also dann, viel Spaß noch mal! Tschüs!"

Sybille sprang vom Sessel hoch und jubelte: „Er ist nicht da, er ist nicht da!"

Ich dachte schon, sie wäre am Rande eines Nervenzusammenbruchs. Denn das war doch keine gute Nachricht!

„Ja, wieso freust du dich denn? Wenn er nicht da ist? Das bedeutet doch, dass er noch bei dieser Franzi ist."

„Er ist nicht da, aber er kommt gleich", freute sie sich weiter.

„Was denn? Hierher? Kommt er schon wieder zurück?"

„Nein, das leider nicht. Aber er ist auf dem Weg zu Benny. Er hat ihn angerufen und gefragt, was er heute noch macht. Und weil Benny nichts vorhatte, wollte er zu ihm fahren, um mit ihm Karten zu zocken! Und da ist er gut aufgehoben. Deswegen freue ich mich so. Das bedeutet, dass er nicht mehr bei der Schlampe ist! Und vielleicht kommt er ja heute noch nach Hause."

Die Stimmung bei uns wurde noch wesentlich besser, immer in der Erwartung, dass Michael nach Hause kommen könnte. Aber es wurde immer später, und er kam nicht.

Sybille bekam schon wieder Panik. „Und wenn er nun nach dem Kartenspielen bei Benny wieder zu ihr zurückgeht?"

„Billie, beruhige dich doch! Komm Liebes, nicht schon wieder weinen. Das wird er garantiert nicht tun. Sonst wäre er doch gleich bei ihr geblieben, wenn es so toll wäre. Ich kann mir vorstellen, dass er einen Grund gesucht hat, um von Franzi-Schlampe wieder wegzukommen.

Vielleicht hat er ihr dann gesagt, dass er noch eine Verabredung mit Benny hat. Und dann hat er sich vielleicht gedacht, dass es gar keine schlechte Idee wäre, wirklich bei Benny vorbeizuschauen. So bräuchte er nicht direkt nach Hause und hat noch etwas Abstand. Und denkt sich vielleicht noch, dass du dir dann noch ein bisschen Sorgen machst. Kann ja sein, dass er dich noch zappeln lassen will.“

„Oh, wie fies!“

„Wer weiß, würdest du vielleicht auch so machen!“

Wir tranken noch ein Glas Wein und rauchten noch eine Zigarette. Weil es dann schon ziemlich spät war und Michael doch nicht zurückgekommen war, legten wir uns zum Schlafen hin. Sybille in ihrem Schlafzimmer und ich auf der etwas unbequemen Couch!

Als ich am nächsten Morgen aufwachte und zu Sybille herüberging, war ihr Bett leer. Auf dem Weg zur Toilette wäre ich im Flur fast über einen Koffer gestolpert. Der Koffer war wieder da.

Wo war dann Michael?

Ich ging in Richtung Küche und blieb auf der Türschwelle stehen. Michael saß auf einem Küchenstuhl und Sybille saß im Bademantel auf seinem Schoß. Er hatte seine Arme um sie geschlungen, und sie hatte ihre Arme um seinen Hals gelegt. So saßen sie da, Wange an Wange, dann sahen sie sich an und küssten sich innig. Sie waren so mit sich selbst beschäftigt, dass sie mich überhaupt nicht wahrnahmen. Dieses Glück der beiden erwärmte auch mein Herz!

Vorsichtig zog ich mich zurück. Ich wollte auf keinen Fall ihr Versöhnungskuscheln stören. Also ging ich in das Bad und duschte erst mal. Geräuschvoll kam ich wieder heraus. Als ich wieder in die Küche kam, saßen sie jeder auf einen Stuhl am Frühstückstisch. Beide ein verklärtes Lächeln im Gesicht.

„Morgen ihr beiden“, sagte ich.

„Morgen Caro! Hast du gut geschlafen?“

„Naja, ging so. Das eigene Bett ist doch immer am besten.“

„Komm setz dich. Ich hoffe, du hast Hunger.“

„Wie ein Bär!"

Sybille stand auf, um mir einen Kaffee einzugießen. Das zurückgewonnene Glück strahlte den beiden aus den Gesichtern. Es war eine glückliche und harmonische Atmosphäre am Frühstückstisch. Wir sprachen noch über die Feier und wie lustig es doch war. Und das Caruso und Harald doch einiges zur Stimmung beigetragen haben. Und als dann die Polizeibeamten aufkreuzten und wie lustig das war, als Michael immer versuchte, ihnen Bier und Würstchen aufzuschwatzen. Der vergessene Zettel, der daraus resultierende Streit sowie der unglückselige Abgang von Michael und Franzi, wurden mit keinem Wort mehr erwähnt.

Ich glaubte, dass sich Michael und Sybille so gut ausgesprochen hatten, dass es darüber jetzt nichts mehr zu sagen gab. Michael lobte noch Sybille, weil sie am nächsten Morgen ganz allein die Wohnung aufgeräumt hatte. Denn nach der Feier sah es ja wüst aus.

Nachdem wir fertig gefrühstückt hatten, sagte ich den Beiden, dass ich jetzt leider los müsste.

„War wie immer schön bei euch! Trotzdem muss ich allmählich mal wieder nach Hause!"

„Danke, dass du da warst! Danke, dass du für mich da warst, Carolin. Ich glaube, sonst wäre es noch viel schlimmer gewesen!"

„Da siehst du mal die Klette Billie, wie sie an mir klebt. Kaum bin ich mal einen Abend nicht da, braucht sie schon Trost von ihrer Freundin!", sagte Michael in einen scherzhaften Ton und mit einem Zwinkern in den Augen.

„Naja, demnächst wird es wohl erst mal keine Party mehr bei uns geben. War doch ganz schön anstrengend", sagte Sybille.

„Ja, war aber trotzdem schön. Und bei mir steht wahrscheinlich schon in zwei Wochen die nächste an. Oder was heißt Party, eher Familienfeier bei Harald", sagte ich.

„So wie wir Harald jetzt kennengelernt haben, kann ich mir das ziemlich lustig vorstellen", sagte Sybille.

Ansonsten versuchten die beiden, mich, entgegen ihrer sonstigen Gewohnheit, nicht zum Bleiben zu überreden. Ich spürte genau, dass sie jetzt alleine sein wollten. Dann umarmte ich beide noch einmal zum Abschied und ging.

Ich fuhr direkt nach Hause. Als ich das Treppenhaus betrat, fand ich eine kleine Versammlung meiner Nachbarn vor. Ich wunderte mich etwas und sagte: "Hallo! Wird hier eine inoffizielle Mieterversammlung abgehalten?"

„Hallo, Carolin! Wir unterhalten uns ein bisschen über eine Nachbarin!"

„Aha, ihr lästert also ein bisschen? Aber doch nicht über mich, oder? Denn das hat Frau Krotzmann schon zur Genüge getan."

„Nein! Nicht über dich! Allerdings, was man da so von dir hört, ist ja wirklich interessant. Hätten wir nie von dir gedacht! Mädchen, Mädchen!"

„Also, was hättet ihr nie von mir gedacht?"

„Das du einen Zuhälter hast und Anschaffen gehst. Und das noch neben deiner Arbeit im Büro."

„Na, das hat euch bestimmt Frau Krotzmann erzählt!"

„Natürlich, wer sonst? Und über diejenige unterhalten wir uns gerade. Sie hat über jeden was zu meckern und beschwert sich ständig. Und wir sind es allmählich leid!"

„Was, über euch hat sie sich auch beschwert? Ich dachte, ich wäre die Einzige. Ich habe bereits eine Kündigung von der Wohnungsgesellschaft erhalten."

„Warum hast du denn nichts gesagt, Mädelsche", sagte Herr Biernot, der heute noch relativ nüchtern war.

„Ich wusste doch nicht, dass ihr auch Probleme mit ihr habt. Aber eine Kündigung hat wohl keiner außer mir bekommen?"

„Nein, eine Kündigung nicht. Aber dafür schon einige Beschwerde-Briefe und eine Abmahnung. Und das nervt auch. Hast du dir das etwa gefallen lassen, dass dir einfach gekündigt wurde?"

„Ja! Nein! Also, als die Abmahnung kam, wollte ich bei der Wohnungsbau GmbH anrufen und das richtigstellen. Aber ich habe da nie jemanden erreicht, und irgendwann habe ich es dann einfach vergessen."

„Und dann kam die Kündigung?"

„Genau."

„Also, ich habe ein Beschwerdeschreiben bekommen, weil ich angeblich immer volltrunken bin und die anderen Mieter belästige! So gemein ist das. Habe ich schon mal jemanden von euch belästigt?"

„Du trinkst ja ganz gern mal dein Bier, aber das ist allein deine Sache und geht niemanden was an. Verboten ist es auch nicht! Und belästigt hast du garantiert noch niemanden, jedenfalls nicht von uns!"

„Also, ich kann nur sagen, dass er immer freundlich und hilfsbereit war", verteidigte ich den Biernot.

„Das ist aber lieb, mein Mädelsche, dass du das sagst."

„Ist ja auch wahr!", sagten die anderen Nachbarn.

„Ja, und bei uns hat sich die Alte wegen der Kinder beschwert. Sie wären völlig unerzogen und verwahrlost und außerdem laut und frech", sagten die Pranger.

„Und bei mir über meinen Wastl, dass das ganze Haus nach Hund stinken würde und er ständig bellt und außerdem in's Treppenhaus machen würde", sagte Frau Waller.

„Also, dann sollten wir uns das nicht mehr gefallen lassen und einen Brief mit einer Gegendarstellung und allen Unterschriften von uns an die Wohnungsbau schicken."

„Genau, deswegen stehen wir hier doch alle herum. Das haben wir doch gerade besprochen. Und vielleicht können wir damit auch erreichen, dass deine Kündigung zurückgezogen wird, wenn wir bestätigen, dass du eine unkomplizierte und nette Nachbarin bist."

„Das wollt ihr tun? Das ist ja so lieb von euch", sagte ich, während mir die Tränen in die Augen traten. „Ich habe mir schon solche Sorgen deswegen gemacht und auch schon versucht, eine neue Wohnung zu finden. Ohne Erfolg allerdings."

„Ja, mal sehen. Mit etwas Glück kannst du vielleicht hier wohnen bleiben. Also, wir treffen uns heute Abend um 19 Uhr bei uns oben. Ich werde sehen, dass ich den Brief dann schon fertig habe. Und dann unterschreiben wir alle."

„Ja, toll! Also dann, bis später."

Mir war direkt eine Last von den Schultern genommen worden. Ich war richtig froh, nun vielleicht doch nicht umziehen zu müssen.

Als ich meine Wohnung betrat, läutete gerade wieder mein Telefon. Ich ging ganz gelassen zu dem Apparat und nahm den Hörer ab. Der Anrufer hatte bereits wieder aufgelegt. Macht doch nichts, dachte ich mir. Wenn es wichtig war, wird er oder sie schon wieder anrufen. Ich wunderte mich selbst ein bisschen über meine Gelassenheit und meinen Optimismus.

Dann verbrachte ich einen gemütlichen Tag in meiner Wohnung. Um 19 Uhr ging, ich wie verabredet, zu meinen Nachbarn nach oben. Der Brief war bereits fertig. Einige der anderen Nachbarn hatten schon unterschrieben.

Ich setzte meinen Namen auch darunter und sagte: "Wollen wir mal hoffen, dass dieser Brief wirklich etwas bewirkt. Ich wäre nie auf den Gedanken gekommen, dass ihr auch Ärger mit der Krotzmann haben könntet. Ich habe mich zwar gewundert, weil ich mich ja sonst mit allen ganz gut verstehe. Also die Kündigung hätte ich jetzt einfach so hingenommen."

„Kommt überhaupt nicht in Frage! Du bist eine nette Person, und dieser alte Drachen muss einfach mal wieder in seine Schranken verwiesen werden."

„Ihr seid echt in Ordnung. Dann auf viel Erfolg! Du sagst uns doch Bescheid, wenn du Antwort bekommen hast?"

„Natürlich mach ich das."

„Also, dann wünsch ich Euch noch einen schönen Abend!"

„Ja, danke, dir auch! Mach dir nicht so viele Sorgen. Es wird schon werden!"

Kaum hatte ich wieder meine Wohnung betreten, klingelte das Telefon. Ich nahm ab, und es war Harald. Ziemlich aufgebracht allerdings.

„Endlich! Na endlich! Wo warst du die ganze Zeit. Ich habe mir seit gestern Abend die Finger blutig gewählt. Warst du die ganze Zeit nicht da?"

„Hallo erst mal! Ich wünsche dir auch einen schönen Abend. Aber darf ich jetzt nicht mehr weggehen oder was? Du hast doch sowieso keine Zeit gehabt!"

„Ach Prinzessin, doch natürlich darfst du das! Kommt nur darauf an, mit wem."

„Was soll das denn jetzt heißen? Brauche ich deine Erlaubnis, um bei einer Freundin zu sein?"

„Quatsch! Aber bei welcher Freundin warst du denn?"

„Was denkst du denn schon wieder, wo ich war? Also, etwas Vertrauen würde auch nicht schaden!"

„Du hast mein Vertrauen schon mal mit Füßen getreten. Erinnerst du dich?"

„Wie könnte ich das vergessen, wo du es mir immer wieder auf's Brot schmierst! Damit du es weißt, Marcus ist, soviel ich weiß, immer noch im Knast! Seine Frau ist mittlerweile eine Freundin von mir, und ich habe keinerlei, ich betone, wirklich keinerlei Interesse mehr an Marcus! Merk dir das endlich!"

„Ja, ja, ist ja gut! Du brauchst dich nicht gleich so aufzuregen. Ich habe eben nur Angst, dich wieder zu verlieren."

„Das kannst du dir mal abschminken! Mich wirst du vorerst nicht wieder los. Es sei denn, du lässt mich in Zukunft auch immer so viel alleine!"

„Ganz im Gegenteil! In zwei Wochen habe ich alles erledigt, wenn ich Glück habe und werde dir nicht mehr von der Pelle weichen. Wo warst du denn nun?"

„Ich war bei Billie!"

„Schon wieder? Du hast sie doch erst gesehen?"

„Eine gute Freundin kann man nicht oft genug sehen. Außerdem hatte sie schlimmen Kummer und brauchte mich.“

„Oh, dann war das natürlich sehr nett, dass du bei ihr warst. Was war denn los?“

„Streit mit Micha. Das fing ja während der Fete schon so ein bisschen an. Wegen des vergessenen Zettels.“

„Ja, aber wieso kann es wegen so einer Lappalie so schlimm werden, dass sie Trost brauchte?“

„Sie haben sich am Ende der Feier nur bisschen deswegen gekabbelt. Es waren nur noch wenige Gäste da, die dann nach und nach gingen. Bis auf eine Bekannte von Micha, die wohl auch ein Auge auf ihn geworfen hat. Die fing dann an sich einzumischen und Micha gegen Billie aufzuwiegeln. Micha, der schon einige Promille intus hatte, ging darauf ein und verließ Billie mit gepacktem Koffer und dieser Tussi am Arm!“

„Das ist ja der Hammer! Aber jetzt hast du auch Tussi gesagt. Ist der denn völlig verblödet! Ich fasse es nicht! Wieso kann er so eine Traumfrau wie Sybille verlassen? Bei dem müssen die Sicherungen durch gebrannt sein!“

Jetzt wurde ich schon ein bisschen eifersüchtig. Dass Harald Sybille als Traumfrau bezeichnete, gefiel mir überhaupt nicht, obwohl Sybille das wirklich war.

„Ach, Sybille ist jetzt deine Traumfrau! Da muss ich dich aber leider enttäuschen. Du kannst nicht bei ihr landen. Micha ist schon wieder da. Sie haben sich versöhnt“, sagte ich ziemlich sauer.

„Was ist denn heute nur mit dir los? Du bist meine erste und einzige Traumfrau! Da kommt keine andere heran! Auch Sybille nicht, obwohl die nun wirklich nicht von schlechten Eltern ist. Ich meinte aber, dass sie Michaels Traumfrau ist. Denn meine Traumfrau-Stelle ist besetzt, aber wenn das nicht so wäre, hätte sie die besten Chancen darauf. Im Übrigen bin ich echt froh, dass alles wieder in Ordnung ist zwischen den beiden. Die gehören zusammen, sonst wäre die Welt nicht mehr in Ordnung. Jetzt verstehe ich auch, warum du so reizbar bist!“

„Ich bin überhaupt nicht reizbar! Im Gegenteil!“, sagte ich ziemlich gereizt.

„Doch, natürlich! Das mit Billie hat dich bestimmt sehr mitgenommen. Du hast bestimmt mit ihr gelitten?“

„Natürlich! Ich habe sogar da geschlafen. Erst als Micha heute wieder da war und sie sich versöhnt hatten, bin ich gegangen.“

„Und eben erst wiedergekommen?“

„Nein. Ich bin schon nach dem Frühstück nach Hause gefahren. Ich glaube, sie wollten lieber alleine sein. Eben war ich oben bei den Nachbarn. Es ist noch was Tolles passiert. Als ich nach Hause kam, bin ich im Treppenhaus auf eine kleine Mieterversammlung gestoßen. Und stell dir mal vor, ich bin nicht die Einzige, die mit der ollen Krotzmann Ärger hat. Und jetzt geht ein Brief von uns an die Wohnungsbau GmbH den wir alle unterschrieben haben. Das bedeutet, wenn ich Glück habe, ziehen die ihre Kündigung zurück, und ich kann hier wohnen bleiben! Ist das nicht toll?“

„Nö, so toll finde ich das gar nicht. Ich hatte gehofft, du würdest mit mir zusammenziehen.“

Ich verzog mein Gesicht zu einer Grimasse. „Mit dir und Walter zusammen in den alten maroden Wohnwagen! Tolle Aussicht!", sagte ich ironisch. „Wirklich Harald, das würde ich nicht aushalten!“

„Ja, ich weiß, das ist dir wieder nicht gut genug!“

„Das ist doch Quatsch und hat nichts mit nicht gut genug zu tun. Ich stelle keine hohen Ansprüche. Aber ich hätte schon gerne ein festes Dach über den Kopf und vor allem allein! Oder zumindest allein mit dir. Ohne Walter!“

„Ich grinse gerade, weil ich das sogar verstehen kann. Denn ich möchte auch nicht mit dir und Walter zusammenwohnen. Ich würde sogar in eine Mietwohnung oder ein Haus mit dir ziehen. Nur das ist momentan noch nicht vorhanden.“

„Außerdem finde ich das jetzt noch ein bisschen zu früh, um gleich zusammenzuziehen. Meinst du nicht, wir sollten uns erst mal ein bisschen besser kennen lernen?“

„Aber man lernt sich doch nur besser kennen, indem man zusammenwohnt. Da weiß man doch viel eher, ob die Beziehung auch alltagstauglich ist. Aber da können wir auch noch mal drüber reden, wenn wir ein passendes Objekt zum Wohnen gefunden haben.“

„Genau! Meine Omi würde sagen, wir machen uns um ungelegte Eier Gedanken.“

„Ist eine weise Frau, deine Oma. Hoffentlich lerne ich sie auch mal kennen.“

„Bestimmt! Aber es muss ja nicht gleich morgen sein.“

„Du musst ja auch erst mal meine Sippschaft kennenlernen, damit du weißt, auf was du dich da einlässt! Aber keine Angst, von uns ist keiner bei der Mafia. Eine ganz normale Spießer Familie.“

„Also als Spießer hätte ich dich nun bestimmt nicht eingestuft!“

„Ist aber so! Hast du noch was vor heute?“

„Früh schlafen gehen, denn morgen geht es wieder los. Ich wollte mal nicht verschlafen und pünktlich im Büro erscheinen!“

„Das ist gut! Ich vermisse dich so. Tut mir echt leid, dass ich momentan keine Zeit für dich habe. Aber das ändert sich bald. Ich muss jetzt noch was tun. Bis morgen, meine Süße!“

„Dann tu, was immer du tun musst. Bis morgen! Tschüs!“

Am nächsten Morgen, als ich einigermaßen pünktlich an meinen Arbeitsplatz kam, war Denise schon da. „Moin, moin Denise! Hast du schon Kaffee gekocht?“

„Aber heute gibt es doch was Besseres als Kaffee! Weißt du das noch gar nicht?“

„Was Besseres? Was soll das denn sein?“

„Heute gibt es Sekt!“

„Sekt? Wieso das denn? Gibt es was zu feiern?“

„Du weißt es also wirklich noch nicht! Und ob es etwas zu feiern gibt!“

„Nun mache es doch nicht so spannend! Sag schon, was ist passiert? Mit dir und Joseph was?“

„Kalt! Ganz kalt! Da kommst du sicher nie drauf! Frau Stöhr hat sich verlobt und gibt eine Runde aus!“

„Das ist ja der Wahnsinn! Wer hätte das gedacht? Aber ich habe das gar nicht mitgekriegt. Komisch! Findest du nicht, dass ein Kaffee vor dem Sekt nicht verkehrt wäre? Also koche ich heute mal Kaffee, damit wir wach sind, wenn die Feierei losgeht. Gibt es vielleicht noch was dazu?“

„Da drüben sind die Filtertüten! Rechts neben der Kaffeemaschine! Was gibt es wozu?“

„Ich meine zum Sekt. Gibt es noch was dazu?“, fragte ich jetzt mit leuchtenden Augen, weil ich hoffte, dass wir noch Frühstück bekämen. Denn ich hatte es natürlich wieder nicht geschafft zu frühstücken.

„Ja natürlich! Den Kaffee gibt es dazu“, sagte Denise mit einem Grinsen.

Als ich enttäuscht guckte, sagte sie schnell: „Ich glaube, ich habe da was gehört von belegten Brötchen!“

„Oh, das wäre ja super! Ich habe einen Bärenhunger! Stehen wir denn die ganze Zeit unter Frau Stöhrs Beobachtung, oder geht sie auch mal in die anderen Abteilungen?“

„Natürlich muss sie auch in die anderen Abteilungen. Ich nehme an, dass sie sowieso die meiste Zeit in der Zentrale verbringt, da sie doch mit der Döpp befreundet ist. Da arbeitet die nämlich. Und wenn sie in jeder Abteilung ein Gastspiel geben will, kann sie sich sowieso überall nur kurz aufhalten!“

Mittlerweile waren Nadja und Suzie angekommen. Sie hatten einen riesigen Blumenstrauß mit einer Glückwunschkarte für Frau Stöhr besorgt.

„Muss ich mich auch an dem Strauß beteiligen? Ich wusste bis eben von nichts!“

„Das ist wieder mal typisch für dich! Aber darauf kannst du wetten, dass du dich beteiligen musst!“

„Aber ganz bestimmt! Das ist nämlich ein sehr teurer Strauß“, sagte jetzt auch Nadja und fügte noch hinzu: „Aber da der Preis durch vier geht, wird es dich schon nicht umbringen meine Süße!“

„Ich wollte mich ja auch gar nicht drücken. Es ist nur so, dass ich bis eben nichts davon wusste!“

„Das sagtest du bereits! Außerdem werden wir dich nicht gleich köpfen, wenn du heute kein Geld dabeihast. Wir wissen ja, dass das der normale Zustand ist. Geht uns ja auch nicht anders. Aber jetzt will ich davon nichts mehr hören. Heute wird gefeiert! Die Stöhr heiratet, und ich fasse es immer noch nicht“, äußerte sich Nadja noch mal.

„Ja, sie war garantiert die letzte alte Jungfer auf Erden“, sagte ich.

In dem Moment flog die Tür auf und Frau Stöhr trat strahlend ein.

„Guten Morgen, meine Damen“, sagte sie gutgelaunt.

Sie sah aus wie der junge Frühling und strahlte aus allen Poren. Keine Spur mehr von dem altjüngferlichen Aussehen, das sie noch vor einigen Wochen an sich hatte. Wir erhoben uns alle gleichzeitig von unseren Drehstühlen, um ihr zu gratulieren. Nadja überreichte ihr den Blumenstrauß.

„Liebe Frau Stöhr, alles, alles Gute und weiterhin viel Glück! Wir freuen uns alle so für Sie!“

„Oh, vielen Dank, Ihnen allen!“, sagte sie mit einem verschmitzten Lächeln. „Aber ich freue mich bestimmt noch viel mehr über mein spätes Glück! Das ist aber ein besonders schöner Blumenstrauß! Heute Vormittag wollen wir mal die Arbeit Arbeit sein lassen und ein bisschen feiern.“

„Die Arbeit wird uns schon nicht davonlaufen“, sagte ich.

„Nein, das wird sie ganz gewiss nicht! Und heute Nachmittag geht es mit vollem Elan weiter. Ich habe ein kleines Frühstück vorbereiten lassen, und dazu gibt es ein kleines Schlückchen Sekt!“

„Vielen Dank, Frau Stöhr, das ist sehr lieb von Ihnen. Darüber freuen wir uns auch sehr. Zumal es morgens vor der Arbeit zeitlich immer etwas knapp ist, um noch frühstücken zu können. Ich lasse es fast immer ausfallen, um pünktlich zur Arbeit zu kommen.“

„Na, das hat ja in letzter Zeit auch fast immer gut geklappt mit der Pünktlichkeit. Trotzdem sollte man nicht ohne Frühstück aus dem Haus gehen."

In dem Moment wurden Platten mit frischen belegten Brötchen hereingetragen und ein Tablett mit einer Flasche guten Sekt und fünf Gläsern.

„Bitte bedienen Sie sich, meine Damen, und lassen Sie es sich schmecken!"

Denise schenkte Sekt in die Gläser, und wir stießen alle mit Frau Stöhr an und wünschten ihr noch mal alles Gute.

Dann sagte Frau Stöhr: „Ich würde hier gerne noch mit Ihnen verweilen, aber ich hoffe, Sie haben Verständnis dafür, dass ich mich auch in den anderen Abteilungen blicken lassen muss."

„Selbstverständlich, Frau Stöhr! Außerdem ist es Ihr Tag, und Sie sollten ihn genießen. Wir kommen schon allein zurecht. und werden es schon schaffen, nachher unsere Arbeit wieder aufzunehmen", sagte ich.

„Also gut, meine Damen! Dann feiern Sie mich auch bisschen. Bis später!"

Und weg war sie. Wir hatten ziemlich viel Spaß! Nachdem wir die leckeren Brötchen verzehrt hatten und die Sektflasche leer war, war plötzlich noch eine Zweite da. Ich hatte wirklich keine Ahnung, wo die auf einmal herkam. Aber nachdem wir die zweite Flasche auch noch geleert hatten, beschlossen wir, ein Pantomimen Ratespiel zu spielen. Einer macht pantomimisch zum Beispiel eine Person oder einen Beruf vor. Diejenige die es errät, ist die nächste Pantomime. Dieses Spiel kann ziemlich lustig werden, da die Raterei manchmal völlig danebengeht.

Denise schwang ihren Arm hoch und hin und her. Nadja rief: „Star Wars!"

Denise fing ziemlich an zu lachen und verfeinerte ihre Pantomime, indem sie einen Buckel machte und schwer zu humpeln anfing.

„Quasimodo, der Glöckner von Notre Dame!", riet Suzie.

Und damit war sie dran. Sie setzte sich rücklings auf ihren Drehstuhl und machte einige hektische Bewegungen mit den Armen. Ich dachte

Drummer wäre die richtige Antwort. Aber das war leider falsch. Und nachdem niemand darauf kam, kletterte Suzie auf ihren Drehstuhl, machte seltsam hoppelnde Bewegungen, ihr Arm kreiste in der Luft, und sie machte das mit so viel Schwung, dass sich ihr Stuhl plötzlich etwas wegdrehte. Suzie verlor das Gleichgewicht und Frau Stöhr später die Nerven. Denn Suzie fiel vom Stuhl und prallte mit dem Kopf gegen den Schreibtisch. Sie blieb für etwa fünf Sekunden ohnmächtig und reglos auf dem Boden liegen. Wir bekamen alle einen furchtbaren Schrecken. Und stürzten zu ihr. Nadja setzte sich zu ihr auf den Boden und legte sich Suzies Kopf auf den Schoß. Denise hetzte in die Küche, um einen Eisbeutel zu holen, während ich mich zu den beiden auf den Boden setzte und Suzie sanft über den Kopf strich.

Wir sprachen sie leise an, und sie antwortete zum Glück. „Oh, au aua, Mann, so viele Sterne habe ich schon lange nicht mehr gesehen. Ich glaube, mein Kopf platzt gleich."

„Bleib erst mal ganz ruhig so liegen", sagte ich.

Denise hatte jetzt den Eisbeutel gebracht und legte ihn sanft auf Suzies Stirn.

Ich flüsterte ihr weiter beruhigend zu: „Mach dir keine Sorgen, alles wird wieder gut. Bleib einfach so liegen, bis es dir bessergeht."

Leider ging es ihr ganz und gar nicht besser. Im Gegenteil, sie wurde noch blasser als sie ohne hin schon war, und sie stöhnte: „Oh je, jetzt wird mir schlecht."

Diesmal rannte ich los und holte einen alten Putzeimer. Suzie erbrach sich darin.

„Ist nicht schlimm Süße! Wir machen das wieder weg. Mach dir keine Sorgen. Was meinst du? Kannst du aufstehen. Wollen wir es mal versuchen?"

„Klar kann ich aufstehen", sagte Suzie.

Wir halfen ihr wieder auf die Beine zu kommen. Hätten wir sie nicht festgehalten und auf einen Stuhl gesetzt, wäre sie wohl wieder umgefallen.

„Mir ist so schwindelig“, sagte sie.

Ich sagte: „Wir müssen einen Arzt holen. Sie hat bestimmt eine Gehirnerschütterung!"

„Ich habe meinen Wagen unten stehen. Ich bringe sie in das St. Georg Krankenhaus. In ein paar Minuten können wir da sein“, sagte Nadja.

„Das wird das Beste sein. Soll einer von uns mitkommen und dir helfen?“, fragte Denise.

„Nein, das schaffe ich schon alleine. Aber ihr könnt mir helfen, sie runter zu bringen und in das Auto zu verfrachten.“

„Nein! Ich will nicht in das Krankenhaus“, jammerte Suzie jetzt.

„Suzie, das muss aber sein. Wenn nichts ist, kann ich dich ja wieder mit zurücknehmen. Und ihr beiden haltet hier die Stellung, falls Frau Stöhr zurückkommt.“

„Du hast Sekt getrunken! Du kannst nicht fahren“, sagte ich.

„Ich habe kaum etwas getrunken und bin stocknüchtern“, meinte Nadja.

Dann waren sie weg. Denise und mir war die Lust am Feiern vergangen. Wir räumten alles auf und spülten die Gläser. Dann machten wir uns wieder an unsere Arbeit. Als Frau Stöhr von dem Unfall erfuhr, war sie einer Ohnmacht nahe.

„Oh Gott, oh Gott! Das geht doch nicht, meine Damen. Sie haben Alkohol getrunken und dann ein Arbeitsunfall ... Ich trage die Verantwortung!“

„Frau Stöhr, bei allem Respekt, auch Sie haben Alkohol getrunken. Wir alle haben Alkohol getrunken. Und trotzdem ist niemand betrunken gewesen. Es ist wohl nichts dagegen einzuwenden, bei so einem wichtigen Anlass, ein bisschen am Sekt zu nippen“, sagte Nadja.

„Aber es war ein Arbeitsunfall! Unter Alkoholeinfluss! Das bedeutet für mich einen Bericht in vierfacher Ausfertigung! Oh mein Gott! Hoffentlich werde ich nicht verklagt!“

„Frau Stöhr, bitte beruhigen Sie sich doch. Das war ein Unfall. So etwas kann schon mal vorkommen. Ganz egal, ob mit oder ohne Sekt.

Außerdem brauchen Sie das ja nicht zu erwähnen. Ich würde es einfach weglassen. Kein Mensch wird Sie verklagen", versuchte ich sie jetzt zu beruhigen.

„Und die arme Frau Wiesner! Wäre ich doch nur in der Abteilung geblieben!"

„Dann hätte das genauso passieren können! Wir sind alle volljährig, Frau Stöhr. Wir brauchen keine Aufsichtsperson mehr. Die arme Suzie hat jetzt Kopfschmerzen. Aber die werden wieder vergehen. Sie ist jetzt drei Tage zur Beobachtung im Krankenhaus, und nächste Woche wird sie in aller Frische wieder zur Arbeit erscheinen", versuchte auch Nadja sie zu beruhigen.

„Dann sollten wir aber versuchen, ihre Schmerzen ein wenig zu lindern", sagte Frau Stöhr dann. „Ich werde ihr einen kleinen Präsentkorb zukommen lassen. Oder besser, ich fahre selber hin, besuche sie und übergebe den Korb persönlich."

„Das ist eine ausgezeichnete Idee! Und ich denke, wir möchten alle etwas mit hineinlegen. Oder Carolin und Nadja, was sagt ihr dazu."

„Finde ich auch gut", antworteten Nadja und ich gleichzeitig.

„Tolle Idee! Und wir könnten sie dann an einem anderen Tag auch noch besuchen."

So verfasste Frau Stöhr einen Arbeits-Unfall-Bericht in vierfacher Ausfertigung. Der Sekt wurde mit keiner Silbe erwähnt. Als sie damit fertig war, unterschrieben wir drei. Der Unfallhergang wurde ein klein bisschen anders geschildert. Nämlich, dass Frau Suzie Wiesner auf einen Drehstuhl gestiegen war, um an einen Ordner im obersten Regal zu gelangen. Das entsprach nicht ganz der Wahrheit. Aber wir brachten es nicht fertig, Frau Stöhr zu erklären, dass Suzie eine Pantomime von einem reitenden und Lasso schwingenden Cowboy vorgeführt hat.

Suzie freute sich wahnsinnig über ihren Präsentkorb und über unsere Besuche. Nach drei Tagen wurde sie bereits aus dem Krankenhaus entlassen, und am nächsten Montag erschien sie wieder an ihrem Arbeitsplatz.

Die letzten beiden Wochen vergingen wie im Flug. Harald hatte ich nur ein einziges Mal zwischendurch gesehen. Er war wieder unheimlich lieb, lustig und fürsorglich mir gegenüber. Allerdings nagte doch das Misstrauen in mir, dass er jetzt so gar keine Zeit mehr für mich hatte. Dass er seinem Onkel auf dem Dom helfen musste, war ja nun auch nicht mehr aktuell, und ich hätte zu gern gewusst, was er die ganze Zeit gemacht hat. Angeblich hatte er für die Zukunft gearbeitet. Nur was, das sagte er nicht!

Übermorgen war die Feier bei seinen Eltern, und da würde ich es hoffentlich erfahren. Ich hatte wieder mein übliches Problem: was sollte ich anziehen? Ich wollte auf keinen Fall overdressed erscheinen aber ebenso wenig zu leger. Zum Glück rief Harald am Abend noch an.

„Meine süße kleine Kuschelfee, bin ich froh das ich dich erreicht habe."

„Klar doch, Harald mein Lieber!"

„Morgen ist es soweit!"

„Ja, dann sehen wir uns endlich mal. Hoffentlich erkennen wir uns noch!"

„Sei nicht so sarkastisch! Ich habe dir doch erklärt, warum ich keine Zeit hatte."

„So? Da ist mir wohl irgendetwas entgangen. Denn den Grund weiß ich immer noch nicht!"

„Bleib locker, Torte! Äh, mein Schätzchen, meine ich natürlich. Spätestens morgen Abend wirst du es erfahren. Weißt du, das ist auch eine Sache, die man nicht vorher sagen sollte."

„Ach, bringt das Unglück, oder was?"

„Nee, aber da kann was schiefgehen, und dann möchte man das lieber nicht ausplaudern. Ich kann dich morgen auch leider nicht abholen. Meinst du, dass du selber kommen kannst?"

„Also hör mal! Ich bin durchaus in der Lage, auch mal allein irgendwohin zu fahren. Apropos irgendwohin. Wohin denn überhaupt?"

„Sasel! Wir wohnen in Sasel. Habe ich das noch nie erwähnt?"

„Nein! Kann mich nicht erinnern. Hatte ja auch immer deine andere Behausung im Kopf."

„Oh, da habe ich gute Nachrichten für dich! Nächste Domsaison stellt mein Onkel einen neuen super Luxus-Wohnwagen auf. Der ist sogar noch größer als der alte. Also, wenn du dann da mit einziehst, haben wir mit Walter zusammen genug Platz. Spitze oder?"

Ich dachte eher, gleich wird mir schlecht. „Das ist ja wohl nicht dein ernst? Ich glaube, du machst Witze!"

„Das ist mein voller Ernst! Es ist ein neuer großer Wohnwagen! Ich wollte dir schließlich was bieten! Aber für dich ist wohl nichts gut genug!"

„Nein, Harald! Bei aller Liebe! Ich ziehe nicht mit dir und Walter zusammen in einen Wohnwagen!"

Plötzlich hörte ich ein unterdrücktes Glucksen durch den Hörer und dann prustete Harald los. Er konnte sich gar nicht wieder einkriegen vor Lachen. Ich dachte noch, schön dass er wenigstens selber über seine Witze lachen kann.

„Proust, hahaha! Ich kann nicht mehr! Du bist richtig süß, wenn du dich so aufregst!"

„Freut mich, wenn ich zu deiner Belustigung beitragen kann", sagte ich ziemlich säuerlich.

„Krieg dich wieder ein, süßes Häschen! War doch nur Spaß. Ich kann manchmal nicht anders. Ich freue mich auf morgen, wenn du meine Sippschaft kennenlernst."

„Was soll ich denn da anziehen? Fein oder leger."

„Normal würde ich sagen. Du siehst doch sowieso immer gut aus. Aber ich schmeiß mich morgen mal in Schale. Aber so richtig mit Schlips und Kragen."

„Das kann ich mir gar nicht vorstellen. Da bin ich mal gespannt. Aber ich weiß immer noch nicht, was ich anziehen könnte. Jetzt helfe mir doch mal!"

„Ok! Freizügiges rotes Oberteil, aus dem fast die Möpse fallen, super kurzer Minirock aus schwarzem Lackleder mit Sicht auf die Pobacken. Dazu Strapse und Plateau-Highheels!“

„Sehr witzig! Dann kann ich deinen Eltern gleich erzählen, dass ich gut verdiene, weil ich anschaffen gehe.“

„Brauchst du nicht! Habe ich ihnen bereits erzählt!“

„Was!?“

Ich war so geschockt, dass mir der Atem aussetzte.

Während ich noch nach Luft japste, lachte Harald laut brüllend von neuem los! „Du hast mir das geglaubt! Ich fasse es nicht! Du hast mir das tatsächlich geglaubt! Hahaha!“

„Quatsch! Habe ich überhaupt nicht! Ich war nur im ersten Moment etwas sprachlos darüber, wie man dermaßen blöde Witze machen kann und sie selber noch lustig findet“, sagte ich ziemlich eingeschnappt.

Harald konnte sich nur schwer beruhigen. Er lachte immer noch als er sagte: „Beruhige dich, mein Süßes! Ich bin eben gut drauf. Da mache ich gerne mal Witze. Ich habe auch allen Grund gut drauf zu sein, weil ich richtig gut bin!“

„Du bist richtig gut größenwahnsinnig und mir ansonsten überhaupt keine Hilfe! Ich weiß immer noch nicht, was ich anziehen soll. Eigentlich sollte ich wirklich im Nuttenkostüm bei deinen Eltern erscheinen. Mal sehen, wer dann noch lacht! So, ich muss jetzt Schluss machen, da ich was zum Anziehen heraussuchen muss! Also, dann bis morgen, du Oberwitzbold! Tschüs dann!“

„Stopp, nicht so schnell ...“, hörte ich Harald noch sagen.

Aber ich hatte bereits aufgelegt. Das Thema Kleidung hatte ich dann ziemlich schnell erledigt. Ich suchte mir eine hübsche Bluse und einen dazu passenden geblümten Rock heraus. Das passt zu jedem Anlass. Mit Strumpfhose, Mantel und Stiefeln würde das nicht zu kalt werden, wenn ich an der Bushaltestelle warten müsste.

Bushaltestelle?

Ich hatte Harald so schnell abgewimmelt, dass er mir nicht mehr die

Adresse durchgeben konnte. Aber während ich mir noch Sorgen machte, klingelte erneut das Telefon. Harald gab mir zum Mitschreiben Adresse und Busverbindung durch. Er entschuldigte sich noch für seine Witze. Dabei war ich überhaupt nicht mehr sauer. Ich konnte ihm einfach nicht lange böse sein. Und so beendeten wir diesmal das Gespräch mit kleinen Liebesbeteuerungen und Küsschen durch den Hörer.

Den nächsten Arbeitstag brachte ich hinter mich. Hetzte nach Hause und machte mich für die Familienfeier bereit. Mir wurde ganz flau im Magen. Ich kannte nur Harald und seinen Onkel und hatte keine Ahnung, was seine Eltern für Leute waren. Insgesamt hatte ich überhaupt keine Ahnung, was mich erwartete. Vielleicht quetschten sich da zwanzig Leute in einer zwei Zimmer Wohnung?

Die Fahrt mit zwei verschiedenen Bussen und einmal Umsteigen dauerte 40 Minuten. Ich kam in der richtigen Straße, bei Hausnummer sechzehn an. Zur Kontrolle holte ich noch einmal den Zettel mit der Adresse aus der Tasche. Ich konnte nicht glauben, dass dieses prachtvolle Einfamilienhaus mit dem schönen Garten, Haralds Elternhaus war. In der Einfahrt vor der Garage stand ein BMW.

Etwas verunsichert öffnete ich das Gartentor und ging zur Haustür. Auf dem Klingelschild stand tatsächlich *Familie Hannes*. Plötzlich war ich sehr aufgeregt. Ich sah durch die Buntglas-Scheibe in der Haustür, dass sich dahinter schon einige Menschen aufhielten und hörte das Geräusch von vielen verschiedenen Stimmen, die durcheinander redeten. Als ich auf die Klingel drückte, schlug mir das Herz bis zum Halse. Wer wohl die Tür öffnen würde? Der Vater oder die Mutter von Harald? Musste ich mich vorstellen, bevor man mich einlassen würde?

Glücklicher Weise öffnete Harald mir die Tür. „Hallo meine Zuckerpuppe!“, begrüßte er mich und riss mich in seine Arme.

Im Hausflur folgte ein langer und leidenschaftlicher Kuss. Bis jemand plötzlich sagte: „Du solltest sie uns erst mal vorstellen, Harald, bevor du sie ganz auffrisst!“

Harald ließ von mir ab und grinste. „Nur kein Neid, Papa!“

„Nicht so frech, Junge“, sagte dieser etwas südländisch aussehende

Mann mit einem Grinsen im Gesicht.

Ich fühlte mich äußerst unwohl in meiner Haut und war so gehemmt, dass ich Haralds Vater nicht mal begrüßte. So stand ich immer noch stocksteif im Flur. Dann stellte sich eine pummelige blond gelockte Frau neben Harald‘s Vater.

„Na, das ist doch bestimmt die hübsche Carolin!“

Ich war ihr unendlich dankbar, als sie einfach auf mich zukam und mir ihre Hand reichte.

„Ja, hallo! Ich bin Carolin. Freut mich sie kennenzulernen“, sagte ich und meine Starre löste sich langsam.

„Hallo, Carolin! Ich bin Harald‘s Mutter. „Dieser Gentleman hier ist Harald‘s Vater, bei dem nur noch die Umgangsformen eines Gentlemans zu wünschen übriglassen. Vielleicht kommt das ja noch. Man soll die Hoffnung ja nicht aufgeben. Auch nach zwanzig jähriger Ehe nicht“, sagte sie mit einem Zwinkern.

Jetzt fasste ich mir ein Herz und ging mit ausgestreckter Hand auf Harald‘s Vater zu. Der schüttelte sie mir kräftig, grinste breit, indem er seine kräftigen weißen Zähne zeigte und sagte: „Hallo Carolin! So einen guten Geschmack hätte ich Harald gar nicht zugetraut! Also wenn ich zwanzig Jahre jünger wäre ... Oh, manno man!“

„Julius, reiß dich zusammen, du alter Gockel und flirte nicht mit Harald‘s Mädchen!“

„Aber nicht doch, Lisbeth! Bist du etwa eifersüchtig?“

Das war offensichtlich scherzhaftes Geplänkel zwischen Harald‘s Eltern. Das schien ja so eine richtige Witzboldfamilie zu sein.

„Oh je, meine Eltern! Ich schwöre, ich kann nichts für die. Wirklich nicht“, sagte Harald mit gespielter Verzweiflung. „Können wir nicht endlich wieder reingehen? Ich brauch was zu trinken“, fügte Harald noch dazu.

„Ach natürlich! Was sind wir bloß für schlechte Gastgeber. Also wirklich Julius!“

„Was kann ich denn jetzt wieder dafür?“

„Kommen sie mit in das Wohnzimmer, Carolin.“

Jetzt wurde ich nach und nach Onkeln und Tanten und allen Familienmitgliedern vorgestellt. Den einen Onkel von Harald kannte ich ja schon. Wir freuten uns beide, uns wieder zu sehen. Und dann dachte ich, ich sehe nicht richtig. Da am Büffet stand Caruso. Wie kam der denn nun hier her? Für mich gehörte er zu Michael und Sybille. Wieso jetzt bei Harald‘s Eltern? Während ich noch darüber nachdachte, was Caruso mit Harald zu tun hatte, zupfte mich jemand am Ärmel. Ich drehte mich um und vor mir stand das blonde Barbieteil. Wirklich ein unglaublich hübsches Mädchen! Ich hatte plötzlich das Gefühl mich verstecken zu müssen.

„Hallo! Ich bin Jenny! Jede Wette, dass mein Bruder dir noch nichts gezeigt hat. Wahrscheinlich hat er dir noch nicht mal was zu trinken angeboten. Möchtest du was trinken?“

„Oh ja, ein Bier wäre gut.“

„Dann folge mir unauffällig“, sagte sie und ging voraus in die Küche.

Noch so ein Spaßvogel, dachte ich. Sie nahm ein Bier aus dem Kasten, öffnete es und reichte es mir.

„Brauchst du ein Glas?“

„Nein, danke!“

„Ok, ich zeige dir jetzt mal, wo du alles findest. Zweite Tür rechts ist das Bad! Also ich fühle mich gleich viel wohler, wenn ich weiß, ob es eine Toilette gibt und wo sie zu finden ist. Ich habe eine schwache Blase. Und wenn ich dann noch Bier trinke ...Oh weia!“, plapperte Jenny einfach so drauf los.

Ich stellte fest, dass ich Jenny mochte.

„Geht mir genauso. Und wenn ich weiß, dass es irgendwo kein WC gibt, fühle ich mich die ganze Zeit nicht wohl.“

„Das wird dir hier aber nicht passieren. Wir haben auf jedem Stockwerk eins.“

„Wo ist Harald eigentlich? Den habe ich, seitdem er mir geöffnet hat, nicht mehr gesehen."

„Ja, und wo er dich fast gefressen hat!", sagte sie mit einem Kichern. „Wir konnten es alle vom Wohnzimmer aus sehen!"

Ich errötete etwas. „Das ist mir jetzt aber peinlich!", sagte ich.

„Das ist doch nichts Peinliches! Da hat sich bestimmt jeder drüber gefreut. Ich besonders! Denn das ist total klasse, dass Harald jetzt auch endlich eine Freundin hat. Vielleicht können wir bald mal zu viert weggehen. David, das ist mein Freund, kommt dann auch mit. Das ist bestimmt lustiger, als dieser Zombie-Verein hier. Aber eigentlich kann man nicht meckern. Unsere Eltern sind ganz ok, und die restliche Verwandtschaft geht auch. Die sind ja heute alle versammelt, um Harald zu feiern."

„Wieso, Harald feiern? Weil er jetzt mit mir zusammen ist?", fragte ich irritiert.

„Da können wir gleich mal drauf anstoßen! Aber das andere ist auch nicht zu verachten. Du hast bestimmt Hunger", fiel Jenny ein, als wir am Büffet vorbeikamen.

Sie schnappte sich einen Teller und fragte: „Magst du Frikadellen oder lieber Würstchen? Oder wie ist es mit geräucherter Forelle? Ist super lecker!"

Und so schaufelte sie mir den Teller voll. Ich kam leider nicht dazu, zu fragen, warum Harald heute gefeiert werden musste. Geburtstag hatte er auf jeden Fall nicht. Und sonst fiel mir auch kein Grund ein, denn ich konnte mir nicht vorstellen, dass diese Familienfeier meinetwegen organisiert wurde.

Plötzlich schlangen sich Haralds Arme von hinten um mich. „Meine Süße, wo treibst du dich rum? Ich, hicks, oh Tschuldigung, habe mich schon gewundert, wo du bist."

„Jenny hat mir gezeigt wo das Bier steht, wo die Toilette ist und wo es was zu essen gibt. Deine Schwester ist wirklich nett."

Harald wirkte plötzlich ziemlich angeheitert. Und plötzlich kam sein Onkel, ebenfalls ziemlich angeheitert und sagte: „Fräuleinchen, entschuldigen Sie bitte, aber ich muss Harald jetzt mal entführen. Ist wichtig!“

Und schon zog er Harald mit sich fort. Und wieder stand ich allein da. Aber nicht lange, denn eh ich mich versah, hatte ich Caruso‘s Pranke auf meiner Schulter.

„Hi Caro! So sieht man sich wieder!“

„Caruso, was machst du hier?“

„Feiern, würde ich sagen. Gibt ja auch allen Grund dazu!“

„Nein, ich meine wie kommst du in Harald‘s Elternhaus. Ich dachte, ihr hättet euch erst bei Michael und Sybille kennengelernt?“

„Nein, wir kannten uns bereits und wussten nur nicht woher! Erinnerst du dich?“

„Stimmt! Dann hattest du irgendwas von *Gelände* gesagt, und ich frage mich immer noch, was du gemeint hast.“

„Das Gelände der Fachhochschule. Wir nennen es einfach Gelände bei uns.“

„Ja, aber was macht Harald auf dem Gelände der Fachhochschule?“

„Studieren, würde ich mal sagen.“

Mir klappte die Kinnlade herunter. Mein Kopf begann zu rauschen. Ich kam mir so unheimlich blöd vor.

„Harald studiert?“, fragte ich noch mal nach, weil ich es nicht glauben konnte.

„Nein! Jetzt nicht mehr!“

„Aber er hat studiert?“

„Ja, sag mal, du weißt wohl überhaupt nicht, was los ist oder?“

„Nein, ich glaube, ich weiß momentan nicht mal, wie ich heiße!“

„Naja, war nett, dich wieder getroffen zu haben. Aber ich habe jetzt Hunger und werde noch schnell was essen, bevor das Büffet leer ist. Wir trinken nachher noch einen zusammen, oder?"

„Klar doch! Machen wir“, mehr brachte ich nicht heraus.

Ich fühlte mich völlig traumatisiert. Das kann einfach nicht sein, dachte ich. Sofort stellte ich mich neben Caruso an das Büffet.

„Na, auch Hunger, Kleine?"

„Caruso? Sag mal, hast du mich eben verschaukelt? War das ein Scherz?"

„Nein, absolut nicht! Ich würde sagen, du redest da mal mit Harald drüber! Denn ich muss jetzt wirklich was essen. Bis später", sagte er, während er sich zum dritten Mal seinen Teller voll schaufelte.

„Ja, du fällst sonst bestimmt vom Fleisch. Siehst schon ganz ausgezerrt aus", sagte ich ironisch.

Ich wusste nicht ob ich auf Harald sauer sein sollte oder auf mich selber. Er hat also studiert. Und dann? Vielleicht abgebrochen? Egal, aber er hat mich hinter das Licht geführt, dachte ich. Mimt hier den Prolli, der nichts kann und keine Zukunftsperspektive hat und dann erfährt man mal so eben neben bei, dass er sogar studiert hat. Unglaublich! Ich sah mich nach Harald um. Er saß in einer kleinen Gruppe mit seinen Eltern, seinem Onkel und Walter zusammen.

Noch während ich auf ihn zuging, ertönte die Stimme seines Onkels: „Komm her Mädchen! Setzt dich zu uns. Jetzt trinken wir erst mal einen Kleinen zusammen!"

Harald ergriff meine Hand und zog mich neben sich auf das Sofa. Dann wurden schon die Schnapsgläser vollgeschenkt.

„Eigentlich trinke ich keinen Schnaps, aber ..."

„Heute kannst du schon mal eine Ausnahme machen. Nur diesen einen! Danach gibt es sowieso Champagner zur Feier des Tages", sagte jetzt Haralds Vater. „Na, dann mal Prost!"

Jeder kippte seinen Schnaps herunter. Ich mochte ihn nicht. Er brannte schrecklich im Hals und trieb mir die Tränen in die Augen. Trotzdem hatte ich jetzt das Gefühl, ihn zu brauchen. Scheinbar wussten hier alle was los ist, außer mir natürlich. Ich traute mich nicht zu fragen, was hier eigentlich gefeiert wurde. Damit hätte ich mich wohl selber bloßgestellt.

Harald‘s Vater drückte mir kameradschaftlich den Arm und fragte: „Na, bist du stolz auf Harald?“

„Ich äh, ja natürlich“, sagte ich dann.

Harald nahm mich in den Arm und sah mir in die Augen. Dann ließ er wieder seine Augenbrauen mehrmals nach oben wandern. Ich kicherte und sagte ihm, dass ich dringend mal mit ihm reden müsste.

Haralds Vater fuhr fort: „Aber das muss doch nicht jetzt gerade sein. Ihr habt doch noch alle Zeit der Welt um zu reden. Jetzt wollen wir erst mal den Moment genießen. Lisbeth ist so stolz auf Harald, die kriegt sich gar nicht wieder ein.“

„Ist ja auch wirklich eine Glanzleistung, die unser Junge da abgeliefert

hat. Trotz seiner Verletzungen und dem Zeitdruck, unter dem er dadurch stand“, sagte jetzt seine Mutter, und eine kleine Träne kullerte ihre Wange hinunter.

„Ich bin ja so stolz auf dich, Harald!“

Harald‘s Opa gesellte sich zu uns. „Jetzt erst mal her mit einem Schnaps! Wird man hier nicht bedient! Was sind das für Sitten!“, polterte er.

„Wenn wir schon so einen Blödsinn feiern. Dann aber richtig!“

Ich guckte wohl etwas erschreckt, denn Harald‘s Onkel beugte sich zu mir rüber und flüsterte mir zu. „Das meint er nicht so. Das ist seine sonderbare Art von Spaß. Er ist eben noch so ein richtiges Original!“

Ich sah ihn mit geweiteten Augen an.

Der Opa polterte weiter: „Studiert! So ein Firlefanz braucht kein Mensch. Echte Männer gehen zur Armee!“

„Mensch Opa! Du erschreckst meine Freundin“, sagte Harald jetzt. „In Wirklichkeit hat er mich noch unterstützt, damit ich diesen Firlefanz machen konnte.“

Plötzlich erhob sich der Opa wieder und fing jetzt an, den alten Kavalier rauszukehren. Er ließ seine buschigen Augenbrauen auch mehrmals nach oben schnellen, während er mich ansah. Genauso wie Harald.

Dann stellte er sich mir vor, indem er eine Verbeugung machte und sagte: „Ich bin Jonathan Hannes! Der Älteste und der einzige Vernünftige in dieser Familie. Gestatten Sie, schönes Fräulein?“

Dann zog er meine Hand bis kurz vor seine Lippen.

„Angenehm äußerst angenehm!“

Während er das sagte, hielt er Harald den hochgestreckten Daumen hin.

„Ich bin Carolin Bäcker! Freut mich, Sie kennenzulernen.“

Der Opa bekam seinen Schnaps, und dann wurde der Champagner ausgeschenkt.

Nachdem jeder ein Glas hatte, sagte er laut: „Alle mal her hören bitte! Heute gebe ich noch mal einen aus, weil wir so stolz auf Harald sind. Das nächste Mal ist er dran, denn er ist jetzt schließlich Diplom-Ingenieur! Mit viel Einsatz hat er, trotz Zeitmangel und den schweren Verletzungen, die er erlitten hatte, seine Prüfung bestanden und seine Diplom-Arbeit fertig gestellt. Und einen Job hat er auch schon. Also, auf Harald!“

Obwohl ich durch Caruso schon etwas vorgewarnt war, traf mich jetzt fast der Schlag! Ich starrte mit riesigen Augen vor mich hin, und meine Kinnlade wäre zu Boden gefallen, wäre sie nicht angewachsen gewesen.

Mein Sektglas fiel mir aus der Hand und zersplitterte am Boden. Harald‘s Mutter drückte mir sofort ein neues Glas in die Hand. Und dann stießen wir alle auf Harald an.

Jetzt wusste ich, warum er so wenig Zeit hatte.

Es wurde noch eine richtig schöne Feier. Harald‘s Opa forderte mich auf, mit ihm Brüderschaft zu trinken, und später war ich auch mit Harald‘s Eltern per du. Der Schock ließ allmählich nach, und ich freute mich jetzt riesig über Haralds Erfolg. Jetzt verstand ich auch, warum er für seinen Onkel die Wartung machen durfte.

Als die ersten Gäste sich verabschiedet hatten, zog Harald mich an der Hand in sein Zimmer. Ich dachte, jetzt ist der Zeitpunkt gekommen, mit ihm zu reden. Aber Harald zog mich fest in seine Arme und küsste mich.

Ich drängte ihn zurück und stellte ihn zur Rede: „Harald, warum hast du mir nie was gesagt? Das hätte ich einfach nicht für möglich gehalten. Ich komme mir so unglaublich dumm vor."

„Musst du gar nicht! Ich konnte doch schlecht vorher was sagen. Es wäre ja auch möglich gewesen, dass ich nicht bestehe. Wie hätte ich dann vor dir dagestanden, wo du bildungsmäßig sowieso so eine schlechte Meinung von mir hattest. Und außerdem habe ich mal angedeutet, dass ich studiere. Erinnerst du dich? Ich sagte mal, dass ich Philosophie studieren wollte und mich dann für etwas anderes entschieden habe. Du hast mir nicht mal geglaubt!"

„Entschuldige bitte! Es tut mir wirklich leid. Ich dachte, du hättest dich für eine *Karriere* auf dem Heiligen Geistfeld entschieden. Ich wusste doch nicht mal, dass du Abitur hast. Und mal ganz ehrlich, wenn man dich so reden gehört hat, da denkt man, du bist Schichtarbeiter im Hafen oder Karussellbremser!"

„Süße, man muss es doch nicht so raushängen lassen und mit Fremdwörtern nur so um sich schmeißen, damit auch jeder weiß, dass man studiert hat. Ich rede eben, wie mir der Schnabel gewachsen ist. Und die Kraftausdrücke lasse ich ja schon weg, dir zuliebe."

„Ehrlich gesagt, ist mir das sogar viel sympathischer als die Fremdwort-Variante! Ich bin wirklich sehr stolz auf dich! Du schaffst es immer wieder, mich positiv zu überraschen. Aber du hättest mich trotzdem vorwarnen können. Alle anderen wussten es", sagte ich immer noch beschämt.

„Wo wir schon mal dabei sind, ich habe noch eine Überraschung!"

„Ich weiß nicht, ob ich heute noch eine verkraften kann!"

„Dann sage ich es eben nicht und warte bis deine Nerven wieder soweit gestärkt sind! Ich bin immer rücksichtsvoll!"

„Nein, nun sage schon!"

„Lieber nicht! Ist glaube, es ist besser so!"

„Ach bitte, nun komm schon, und spanne mich nicht auf die Folter!"

„Na gut! Ich will mal nicht so sein. Hier!"

Harald gab mir ein paar Fotos.

„Ein Reihenhaus? Warum soll ich mir Fotos von einem alten Reihenhaus ansehen?“

„Weil es mein altes Reihenhaus ist! Naja, noch nicht ganz. Aber so gut wie. Da du ja mit dem Wohnwagen nicht einverstanden bist!“

„Harald-Schatz, das glaube ich jetzt nicht! Willst du schon bei deinen Eltern ausziehen?“

„Also *schon* ist ja wohl ein bisschen übertrieben. Ich wollte nicht bis zur Rente hier wohnen. Und es wäre doch möglich, dass du auch bald eine neue Bleibe brauchst. Da ist so ein Reihenhaus doch ganz praktisch, dachte ich!"

„Dachtest du?!“ Ich fiel Harald um den Hals.

„Mein Schatz, das finde ich total lieb, dass du auch an mich gedacht hast. Aber es ist mir einfach noch zu früh, um schon mit dir zusammen zu ziehen!“

„Bis diese Hütte hier fertig ist, vergeht bestimmt noch Jahr und Tag. Da muss noch umgebaut und renoviert werden. Das geht nicht von heut auf morgen. Ich bin jetzt schließlich berufstätig, und meinem Onkel muss ich hin und wieder auch noch helfen. Außerdem gibt es da jetzt so eine Tussi, die ich auch öfter mal sehen wollte“, sagte er mit einem breiten Grinsen.

„Du sollst mich nicht Tussi nennen!“

„Wer spricht denn von dir?“

Ich sah ihn so entsetzt an, dass er mich einfach in die Arme nahm und küsste.

„Du bist im ersten Moment drauf reingefallen!“, lachte er.

"Bin ich gar nicht!", behauptete ich.

„Bist du doch!"

„Ja, und du bist wieder mal der Oberwitzbold des Jahres! Freut mich, dass du Spaß hattest!“

„Wir haben doch immer Spaß zusammen, oder?“

Christa Maria Böckmann wurde in Hamburg geboren und arbeitete 20 Jahre lang bei den Hamburger Öffentlichen Bücherhallen in verschiedenen Stadtteil-Bibliotheken und bei den zentralen Bibliotheksdiensten. Während der Erziehungszeiten für ihre Kinder studierte sie Sozialpädagogik. Als ihre Töchter den Wunsch nach Vorlese-Geschichten äußerten, begann sie Kindergeschichten zu schreiben. "Hexenfrühling" wurde erfolgreich als Pixi-Buch veröffentlicht.

1998 zog sie mit ihren Töchtern in die Wetterau, um ihre neue Stelle an einer wissenschaftlichen Präsenzbibliothek in Frankfurt anzutreten. Mittlerweile hat sie ihre berufliche Tätigkeit aufgegeben und hat nun viel Zeit zum Schreiben. "Lügen aus Zuckerguss" ist ihr erster Roman.

FSC
www.fsc.org
MIX
Papier aus verantwortungsvollen Quellen
Paper from responsible sources
FSC® C105338